KB248342

Tara Duncan Le Livre Interdit

타라 덩컨

비밀의 책

TARA DUNCAN, Le Livre Interdit
by Sophie Audouin-Mamikonian

Copyright© Editions du seuil, Paris, 2004
Korean Translation Copyright©SODAM Publishing Co., 2005
All rights reserved.
This Korean edition was published by arrangement with Editions du Seuil, (Paris)
through Bestun Korea Agency Co., Seoul

이 책의 한국어판 저작권은 베스툰 코리아 에이전시를 통해 저작권자와의 독점계약으로 소담출판사에 있습니다.
저작권법에 의해 한국 내에서 보호를 받는 저작물이므로 무단전재와 무단복제를 금합니다.

TARA DUNCAN Le Livre Interdit

타라덩컨

비밀의 책 上

펴 낸 날 | 2005년 10월 5일 초판 1쇄
　　　　　 2017년 11월 20일 초판 29쇄

지 은 이 | 소피 오두인 마미코니안
옮 긴 이 | 이원희
펴 낸 이 | 이태권
펴 낸 곳 | (주)태일소담
　　　　　 서울시 성북구 성북동 178-2 (우)136-020
　　　　　 전화 | 745-8566-7 팩스 | 747-3235
　　　　　 e-mail | sodam@dreamsodam.co.kr
　　　　　 등록번호 | 제2-42호(1979년 11월 14일)

ISBN 978-89-7381-867-8 03860
　　　 978-89-7381-857-0 (세트)

● 책 가격은 뒤표지에 있습니다.
● 잘못된 책은 구입하신 곳에서 교환해드립니다.

www.dreamsodam.co.kr

Tara Duncan Le Livre Interdit

타라 덩컨

비밀의 책

소피 오두인 마미코니안 지음 | 이원희 옮김

소담출판사

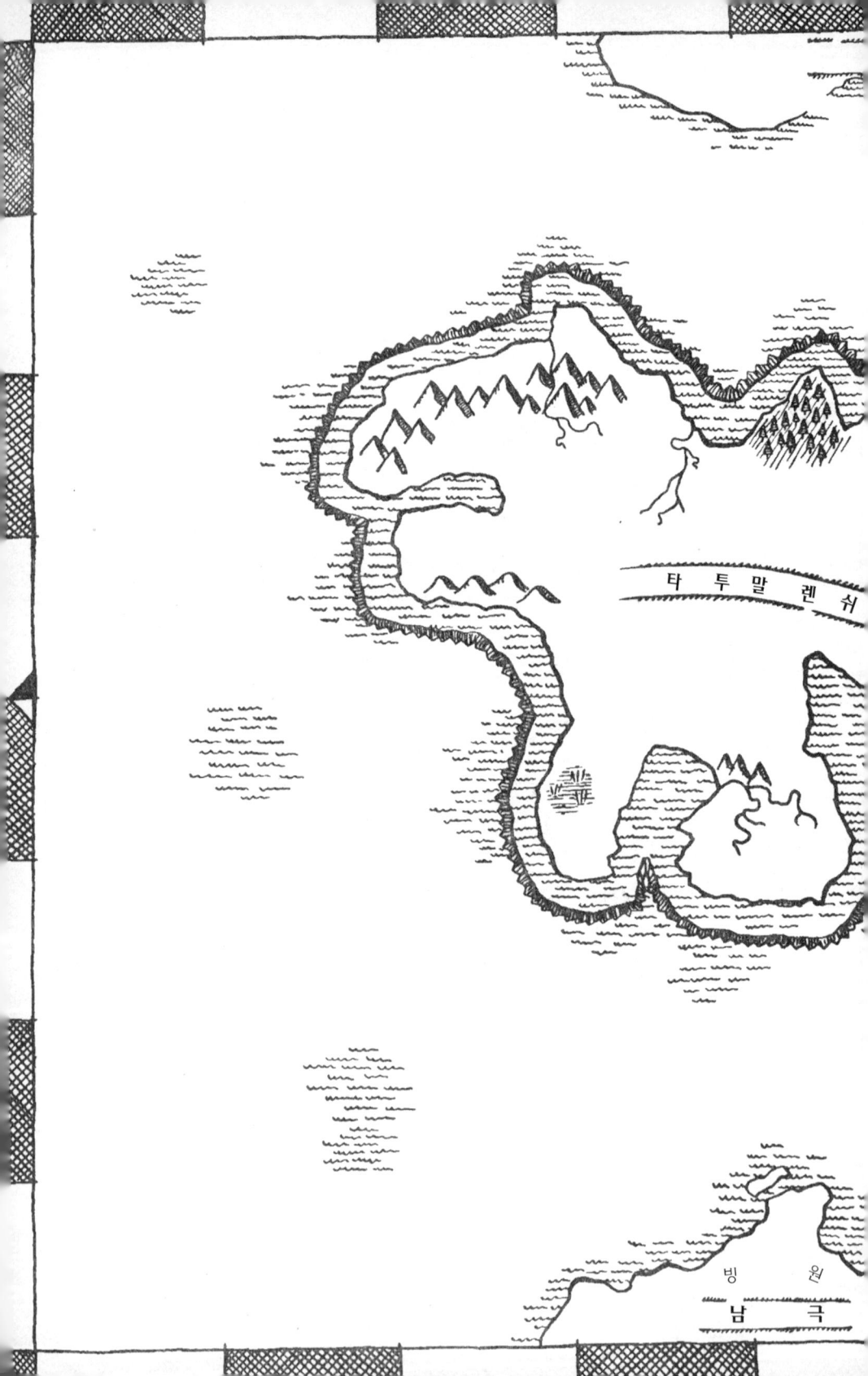

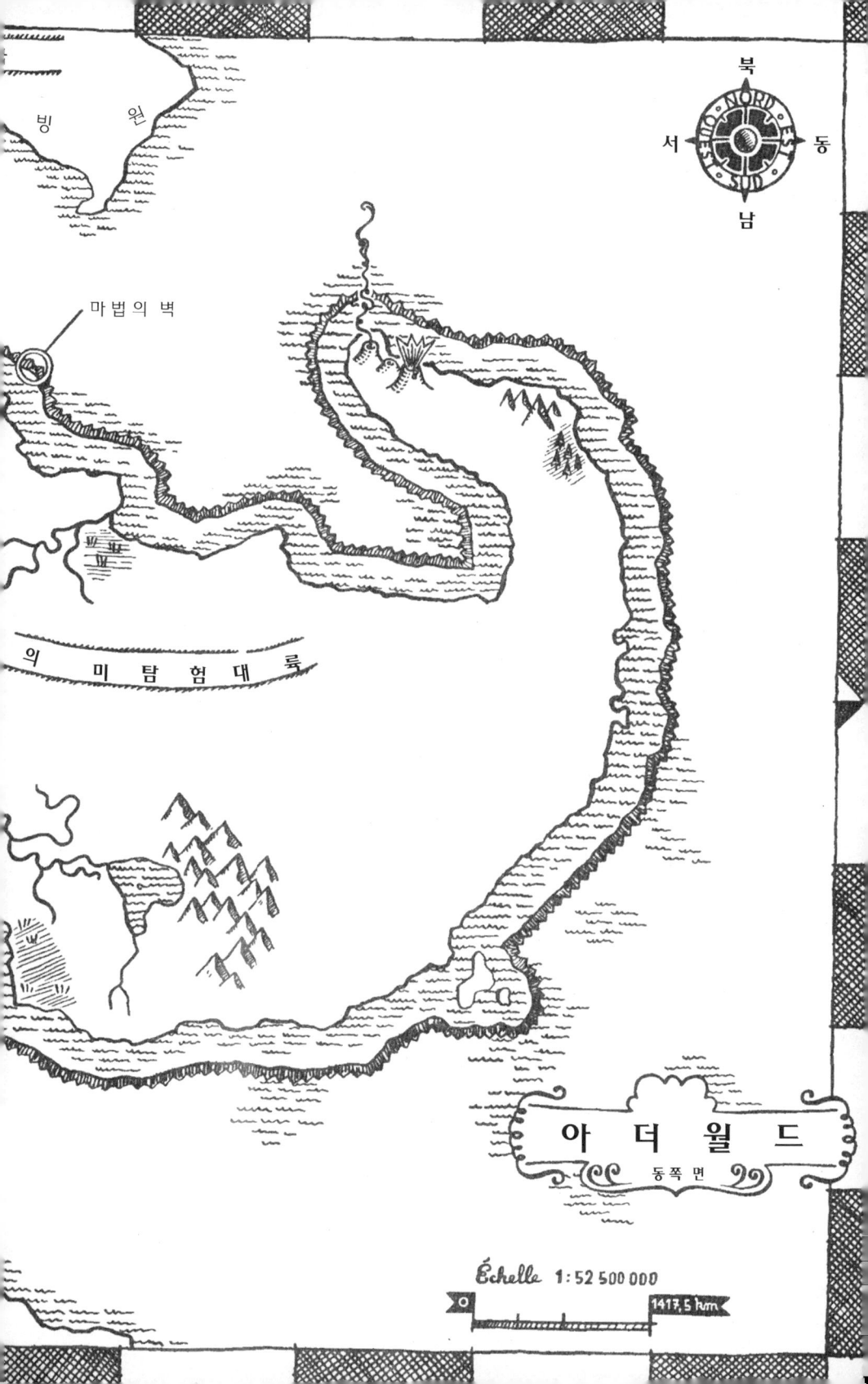

Tara Duncan Le Livre Interdit

타라 덩컨

비 밀 의   책 하 | 차 례

비밀의 책 하

11
림보 왕국의 재판관

궁전으로 오는 동안 내내 타라는 손가락 사이에서 금서가 꿈틀거리는 걸 느꼈다. 타라는 제발 너무 늦지 않았기를 빌면서 선생님에게 책을 건네주었다. 선생님은 책을 책상 위에 올려놓고 가능한 한 건드리지 않으면서 페이지를 빠르게 넘겼다. 그때 갑자기 소리치는 마니투의 목소리에 칼마저 신음을 뚝 그쳤다.

"뭔가 이해가 안 되는 게 있단 말야! 아무리 생각해도 벌레들은 이미 오래 전부터 나왔을 것 같은데!"

눈이 휘둥그래진 칼의 아버지와 어머니, 눈물을 줄줄 흘리던 칼이 질겁해서 쳐다봤다.

"트실은 일반적으로 숙주의 몸을 나가는데 단 몇 초밖에 걸리지 않아. 그런데 아무 일도 없으니, 거 참!"

"아뇨."

타라가 내지르는 소리에 모두 깜짝 놀랐다.

"벌레들은 나오지 않았어요. 그랬다는 기억이 없어요!"

흥분한 타라는 글룰 부글룰을 향해 몸을 숙였다.

"그 장사꾼이 트실은 절대로 송장을 공격하지 않는다고 말했죠?"

땅 신령은 약간 어리벙벙한 얼굴로 눈을 끔벅거리다가 대답했다.

"음…… 그랬지. 숙주의 심장이 뛰지 않으면 산소가 없어서 트실의 알들은 즉시 죽는다고 했지."

타라는 기뻐서 어쩔 줄 몰랐다.

"바로 우리에게 그 일이 일어난 거예요! 우리는 죽은 거잖아요! 할아버지, 우리가 인아니무스 주문과 데스트룩투스 주문에 당했을 때 셈 선생님이 사무실에 들이닥쳐서 아슬아슬하게 우리를 구해 내기까지 4분이 걸렸다고 말씀하셨죠? 맞아요?"

"아! 그래, 맞아."

그제야 타라의 질문을 알아차린 마니투가 대답했다.

"로빈과 파프니르가 너희들을 들쳐업고 금서의 방에서 나왔을 때, 너희들의 심장은 이미 멈춰 있었어!"

"뭔가가 떠오를 듯 말 듯 머릿속을 맴맴 돌더니 바로 그거였어요. 그러니까 알들은 살 수가 없었던 거예요! 따라서 지금 칼이 스멀거림을 느끼는 것은 아마 몸이 벌레들을 몰아내는 중이라서 그런 게 틀림없어요."

"기가 막혀서!" 하고 툴툴거리는 파브리스는 다리가 휘청거려서 앉아야 했다.

"타라, 좀 더 일찍 알아차릴 수 없었어? 이런 식으로 조금만 더 계속 심장이 쿵쾅거렸다면 내 심장이 나를 버렸을 거란 말야!"

로빈과 무아노, 파프니르가 폭소를 터뜨리자, 다른 사람들도 배꼽을 잡았다. 그들은 숨넘어갈 듯이 웃었고, 서로의 등까지 두들겨대며 기뻐했다. 파프니르가 우정의 표시로 날린 주먹에 등을 정통으로 얻어맞는 순간 허파가 튀어나갈 뻔한 파브리스는 슬금슬금 달아나면서 난쟁이의 애정표시를 피했다.

스멀거림 때문에 여전히 돌아버릴 지경인 칼이 마침내 한 쪽 눈을 일그러뜨리면서 약간 신경질적으로 반응했다.

"난 조용히 죽을 수도 없는 건가? 왜 이렇게 야단법석인데?"

"좋은 소식과 나쁜 소식이 있어!"

기회를 잡은 로빈이 능청을 떨었다.

"윽, 또 시작이야? 제발!"

"좋은 소식은 넌 죽지 않는다는 거야."

로빈이 웃으면서 계속했다.

"나쁜 소식은 우리가 앞으로도 계속 너를 봐야 한다는 것이고."

그 말에 칼은 다른 한 쪽 눈도 마저 떴다.

"내가 죽지 않는다고?"

"응, 이미 죽었으니까."

여간해선 깜짝 놀라는 일이 없는 칼이지만 이번에는 완전 성공이었다. 칼은 입을 열었다 닫았다 반복하다가 중얼거렸다.

"여기가 그럼 천국? 그렇다면 여기 주인장하고 얘기를 나눠야겠네. 근데 너는 전혀 천사 같지가……."

그 순간 칼이 깨달은 모양이었다.

"아아, 맞아! 그래, 난 이미 죽었었지, 참! 따라서 트실의 알들이……."

칼은 더는 말을 이을 수 없었다. 셈 선생님이 투명막을 제거하자, 그 즉시 칼의 부모가 달려들어 부둥켜안았기 때문이다.

"칼, 다시는 이렇게 놀래키지 말거라!"

"얼마나 공포에 떨었는지! 칼, 절대로 또 이러면 안 된다, 알았지?"

아버지와 어머니의 말이 겹쳐서 들렸다. 이윽고 머리가 엉망으로 형클어진 칼이 약간 겸연쩍어하는 얼굴을 쳐들었다.

칼의 어머니도 기쁨의 눈물을 훔치면서 말했다.

"너희들이 대체 무슨 모험을 하고 있는지는 모르겠다만 중요한 건 네가 무사해야 한다는 거야. 또 무슨 일이 있는 건 아니겠지?"

"저기, 그게 지금은 다 말씀드릴 수가 없어요. 좀 복잡해서요……. 엄마, 하지만 약속할게요, 일이 다 끝나면 말씀드리겠다고."

칼의 어머니는 아무런 대꾸도 하지 않았지만 그 눈빛에서 이해하려고 애쓰는 마음이 느껴졌다. 그녀는 특히 트실의 공격을 받았다는 걸 꺼림칙하게 여기는 눈치였다. 노련한 정치인답게 칼의 어머니는 아무도 없는 데서 아들과 얘기할 필요가 있다고 깨달았는지 신중을 기하라고 신신당부하고는 남편과 집으로 돌아갔다. 물론 아들에게서 나중에 집에 들르겠다는 약속을 받는 것도 잊지 않았다.

칼의 부모가 떠나자마자 파프니르는 셈 선생님에게 영혼 약탈자가 자신의 몸을 점령했다고 말했다. 셈 선생님은 영혼 약탈자에 대한 얘기를 어렴풋이 들은 적은 있지만, 4천 년 전에 그 약탈자를 흑장미 숲에 가둔 자들에 대해서는 아는 바가 없었다. 따라서 어느 정도로 위험한지 가늠하는 것이 그에게는 어려운 일이었다. 셈 선생님은 다방면으로 정보를 수집하여 파프니르를 도울 수 있는 최선의 방법을 찾아보겠다고 제안하면서 이렇게 말을 맺었다.

"자, 이제 너희들의 생각을 다 알았으니 우선 금서를 제자리에 갖다놓고……."

"안 돼요!"

타라가 질겁해서 외쳤다.

"칼이 말한 대로 우리는 악마들의 세계에 있는 재판관을 만나러 가야 해요. 그러니까 림보에 가려면 우리에게 금서가 필요해요."

"너희들, 어리석은 짓은 지금까지 한 것만으로도 충분하다고 생각하지 않느냐?'

"그만하시오, 셈."

마니투가 끼어들었다.

"당신이 화를 내는 단 한 가지 이유는 우리와 같이 행동하고 싶기 때문이오. 요컨대 당신들 용은 권태를 페스트만큼이나 무서워하지 않소? 그러니까 성난 교주같이 굴지 마시오. 타라의 말이 맞소. 칼이 평생을 도망자로 살 수는 없는 일이잖소. 칼의 무죄를 밝혀야 하오. 그리고 그 유일한 방법은 림보로 가는 것이오!'

정곡이 찔려 말문이 막힌 셈 선생님은 어깨를 으쓱했다.

"이틀 정도 생각할 시간을 주시오. 뇌진탕 때문에 아직도 머리가 아프니 시간을 갖고 심사숙고해 봐야겠소."

셈 선생님이 그 공교로운 실수를 상기시켰을 때 타라는 아무 말도 하지 못했다. 어쨌든 '심사숙고하겠다' 고 했지 '안 된다' 고는 하지 않았으니까 희망은 있어.

타라는 친구들에게 손짓을 했고, 그들은 조용히 방을 나왔다.

"난 아주 기진맥진이야."

무아노가 말했다.

"세상을 구하고 칼의 목숨도 구했는데 이젠 잠을 좀 자도 되겠지, 우리?'

그 말을 들었나? 궁전이 타라의 방에 침실 두 개를 붙여주었다. 파프니르와 무아노, 타라가 함께 자기로 결정하자, 이번에는 침대 두 개가 추가되었다. 칼과 로빈, 파브리스는 침대 세 개가 나란히 놓인 방으로 들어갔고, 마니투는 푹신한 소파로 만족했다.

한편 글룰 부글룰은 땅에 구멍을 뚫거나 터널을 파는 일에는 언제든 지원하겠다고 제안했다. 하지만 타라 일행은 셈 선생님이 반대할 경우에 또다시 금서를 훔칠까 봐 단호하게 땅 신령의 도움을 거절했다. 그러자 글룰은 자신의 특별한 능력이 정말로 필요하지 않은지 어린 마법사들에게 재차 확인한 뒤에 땅 신령들의 왕국으로 떠났다.

피범벅이 된 뱀파이어와의 그 이상한 만남을 잊지 않고 있던 로빈은 랑코비트의 정보국 국장인 아버지 망질을 만나러 갔다. 얼마 후 로빈은 믿어지지 않는 놀라운 소식을 가지고 돌아왔다. 로빈은 타라와 친구들이 식사를 끝내고 잠자리에 들기 전에 잠시 모인 응접실에 들어오면서 외쳤다.

"드라고쉬 선생님이 감옥에 갔대!"

"말도 안 돼! 장난치는 거지, 너?"

파브리스가 소리쳤다.

"천만에. 우리가 골목길에서 봤던 살인 사건 말야! 드라고쉬 선생님은 그 사건이 일어났을 때 트라비아에 있는 유일한 뱀파이어였다. 그리고 무죄를 입증하려면 진실의 입들에게 머릿속을 읽게 해야 하는데 그것도 거부했다는 거야. 그래서 감옥에 갔대. 정신이 이상해진 거 아닐까?"

"뱀파이어는 절대로 인간의 피를 먹지 않는데, 그거 이상한 일이구나."

마니투는 고개를 갸우뚱하면서 말했다.

"인간의 피는 뱀파이어를 미치게 하지. 수명이 절반으로 줄어들 뿐만 아니라 낮에 나다닐 수도 없게 되거든. 햇빛에 지글지글 구워져서 스테이크가 된단 말이다. 드라고쉬가 범인인지 아닌지 아는 방법은 아주 간단해. 햇빛을 쐬게 해서 그가 불에 타면 의심의 여지가 없는 거니까."

"가장 이상한 게 바로 그 점이에요. 햇빛 쐬는 것도 거부했다는 거에요. 감옥에 있으면 자기가 더는 아무도 해칠 수 없다면서 거기서 나가는 걸 원치 않는대요."

타라는 고개를 흔들었다. 어찌나 피곤한지 생각을 깊이 할 수 없었다. 미친 듯이 몸을 긁어대는 칼도 안색이 좋지 않았다.

"너희들은 어떤지 모르겠는데 난 완전히 녹초야. 최소한 12시간 정도 잠을 자고 나서 우리 다시 얘기하면 안 될까? 괜찮지?"

그들은 아무 말도 하지 않았다. 잠시 후, 파프니르와 마니투의 코고는 소리가 깊은 잠에 빠져들었음을 알려주었다.

꽤 많은 시간이 흐른 뒤였다. 잠을 깬 타라는 닫집 달린 침대에 그냥 뭉개고 있다가 시트 주름을 펴려고 하는 침대와 한바탕 씨름을 했다. 그렇게 조용히 누워서 지금까지의 사건들을 정리할 필요가 있었던 것이다. 칼이 갇혀 있을 때부터 타라는 분명히…… 원격 조정되는 느낌이 들었다. 보이지 않는 꼭두각시 조정자가 잡아당기는 끈에 이끌려서 능동적이 아니라 수동적으로 움직이는 것 같은……. 생각에 골몰한 지 30분, 타라는 여러 가닥의 실을 풀었다. 명확한 결론에 이르지는 못했지만 그래도 골격이 보이기 시작했다. 그런데 보이는 그림이 영 마음에 들지 않았다. 휴! 땅이 꺼져라 한숨을 쉬면서 일어난 타라는 욕실로 갔다. 사이렌이 수영장처럼 넓은 욕조 한복판의 바위에 올라앉아 콧노래를 부르고 있었다. 사이렌에게 손짓을 하자 빗이 부리나케 달려와서 머리를 빗어주었다. 이어서 샤워기가 타라의 몸 주위를 빙글빙글 돌면서 물을 흠뻑 뿌려주는 사이에 목욕장갑과 비누가 몸을 열심히 닦아주었다. 그 덕분인가, 마음이 가라앉으면서 몸의 긴장이 풀렸다. 미끄러지듯 욕조로 들어간 타라는 따뜻한 물에 몸을 담근 채 사이렌의 애수 어린 노래를 들었다.

그래, 지금은 걱정해 봐야 소용없어. 제일 먼저 할 일은 어제와 죽은 소년의 부모 앞에서 칼의 무죄를 밝히는 거야. 그 다음은 파프니르를 그 성가신 불청객한테서 해방시켜줘야 해. 마지막으로 나를 죽이려고 하는 자를 찾아, 아니 추적하는 거야. 그리고 내 목숨을 노리는 마음을 싹 달아나게 해주겠어.

타라가 아더월드에서 높이 평가하는 것이 있다면 그건 어리다고 그 능력을 얕잡아보려 하지 않는다는 점이었다.

적에게 대항할 때마다 타라는 의식적으로 능력을 사용하길 가급적 삼가면서도 무시 못할 능력을 발휘했다. 그건 피의 맹세 때문에 어떤 경우에도 할머니에게 해를 끼치고 싶지 않아서였다.

타라가 샤워를 하면서 그런 생각에 잠겨 있는 동안 용 마법사 셈 역시 자신의 동굴이자 사무실이자 보물과 잡동사니 창고에서 최근의 사건들을 생각하고 있었다. 얼마나 흥미진진한 일인가! 용들은 상황의 급변을 아주 좋아했다. 일단 악마들의 무시무시한 위협을 물리치고 나자 용들은 이내 몸이 근질근질해서 죽을 지경이었다. 위험의 아드레날린, 실패의 불안, 승리의 강렬한 기쁨, 용들은 이런 것들을 그리워하고 있었다.

용들은 아더월드 종족들의 국정 운영에 간섭하고 있는데 정책이 격정적이어서 항상 무슨 일이 일어났다. 권태로워서 죽을 지경인 용들에게는 행동이 필연적이었다. 무엇이든, 심지어는 살육전도 환영이었다. 하지만 이 사실은 그들 이외에는 절대로 그 누구도 알아차리면 안 되었다. 인간 종족과 비인간 종족들이 그간의 온갖 능력에도 불구하고 자기들이 농락되고 있었다는 걸 알아차리는 날에는 용들은 그들의 분노를 견디어 낼 수 없을 것이기 때문이었다.

그 결과로 용들의 위원회는 능력을 증대시키려는 한 마법사 그룹의 특별 훈련에 협력하기를 거부했는데, 그것은 제자들이 자기들보다 더 강력해질까 우려했기 때문이었다.

　물론 셈은 불복하고 마법사들에게 특별 훈련을 시켰다.

　셈은 결국 제 발등을 찍고 만 셈이었다. 그 마법사들은 흉악한 상그라브들이 되었고, 악마들과 협약을 맺고 아더월드와 다른 세계까지 정복하려고 했으니!

　괘씸한 배신이긴 했지만 그래도 그 바람에 심심하지는 않았단 말씀이야!

　셈이 제일 좋아하는 인간은 타라였다. 타라는 그가 내심 품고 있는 계획을 전혀 모르고 있었다. 타라는 수백 년 전부터 그가 기다려 온 인간이 틀림없는 것 같았다.

　타라도 그를 좋아하는 게 틀림 없었다. 셈은 타라에게 없는 아버지가 되어줘야 했다. 그렇게 되는데 필요한 모든 걸 해줄 생각이었다. 셈은 히죽히죽 웃으면서 발을 벅벅 긁었다. 내년에도 내후년에도 아주……흥미진진하겠어!

　타라와 친구들은 용의 사무실로 들어가면서 선생님을 설득하기 위한 말을 궁리했다. 하지만 그건 정말이지 괜한 노력이었다.

　셈 선생님은 뜻밖에도 그들을 반갑게 맞이했다.

　"안녕, 안녕! 림보로 갈 준비는 다 됐니?"

　어안이 벙벙한 그들이 그 자리에 꼼짝 않고 서 있자, 셈 선생님이 낄낄거렸다.

　"뭐야, 혀가 입천장에 달라붙기라도 한 거냐? 열광적인 대답이 나올 줄 알았더니! 기뻐서 폴짝폴짝 뛰지도 않고! '고맙습니다, 오, 현명하신 최고 마구스여, 그 혐오스러운 세계에서 위험을 무릅쓸 기회를 주시다니 정말 고맙습니다!' 뭐, 이 정도의 말은 나올 줄 알았는데! 이거 너무 실망인걸!"

"선생님······ 승낙하신다는 말씀이세요?"

믿을 수 없다는 듯 타라가 외쳤다.

"승낙할 뿐만 아니라 나도 같이 간다!"

마니투는 개의 눈살을 찌푸렸다.

"어제는 끄떡도 하지 않더니만! 대체 무슨 바람이 불어서 갑자기 생각이 바뀐 게요?"

"아, 그거요! 이 녀석들이 한 떼의 노새보다 더 심한 고집쟁이들이라서 말입니다. 내가 반대해도 지겹게 졸라댔을 테고, 또 악마들에게 당해서 사지가 잘려나가기라도 하면······ 내 기분이 더러워지는 건 둘째치고 그 여파를 어떻게 감당하겠소. 그래서 내가 아이들을 보호하기 위해 같이 가기로 한 게요. 나 없이는 성공할 수 없으니까!"

"우와, 고맙습니다. 선생님이 도와주신다면 백만 대군을 얻는 거지요."

그 계획을 세워놓고 내심 불안해하던 칼이 말했다.

"고맙다는 말은 일단 돌아오고 난 뒤에 하거라. 자, 너희들의 계획이 뭔지 어디 자세히 한번 들어보자."

"일단 재판관 조각상 앞으로 가야 해요."

무아노가 설명했다.

"재판관이 우리를 위해 소년의 혼령을 소환해주면, 우리는 혼령에게 칼이 범인이 아니라는 걸 설명할 것이고, 재판관이 그것을 정당하다고 확증해 주면 그 판결을 탈루디에 녹화할 생각이에요. 이번에는 진짜 범인에게 유죄를 선고하리라 기대하고 있거든요. 그리고 지난번에 마왕이 타라에게 악마의 마법을 걸어서 골탕을 먹였기 때문에 우리를 알아보지 못하게 변신하기로 했어요."

"흠, 제법이구나. 내 능력이 너희들의 능력보다 더 강력하니까 그 변신은 내가 맡겠다. 게다가 난 악마들을 경험해본 적이 있어서 그들이 뭘 좋아하고 싫어하는지 알아. 마니투, 당신은 현재의 개 모습으로 있어도 되겠소. 지난번에 갈 때 같이 가지 않아서 악마들이 당신을 모르니까. 하지만 너희들의 패밀리어들은 여기 남아 있어야 한다."

바룬이 항의성의 울음소리를 내자, 셈 선생님은 눈살을 찌푸렸다.

"내가 없는 동안에 이 매머드가 내 사무실에서 바보 같은 짓을 하진 않겠지?"

셈 선생님은 상당히 불안해하는 얼굴이었다.

"빨간 바나나를 많이 주고 정원에 풀어놓을 거니까 얌전히 있을 거예요. 아니, 그러길 바라는 거죠, 뭐. 우헤헤."

파브리스가 대답했다.

로빈은 난처한 얼굴을 했다.

"내 활을 가지고 갈 수 없는 건가요?"

"파프니르도 도끼를 갖고 갈 수 없다. 너희들의 무기는 눈에 띄니까."

"그러면 활이 싫어할 텐데……."

"그게 바로 마법의 무기들의 문제라니까. 내 도끼는 내가 어디다 놓으면 그냥 그 자리에 가만히 있단 말야. 네 나뭇개비하고 협상 잘 해야겠다, 너. 아, 진짜 웃긴다!'

하프엘프는 검은 머리털에 흰머리가 띄엄띄엄한 머리를 끄덕이기만 할 뿐 대답은 하지 않았다. 불행하게도 난쟁이의 말이 옳았기 때문이다. 로빈에겐 이미 성난 활의 투정이 들려왔다.

"우리가 얼마나 떠나 있게 될지 모르겠다. 가능한 한 오래 걸리지 않기를 바라기는 한다만. 자, 너희들 이제 옷을 벗어라."

셈 선생님이 말했다.

"네?"

무아노가 단박에 얼굴이 빨개져서 반문했다.

"너희들을 변신시켜야 하니까. 마법복은 림보에 잘 알려져 있단 말이다. 따라서 너희들의 달라지는 몸에 어울리게 색깔과 모양을 바꿔야 한다."

셈 선생님이 차분하게 설명했다.

"내가 너희들을 바꿔놓는 동안에 속옷만 입고 있어."

파프니르는 못마땅한 얼굴로 흘겨보았다.

"무슨 속옷이요? 난 셔츠와 바지만 입었는데요. 그리고 난 왜 그렇게들 옷을 덕지덕지 껴입는지 도무지 이해를 못하겠다니까!"

"아, 그게……."

당황한 셈 선생님이 얼른 화제를 돌렸다.

"자, 이제 시작한다."

정말 유쾌한 일은 아니었다. 마법사들이 변신할 때는 대체로 그리 심하지 않은 변형을 예상케 하는 약한 주문을 사용한다. 하지만 이번에는 셈 선생님이 송곳니며 여러 개의 눈과 팔, 다리, 거기다 촉수까지 덧붙이지 않을 수 없었다. 그런데…… 의외의 놀라운 성과였다.

자줏빛 점박이가 된 타라의 몸이 줄어들더니 촉수로 덮인 짜리몽땅한 배불뚝이가 되었다. 이어서 마법복이 신음소리를 내면서 새로운 형태에 맞춰지다가 놀랍게도 소매가 달린 조끼와 무릎까지 내려오는 황록색 반바지로 변했다. 온몸이 꺼멓고 하얀 로빈은 입 하나와 여섯 개의 다리가 추가되었고, 머리는 꼭 살찐 아스파라거스 같았다. 난쟁이의 격한 성격을 의식한 셈 선생님은 조심스럽게 독침이 달린 길다란 꼬리 하나만 달랑 추가한 다음에 피부색을 회색으로 바꿔놓고 머리에는 똬리를 튼 뱀들을 앉혀놓았다. 상당히 이국적인 모습이었다. 그 꼬리가 자신의 빨간색 가죽바지를 뚫었을 때 파프니르는 이를 부드득 갈았다.

파브리스는 갑각류의 날카로운 집게발과 여덟 개의 거미발이 잘 어울리게 배합되었다. 투실투실해진 칼은 코끼리 귀와 코, 그 가죽까지 뒤집어쓴 악마의 모습으로 변했다. 얼마나 놀랐으면 바룬이 뒷걸음질칠 정도였다. 무아노는 껍질을 반쯤 벗긴 기다란 호박 같기도 하고 달팽이 같기도 했다. 마니투는 개의 몸을 유지하고 있긴 한데 그 몸에 50개의 눈이 붙어 있었다. 한편 셈 선생님 자신은 머리 두 개를 더 돋아나게 하고, 그 커다란 용의 크기를 적어도 네 배로 축소시키고는 비늘 대신에 끈적끈적한 민달팽이 거죽으로 바꿔놓았다. 아주 성공적이었다. 악마의 나라에는 무기를 가지고 갈 수 없기 때문에 셈 선생님은 마지막으로 그들 모두에게 덤비는 놈을 갈기갈기 찢어놓기에 충분한 날카로운 송곳니와 갈퀴발톱을 추가했다.

파브리스와 로빈이 이동하려고 할 때 일이 복잡해졌다. 그 둘의 다리들이 뒤엉키면서 바닥에 코방아를 찧고 말았으니.

"에이 씨!"

파브리스는 노골적으로 즐거워하면서 얼굴을 핥아주는 바룬을 떠밀면서 툴툴거렸다.

"다리 한두 쌍만 없애주면 안 되요? 전 도저히 이 많은 다리를 동시에 사용할 수가 없다고요!"

"연습해! 우리의 변신은 완벽해야 한다. 실수를 했다가는 우리 모두 죽는 거야!"

셈 선생님은 엄하게 대답했다.

"지당하신 말씀이에요."

로빈이 뒤엉킨 다리를 풀려고 애를 쓰면서 찬성했다.

"한번 해보자, 이렇게……."

의자 두 개와 탁자 하나가 걸음마 연습을 위한 애꿎은 희생양이 되었고, 그들은 마침내 일어서기에 이르렀다. 셈 선생님은 그들에게 촉수를 사용하는 법도 가르쳐주었다. 파프니르도 독침 꼬리가 가공할 무기라는 걸 알고는 몹시 흡족해했다.

두 시간의 연습 끝에 그들은 차츰 새로운 몸에 익숙해졌다.

"완벽해. 이제는 세세한 것들을 알려주겠다. 나는 필요할 경우에는 며칠이라도 너희들을 변신된 상태로 유지시킬 수 있다. 너희들의 몸은 이제 림보에 맞춰진 거니까 정상적인 몸보다는 훨씬 강인해. 그러나 상대적으로 나의 마법 능력은 약화될 것이다. 따라서 우리가 만약 방어를 하거나 공격해야 될 경우에는 일단 본래의 몸으로 돌아오길 기다렸다가 행동하거라. 그 대신 악마들의 공격에 훨씬 더 노출되어 있다는 걸 명심하고 절대로 지나치게 흥분하지 말기 바란다. 자, 이제는 악마 세계의 생존 법칙을 알려주겠다. 너희보다 덩치가 더 큰 악마를 만나면 인사 같은 것도 하지 말고 그냥 옆으로 비켜서는 것이 좋아. 더 강한 상대에게는 공손하게 굴고 더 약한 상대는 무시해버려. 어떤 악마가 다른 악마를 집어삼키는 장면을 보게 되더라도 절대 놀라거나 소리치거나 화내지 말거라. 악마들은 식인종들이니까. 놈들은 우리가 무리 지어 있을 때는 공격하지 않아. 그러니까 절대로 혼자 떨어져 있으면 안 되고, 특히 내게서 멀리 떨어지지 않도록 주의해. 알겠니?"

순식간에 얼굴이 파랗게 질린 그들은 찍소리도 내지 않았다.

"자, 모두 내가 방금 갬볼 가루로 그린, 원 안으로 들어와. 그리고 눈을 감아."

그들은 그 지시를 따랐다. 그때 갑자기 셈 선생님이 소리를 버럭 질렀다.

"마니투!"

"뭐요?"

"내가 눈을 감으라고 하지 않았소!"

"당신은 그게 쉽다고 생각하는 모양인데……."

마니투는 50개의 눈을 한꺼번에 감으려고 안간힘을 쓰면서 구시렁거렸다.

마니투가 마침내 50개의 눈을 감자, 셈 선생님이 *"스파리담!"* 하고 외쳤다. 잠시 후 그들은 림보에 도착했다.

그들이 이른 곳은 한 도시였는데 악마들이 북적거리고 있었다. 악마의 도시니까 그거야 당연한 일이건만 섬뜩한 것이 유쾌하지는 않았다.

집들은 창문도 없고 대문도 없었다. 악마들은 눈에 거슬리게 요란뻑적지근한 빛깔의 벽들을 즐기듯이 태평하게 통과했다.

"그런데 벌판이 안 보이네요?"

색깔이 추방되었던 을씨년스런 잿빛 벌판이 기억난 타라가 의아해했다.

"돌아다니는 궁전이니까."

셈 선생님이 대답했다.

"궁전이 있는 위치에 정신을 집중해서 여기에 이른 거니까 이 도시 안의 어딘가에 있을 게다. 이제 궁전만 찾으면 된다."

셈 선생님은 등에 걸쳐 매고 있던 민달팽이들의 일종의 배낭 안에 탈루디와 금서를 조심스럽게 집어넣고 나서 걸어가기 시작했다.

어두운 하늘에 묘한 크기의 검은 태양들이 빛나고 있었다. 느닷없이 무시무시한 돌풍까지 몰아치기도 하는 심술쟁이 태양들 때문에 집들은 다만 악마들이 돼지껍질처럼 지글지글 타는 걸 막기 위해서 지은 것일 뿐이었다. 따로 영양을 섭취할 필요는 없어도 그 불길한 태양 에너지는 꼭 필요했기 때문에 악마들이 집 안에 오래 머무는 일은 별로 없었다.

나무들도 있었다. 아니, 나무라기보다는 그 비슷한 것들이었다. 어쨌든 강렬하게 내리쬐는 햇살을 견디기 위한 것인지 파리한 흰색의 나무들에 주렁주렁 매달린 탐스런 밤색 꽃들에서 검정, 초록, 회색 줄무늬의 곤충들이 꿀을 수집하고 있었다.

이따금 한 악마가 너무 가까이 지나갈라치면 곤충들이 떼거리로 달려들어서 악마가 비명을 지르면서 줄행랑칠 때까지 독침을 쏘아댔다. 그런데 다른 악마들은 그 광경을 아주 재미있어하는 것 같았다.

타라 일행은 하얀 풀밭을 지나가면서 림보의 식물들이 작정을 하고 덤비면 지나가는 사람을 와작와작 씹어먹을 수 있다는 것도 알았다. 고집 센 나뭇가지들에 포위된 뼈다귀며 키틴질, 작은 발들이 풀밭 곳곳에 뒹굴고 있었다. 그 풀밭에 드러누웠다가는 사람이든 동물이든 다시는 일어나지 못한다는 걸 알려주는 장면이었다.

좀더 전진하던 타라 일행은 악마들이 따로 영양을 섭취할 필요가 없기는 해도 먹는 걸 즐긴다는 걸 알았다. 다른 세계에 대한 미각을 드러내왔던 악마들은 도움을 주는 대가를 먹을 것으로 보상받았다. 그것도 무엇이 되었든 산 채로 먹어치우는 것으로.

"이이잇, 야만적이야! 악마들은 불을 사용할 줄 모르나?"

파브리스가 중얼거렸다.

"알지, 불이 음식 맛을 망쳐놓는다고 생각해서 탈이지."

셈 선생님이 말했다.

장사꾼 악마들이 손님들에게 상품을 권하고 있었다. 파는 사람이나 손님이나 그들의 대화는 아예 우격다짐을 벌이는 식이었다.

'내놓지 않으면 팔을 확 뽑아버리겠다' 라는 식의 우격다짐이 마치 가장 잘 유통되는 화폐처럼 사용되고 있었다. '어디 시험삼아 해보시지. 그러면 여기 이 도끼로 그 상판을 어루만져줄 테니' 하는 식의 엄포성 발언도 많이 쓰이는 것 같았다. 대개 거래는 약자가 당하는 걸로 끝났는데 이것은 장사꾼 악마들이 근육질의 몸은 말할 것도 없고 심지어 콧구멍까지 무장하고 있음을 알 수 있게 했다.

남성인지 여성인지, 악마들의 성을 구별하는 것은 상당히 어려웠다. 타라는 그들 중에서 일종의 보석이나 장신구를 걸치고, 울긋불긋하게 화장한 악마들을 여성이라고 보면 틀림없을 거라고 생각했다.

거기다가 길은 어디로 가야 할지 도무지 종잡을 수가 없었다. 그들은 벽을 통과할 수 없기 때문에 길을 빠져나가기가 여간 복잡한 게 아니었다. 민달팽이의 몸으로 변신해 있는 셈 선생님이 갑자기 머리 하나를 쳐들었는데 세 개나 되는 입이 한꺼번에 미소를 지었다.

"따라오너라. 궁전을 찾은 것 같구나."

도시를 굽어보는 언덕 위로 어마어마하게 큰 다리들이 떠받치고 있는 마왕의 궁전이 보였다.

궁전 역시 지난번 왔을 때와는 생판 다른 모습이었다. 한 번 쳐다보고, 또 쳐다보고, 눈 비비고 다시 쳐다봐도 분명히, 절대적으로…… 장밋빛이었다. 우중충한 림보의 도시에 생뚱맞게 웬 장밋빛?

"이거, 조짐이 영 심상치 않군!"

셈 선생님이 중얼거렸다.

"왜요?"

칼이 의아해했다.

"차라리 산뜻해서 보기는 좋은데요, 뭐. 지붕이 옆에 붙어 있는 것이 좀 해괴하고, 문들이 위에 있고, 창문들이 아래에 나 있는 게 실용적이라고는 절대 말할 수 없지만."

"마왕의 기분이 좋을 때는 궁전이 검은빛이고, 기분이 나쁘면 장밋빛이란 말이다. 장밋빛이 선명할수록 기분이 나쁘다는 뜻이야." 하고 대꾸하는 셈 선생님의 목소리에 불안감이 배어 있었다.

"그럼 그 왕을 피하면 되죠. 그렇지 않아도 악마들은 딱 질색인데 거기다 화까지 나 있다면……."

"금서에 의하면 재판관은 '진실과 거짓과 폭로'의 방에 있는 것이 틀림없어."

"그게 다 방 이름이에요? 방 이름치고는 이상하네요."

"첫 법정을 연 뒤로 악마들이 그렇게 이름을 붙였지. 피고인들은 진실을 말해야 하는데 틀림없이 거짓말을 하고, 결국에는 진실을 말하는 재판관에게 들켜서 폭로되거든."

"그러니까 재판의 진행순서를 뜻하는 거네요. 그런데 경비원들은 어떻게 피하죠?"

"경비는 없어. 미치광이가 아니고서야 어느 누가 감히 악마들의 나라에 와서 마왕에게 도전하겠느냐?"

"그러게요. 누가 그러겠어요?"

칼이 중얼거렸다.

"그래도 또 혹시 모르잖아요!"

"악마들은 어떤 식으로 싸우죠? 부상당하거나 죽기도 해요?"

그때까지 잠자코 있던 로빈이 엘프다운 질문을 했다.

"악마들도 인간과 똑같은 물리적 법칙을 따르지. 다만 갈퀴발톱과 송곳니들로 무장하고 있어서 훨씬 강하고 민첩하지. 그래도 악마들의 몸에 칼을 꽂으면 다른 모든 생명체와 똑같은 현상이 일어난다."

"그럼 악마들도 '꺄악, 아파!' 뭐 이런 비명도 지르나요?' 하고 칼이 묻는데 죽었다 살아난 뒤로는 넉살이 더 심해져 있었다.

셈 선생님은 민달팽이의 눈으로 칼을 흘겨봤다.

"너희들이 급소를 찌르면 악마들도 죽어. 그게 꼭 심장을 의미하는 건 아냐. 어쨌든 우리는 싸울 생각이 전혀 없는 거잖아, 안 그래? 우리는 다만 브란디스의 심판을 녹화해서 칼의 무죄를 밝히면 되는 거니까. 따라서 조심해야 해. 아주, 아주 신중해야 한다."

셈 선생님의 말대로 궁전의 창문 앞에 경비원들은 없었다. 안으로 들어갔는데 고기 썩는 냄새에 숨이 막히는 것 같았다.

"웩! 이게 무슨 냄새지? 으, 지독하다!'

비위가 상한 무아노가 속삭였다.

"저기서 난다."

입으로 숨쉬려고 애를 쓰면서 타라가 말했다.

내부 곳곳의 낮은 기둥 위에 살덩어리나 핏덩어리들이 널려 있어서 복도에 구더기와 파리가 우글거렸다.

"이건 방향제를 달아놓은 것과 같은 효과야."

문득 깨달은 듯 타라가 말했다.

"분위기를 조성하기 위해 일부러 이렇게 해놓았다고 봐야지."

장밋빛의 뜨거운 벽 때문인지 타라는 어마어마한 창자 속에 들어와 있는 끔찍한 느낌이 들었다.

"그럼 성공한 거네."

코끼리 코를 달고 있는 덕분에 후각이 예민해진 칼이 말했다.

"냄새가 좀 덜 나는 곳을 찾아보자."

물론 어디에도 그런 곳은 없었다. 어디서나 악취가 나는 걸 보면 궁전의 감독관은 방향에 각별히 신경 쓰는 일이 아주 많은 모양이었다. 그런데 이상하게도 그들은 누구한테도 간섭을 받지 않고 자유롭게 돌아다닐 수 있었다. 타라는 문득 마법의 지도가 이 세계에서도 기능을 발휘하는지 시험해 보고 싶었다. 재판관의 방을 찾으려면 그들에게는 어차피 안내자가 필요하지 않은가.

"전혀 모름."

지도는 자신의 무지를 인정하는 것이 싫은지 몹시 불쾌하다는 투로 대답했다.

"이 구역은 지도에 들어와 있지 않아서 나는 그 방이 어디 있는지 모르겠음. 혼자서 해결해야 함."

타라는 주위를 둘러봤다. 궁전은 분명히 외부보다는 내부가 훨씬 큰 것 같았다. 게다가 내부는 복도, 방, 괴상하게 뒤틀린 가구들이 있는 방, 부엌들이 미로처럼 얽혀 있었다. 그런데 부엌이라니, 뭘 준비하기 위한 거지? 악마들이 요리를 할 리는 없을 텐데!

"우린 선택의 여지가 없어."

타라는 지도를 도로 집어넣으면서 말했다.

"길을 물어봐야겠어."

"그거야 쉽지."

칼이 거들먹거리면서 잘난 척을 했다.

칼은 덩치가 큰 악마들을 질투 어린 부러운 눈으로 응시하고 있던 초록빛의 땅딸보 악마에게 다가갔다. 그도 그럴 것이 자기는 초록빛인데 그 악마들은 기분에 따라 빛깔까지 바꿀 수 있으니 부러울 만도 했다.

"우리는 재판관에게 가야 하는데 방이 어디지?"

칼은 우람한 근육을 울툭불툭 과시하면서 인상까지 제법 험악하게 썼다.

땅딸보 악마는 경멸하듯 쳐다봤다.

"그 방을 모르는 놈도 있나? 이런 분위기 파악도 못하는 꽃가루 꿀 같은 놈!"

땅딸보가 칼을 향해 그렇게 쏘아붙였을 때 타라는 하마터면 웃음이 터져 나올 뻔했다. '꽃가루 꿀' 이란 표현이 아마도 아주 모욕적인 욕지거리인 모양이었다. 악마들이 꽃을 싫어한다고 가정하면 '꽃가루 꿀' 이란 표현은 아더월드에서 악취가 날 때 사용하는 '트라둑 똥' 이란 것과 같은 욕설로 볼 수 있었다.

칼이 벌레 씹은 얼굴을 하고 있을 때, 셈 선생님이 나섰다.

"여기 있는 우리의 작은 친구가 네 질문을 이해하지 못한 것 같으니까 내가 다시 물어보겠다. 귓구멍을 쑤셔서 뚫어주면 아마 잘 알아듣겠지!"

끈적거리는 몸에서 삐죽삐죽 나오는 돌기들과 갈퀴발톱들이 일사불란하게 땅딸보 악마 쪽으로 쏠렸다.

눈이 왕방울만해진 땅딸보가 어찌나 빠르게 말하는지 단어들이 서로 달라붙어서 튀어나오는 것 같았다.

"첫째오른쪽문,둘째왼쪽문을지나두번을돈다음에직진하십시오, 나리."

"고맙네, 아주 친절하군."

셈 선생님이 깍듯이 대꾸했다.

셈 선생님은 뾰족 돌기들을 거두고 발뒤꿈치, 아니 자기가 발뒤꿈치로 사용하는 것을 돌리고 악마가 가르쳐준 대로 걸어갔다. 그것이 아주 놀랍도록 정확했다.

그런데 문제는 그들만 재판관을 만나려고 하는 것이 아니었다. 언뜻 보기에도 커다란 방 앞에서 기다리는 사람이 족히 천 명은 되는 것 같았다. 림보의 관습과는 달리 그 방에는 문, 아니 차라리 장밋빛 벽을 뻥 뚫어놓은 듯한 구멍이 있었다. 너무 푹 삶아진 것 같기도 하고, 불도저에 깔려서 찌부러진 것 같기도 한 바닷가재 형상의 괴물(집사인가?)이 고함을 지르는 건지, 짖어대는 건지 모를 소리로 다음 차례의 고소인들을 호명했다. 고소인들은 그 구멍으로 들어가기도 하고 때로는 벽을 곧장 뚫고 들어가면서 바닷가재의 심기를 건드렸다.

"와, 끔찍하다! 재판관 앞에 가려면 한 백 년은 걸리겠어."

몹시 실망한 칼이 중얼거렸다.

"게다가 우린 저 악마들이 모두 보는 앞에서 재판관에게 도움을 청할 처지도 아닌데 진짜 돌아버리겠군."

"근데…… 저 표정들 좀 봐, 판결이 마음에 안 드나 봐."

무아노가 벽에서 나오는 악마들을 가리키면서 말했다.

그들은 악마들의 얼굴인지, 상판대기인지, 낯짝인지에서 만족한다기보다는 크게 실망한 표정을 읽을 수 있었다. 실망하기는 고소인들이나 피고인들이나 마찬가지였다. 마왕의 경호원들로 여겨지는 괴물딱지들이 그들을 호위하고 있었다. 상체에서 꼬물거리는 징글징글한 촉수들, 툭 불거진 거미의 아래턱, 칙칙한 흰색 피부의 두발 괴물들이 놓칠 세라 여러 개의 팔로 피고인들을 꽉 붙들고 있었다.

판결이라고 해 봐야 사실 두 가지의 선택이 있을 뿐이라서 간단하기 이를 데 없었다.

하나는 신체 일부를 잃는 것인데 그 자리에서 즉시 제거되었다. 악마들이 아무리 항의를 해봤자 논쟁의 여지가 없었다.

또 하나는 목숨을 잃는 것이었다. 그것 역시 악마들이 아무리 항의를 해봤자 재판관의 정의는 가차없이 냉혹했다.

단칼에 잘려나간 머리, 촉수, 어느 부위인지 모를 살 조각들이 바닥에 어지럽게 널리는가 싶더니 눈 깜짝할 사이에 싹 치워졌다. 부상당한 악마들은 재판관을 저주하는 악다구니를 퍼부으면서 도망쳤다.

법정이라고 하기에는 시장판처럼 시끌벅적했다. 유혈이 낭자한 잔혹한 분위기에 특히 예민한 무아노는 야수로 변신하지 않으려고 안간힘을 다했다. 변장한 것이 탄로 나면 낭패가 아닌가.

빵빠방!

갑자기 요란하게 울리는 나팔소리에 이어서 쿵쿵거리며 다가오는 발소리……, 마왕의 행차였다. 마왕의 모습은 지난번 봤을 때와 다르지 않았다. 공 모양의 몸뚱이에 헤아릴 수 없이 많은 눈들이 다닥다닥 붙어 있고, 침을 질질 흘리는 두툼한 점박이 혀로 그 눈들을 핥고 있었다.

파브리스는 구역질을 꾹 참았다. 처음으로 악마와 대면하게 된 파브리스는 마법에 대한 열렬한 마음까지 흔들리기 시작했다. 막상 오두방정을 떨면서 짖어대는 악마 무리와 맞닥뜨리고 보니 마법은 없어도 평온한 지구의 삶이 최고라는 생각이 들었다.

두 명의 지구인들이 서로 눈길을 교환하는 걸 보면 타라도 파브리스와 같은 생각인 게 분명했다. 셈 선생님을 비롯한 다른 일행은 더 불안한 표정이었다. 변장에도 불구하고 마왕이 그들을 알아볼까 두려운 눈치였다. 무아노의 무릎이 덜덜 떨리고 있었고, 머리에 똬리를 튼 뱀들이 앞다투어 쉬익, 쉬익거리자, 파프니르는 들킬까 봐 잔뜩 긴장한 나머지 한방으로 반쯤 때려눕힐 기세로 주먹을 불끈 쥐었다.

마왕은 그들에게 눈길도 주지 않고 지나쳤는데 그 많은 눈을 고려하면 정말이지 굉장한 행운이었다. 경호원들이 괴성을 지르면서 퍽, 퍼버벅, 퍽! 몽둥이로 고소인들을 쫓아내는 사이에 마왕은 법정으로 들어갔다. 아무래도 마왕이 재판관에게 부탁할 것이 있는데 조용히 단둘이서

만 말하기로 작정을 한 모양이었다.

순식간에 복도와 법정은 텅 비었다.

"좋았어!"

셈 선생님이 탄성을 올렸다.

"지금 재판관이 혼자 있으니까 들어가자!"

경비원 두 명만 남아서 법정의 문으로 사용되는 구멍 양쪽을 지키고 있었다. 셈 선생님은 '절호의 기회인데 우두커니 있을 수만은 없지' 하는 얼굴로 그 우람한 덩치를 이용해서 악마 둘을 깔아뭉갰다.

"빨리 들어가!"

셈 선생님의 두 머리가 주위를 살피는 사이에 머리 하나가 말했다.

그들은 즉시 이행했다.

악마들이 사형이나 신체의 일부를 잃는 판결만 받는 줄 알고 방으로 들어서던 그들은 징역형도 받는다는 사실에 놀랐다. 그러니까 세 번째 판결도 있는 것이었다. 종신형이긴 해도.

법정의 벽은 마법이 걸려 있었다. 유죄 선고를 받은 악마들이 돌벽에 갇혀 있었다. 어떤 악마들은 얼마나 오랫동안 갇혀 있었는지 석상이 된 것처럼 아예 꿈적도 하지 않았다. 그런가 하면 최근에 선고를 받은, 아마도 종신형을 받은 듯한 악마들이 어떻게든 벗어나 보려고 돌 속에서 버둥거리면서 뭐라고 입만 벙긋벙긋하고 있는데 분노와 두려움이 섞인 비명을 지르고 있는 게 틀림없었다.

그 광경이 어찌나 충격적인지 타라 일행은 본능적으로 바짝바짝 붙어서서 벽에 가까이 가지 않으려고 조심했다.

마왕은 거대한 조각상 맞은편 옥좌에 앉아 있었다. 조각상은 딱히 어떤 형상을 표현한다기보다는 시커먼 눈 하나와 귀 하나, 입 하나가 투박

하게 새겨진 비정형의 검은 돌덩이였다.

그 입이 하는 말에 정신이 팔려서 마왕은 타라 일행이 들어오는 소리를 듣지 못한 눈치였다.

"그자는 거짓말을 하였다."

조각상의 입이 낭랑한 울림이 있는 걸걸한 음색으로 말했다.

"그자는 그들이 어디 있는지 알고 있다. 당신은 그자에게서 진실을 뽑아낼 만큼 강력하지 않다. 그자에게 당신 능력의 일부를 줌으로써 당신의 종족에 대한 확실한 경쟁자를 만들어놓은 것이다. 그런데 당신 뒤에서 있는 용은 뭔가?"

용 마법사와 어리둥절한 마왕이 동시에 딸꾹질을 했다.

"그게 무슨 말……."

마왕은 말을 끝낼 겨를이 없었다. 성난 기관차처럼 달려든 셈 선생님이 그 엄청난 몸무게로 눌러 마왕의 숨통을 조였던 것이다. 설마 악마들에게 폐가 없는 건 아니겠지? 림보는 호흡할 수 있는 공기가 흐르고 있는데도 셈 선생님이 숨통 조르기를 풀어주었을 때 마왕은 이미 완전히 의식을 잃은 상태였다.

"고약한 재판관 같으니라고!"

셈 선생님은 화를 버럭 냈다.

"애써 변장했는데 그냥 못 본 척 눈감아주면 어디가 덧나나? 속임수가 들통났으니 이제는 내 마법의 잠재력을 회복하기 위해 모두 다시 변신한다."

"에이, 그거 되게 아프네!"

정상적인 몸을 되찾은 칼이 툴툴거렸는데 마법복도 그 몸에 맞게 돌아오는 중이었다.

"그럼 이제 우리는 어쩌죠?"

셈 선생님은 기지개를 켜듯 비늘 덮인 용의 몸을 쭉쭉 늘리면서 흡족한 어조로 대답했다.

"'우리'가 아니라 네가 재판을 청해야지. 마왕이 앉았던 옥좌에 가서 앉아."

칼은 불안한 얼굴로 의자를 살폈다. 노려보는 것 같은 흉악한 얼굴들이 조각된 의자에서 끈끈하고 거무스름한 액체가 스며 나오고 있었다.

"크흑! 엄마가 이 옷을 보면 엄청 잔소리하게 생겼네!"

칼이 구역질이 나는 얼굴로 마지못해 앉으면서 투덜거렸다.

낭랑한 목소리가 울려 퍼지면서 방을 가득 채웠다.

"말해 보라, 칼리반 달 살란. 나의 판결을 요청하는가?"

배낭에서 꺼낸 탈루디를 얼굴에 붙이고 무아노가 그 장면을 녹화하고 있었다.

"네. 저는 살인죄로 부당하게 고소를 당했기에……."

칼이 대답했다.

"네가 브란디스 탈 미가 압 샹투의 살인죄로 고소되었다는 걸 알고 있다. 그리고 소년이 다시 판결하도록 내가 그 혼령을 소환하기를 너는 바라고 있다. 소년이 판결을 번복하지 않는다면 어쩔 텐가, 칼리반 달 살란?"

"소년은 그러지 않을 겁니다."

칼은 침착하게 대답했다.

"브란디스의 죽음에 대해 책임질 사람은 타라를 죽이려고 했던 자입니다."

"아! 하지만 그건 네가 치마 속을 들여다봤기 때문에 분개한 안젤리카 브란다우드가 지른 고함소리에 놀라 사고가 일어난 것이다."

"그게 아니에요. 저는 치마 속을 들여다본 것이 아니라 주머니 속을 보려는 거였어요. 안젤리카가 타라의 실수를 유발시키려고 흡혈파리를 날려보냈거든요."

"친구들이 네 말을 믿으려고 하지 않자 너는 네가 옳다는 걸 증명하고 싶었다. 그래서 두 소년의 경연이 끝나기를 기다리지도 않고 너는 즉시 행동에 옮겼다. 그것이 브란디스 탈 미가 압 샹투를 죽음으로 몰고 간 것이다. 그리고 그 소용돌이를 막아내지 못했다면 하마터면 네가 사는 세상은 파멸될 뻔했다!"

칼은 하얗게 질렸다. 맞는 말이 아닌가! 그건 칼이 생각도 못했던 예리한 지적이었다. 칼은 오직 안젤리카가 저지른 짓을 증명할 경우에 친구들이 보내줄 찬사만 생각했던 것이다.

칼은 고개를 푹 숙였다.

"맞는 말씀이에요. 제가 경솔했다는 걸 인정합니다."

"또……?"

재판관은 끈질기게 물고 늘어졌다.

"또……"

칼은 땅이 꺼져라 한숨을 내쉬었다.

"브란디스가 죽은 건 제 잘못입니다."

"결론은?"

재판관은 징그러울 정도로 집요했다.

"승복하고 감옥으로 돌아가겠습니다."

타라와 친구들이 너무 충격을 받아서 어안이 벙벙해 있을 때, 재판관이 괴상한 소리를 냈다. 칼이 깨닫는 데는 잠시 시간이 걸렸다. 돌덩이가…… 웃는 소리였다! 비웃음인가?

"으하하하, 너는 거짓말쟁이 악마들과는 달라서 내 기분이 아주 좋다. 그리고 너는 네 죄를 인정했다! 게다가 아주 진지했다! 좋아. 그래서 네 어깨의 짐을 제거해 주겠다. 안젤리카에 대한 너의 복수심이 그 사고를 일으켰다고 해도 정상적으로는 최고 마법사들이 그 소용돌이를 쉽게 막았어야 했다. 따라서 네 친구를 죽이려고 하다가 브란디스 탈 미가 압샹투를 죽인 자가 진범이다. 네가 용서를 구할 수 있도록 소년의 혼령을 불러주겠다. 그리고 이번 일을 교훈으로 삼기 바란다. 작용이 있으면 반드시 반작용이 있는 법, 따라서 행동하기 전에 심사숙고해야 한다."

칼이 입을 멍하니 벌린 채 경건하게 재판관의 말을 듣고 있을 때, 브란디스의 혼령이 유형화되었다.

"자, 이제 내가 희생자에게 상황을 설명하겠다."

재판관이 말했다.

"혼령이 뭐라고 하는지 어디 들어보자."

소년의 유령은 오무아의 궁전에서보다 더…… 생동감이 있어 보였다. 재판관과 유령의 대화는 알아들을 수 없었지만, 그들은 유령이 몹시 놀라는 걸 느낄 수 있었다. 유령이 칼을 향해 돌아서서 말했다.

"그러니까 네 친구를 보호하기 위해서 그런 어리석은 짓을 했단 말이지?"

"음, 꼭 그런 건 아니지만……."

"좋아."

소년이 말을 잘랐다.

"나라도 똑같이 행동했을 거야."

그날 하루에만 두 번이나 거의 기절할 정도로 놀라게 된 칼은 입을 벌렸다가 도로 다물고 말았다. 유령이 무슨 말을 할지 몹시 궁금한 얼굴로.

"그렇지만 설사 네가 내 죽음에 대한 책임이 없다고 하더라도 넌 진짜 살인범에게 그런 짓을 할 빌미를 제공했어. 그래서 나는 너에게 징역형을 선고하는 것이 아니라 내 부모님이 늙고 병들었을 때 도와드리라는 선고를 내리겠어. 그토록 믿고 의지하던 아들을 잃은 불쌍한 분들이니까. 이게 내 판결이야. 난 너에게 돈도 피도 요구하지 않아. 다만 시간을 요구하는 거야. 공정한 거 같지?"

칼의 눈에 눈물이 글썽글썽했다. 그는 자식을 잃은 부모님의 아픔을 생각하지 못했었다. 그 부모의 고독한 노년을 생각하지 못했었다.

"약속할게."

칼은 엄숙한 어조로 대답했다.

"너의 소원을 네 부모님께 전할게. 브란디스, 피의 맹세를 할게."

"그럴 필요 없어."

유령이 말했다.

"약속한 것으로 충분해. 그리고 한 가지 더 부탁할게."

"물론이지, 뭔데?"

"나를 죽게 한 자를 만나게 되면……."

유령이 갑자기 성난 음성으로 말했다.

"나 대신 대가를 치르게 해줘. 아주 비싼 대가를."

"그것도 약속할게."

칼은 사나운 미소를 지어 보이면서 대답했다.

"그럼 난 안심하고 돌아갈게. 안녕."

그렇게 말하면서 소년의 유령이 사라졌다.

"아주 잘 끝났다. 전부 다 녹화했겠지, 공주?"

재판관이 물었다.

무아노는 화들짝 놀랐다. 공주라는 칭호로 불리는 것에 아직은 익숙해 있지 않았기 때문이다.

"예? 아, 예, 탈루디에 다 담았어요. 이제 여제께 가져가는 일만 남았어요."

그때 갑자기 들리는 신음소리에 그들은 깜짝 놀랐다. 깨어난 마왕이 촉수들을 꼬물거리면서 수십 개의 눈을 뜨려하고 있었다.

그 순간 용 마법사 셈 선생님이 눈 깜짝할 사이에 그 긴 꼬리로 마왕의 급소를 후려쳐서 다시 악몽 속으로 보내버렸다.

"다 끝난 것 같으니 문을 만들어서 여길 떠나자."

셈 선생님은 갈퀴발톱으로 조심스럽게 금서를 꺼내면서 말했다.

셈 선생님이 탈루디를 붙잡으려고 할 때였다. 갑자기 유령 하나가 그들 앞에 나타나는 바람에 그들은 까무러칠 뻔했다. 칼은 한순간 브란디스가 판결을 번복하러 온 거라고 생각하고 공포에 사로잡혔다. 하지만 이 유령은 브란디스보다 키가 더 크고 나이도 더 들어 보였다.

그들을 응시하는 유령도 어리둥절한 표정이었다.

자신의 눈빛과 같은 쪽빛 눈, 그리고 흰 머리털이 섞인 금발을 알아본 타라는 믿어지지 않는 얼굴이었다. 낡은 사진에서 수천 번도 더 보았던 얼굴이 아닌가!

"아빠?"

타라가 소리쳤다.

유령이 고개를 갸우뚱했다.

"누구…… 누구십니까?"

"아빠? 저예요! 타라예요!"

"타라틸랑넴? 하지만…… 그럴 리가! 타라는 겨우 두 살인데!"

"아빠, 나예요! 잘 보세요! 오, 아빠! 나도 믿어지지 않아요. 분명히 아빠 맞죠?"

유령은 찬찬히 타라를 뜯어보고 나서 함박미소를 지었다.

"오, 타라! 내 아가!"

딸을 품에 안으려고 달려오긴 했지만 유령은 타라를 통과해 버렸다.

"오, 이런!"

그 목소리에서 한없는 슬픔이 묻어 있었다.

"너를 만질 수 없다는 걸 깜빡 잊었구나!"

타라는 더 생각할 것도 없이 자신의 아버지라는 걸 확신했다. 아버지의 품에 안길 수 없다는 것은 가슴이 에이는 듯한 고통이었다. 그 아픔이 전해졌는지 아버지가 우물우물 말했다.

"내 아가, 정말 미안하구나!"

타라는 웃어야 할지 놀라야 할지 주뼛거리는 친구들을 힐끗 쳐다봤다.

"근데…… 아빠?"

"그래, 오, 내 아가!"

"부탁인데요, 내가 이제 곧 열세 살이 되거든요. 그러니까 제발 '내 아가'라는 말은 하지 말아주세요, 네?"

단비우는 딸에게 다정한 미소를 지어 보였다.

"오, 그래, 미안하구나, 내 사랑. 너와 헤어졌을 때 넌 겨우 두 살이었어. 그래서 습관이 들었나보다. 더는 아가라고 부르지 않으마. '내 사랑' 이건 괜찮지?"

"네, 좋아요, 아빠. 아빠를 만나 이렇게 말하게 되다니 정말 기뻐요. 얼마나 보고 싶었는지 몰라요, 엄마와 아빠를! 사무치게 그리웠는데 얼마 안 되는 사이에 아빠와 엄마를 연이어 다시 만나게 되다니 정말 믿어지지가 않아요."

단비우는 눈살을 찌푸렸다.

"우리를 다시 만나? 네 어머니와 함께 있는 게 아니었단 말이니?"

"아빠를 죽인 괴한한테 엄마는 납치를 당했었어요. 마지스터라는 사람인데 그자가 '상그라브'라는 이름의 집단을 만들어 악마들과 협정을 맺고 악마의 마법으로 수석 마법사들을 감염시켰어요. 그 다음에는 마지스터가 나를 납치했어요. 내가 데미데루스의 혈통이라는 이유였어요. 내가 있어야 악마들과의 전쟁에서 승리한 뒤에 용들이 숨겨놓은 악마의 힘을 가진 사물들에 접근할 수 있기 때문이죠. 하지만 내 친구들과 내가 힘을 합쳐서 마지스터를 물리쳤고, 동시에 10년 동안 갇혀 있던 엄마를 구해냈어요. 아 참, 내 패밀리어는 페가수스예요. 그리고 힘이 필요할 때 나를 도와주는 살아 있는 돌도 있어요. 그 돌은 정신이 있는 돌이라서 내 친구가 되었어요. 우리가 여기 온 건 소용돌이에 휘말리게 해서 브란디스를 죽인 죄로 고소된 내 친구 칼리반의 무죄를 밝히기 위해서예요. 진짜 범인은 칼리반이 아니라 벌써 여러 차례 나를 죽이려고 한 자거든요. 음…… 그게 정확한지 확실치는 않지만……, 이해하시겠어요?"

유령은 벽에 머리를 꽝 부딪힌 표정이었다.

"솔직히 말하면 무슨 말인지 하나도 모르겠구나. 누군가가 너를 죽이려고 한단 말이지? 그리고 너한테 패밀리어가 있고? 하지만 난 네 할머니에게 너를 마법사로 키우지도, 아더월드에서 살게 하지도 않겠다는 맹세를 받았다. 그런데…… 여기가 어디지?"

단비우는 기괴한 형상의 옥좌와 악마들이 갇혀 있는 벽을 자세히 살폈다.

"여기는…… 최고 마구스들이 만든 악마들의 림보와 흡사하구나!"

셈 선생님이 끼어들면서 유령의 주의를 환기시켰다.

"감개무량한 재회를 방해해서 미안합니다만 우리는 림보에 있는 것이 맞습니다. 그리고 더할 나위 없이 좋은 것은 우리가 여길 떠날 수 있다는 거죠. 지금 당장이라도."

이맛살을 찌푸리던 유령의 몸이 굳어졌다. 유령의 몸이 굳어 봐야 얼마나 뻣뻣해질까마는.

"용 마법사 셈나샤오비로다인트라쉬부? 당신이 이 모든 일의 책임자요?"

셈 선생님이 냉소적인 미소를 짓는 걸 보면 그와 단비우는 사이가 별로 좋지 않은 모양이었다.

"사실은 전혀 그렇지가 않아요. 당신의 딸이 최악의 상황에서도 혼자서 완벽하게 헤쳐나가고 있으니까요."

그때였다. 재판관이 갑자기 말을 자르고 들어오는 바람에 그들은 깜짝 놀랐다.

"내가 왜 네 아버지를 오게 했는지 그 이유를 알겠는가, 타라? 나는 네 머릿속에서 네 할머니에 대한 불안을 읽었다. 물론 판결을 내리는 것이 내 임무지만 내 앞에 출두한 이들의 고민을 해결해 주는 것도 나의 임무다. 내가 해줄 수 있는 것이라면, 그리고 아주 까다로운 문제가 아니라면. 이제부터는 네가 알아서 해, 타라."

무슨 말인지 대번에 알아차린 타라가 아버지를 향해 돌아섰다.

"나는 마법을 쓰지 않으려고 노력하는데 마법은 같은 생각이 아닌 것 같아요. 어쩔 수 없이 마법을 사용할 일들이 자꾸만 생기는데, 마법을 사용하면 할수록 점점 더 최고 마법사 수준에 가까워지고 있어요. 그런데 내가 마법사가 되면 할머니가 돌아가신대요. 아빠에게 한 피의 맹세 때문에. 무슨 말인지 아시죠?"

"난 마법이 너에게 그렇게 꼭 필요하게 되리라고는 한순간도 생각지 못했다. 내 딴에는 아더월드로부터 너를 지켜주려고 그런 거였는데…… 미안하구나."

"타라로부터 아더월드를 지켜야 한다는 게 오히려 맞는 말일 겁니다."

셈 선생님이 중얼거리듯 내뱉었다.

"이 행성이 무슨 별천지라도 되는 듯이 들쑤시고 다니는 아이니까요. 이젠 진짜 떠나야 합니다. 이사벨라가 어떻게 하면 피의 맹세에서 풀려날 수 있는지 빨리 알려주시오."

"이사벨라를 이곳으로 데려와야 합니다. 내 앞으로. 그래야 피의 맹세에서 풀어줄 수 있소." 유령이 딱 부러지게 대답했다.

"여기요?"

타라는 깜짝 놀랐다.

"림보로 말예요? 아빠, 농담이죠?"

"재판관만 유일하게 죽은 자들을 여러 번 소환할 수 있거든."

셈 선생님이 유령을 대신해서 대답했다.

"하지만 우리가 이사벨라와 함께 다시 이곳으로 온다는 건 생각할 수도 없는 일이야. 타라, 네 아버지와 작별인사를 해야 되겠구나. 우리는 이 조각상 없이는 네 아버지의 혼령을 불러낼 수 없어. 타라, 미안하다."

사실 셈 선생님은 전혀 미안한 얼굴이 아니었다. 타라는 눈을 흘겼다. 미안해하기는커녕 흡족해하는 속내를 읽었던 것이다. 셈 선생님은 타라가 아버지와 얘기하는 걸 원치 않는 모양이었다. 왜 그럴까?

"저기, 말을 끊어서 죄송한데요."

칼이 끼어들었다.

"제 생각에는 위험을 무릅쓰고라도 다시 한 번 림보로 돌아오는 것 외에는 다른 방법이 없는 것 같아요. 이번 주에 저는 이미 죽었다 살아났거든요. 앞으로 100년 동안 그런 일을 다시 겪지 않을 수만 있다면 모험을 하고 싶네요."

유령은 깜짝 놀라서 칼을 쳐다봤다.

"자네는 누구인가?"

"알리아나 달 살란의 아들, 칼리반 달 살란입니다."

"최고의 도둑 알리아나 말인가? 그랬군, 자네 어머니를 잘 알지. 자네 어머니가 우리에게서 사일리보의 양피지들을 슬쩍했을 때 내 누이가 노발대발했었지. 자네의 생각은 뭔가?"

"조각상을 훔치면 돼요!"

유령은 말문이 막힌 눈길로 거대한 재판관 조각상을 쳐다봤다.

"농담은 아니겠지?"

"당연히 아니죠. 하지만 저 혼자서 할 수 있다는 말은 아니에요. 우리를 랑코비트로 데려가려면 셈 선생님은 더 이상 에너지를 소비하지 말아야 해요. 하지만 타라는 발동이 걸렸다 하면 무지막지하게 강력하거든요. 그러니까 타라의 마법이라면 저 뚱보 돌덩어리를 얼마든지 축소할 수 있다고 저는 확신해요. 일단 축소되면 제가 주머니에 집어넣고 짜잔! 집으로 돌아가는 거예요!"

"그러면 나도 너희들을 따라갈 수 있어. 그 어머니의 아들다운 훌륭한 생각이구나! 타라, 해보렴."

타라는 한숨을 내쉬었다. 이런 일이 생길 줄 미리 예상했더라면 좋았을 텐데. 맙소사, 저 뚱보 조각상을 나더러 어떡하라고!

타라는 할 수 없이 두 팔을 쳐들면서 정신적으로 살아 있는 돌에게 알렸다.

'저 조각상을 축소하려면 너의 도움이 필요해. 그 크기뿐만 아니라 무게도 줄여야 하거든. 그런데 내가 가능한 한 나의 마법을 덜 사용할수록 할머니에게 해를 덜 끼치는 거라서 너한테 부탁하는 거야. 알았지?'

'아버지를 만난 거야? 이젠 가족을 다 찾은 거지? 네 할머니를 도우려는 거지? 내 마법을 사용해!'

'음, 그게…… 정확하지는 않지만 그런 셈이야. 난 네가 필요해. 자, 시작한다. *미니아투루스*의 이름으로 내가 수송할 수 있게 너를 축소시키노라!'

그 주문이 조각상을 후려치자 재판관이 분개하는 고함을 질렀다.

악마들이 그 소리를 들은 모양이었다. 바깥이 소란스러워지면서 나팔 소리에 이어 발굽소리, 발소리, 뿔 받히는 소리로 와자지껄했다.

"서둘러야겠다. 타라는 멈추지 말고 계속해서 조각상을 축소해. 나는 주문을 걸어서 이 방을 방어할 테니까. 칼, 로빈, 파브리스, 파프니르, 무아노, 마니투는 그 장벽을 돌파하는 악마들을 맡아. 하지만 조심해야 한다. 뚫고 들어온다는 건 그만큼 강력하다는 뜻이니까."

셈 선생님이 외쳤다.

파프니르는 자신의 충직한 도끼가 없어서 큰 힘을 쓸 수 없다고 툴툴거렸다. 그러자 로빈이 재빠르게 도끼 하나를 나타나게 했다.

"흥! 또 그놈의 마법. 네가 까무러치거나 죽으면 너의 마법도 꿱! 그러면 이 도끼도 사라지는 거잖아!"

로빈은 어깨를 으쓱했다.

"칼이 말한 대로 난 죽지 않으려고 노력할 거야. 그래서 난 활을 만들어야 하……."

로빈은 말꼬리를 흐리고 말았다. 아니, 언제 나타났지? 자신의 손에 릴란드릴의 활이 쥐어져 있는 것이 아닌가. 이어서 활집도 나타났다.

이번에는 또 화살들.

그리고 팔뚝 커버까지.

하프엘프가 얼떨떨한 표정을 짓자, 어찌나 겁이 나는지 배에 잔뜩 힘을 주고 있던 파브리스는 유쾌하게 웃어젖혔다.

"믿을 수가 없어! 활이…… 나를 찾아왔어!"

로빈이 탄성을 올렸다.

"이번에 찾아와 준 건 내가 진짜 고마워한다고 활에게 전해 주라! 내 예상으로는 우리에게 활이 절실히 필요하게 될 때거든."

칼도 기쁨을 감추지 않았다.

구멍이 막히고, 벽이 봉쇄되었다는 걸 알아차린 악마들의 고함소리…… 과연 칼의 예상은 적중했다. 파프니르는 도끼를 처들었고, 로빈은 활에 시위를 메웠고, 파브리스와 칼은 파괴 주문을 외웠다. 무아노도 야수로 변신해서 갈퀴발톱을 세웠고, 마니투는 누구든 덤비기만 하면 확 물어뜯을 기세로 으르렁거렸다.

그 사이에 셈 선생님은 공간이동의 문을 만들어 놓았다. 올 때는 마왕의 주문을 외우는 것만으로도 림보로 올 수 있었지만, 돌아갈 때는 데미데루스의 방어 주문 때문에 공간이동의 문을 만들어야 했던 것이다.

한편 타라는 아버지의 격려를 받으면서 열심히 조각상을 축소하고 있었다. 조각상에만 정신을 집중하려고 노력했지만 쉽지 않았다. 마음이 들떠 있었던 것이다. 몇 주 사이에 어머니에 이어서 아버지까지 만났으니 어찌 안 그렇겠는가!

물론 아버지는 유령에 불과했다. 하지만 타라는 그것만으로도 만족할 수 있었다.

타라가 그렇게 이런저런 생각을 하고 있는 동안에도 다행히 마법은 계속 작동했다. 불의 채찍을 얻어맞은 조각상은 신음소리를 흘리면서 몸을 비비틀더니 점점 줄어들고 있었다.

조각상이 뚱보 햄스터만한 크기가 되었을 때 타라는 마법을 중단하고 작은 조각상과 탈루디를 잽싸게 셈 선생님의 배낭에 집어넣었다.

그때였다. 다른 놈들보다 영리한 건지, 강력한 건지 악마 둘이 용 마법사의 주문을 뚫고 들어왔다. 한 놈은 칼과 로빈의 파괴 주문에 당해 쓰러졌지만 다른 한 놈은 맹렬하게 싸웠다. 상어와 지네의 잡종 같이 생긴 놈인데 수많은 발에다 갈퀴발톱, 송곳니까지 장난이 아니었다.

눈 깜짝할 사이에 파브리스가 팔에 부상을 입었다. 무아노는 재빨리 괴물의 사정거리 밖으로 지구소년을 끌어다놓고 몸으로 막아섰다. 괴물의 발에 맞아서 반쯤 죽을 뻔했던 칼은 그 많은 발을 하나씩 마비시키는 것으로 서서히, 하지만 확실하게 괴물을 옴짝달싹 못 하게 만들었다.

한편 파프니르는 걸리적거리는 것은 모조리 도끼로 찍어버렸다. 마왕의 경호원들 중 하나가 방어 장벽을 뚫고 머리를 들이밀었다가 쓰러진 왕, 공간이동의 문, 사라진 재판관을 보고 분노의 고함을 질렀다.

타라의 신호에 따라 때마침 모두 후퇴하면서 사방에서 날아오는 공격을 아슬아슬하게 피할 수 있었다.

"빨리 떠나자!"

용 마법사가 늙은 마법사로 다시 변신하면서 외쳤다.

그들은 일제히 문을 향해 펄쩍 뛰었고, 순식간에 랑코비트로 돌아왔다. 속옷 바람의 셈 선생님과 기절할 것 같은 얼굴의 악마 하나와 함께.

악마는 그야말로 얼이 빠진 얼굴이었다. 싸움판에서 얼떨결에 그들을 따라 공간이동의 문을 통과했다가 이제서야 아더월드로 원격 이동되었다는 걸 깨달은 모양이었다. 떼거리로 몰려온 경비병들이 순식간에 에워싸면서 햄버거 스테이크로 만들어버릴 듯한 얼굴로 노려보자, 악마는 잡고 있던 파프니르를 얼른 놓아주고 나서 발들을 높이 쳐들었다. 그러고는 눈 돌아갈 정도로 빠르게 갈퀴발톱과 송곳니들을 쏘옥 집어넣었다.

화가 머리끝까지 난 난쟁이가 발 하나를 도끼로 찍어버리려고 했지만, 셈 선생님이 중단시켰다.

"그만해라, 파프니르, 항복한 거니까 그냥 내버려둬."

그렇게 말하던 셈 선생님은 그제야 자기가 속옷 바람이라는 걸 알아차렸는지 구시렁거렸다.

"맙소사, 이게 무슨 망신이야! *아펠루스*의 이름으로 마법복은 냉큼 돌아와서 내 몸에 입혀질지어다!"

림보에서 셈 선생님을 따라오지 않던 파란빛과 은빛 마법복이 즉시 나타났다. 파프니르는 자신의 빨간 가죽바지에 전갈 꼬리가 낸 구멍을 보면서 발끈했다.

"그놈의 마법! 이게 얼마나 비싸게 주고 산 바지인데!"

"경비병!"

셈 선생님이 외쳤다.

"예?"

"밤새 박사에게 부상자가 두 명 있으며, 우리의 이로운 마법은 악마들에게 별로 효과가 없다고 알리게."

"알겠습니다."

경비병은 부리나케 달려갔다.

파프니르가 따지듯이 물었다.

"설마 저 악마를 치료해 주려는 건 아니시죠?"

셈 선생님은 난쟁이를 돌아봤다.

"당연히 해줘야지. 치료를 해주면 왜 안 되는데?"

난쟁이는 어이가 없는 얼굴이었다.

"하지만…… 우리를 공격한 놈이잖아요!"

"꼭 그런 건 아니지. 우리가 악마들의 나라에 침입해서 그들의 왕을 때려눕혔고, 재판관을 훔쳐왔어. 그들의 관점에서 보면 공격한 쪽은 우리야. 그들은 방어했을 뿐이고."

난쟁이는 말문이 막혔다. 그런 관점은 전혀 생각하지 않았던 것이다.

그 순간이었다. 뭔가 둥둥 떠다니는 것이 타라의 눈길을 잡았다. 공포에 질린 타라의 눈이 왕방울만 해졌다.

타라가 조각상을 축소시키면서 아버지도 축소시킨 것이었다. 생쥐만 하게 줄어든 유령이 둥둥 떠다니고 있는데 좀 당혹스런 표정이었다.

"아니, 이럴 수가! 이게 대체 어떻게 된 거지?"

유령의 목소리는 모깃소리만했다.

"아빠? 어머, 이를 어째! 괜찮으세요? 죄송해요, 정말 죄송해요. 생각지도 못했어요!"

"네가…… 그랬니? 너의 마법이 과연 강력하구나! 걱정하지 마라. 네가 조각상의 크기를 돌려주면 나도 크기를 되찾게 될 게야. 그러길 바란다."

타라는 겸연쩍은 미소를 지으면서 고개를 끄덕였다.

살아 있는 궁전은 좋아하는 마법사들을 되찾아서 몹시 기쁘면서도 악마 때문에 약간 어리둥절한 모양이었다. 궁전이 바닥에는 악마의 지네 발에 어울리는 불타는 사막을, 천장에는 상어에 어울리는 파란 바다를 투영했다. 그것은 섬뜩하게 느껴질 정도로 충격적인 효과를 자아냈다.

"우리 언어를 아는가?"

셈 선생님이 지네와 상어의 잡종 괴물에게 물었다.

악마는 마지못해서 씹어뱉듯이 대답했다.

"압니다."

"걱정하지 말라. 우리는 너를 치료해 주고 네 나라로 보내줄 것이다."

포로는 머리로 사용하는 것을 쳐들고 희망이 담긴 목소리로 물었다.

"재판관을 붙잡아둘 겁니까?"

"너야 그러면 좋을 테지."

셈 선생님이 비아냥거리듯이 말했다.

"그러면 재판도 없고 판결도 없으니까 그건 안 될 일이지. 너희 왕국의 안정을 위해 재판관은 제자리로 돌아갈 것이다. 내가 너희들의 왕에게 되돌려줄 거니까."

악마는 증오심에 불타는 눈길을 던지고 나서 의무실까지 얌전히 경비병들을 따라갔다.

셈 선생님은 파브리스에게 몸을 숙였고, 팔을 내미는 파브리스는 고통으로 얼굴을 일그러뜨렸다. 로빈의 회복 주문 덕분에 통증은 가라앉았지만, 상처는 아주 깊었다. 그리고 악마의 돌기 끝에는 독이 있어서 즉시 해독할 필요가 있었다. 따라서 그들은 파브리스 역시 의무실로 데려갔다. 그러자 지구소년은 지네 발에 상어 머리를 한 괴물딱지의 룸메이트가 된 걸 몹시 기분 나빠했다.

타라 일행이 랑코비트로 돌아오자마자 바룬, 블롱딘, 갈랑은 즉시 그들의 존재를 느꼈다. 패밀리어들이 헐레벌떡 그들을 찾아왔고, 바룬은 불안한 마음을 감추지 못한 채 파브리스와 잠시도 떨어지려고 하지 않았다.

"괜찮아, 바룬. 별일 아니라니까. 그냥 좀 할퀸 것 뿐이야."

파브리스는 매머드에게 설명했다.

"그렇지 않아."

파브리스의 등 뒤에서 밤새 박사가 심각한 목소리로 말했다. "해로운 세계에서 악마가 낸 아주 깊은 상처라서 완전히 나으려면 시간이 좀 걸린다."

"시간이 걸려요? 얼마나 걸리는데요?"

파브리스의 목소리가 약간 흔들렸다.

"두고 봐야지. 내 약이 효험이 있을 테니 너무 걱정은 하지 말거라. 단 외출은 금지다. 상당히 고통스러울 것이고 기분도 아주 나쁠 게다."

파브리스는 까무러칠 뻔했다.

"내, 내가 아파요? 하지만……."

파브리스는 말을 더듬었다.

"회복하려면 당연히 그 정도의 고통은 따르지. 자, 이걸 꿀꺽 삼켜."

샤먼이 유리잔 하나를 환자 앞에 둥둥 떠다니게 하면서 말했다.

유리잔 안에서 부글부글 끓는 푸르뎅뎅한 혼합물이 도망치려고 하는 것 같았다.

"그럼 우린 그만 갔다가 내일 다시 올게."

의무실을 끔찍이 싫어하는 칼이 말했다.

"과일, 종교를 믿는 사람."

파브리스는 울상이 된 얼굴로 물약을 보면서 중얼거렸다.

"뭐라고?"

전혀 알아듣지 못한 칼이 물었다.

"배, 신자, 배신자!"

타라는 파브리스에게 연민의 미소를 지어 보이면서 답을 말했다.

혼합물의 맛이 겉보기와 완벽하게 일치하고 있음을 확인시켜주는

"웩, 웩, 웩!' 거리는 소리를 뒤로 하고 그들은 의무실을 나갔다.

"에고, 불쌍한 파브리스, 밤새 박사님의 물약은 원래 유명한데 정말 안됐다."

무아노가 피식 웃으면서 말했다.

"효험이 좋기로?"

타라가 궁금한 얼굴로 물었다.

"응, 그걸로도 유명하지만 특히 맛이 끔찍한 것으로도 유명하지. 환자들을 가능한 한 빨리 낫게 하려고 샤먼이 약을 아주 구역질나게 만드는 것 같아."

타라는 빙그레 웃으면서 이 요지경 같은 행성에서는 절대 아프지 않겠다고 다짐했다.

그들이 의무실 문턱을 넘어서는 순간 들려오는 아주 낯익은 목소리에 마니투는 허겁지겁 두 귀를 접었고, 셈 선생님은 슬그머니 뒷걸음질쳤다. 타라는 다리가 후들거렸다. 돌아보는 타라의 입에서 외마디가 퉁겨져 나왔다.

"할머니?"

12
알현

이사벨라의 성격이 랑코비트 궁전에는 알려져 있지 않았던 모양이다. 이사벨라의 조상은 난쟁이의 혈통임에 틀림없다는 숙덕거림이 일었다. 꼭 난쟁이들처럼 이사벨라도 먼저 두들겨 패고 그 다음에 질문을 퍼붓는 식이었으니 그럴 만도 했다.

이사벨라는 족히 한 10분 동안 타라에게 호통을 치면서 따발총을 쏘듯 강력하게 몰아붙였다.

'배은망덕한 것' 이란 말이 그나마 이사벨라가 퍼붓는 욕설 중에서 가장 점잖은 표현이었다.

처음에는 타라도 맞서보다가 할머니의 그 대단한 폐활량에 질려서 단념하고 말았다.

만난 지 얼마 안 된 아버지라서 호흡이 맞을 리 없는데…… 아싸! 타라는 아버지가 나서려고 하는 걸 느꼈다. 타라의 어깨 뒤에서 불쑥 나타난 아버지가 할머니 앞에 버티고 서서 그 작은 목소리에 힘을 주면서 태연하게 말했다.

"하나도 변하지 않으셨군요, 장모님. 그 직설적인 말투도 여전하시고."

한창 일장연설을 하던 중에 치고 들어온 말에 놀란 이사벨라는 입을 딱 다물었다. 할머니의 초록빛 눈이 등잔만해지면서…… 찬물을 끼얹은 듯 좌중에 침묵이 흘렀다.

타라는 픽 웃음이 나왔다. 할머니가 아연실색해서 말문이 막히다니.

"다, 단비우?"

이사벨라는 말을 더듬었다.

"하지만……."

유령은 이사벨라의 말을 잘랐다.

"말을 하자면 아주 기니까 그 얘긴 나중에 하지요. 지금은 아무 말 말고 두 팔을 내미세요."

이사벨라는 꼼짝 못하고 순순히 따랐다. 팔목의 붉어진 흉터는 타라의 능력이 증가하고 있음을 표시하는 산 증거였다.

"흘린 피에 걸고 한 맹세에서 나 당신을 해방시키니, 피의 맹세는 무효가 될지어다!"

유령이 주문을 외웠다.

이사벨라의 손목으로 모든 시선이 쏠렸다.

아무 일도 일어나지 않았다.

붉은 흉터가 있는 하얀 팔목은 느린 맥박이 뛰고 있을 뿐이었다.

"이해할 수가 없군."

타라의 아버지가 의아한 얼굴로 말했다.

"흉터가 사라졌어야 하는데!"

생쥐만한 사위의 유령과 마주하면서부터 침착함을 잃은 이사벨라는 소매를 접었다.

"난 뭐가 어떻게 돌아가고 있는지 모르겠군. 단비우? 자네는 또 왜 그

렇게…… 작아졌나? 그리고 어떻게 자네가 여기 있는 건가? 도대체 영
문을 모르겠어."

빵빠방!

갑자기 귀청을 찢을 듯 울려 퍼지는 트럼펫 소리에 궁전이 분개한 듯
부르르 떨었다. 악마의 세계에서부터 순간 이동된 문의 대합실에서 울
리는 경보 사이렌이었다. 최고 마법사들은 전원 회의실로 집합하라는 왕
의 목소리가 쩌렁쩌렁한 걸 보면 소리가 마법으로 증폭된 모양이었다.

셈 선생님은 난처한 얼굴로 고개를 끄덕였다.

"맙소사. 난 가 봐야겠소. 이사벨라, 오랫동안 회의에 참석하지 않았
으니 당신도 나와 함께 가는 게 좋겠소. 회의실은 아이들에게도 공개되
니까 너희들은 계단석에 자리를 잡거라. 그리고 너희들에게 관련된 사
항인 경우에는 토론에 참여하기 바란다. 마니투, 하지만 아이들이 섣불
리 나서지 않도록 각별히 신경을 써주시오. 부탁하오!"

셈 선생님의 목소리에서 간절하게 애원하는 마음이 또렷이 느껴졌다.

행정 심의를 하는 회의실은 어전보다 크기는 작지만 환상적인 조각
장식은 어전 못지 않았다. 대리석과 화강암 기둥들이 어찌나 정교하게
장식되어 있는지 파란 반점의 은빛 천장을 떠받치고 있는 것이 신기해
보였다.

거기에 또 랑코비트의 남작, 백작, 공작들의 깃발들도 벽을 화려하게
장식하고 있었다. 계단석 위로 불쑥 나온 금빛 나무로 만든 통로에 사수
들이 포진해 있는 걸 보면서 타라는 순간 움찔했다. 팽팽한 활들, 시위
에 메워진 화살들, 사수들은 왕이나 왕비를 향해 위협적인 걸음을 한 발
짝이라도 떼었다가는 그대로 쏴버릴 기세였다. 만약의 경우를 대비해
서 공격 자세를 취하고 있는 것이었다.

한편 최고 마법사들은 옥좌 주위에 떠 있는데 이사벨라의 참석이 뜻밖인지 웅성거림이 일었다.

마침내 베어 왕과 티타니아 왕비가 등장했다. 강력한 마법사들인 왕과 왕비는 조카딸 무아노처럼 키가 작고 눈빛과 머리는 갈색이었다.

분노의 불꽃을 토해내는 고문관 살라타르 못지않게 베어 왕도 신경이 날카로워져 있는 것 같았다.

"정숙! 정숙!"

빨간 머리 외눈 거인이 소리쳤다.

"우리 왕국은 방금 최후 통첩을 받았습니다!"

불안한 웅성거림이 일면서 궁인들이 술렁거렸다. 뭐? 무슨 최후 통첩?

"랑코비트의 최고 마구스 한 명과 수석 마법사들이 악마 세계 연합국 림보 제국을 침입했습니다. 최고 마구스는 악마들의 왕을 때려눕혔고 경호원들도 여러 명 죽였을 뿐만 아니라 그 세계의 평화 유지에 반드시 필요한, 아주 귀중한 유물을 훔쳤답니다. 마왕은 그 유물이 즉시 반환되지 않으면 데미데루스 협약을 깨고 지구를 지키는 지각 단층과 용들, 용이외의 다른 종족들도 공격하겠다고 알려왔습니다. 또한 우리 왕국은 그 두 번째 공격 대상이라고 천명했습니다."

왕은 고문관을 향해 몸을 숙였다.

"살라타르, 마왕이 정말로 그렇게 할 수 있겠소? 나는 우리의 최고 마구스들과 용들이 림보의 통로를 밀폐했기 때문에 악마들은 소환될 때를 제외하고는 우리의 세계로 올 수 없다고 생각하는데."

살라타르는 불꽃을 토해내면서 대답했다.

"바로 그렇습니다, 전하. 정상적으로는 불가능합니다. 하지만 평화조약을 조인할 당시 그들은 조약에서 한 가지 수정안을 요구했었지요. 그들이 공격하는 것이 아니라 공격을 당했을 경우, 그리고 그들의 생존에 필요 불가결한 것을 도둑맞았을 경우에 악마들은 우리의 세계로 돌아올 수 있다는 것이었습니다. 당시의 최고 마구스들과 용들은 전쟁이 나면 너무 큰 희생이 따르기 때문에 수락했었지요. 그때는 그것이 큰 손해로 여겨지지 않았었습니다."

왕이 왕비를 향해 몸을 숙이고 무슨 말인가를 주고받는 사이에 궁인들은 공손하게 왕이 입을 열기를 기다렸다.

타라 일행이 자리잡은 곳에서는 난처한 얼굴을 하고 있는 셈 선생님을 볼 수 있었다.

"이런, 이런!"

마니투가 중얼거렸다.

"셈과 내가 그 조항을 까맣게 잊고 있었다니! 재판관 조각상은 절대로 훔쳐오지 말았어야 했는데! 악마들에게 우리를 침략할 좋은 핑계거리를 제공한 셈이 되었으니!"

무아노가 조각상과 탈루디, 금서가 들어 있는 배낭을 가지고 있었다. 무아노는 배낭을 열고 작은 조각상을 꺼냈다.

"문제가 생겼어요."

무아노가 재판관에게 속삭였다.

"문제가 어디 한두 가지인가?"

재판관은 성난 목소리로 대꾸했다.

"대체 뭐 때문에 나를 이런 식으로 데려온 것이냐? 너희들은 정말 세계를 불과 피의 바다로 만들고 싶은 건가?"

"우린 선택의 여지가 없었어요."

타라가 대답했다.

"제 할머니를 도와드려야 했으니까요."

그러고는 마치 재판관이 혼내지 않으리라는 걸 자신하는 것처럼 타라가 덧붙였다.

"게다가 아버지를 만나게 된 행운을 그냥 놓칠 수는 없잖아요?"

"흥! 말은 번드르르하다!"

재판관이 콧방귀를 꼈다.

"하지만 그 말이 너 때문에 죽게 될 사람들에게 위로가 되겠는가? 이제 그만해. 사태가 악화되기 전에 나를 악마들에게 돌려보내라."

"우리는 이사벨라를 피의 맹세에서 해방시켜주려고 했는데 되지 않았소. 왜 안 되는지 이유를 압니까?"

타라의 아버지가 재빨리 끼어들었다.

"이유는 두 가지. 첫째는 내가 배낭 안에 갇혀 있었기 때문이다. 나를 하찮은 골동품처럼 취급하다니! 둘째는 네가 정상적인 크기가 아니었기 때문이다. 그 주문이 너를 단비우로 받아들이지 않은 것이다. 다시 시작해야 한다."

그들이 이런 대화를 나누고 있을 때, 선생님은 회유하는 중이었다. 난관에 봉착한 그는 이사벨라와 팔뚝의 흉터를 차례로 가리키면서, 그녀는 지구를 지키는 그들의 기둥이며, 그만한 능력을 가진 다른 마법사들은 하나같이 마법을 마음껏 쓰지 못하는 지구에서 사는 걸 거부했던 점을 상기시켰다. 그러고는 피의 맹세에서 이사벨라를 해방시키는 것이 얼마나 중요한지를 자세히 설명했다.

셈 선생님이 타라의 아버지에 대해 언급하자, 동정의 웅성거림이 일었다. 그리고 나서 이번에는 칼과 그 판결에 대해 상기하자, 모든 시선이 칼에게 쏠렸다.

그럴 듯한 주장이라고 생각하던 타라는 기대 이상의 결과에 깜짝 놀랐다. 그들이 한 행동의 정당성을 셈 선생님이 인정하게 만들었던 것이다. 멋진 활약이었다.

다만 회의가 끝났을 때, 왕과 왕비는 최고 마구스가 아이들을 데리고 위험을 무릅쓰면서까지 칼과 이사벨라를 구하려고 했다는 점에 대해서는 그리 달가워하지 않았다.

용은 사람들에게 어떤 엉터리 수작도 철썩 같이 믿게 하는 능력이 있었다. 타라는 이 사실을 기억 속에 새겨두었다. 하지만 난 속아넘어가지 않았어, 아니 난 절대로 속아넘어가지 않을 거야.

그 순간 로빈의 입가에 번지는 미소를 보면 타라와 같은 생각인 것 같았다.

선생님은 감동적인 연설을 마친 뒤에 무아노에게 조각상을 가져오라는 손짓을 했다.

이번에는 선생님이 타라에게 도움을 청하지 않고, 직접 조각상의 크기를 원상태로 되돌려놓았다. 그러자 엄청난 크기의 시커먼 조각상이 그들을 내려다보면서 외쳤다.

"휴! 이제야 살겠네!"

장내가 술렁거렸다. 조각상 재판관은 까마득한 옛날부터 존재해 왔지만 그걸 본 사람은 아무도 없었다. 호기심이 가득해서 지켜보던 사람들은 조각상이 그 대단한 특기를 발휘하는 순간…… 완전히 얼이 빠지고 말았다.

조각상 재판관이 뜻밖의 판결을 시작했던 것이다. 느닷없이 재판관이 백작 두 명과 남작 한 명을 세금 포탈죄로 고소하자 살라타르는 노발대발했다. 이어서 재판관이 한 향락적인 후작에 대한 판결을 내리는 사이에 근위병들이 문제의 백작 두 명과 남작을 데려오자, 셈 선생님이 참견했다. 더는 참을 수 없다는 얼굴이었다.

"이런 판결을 내려달라고 당신을 여기 데려온 것이 아니오. 그리고 시간이 절박한 만큼 당신을 빨리 림보로 돌려보내야겠소. 단지 우리는……."

"내 기쁨을 망가뜨리다니!"

재판관이 딱 잘라 말했다.

"하지만 좋다. 상황이 상황이니 만큼. 단비우 압……."

"그냥 단비우라고 하시오."

셈 선생님이 갑자기 치고 들어갔다. 오무아 제국의 후계자이자 여제의 동생인 유령의 신분이 밝혀지는 걸 원치 않는 눈치였다.

조각상의 입이 빈정거리듯 실룩거렸다.

"타라의 아버지 단비우, 너는 네 장모를 피의 맹세에서 해방시키고 싶은가?"

유령은 한순간 망설이는 듯했지만 고개를 끄덕이고 나서 주문을 외웠다.

"흘린 피에 걸고 한 맹세에서 나 당신을 해방시키니 피의 맹세는 무효가 될지어다!"

이번에는 주문이 작동했다. 이사벨라가 내민 팔뚝의 핏빛 흉터가 푸르스름해지다가 사라졌다.

피의 맹세가 마침내 무효가 되는 순간이었다!

타라와 아버지는 기쁜 미소를 교환했다.

이사벨라는 흉터가 감쪽같이 사라진 팔을 쳐다보면서 초록빛 눈을 찡긋했다.

"고맙네, 단비우. 자네가 딸의 마법을 받아들이는 걸 보니 기쁘군. 타라는 강력한 마법사가 될 것이네."

"타라는 이미 강력한 마법사입니다."

단비우는 단호하게 말했다.

"그리고 내 딸과 함께 있을 수 없는 슬픔이 가슴에 사무칩니다."

"아빠!"

타라의 절박한 외침에 왕과 왕비도 가슴이 뭉클했다.

"안 돼요, 떠나지 마세요! 아빠를 잃고 싶지 않아요. 지금은 안 돼요. 아직은 안 돼요!"

"오, 사랑하는 내 딸!"

유령의 목소리는 미어지는 가슴에서 나오는 소리였다.

"내가 있을 곳은 산 사람들 속이 아니란다. 그러니 아빠도 어쩔 도리가 없구나. 이제 우리는 헤어져야 해. 우리를 이렇게 한 번이라도 만날 수 있게 해준 마법에 감사할 따름이다. 네 어머니에게 내가 사랑한다고, 영원히 사랑할 거라고 전해다오."

장내는 눈 깜박거리는 소리가 들릴 정도로 고요했다. 흐르는 눈물을 손수건으로 훔치는 사람들, 눈을 비비는 사람들, 심지어는 사나운 살라타르까지 흘리는 불의 눈물이 그 사자 얼굴을 타고 주르르 떨어지다 바닥에서 피식거리며 꺼졌다.

타라가 뭐라고 말하려고 할 때였다. 재판관은 인정 사정없이 유령을 보내고 말았다.

타라가 목이 터져라 고함을 질러봤지만 아버지의 실루엣은 차츰 사라져갔다.

"아빠! 안 돼애애요! 아빠!"

타라가 방해하기 전에 셈 선생님은 재빨리 다른 마법사들의 도움을 받아 조각상 재판관을 림보로 보냈다.

격분한 타라는 셈 선생님을 향해 돌아섰다.

"왜 그러셨어요? 아빠에게 할 말이 많단 말예요. 그 둘을 당장 돌아오게 해주세요."

보다 못한 티타니아 왕비가 나서서 부드러운 목소리로 말했다.

"타라, 우린 선택의 여지가 없었어. 우리에게 네 아버지를 지킬 수 있는 능력이 있었다면 우리는 주저 없이 그랬을 거야. 하지만 악마들은 우리에게 시간을 거의 주지 않았으니……. 몇 분만 더 지나면 전쟁이 일어나게 생겼는데 너라면 어떻게 했겠니?"

뭐라고 할 말이 없어진 타라는 입술을 조개처럼 꼭 다물었다. 마음이 무거워진 타라는 왕비의 말이 옳다고 인정해야 했다. 사적인 일로 재판관을 마냥 붙들어둘 수는 없는 일 아닌가!

왕은 근심이 가득한 얼굴로 눈살을 찌푸렸다. 아버지를 눈앞에서 잃은 딸의 애통한 심정을 어찌 왕이라고 해서 모르겠는가.

친구들은 타라를 에워싸고 부둥켜안았다. 애정 표현이 서툰 파프니르까지 합세해서 그 강철같은 팔로 그들을 끌어안았다.

"사람 살려!"

칼이 울상을 짓고야 말았다.

"파프니르, 내 허리를 으스러뜨릴 것까지는 없어. 나도 너 사랑해애!"

눈물을 흘리면서도 타라는 모욕 받은 난쟁이의 표정을 보면서 웃지 않을 수 없었다.

타라는 눈물범벅이 된 얼굴을 닦고 나서 왕과 왕비를 향해 돌아섰다.

"저희에게 또 한 가지 문제가 있습니다."

타라는 아직도 떨리는 목소리로 말했다.

"파프니르가 마법을 없애려고 흑장미 즙을 먹었습니다."

그 말이 끝나기가 무섭게 기겁하는 웅성거림이 일더니 그들을 둘러싸고 있던 마법사들이 슬금슬금 비켜섰다.

셈 선생님은 자기가 알릴 것을 가로챘다는 얼굴로 타라를 흘겨보고 나서 그 다음을 이었다.

"불행히도 파프니르가 해로운 존재, 영혼 약탈자에게 감염된 것 같습니다. 그 존재가 침입해 들어올 때마다 파프니르는 자제력을 잃고 있습니다. 이러다 파프니르가 완전히 점령당해서 누군가를 감염시키는 날에는 몇 년 사이에 그 존재가 악성 바이러스처럼, 전 세계를 휩쓸어버릴 수 있습니다."

왕과 왕비는 거의 까무러칠 듯한 얼굴로 쳐다봤다.

"이건 또 무슨 얘기요?"

살라타르가 으르렁거렸다. 용이 왕국에 영향력을 행사하는 꼴을 보고 있자니 눈꼴이 시어 죽겠다는 식이었다.

"악마들과의 혈전을 방금 간신히 피했건만! 그것도 우리에게 승산이 전혀 없는 전쟁을! 그런데 이번에는 또 이 무슨 해괴망측한 소리요? 그리고 내 기억이 정확하다면 흑장미가 있는 곳은 간디스의 황무지 늪밖에 없소. 거인들의 나라는 우리의 동맹국이 아닙니까? 전하, 그리 심각한 일은 못 되는 것으로 사료됩니다. 따라서 이쯤에서 폐회하고, 일상업무에 몰두해야 합니다. 우리의 귀중한 시간을 이런 일로 허비할 필요는 없습니다!"

"파프니르, 부탁인데 영혼 약탈자에게 모든 자유를 허용해 줄래?"

키마이라의 불신에 발끈한 타라가 속삭였다.

"수석 고문관은 아무래도 직접 보고 싶은 모양이야."

난쟁이의 눈에 걱정이 가득했다.

"너 자신 있어? 내 몸을 원하는 요놈이 너희들을 공격할 수도 있어. 내 도끼에 걸고 말하는데 놈에게 점령당한 상태에서는 너희들을 위해 아무 것도 해줄 수가 없어!"

"힘의 일부가 여전히 흑장미 섬에 있기 때문에 그 존재의 힘이 아직은 완전한 상태가 아니라고 살아 있는 돌이 단언했어. 그러니까 우리는 놈을 제압할 수 있어. 희망사항이긴 하지만!"

난쟁이는 한숨을 내쉬었다.

"흥! 또 그놈의 마법! 그래 좋아, 너희들은 준비된 거지?"

"시작해."

무아노가 웃으면서 대답했다.

"내 삼촌과 숙모도 무슨 일이 기다리고 있는지 봐둘 필요가 있다고 생각해."

난쟁이는 정신을 집중해서 차츰 자기 몸을 영혼 약탈자에게 내맡겼다. 무슨 일이 일어날지 모르는 궁인들의 눈이 휘둥그레졌다. 작은 요정들은 공중 선회를 멈췄고, 꼬마도깨비들은 장난을 그만두었고, 유니콘들마저 잡담을 그치면서 죽음 같은 적막감이 감돌았다.

그들은 기다리고……, 기다리고……, 또 기다렸다.

그러나 아무 일도 일어나지 않았다. 영혼 약탈자라는 존재가 호락호락하게 이쪽의 입맛에 맞춰줄 리 있겠는가. 파프니르만 놈이 무슨 짓을 할 수 있는지 알고 있었다. 놈은 십여 명이나 되는 최고 마법사들과 용들의 공격을 쉽게 막아낼 수 없다는 걸 분명히 알고 있는 것이었다. 이런 때는 죽은 듯이 숨어 있는 것이 상책이 아니겠는가. 파프니르를 완전히 점령하고 싶은 마음이야 굴뚝같겠지만 놈은 잘 참아내고 있었다.

몇 분 후, 살라타르가 버럭 고함을 질렀다.

"그래서?"

파프니르는 눈을 뜨고 머뭇거렸다.

"무슨 일인지…… 놈이 나타나려고 하지 않아요."

키마이라는 그 황갈색 눈을 파프니르의 머리에 고정하고 유심히 살펴다가 잠시 후에 말했다.

"너의 아우라가 파란빛이구나."

난쟁이는 깜짝 놀라는 얼굴이었다.

"저의 뭐가 어쨌다고요?"

"너의 아우라가 파란빛이야. 그것은 네가 마법을 실행하고 있다는 뜻이다. 우리 키마이라들은 마법에 아주 민감해서 그게 눈에 보이지. 하지만 너희 난쟁이들은 마법을 좋아하지 않아. 그래서 마법에 걸린 난쟁이는 추방당한단 말씀이야."

"네, 하지만 그게 지금 이 일과 무슨 관계가……."

"관계가 있지. 너는 네 나라에서 쫓겨났고, 아무 데도 갈 곳이 없어."

살라타르가 유연한 동작으로 일어나더니 용의 꼬리를 신경질적으로 흔들어대면서 난쟁이 앞에 섰다.

"그 때문에 너는 랑코비트에서 너를 받아들여야 한다고 생각했고, 그래서 황당무계한 이야기를 들고 우리에게 돌아온 것이다. 우리의 동정심을 살 생각으로 거짓말해 봐야 소용없다. 우리는 너를 기꺼이 환영하니까. 랑코비트는 너처럼 강력한 마법사들을 언제나 환영한다."

난쟁이는 할 말을 잃고 입술만 실룩거렸다.

"……!"

무아노의 찌푸린 얼굴을 보면 그것은 욕설이 분명했다. 소리를 내지 않을 뿐 무언의 욕설이었다.

이윽고 난쟁이가 심호흡을 하고 나서 내지르는 쩌렁쩌렁한 목소리에 살라타르는 움찔했다.

"내 어머니의 이름으로 말하는데 이 세계의 모든 금을 위해서라도 나는 마법사가 되고 싶은 마음이 추호도 없습니다. 나한테는 검이나 목걸이나 금속을 주고, 그놈의 마법은 당신이나 간직하라고요! 나는 마법을 제거하기 위해서 흑장미 즙까지 마셨어요. 그런데 마법이 떠나기는커녕 기생충 같은 존재를 덤으로 받았지요. 그리고 당신은 너무 어리석어서 그걸 알아차리지도 못하니까 놈이 당신을 침대 발판으로 만들어버려도 나를 찾아오지나 마세요!"

화가 나서 얼굴이 시뻘게진 난쟁이는 키마이라에게서 등을 홱 돌리고 군중을 헤치고 나아갔다. 비록 키 작은 난쟁이였지만 궁인들이 "얼씨구! 어쭈구리! 아이쿠! 히히히! 윽! 와우!" 색다른 소리를 내며 비켜설 때마다 친구들은 그 뒤를 유유히 따라갈 수 있었다.

파프니르는 그리 멀리 가지 못했다.

왕이 주문을 외웠고, 그러자 잠시 후 난쟁이는 공중에 매달리듯 떠 있었다.

"나를 놓아주세요. 내려놓으란 말예요. 아니면 내…… 내가!"

파프니르는 악을 썼다.

왕의 목소리는 평온한데도 그 소리가 실내에 울려 퍼졌다.

"진정하라, 파프니르. 고문관은 너를 모욕하려는 게 아니었다. 너의 반응을 보고 판단하려고 시험해본 것뿐이다. 너의 강경한 반응은…… 우리를 설득하기에 충분했다. 파틴 선생님과 샹프랭 선생님이 너를 보호하기 위해 동행할 것이다. 두 분 선생님이 너와 함께 황무지 늪으로 가서 그 존재가 상징하는 위험을 평가할 것이다. 영혼 약탈자가 정말 존재하고 또 너를 점령하려고 한다면, 그자는 네가 가까이 있다는 걸 알고 가만히 있을 리가 없을 것이다. 파틴 선생님과 샹프랭 선생님은 너를 지키고 그 해로운 힘을 평가할 것이다. 강력한 마법사들이시니 너를 도울 수 있어. 마음에 드는가?"

파프니르는 발버둥치기를 그만두고 3미터 공중에서 얼마나 균형을 잘 잡는지 보여주려는 듯 팔짱을 꼈는데 근육이 울퉁불퉁했다.

파프니르를 잘 아는 타라는 얼마나 힘들어하고 있을지 가히 짐작이 갔다. 난쟁이들은 높은 데를 굉장히 무서워하는데 큰일이네!

"그건 마음에 드네요……, 전하."

이를 악물고 있는 파프니르의 얼굴이 일그러졌다.

"당장 떠날 수 있어요, 아……, 전하의 마법사들이 준비가 되었다면요."

난쟁이의 어조에서 떠나기로 한 랑코비트 마법사들의 능력에 대한 불신감이 느껴졌다.

툭 불거진 빨간 눈 두 개가 달린, 노란 버터 덩어리처럼 생긴 카흠보움 종족의 파틴 선생님이 눈썹으로 사용되는 것을 찡그렸다. 그러고는 정중하게 요청했다.

"장비를 준비할 시간 몇 분만 주면 우리는 세상 끝까지라도 따라가겠다."

난쟁이는 얼굴이 빨개져서 공중에 매달린 자세로 허리를 숙였다.

왕은 난쟁이를 풀어주고 반짝이는 대리석 바닥에 깃털처럼 사뿐히 내려놓았다.

조각된 벽에는 환각적인 풍경을 투영하지 않던 살아 있는 궁전이 난쟁이에게 작은 선물을 하기로 결정한 모양이었다. 궁전이 히믈리아를 투영하고 있는 걸 보면.

난쟁이들의 집이 빙 둘러서는 걸 보면서 궁인들은 깜짝 놀랐다. 곳곳에 보이는 대장장이들, 쇳덩어리들, 시뻘건 불이 이글거리는 화덕에서 사방으로 불꽃이 날렸다. 하지만 난쟁이들은 자연을 모르지 않았다. 돌과 금속이 가득한 속에도 꽃이 있고, 나무가 있고, 풀밭이 있어서 삭막하기 십상인 풍경이 부드럽게 보이고, 전체적으로 끓어오르는 에너지를 뿜어냈다.

이런 걸 기적이라고 하던가. 파프니르의 얼굴에 감도는 미소!

궁인들은 난쟁이의 기쁨과 살아 있는 궁전의 지혜에 박수를 보냈다.

이제 파프니르에게 작별 인사를 해야 할 시간이었다. 회의가 끝나자, 타라와 친구들은 난쟁이에게 가서 행운을 빌어주면서도 다시 헤어진다는 생각에 가슴이 미어졌다.

"왕의 말이 맞아."

칼이 말했다.

"파틴 선생님과 샹프랭 선생님은 훌륭한 분들이야. 그리고 네가 섬에 가까이 가지만 않으면 아무 위험이 없어."

파프니르는 반신반의하는 얼굴이었다.

"우리 난쟁이들은 도움을 청하는 걸 좋아하지 않아."

파프니르가 속삭이고 있는데 그 순간 최고 마법사 두 명이 돌아오고 그 뒤로 큼직한 보따리 두 개가 둥둥 떠서 따라오고 있었다.

"그래도 너희들이 영혼 약탈자에 대해 조사해 주면 좋겠어. 어떤 존재인지, 어디서 왔는지를. 이 궁정은 영혼 약탈자라는 존재에 대해 아예 모르는 것 같아. 무슨 일이 일어난다면…… 너희들이 나의 마지막 희망이야!"

무아노는 몸서리를 쳤다.

"야아, 그런 말하지 마. 다 잘될 거야. 두 분 선생님이 너를 낫게 할 방법을 분명히 찾아낼 거라고 확신해. 랑코비트로 빨리 돌아와라. 너를 기다리고 있을 게."

"약속할게. 내 친구들, 너희들의 망치가 맑은 소리로 울리기를!"

"너의 모루가 맑은 소리로 되울리기를!"

그들이 합창으로 대꾸했다.

그들은 마지막으로 한 번 더 인사했고, 최고 마법사 두 명이 난쟁이를 양쪽에서 에워싸고 공간이동의 문으로 향했다. 잿빛 요새로 떠나기 위해서.

셈 선생님이 할머니에게 그간의 일을 한창 설명하는 중이어서 타라에게는 천만다행이었다. 할머니의 표정을 보면서 타라는 얼른 내빼는 것이 좋다고 생각했다.

술렁거림 속에서 사람들이 하나둘 회의실을 빠져나가고 있었다. 정말 일도 많고 탈도 많았던 회의였다.

타라, 칼, 무아노, 마니투, 로빈이 자기들의 방으로 가는 동안 궁전은 여러 가지 풍경을 이어지게 했다. 유심히 살피던 타라는 궁전이 어떤 장난도 치지 않는다는 걸 알아차렸다. 지난번에 일어났던 일 때문에 열의가 식은 것이 분명했다.

살아 있는 궁전이 만들어낸 '베르사유 궁전 뺨치는 스위트룸'으로 일단 들어가자, 타라는 침대에 다리를 꼬고 앉았다. 쿠션들이 저절로 타라의 등에 받쳐졌고, 파란 침대는 운동화를 벗지 않았다고 으르렁거렸다. 친구들이 타라 옆에 모였을 때, 헐레벌떡 달려온 마니투가 말했다.

"굉장한 소식을 알아왔다!"

"최고 마구스들이 우리에게 1년 휴가라도 주나요?"

칼이 받아쳤다.

"그것보다 훨씬 좋은 것!"

마니투는 탄성을 올렸다.

"축하연이 열린단다! 오, 산해진미가 그득한 성대하고 멋진 파티! 피의 맹세에서 해방된 이사벨라를 축하하기 위해서 왕과 왕비가 파티를 열기로 결정했다는 거야."

칼은 얼굴을 찌푸렸다.

"에이! 우리는 휴가 중인데!"

"그게 무슨 상관인데?"

마니투가 의아해했다.

"파티가 있을 때는 수석 조수들이 당번이란 말예요. 요리사 선생님들이 만드는 음식을 복제해야 하거든요."

"아참, 그렇지!"

마니투가 말했다.

"나도 어릴 적에는 요리하는 걸 아주 싫어했지. 그런데 늙어가면서 부엌이야말로 최고의 낙원이라는 생각을 하게 되었다. 맛난 것도 실컷 먹고 몸도 튼튼해지는 곳이잖아. 난 말이다, 내 여생을 거기서 보냈으면 좋겠어."

칼은 하늘을 쳐다보면서 한숨을 내쉬었다.

"그러면 뒤룩뒤룩 살이 쪄서 움직이지도 못할걸요! 하지만 우리하고 같이 지내면 할 일이 많아서 그럴 염려는 없죠!"

"아무렴, 어련하겠냐. 그놈의 사건들이 조금만 덜 터지면 오죽 좋겠냐만. 타라, 너는 영혼 약탈자에 관해 가능한 한 많은 정보를 찾는 것이 우선적으로 할 일이라고 생각하지?"

속내를 들킨 것에 놀라서 타라는 눈썹을 흠칫 움직였다.

"어머! 그게 보였어요?"

"그러니까 개 코지 괜히 개 코, 개 코하겠니? 그런데 말이다, 그게 썩 좋은 생각은 아닌 것 같구나. 하지만 내가 무슨 말을 한들 네가 어디 한 마디라도 들을 아이니? 그래서 네가 세심하게 구상한 소름끼치게 위험하고 치명적일 계획을 초조하게 기다리고 있지."

그 표현에 타라는 웃음이 나왔다.

"지금은 아무것도 결정한 게 없어요. 파프니르도 상황이 나쁘게 돌아갈 경우에 조사를 해달라고 부탁했고……."

마니투는 생각에 잠겨서 아랫입술을 핥았다.

"그럼 네 생각에는……."

"나쁘게 돌아갈 거라고 생각하냐구요? 이 요지경 속 같은 세상에서는 사건에 따라 선택해야 한다는 걸 알았어요. 나쁘게 돌아가던가, 좋게 돌아가던가 둘 중의 하나겠죠, 뭐. 어떤 게 일어날 확률이 많을지 한 번 맞춰 보시겠어요?"

"나쁘게 돌아가겠지."

마니투는 덤덤하게 대답했다.

"바로 그거예요! 할아버지, 파프니르에게 문제가 생기는데 얼마 걸까요?"

"됐다, 됐어."

마니투는 한숨을 쉬었다.

"내가 너랑 내기를 할 것 같아? 자, 그럼 도서관에 가는 일만 남았네. 답이 나왔으니!"

무아노는 깊은 생각에 잠긴 것 같았다.

"으흐흠."

무아노는 목청을 가다듬었다.

"도서관에 있는 그 많은 책, 양피지, 신문들을 샅샅이 살피려면 몇 달은 걸릴 텐데!"

"몇 달씩이나? 너 장난치냐?"

특히 책 읽는 걸 싫어하는 칼이 진저리를 쳤다.

"아, 생각났다! 대화방!"

타라의 외침에 친구들이 소스라치게 놀랐다.

"아까부터 머릿속에서 맴맴 돌더니. 너희들 오무아에 갔을 때 기억나? 무아노, 그 소년 있잖아, 다미엔이 네 조상 중 한 사람에 대해 문제를 냈잖아."

갈색머리의 깜찍한 소녀가 당황해서 눈을 깜박거리다가 기억해냈다.

"어? 응, 그랬지. '야수와 미녀', 그 미녀의 딸 이름이 뭐냐고 물었어. 그 딸 이름은 야수의 저주를 나에게 넘겨준 이사벨이었고. 그러니까 네 생각은……."

"그래, 맞아!"

타라가 무아노의 말을 잘랐다.

"다미엔이 대화방에서 우리에게 그 질문을 했을 때 '목소리'가 즉시 답을 알려줬어. 그 '목소리'라는 것은 뭐든 모르는 게 없는 것 같았어. 그러니까 틀림없이 우리에게 영혼 약탈자에 대한 정보를 줄 수 있을 거야, 안 그래?"

"그래, 어차피 우리는 오무아에 가서 여제 폐하에게 탈루디를 전하고 칼의 판결을 바꾸게 해야 돼."

무아노가 찬성했다.

"그럼 결정된 거네. 가자."

칼이 재촉했다.

"응."

타라는 한숨을 내쉬었다.

"할머니한테 붙잡히기 전에 빨리 떠나자. 지구로 끌려가면 한 200년쯤 탑 속에 갇힐 거야, 아마."

"좋아, 찬성이야. 파브리스를 데리고 오무아로 도망치자!"

"그럼 파티는 어떡하고?"

실망한 마니투는 죽는소리를 했다.

"할아버지는 여기 계시던가요. 어차피 간단한 조사를 하러 가는 것뿐인데요, 뭐."

"그러면 나야 좋지. 하지만 네가 어디로 갈 때마다 문제가 생겼단 말이다. 너를 보내고 속을 끓이느니 내 배를 희생시키는 쪽이 낫지!"

가슴이 뭉클해진 타라는 할아버지를 끌어안았다. 하지만 그 가부장적 태도에는 비위가 좀 상했다.

떠나기에 앞서서 칼은 팅가푸르에 도착하자마자 체포되는 일이 없도록 변신하기로 했다. 파프니르는 보자마자 너무도 쉽게 알아보지 않았던가. 그래서 칼은 완전히 다른 모습을 택했다. 키가 쑥쑥 자라고, 머리털에 광채가 흐르고, 어깨가 떡 벌어지는가 싶더니 나이가 15살은 더 들어 보이는 몸으로 변했다.

"오, 예, 괜찮은데! 꽤 매력적인 청년인걸!"

무아노는 휘파람을 불었다.

"고마워, 고마워!"

칼은 허리를 굽실굽실했다.

그들이 나가려는 순간, 갑자기 검은 머리털이 더부룩해지는가 하면 한 쪽 다리가 느닷없이 줄어들면서 칼은 쿵! 하고 엉덩방아를 찧듯 주저앉았다. 이어서 한 쪽 눈은 잿빛, 다른 한 쪽은 파란빛으로 변했다. 영락없는 앙가발이가 아닌가.

"에이 씨! 난 너무 피곤해서 이 모습을 이대로 유지할 수가 없어. 아무래도 트실의 후유증인가 봐. 네가 좀 도와줘, 타라."

자신의 모습을 보면서 칼이 투덜거렸다.

"네가 원한다면."

타라는 약간 놀란 얼굴로 답했다.

"내가 어떻게 해주면 되는데?"

"셈 선생님처럼 진짜로 강력한 마법사들은 다른 사람들의 몸도 얼마 동안 변형시킬 수 있어. 셈 선생님이 림보로 향할 때 우리에게 그렇게 했잖아. 근데 문제는 상당히 많은 에너지가 소모된다는 거야. 변형된 모습을 변함없이 유지하기 위해서는 계속 기억하고 있어야 하거든."

"으음, 알았어. 그래서?"

"이런 상태의 내 몸을 조정하는 것이 너에게는 좀 힘들 수도 있어. 미안해, 너한테 이런 걸 부탁해서."

"괜찮아. 솔직히 말하면 나는 기뻐. 외다리나 외팔로 있는 너를 보는 게 더 힘드니까."

칼은 피식 웃었다.

"어머니는 경험이 아주 많아서 그간의 모험을 전부 얘기해 주셨어. 그 얘기가 내게 도움이 될 날이 올 거라면서. 좋은 본보기가 될 거란 얘기지. 그리고 특히 다른 마법사에게서 능력을 빌리는 것이 가능하다고 강조하셨어."

"안 돼!"

무아노의 외침에 그들은 까무러칠 뻔했다.

"하지 마, 타라. 그건 너무 위험해!"

무아노는 파랗게 질려 있었다.

"네가 능력을 전할 때 밀려나가는 힘을 조절하지 못하면 죽을 수도 있어!"

"괜찮아. 살아 있는 돌이 내가 조절하게 도와줄 거야. 그리고 칼은 내 능력을 그렇게 많이 필요로 하는 것도 아냐. 그 변신을 유지해 주는 정도면 되잖아, 안 그래?"

무아노는 숨을 깊이 들이셨다.

"그렇다면 할 수 없지, 뭐."

무아노는 멋쩍은 미소를 지었다.

"하지만 끔찍한 사고에 대한 얘기를 들은 적이 있어서 그러니까 정말 조심해, 알았지?"

타라는 무아노를 끌어안으면서 안심시켰다.

"위험한 짓은 하지 않을게. 칼이 너무 능력을 많이 가져갔다고 느껴지면 내가 허락할 테니까 너는 야수로 변신해서 칼을 때려눕혀, 알았지?"

"그래, 좋아!"

무아노는 그제야 배시시 웃었다.

"타라, 조금이라도 너에게 해를 끼치게 되면 내가 내 손으로 나를 때려눕힐게. 그럼 됐지?"

칼이 못 참겠다는 듯이 내뱉었다.

'자, 시작할까, 살아 있는 돌?'

타라는 정신적으로 말했다.

'알았어. 능력이 필요한 거지? 다정한 칼을 위해서? 능력을 내가 줄게.'

살아 있는 돌이 대답했다.

타라는 칼이 처음에 선택했던 모습으로 변신시켜 주려고 했다. 밤색 머리에 파란 눈빛의 스물다섯 살 청년의 훤칠한 모습으로.

하지만 돌의 마법은 통제할 수 없는 것이었다. 돌이 인식하는 청년의 모습은 타라가 생각하는 모습과는 완전히 달랐다.

살아 있는 돌의 강력한 힘이 칼을 점령하면서 그 주위에 무시무시한 회오리를 만들었다. 회오리가 잦아들었을 때, 로빈과 무아노는 동시에 놀라움의 휘파람을 풀었다.

이제껏 본 적이 없는 미남 청년이 그들 앞에 나타나 있는 것이 아닌가! 반짝이는 초록빛 눈, 떡 벌어진 어깨 위로 갈기처럼 흩날리는 화려한 금발, 검투사 같은 단단한 턱, 로마 황제 같은 코를 가진 청년의 모습은 기품과 힘, 신의를 구현하고 있었다. 마법복 대신에 걸친 보석이 총총 박힌 일종의 허리 옷은 쭉 뻗은 근육질 다리를 강조하고, 번쩍번쩍한 타이츠는 우람한 이두박근과 잘 발달된 복근을 고스란히 드러내주었다. 금줄에 묶인 하얀 두건이 등에 세련되게 늘어져 있었다.

그 모습에 모두 입이 헤벌어졌다.

"와우!"

무아노는 얼이 빠져서 탄성을 질렀다.

"나도 와우!"

타라도 인정했다.

"어때? 괜찮아?"

칼의 입에서 그야말로 매력적인 목소리가 흘러나왔다.

"당장 네 모습을 보게 해줄게."

무아노는 키득거리면서 외쳤다.

"*미루와투스의 이름으로 벽은 군소리 없이 변신하라!*"

스위트룸의 벽이 거울로 변하면서 칼은 자기 모습을 볼 수 있었다.

칼의 휘둥그레지는 눈, 턱이 빠져라 쩍 벌어지는 입, 그들은 배꼽을 잡고 웃었다.

"이럴 수가! 이게 대체 누구야?"

"누구기는 바로 너지!"

마니투가 싱겁게 대꾸했는데 그 목소리에 질투심이 배어 있었다.

"하지만 이건 너무 심했다! 이러면 너무 눈에 띄잖아!"

"오, 그러셔!"

로빈이 빈정거렸다.

"당연히 눈에 띄지 않고 다니는 거야 힘들겠지. 하지만 뭐, 걱정 마. 네가 밖에 얼굴을 내미는 순간부터 광적으로 우르르 몰려들 팬들로부터 우리가 지켜줄 거니까."

칼은 침을 꼴깍 삼켰다.

"타라!"

무아노가 아주 진지한 얼굴로 불렀다.

"응?"

"궁정에서 무도회가 열릴 때 네 능력을 조금만 나한테 줄래?"

"알았어!"

타라는 칼의 놀라운 변신에 안심한 무아노가 두려움이 가라앉은 걸 보게 되어 기뻤다. 무아노가 생글생글한 얼굴로 칼의 주위를 빙빙 돌자, 칼은 쑥스러워서 죽겠는지 몸을 비비틀었다.

블롱딘도 짖어대면서 칼의 관심을 끌었다.

"쯧쯧, 잊을 뻔했네. 내 패밀리어가 여우라는 걸 모르는 사람이 없잖아. 블롱딘도 변신시켜야 해."

칼이 그 매력적인 목소리로 말했다.

"뭐가 패밀리어였으면 좋겠니? 너의 토토처럼 머리 일곱 개 달린 히드라?"

타라가 물었다.

칼은 타라를 흘겨보면서 말했다.

"그건 너무 괴상하잖아. 지난번처럼 하얀 여우로 하는 게 좋겠어."

타라는 곧바로 살아 있는 돌에게 이미지를 전송했고, 그 둘이 마법을 걸었다.

"히야얍!"

힘의 회오리가 붉은 여우를 휘감았고, 그러자 여우는 사라지고 그 자리에 있는 것은 멋진 붉은 사자였다.

'내가 분명히 하얀 여우라고 했잖아.'

타라는 살아 있는 돌에게 정신적으로 말했다.

'에이! 뚱보 여우보다야 사자가 훨씬 멋있지. 멋진 미남으로 변신한 새로운 칼에게 잘 어울리잖아!'

"타라, 어떻게 된 거야? 이게 아니잖아!"

칼은 어리둥절한 얼굴이었다.

"미안해. 하지만 내가 아직은 내 힘을 잘 조절하지 못해서 그래."

"됐어, 괜찮아. 네 할머니가 어디 계실지 모르니까 내가 먼저 나가서 망을 볼까?"

"그래, 나가 봐, 칼. 금방 따라갈게."

"그래라, 우린 먼저 솜을 찾아야하거든."

로빈이 말했다.

"솜?"

칼은 무슨 말인지 이해하지 못했다.

"여자들이 너를 보려고 아우성칠 때 귀를 틀어막으려고!"

"야아, 너까지 왜 그래?"

칼은 근육질의 어깨를 으쓱하고는 그야말로 완벽하게 늠름한 걸음걸이로 나갔다.

친구들의 발작적인 웃음을 모른 체하면서 밖을 내다보던 칼은 바로 눈앞에 보이는 회의실 때문에 화들짝 물러섰다. 자기가 사자라는 걸 잊은 블롱딘이 놀라서 짖다가 포효소리를 내는 바람에 칼은 또 한 번 가슴이 철렁 내려앉았다. 셈 선생님, 이사벨라, 왕과 왕비, 고문관 살라타르가 토론 중이었다. 그렇다면 그들도 계속 회의실에 있었다는 것인가!

우선 콩닥콩닥 뛰는 심장을 진정시키던 칼은 궁전이 자신을 도와주려고 하고 있음을 알아차렸다.

"고마워!"

칼이 벽을 향해 말했다.

"아주 멋졌어. 하지만 다음에는 미리 알려줘, 알았지? 아직은 어린데 심장마비로 죽으면 내가 너무 불쌍하잖아!"

신이 났는지 궁전은 유니콘을 나타나게 했다. 유니콘이 우아하게 인사하자 칼도 허리를 굽혀 인사했고, 그러자 유니콘이 또다시 폼 나게 인사했다. 타라와 로빈, 마니투, 무아노가 방에서 나오지 않았다면 얼마나 더 오래 그러고 있었을지 모를 일이었다.

"아니, 너 여기서 뭐해?"

허공에 대고 허리까지 굽혀가며 인사하는 칼을 보면서 무아노가 물었다.

"궁전에게 고맙다고 인사한 거야."

칼은 태연하게 대답했다.

"방금 회의실을 보여줬거든. 할머니는 아직 회의실에 계시니까 지금 빠져나가면 되겠어."

역시 예상했던 대로 그들은 조용히 지나갈 수 없었다.

복도에서 첫 번째로 마주친 궁녀 두 명은 한 조각상이 가까스로 피했기에 망정이지 하마터면 그대로 부딪혀서 나가동그라질 뻔했다.

그 다음 여자들도 미남 청년을 더 잘 보려고 뒷걸음치다 쾅당! 서로 박치기를 하고 말았다.

나이든 여자 마법사는 칼의 눈부신 모습을 견딜 수 없는지 그 자리에서 까무러치고 말았다.

이번에는 열 명쯤 되는 젊은 여자 마법사들과 마주쳤는데 미남을 보자마자 킥킥거리더니 도저히 포기할 수가 없었는지 뒤를 졸졸 따라오기 시작했다. 또 다른 여자들도 합세하는 통에 이내 엄청난 무리를 지어서 그들을 쫓아오고 있었다. 거기다 쑥덕거림은 최악이었다.

"타라, 네 능력을 조금만 약하게 해줄 수 없겠니?"

칼이 사정했다.

"안 그러면 저 스파슌들이 우리를 세상 끝까지라도 따라오게 생겼어!"

"하지만 이 생각을 한 사람은 너였잖아! 어쨌든 난 아무것도 할 수가 없어. 난 그냥 너에게 내 능력을 주었을 뿐이야. 이건 내 잘못이 아니라고. 살아 있는 돌이 제멋대로 한 거야. 그리고 난 갈색머리가 좋더라."

그 순간 로빈이 자신의 흰 머리털을 쳐다보고는 얼굴이 어두워졌다.

"아, 그래?"

칼이 아주 재미있다는 얼굴로 내뱉었다.

"아니, 장난친 거야. 난 특별히 선호하는 거 없어."

로빈이 안도의 숨을 내쉬었다.

칼의 멋진 모습에 흥이 난 궁전은 칼에게 햇살을 비추면서 그 인상적인 근육질 몸매를 부각시키는 풍경을 연출했다. 석양빛에 붉게 타오르는 듯한 언덕을 배경으로 칼의 모습이 뚜렷이 드러나고 있었다. 게다가 산들바람에 휘날리는 칼의 두건과 붉은 사자의 갈기……, 그건 한 폭의 근사한 예술사진이었다.

숨을 헐떡이며 쫓아오는 한 무리의 팬들을 꽁무니에 단 채로 그들은 파브리스의 상태를 보러 의무실로 향했다. '지네 발의 악마'가 의무실에 없는 걸 보면 셈 선생님이 이미 림보로 보낸 모양이었다. 그런데 파브리스도 보이지 않았다. 또 어디로 사라졌지?

그때 등뒤에서 나는 소리에 그들은 합동으로 쓰러질 뻔했다.

"어, 언제 왔어? 난 너희들이 회의실에 있다고 하기에 찾아다녔잖아!"

눈빛이 초롱초롱하고 얼굴에도 생기가 도는 파브리스가 바룬을 데리고 그들 뒤에 서 있었다.

"어…… 너 침대에 계속 누워 있어야 되는 거 아냐?"

로빈이 물었다.

"에이, 그 샤먼!"

파브리스가 투덜거렸다.

"감염이니, 부패니, 마비니, 중독이니 하면서 엄청나게 겁을 주고는 내가 완전히 공포에 사로잡힌 걸 확인하고 나서야 내 상처를 치료하는 거 있지. 어휴, 끔찍한 탕약을 100리터나 꿀꺽꿀꺽 삼키게 하더니, 글쎄, 나를 의무실에서 쫓아버렸다니까. 그건 그렇고 내가 없는 동안 또 무슨 일이 일어난 거야?"

파브리스는 멋진 칼의 존재를 그제야 알아봤다.

"근데 이분은 누구시지?"

"안녕, 파브리스, 나야, 칼."

"칼? 하지만 어떻게……."

"예상했던 대로 일이 잘못 되어가고 있어. 너한테 해줄 얘기가 많은데 우선 여자들이 너무 가까이 접근하기 전에 여길 빠져나가야 해."

"여자들? 그럼?"

대번에 알아차린 파브리스는 깔깔대고 웃었다.

"너 때문에 여자들이 밖에 몰려와 있는 거지? 와, 부럽다!"

"그렇게 말하지 마!"

그들은 파브리스에게 그간의 사건들을 얘기했다. 그리고 왕이 두 명의 최고 마법사와 함께 파프니르를 보냈다는 걸 알았을 때는 휘파람을 불었다.

"파프니르는 성깔이 장난이 아냐. 완전히 점령되면 여간해선 파프니르를 견디기 힘들 텐데 걱정이다. 두 분 선생님이 용기내길 비는 수밖에!"

"말이 났으니 말인데 파프니르가 영혼 약탈자에 대해 조사해 달라고 우리에게 부탁했어. 그래서 우리는 오무아로 떠나기로 했는데 너도 같이 갈래?"

"당연하지."

파브리스는 어깨를 건들건들 흔들면서 대답했다.

"아니면 누가 그 흉측한 괴물들로부터 나의 어린 숙녀를 지켜주겠어?"

타라는 피식 웃어 보였고, 로빈은 얼굴이 일그러졌다.

여자 마법사들과 궁녀들이 칼을 더는 보지 못한다는 걸 알아차렸는지 복도가 비어 있었다. 그 틈을 타서 그들은 안심하고 얼른 의무실을 나갔다.

84

하지만 웬걸! 10미터쯤 갔을까, 어디서들 나타났는지 젊은 여자들, 중년의 여자들, 소녀들이 키득거리며 얼굴까지 빨개져서는 그들을 다시 따라오기 시작했다.

칼의 걸음이 빨라졌다.

여자들도 빠르게 쫓아왔다.

칼이 속도를 내자, 여자들도 걸음이 더 빨라졌다.

"꼭 이렇게 뛰어야 해?"

바룬을 데리고 가느라 그 뜀박질을 따라가기가 좀 힘든 파브리스가 물었다.

"뛰어야지. 내가 너무 잘생겨지는 바람에 이 나라의 여자들이 모조리 나를 뒤쫓고 있잖아."

칼은 이를 악물면서 대답했다.

"오히려 신나는 거 아닌가?"

"난 아냐."

칼은 말대꾸조차 할 수 없는 멋진 어조로 딱 잘라 대답했다.

살아 있는 궁전은 칼에게 도움을 주기로 마음먹은 모양이었다. 궁전이 복도에 일으키는 돌풍 덕분에 쫓아오는 여자들의 걸음이 느려졌다. 궁녀들은 벽에 밀어붙여지는 반면에 여자마법사들은 마법 덕분에 어려움 없이 피해나갔다.

그들은 그렇게 숨을 헐떡이면서 공간이동의 문에 도착했는데 칼의 경우는 머리가 멋지게 헝클어져 있었다.

외눈 거인이 웬만해선 끄덕도 하지 않는 인물이어서 그들에게는 다행이었다. 외눈 거인은 여자 마법사들에게 그 미남이 이동한 곳을 알려주기를 단호히 거절했다. 도무지 눈이 의심될 정도로 완벽한 미남이 아닌

가. 외눈 거인족의 젊은 여자들이 자기를 그렇게 따라다닌다면 얼마나 좋을까! 외눈 거인은 한숨지었다.

타라, 무아노, 로빈, 파브리스, 칼과 이들의 패밀리어들, 마니투는 팅가푸르의 궁전에 도착했는데 암흑 속이었다. 대리석 벽이며 금빛 조각상들, 친위대의 제복, 그 모든 것이 검은빛이었다. 칼리 부인이 우아한 몸짓으로 그들을 맞았는데 역시 아주 새까만 드레스 차림이었다.

"소멸식에 참석하려고 이렇게들 왔구나."

칼리 부인이 여섯 개의 손을 비비적거리면서 말했다.

"어떻게 이런 끔찍한 일이! 한창 나이에 목이 그렇게 부러지다니! 우리의 샤먼들은 손을 써보지도 못했지. 의식은 내일 오후에 있을 게다. 다미엔이 숙소로 안내해 줄 거란다. 여제 폐하께서 너희들이 온다고 미리 알려주셨기에 조문객이 많은데도 너희들을 위해 스위트룸을 따로 비워 두었거든."

그들은 무슨 말을 하는지 몰랐다. 누가 죽었다는 거지? 그리고 여제가 우리가 올 걸 알고 있었다고? 타라와 파브리스는 소멸식이 뭔지 짐작조차 못하고 있었다.

그 순간, 난데없이 나타난 실루엣이 그들에게 돌진해 왔다. 그들은 단박에 그 실루엣을 알아보았다. 반디우 대군! 파프니르가 때려눕혔던 여제의 삼촌이었다!

무아노는 재빨리 변신했고, 타라도 능력을 작동시켜서 두 손은 이미 파란빛이 번쩍거렸다.

실루엣이 자세를 바로 하더니 확신 있는 목소리로 일장연설을 시작했다.

"세금은 공공 기구를 위해 필요 불가결한 것이오. 우리의 기원이 되는 행성 지구에서는 학교, 병원, 공공 건물, 이들 건물의 값비싼 자재, 철도,

도로, 공무원, 도로 청소부, 그 밖의 많은 업무에 종사하는 이들의 봉급으로 세금을 사용하고 있소. 아더월드에서도 세금은 행정직 공무원들의 봉급뿐만 아니라(이 순간 실루엣은 냉소적인 미소를 지었다), 우리의 군대, 방어력에 필요한 주문, 생활 조건의 개선, 과학적인 마법 연구에 필요 불가결한 것이오. 오무아의 시민들이여! 우리 제국의 힘은 여러분의 어깨에 달려 있음을 명심하시오! 세금을 내시오!"

실루엣은 허리를 굽실하더니 사라졌다.

칼리 부인은 찔끔 흘린 눈물을 닦으면서 탄복했다.

"정말 위대한 분이셨는데! 여제 폐하께서 그분이 하셨던 연설 중의 하나를 투영하게 할 때마다 나는 눈물이 나."

무아노가 아무렇지도 않은 표정으로 야수의 송곳니와 갈퀴발톱을 쏙 집어넣고 다시 변신하자, 마법복이 정상적인 크기로 돌아오려고 신음했다. 타라도 손에서 번쩍이는 파란빛을 없앴다. 속으로 회개라도 한 것인가, 그들은 천사 같은 표정을 지었다.

"네, 정말 비극적인 일이 아닐 수 없습니다!"

칼은 고개를 떨구면서 의젓하게 말했다.

"우리를 환영해 주셔서 감사합니다, 칼리 부인. 소멸식은 몇 시에 열리는지요?"

미남 청년의 모습에 홀린 듯 칼리 부인의 눈이 조금씩 커졌다.

"3시에, 내일 오후. 또한 여제께서는 옆에 자리를 마련해 놓으라고 하셨지요. 영광스럽게도. 그때 다시 만나도록 하지요. 무한하게 기쁜 마음으로. 그리고 모두들 무기를 우리에게 맡겨야 합니다. 다시 떠날 때 회수할 수 있게 인수증을 줄 겁니다."

칼리 부인이 당황했는지 띄엄띄엄 말했는데 갑자기 어투까지 달라졌다.

한숨을 쉬면서 활을 내놓던 로빈은 활이 못마땅해하기 때문인지 얼굴이 일그러졌다.

칼은 몸에 착 달라붙는 옷을 입었으면서도 감쪽같이 감추고 있던 그 많은 칼이며 날카로운 연장들을 마지못해서 내놓았다.

타라는 아직도 꽤 많은 연장이 남아 있을 것 같은 의심이 들었다. 하지만 다행히 칼리 부인은 몸수색을 하지 않았다. 얼굴에는 그러고 싶은 마음이 굴뚝같다고 쓰여져 있건만.

"처음 보는 분이군요."

칼리 부인이 칼에게 감탄 어린 어조로 속삭였다.

"내일 있을 의식 때문에…… 성함을 알아야 하는데요."

지구의 영화를 유난히 좋아하더니만 칼이 서슴없이 말했다.

"본드, 제임스 본드입니다."

칼은 칼리 부인의 한 손에 입맞춤이라도 하듯 허리를 굽히면서 부드러운 목소리로 대답했다.

흠칫 놀란 파브리스와 타라는 터져 나오려는 웃음을 참느라고 뺨 안쪽 살을 질끈 깨물어야 했다. 칼리 부인은 발그스름하게 뺨을 붉히며 함박미소를 지었다.

"아, 네, 본드 씨……. 그럼…… 내일 봐요."

칼리 부인은 무아노의 놀리는 듯한 눈길을 받으며 다시 침착해졌다.

"다미엔! 우리의 친구들을 스위트룸으로 안내해 줘요."

"알겠습니다, 부인."

다미엔은 공손하게 대답했다.

파브리스와 타라는 정말이지 칼이 원망스러웠다. 국상 중인 궁전에서 웃음을 터뜨린다는 것은 너무 예의에 벗어나는 것이 아닌가. 그런데 웃음을 참기가 그리 쉽지 않았다. 정말 몹시 힘들었다.

　그들이 몇 걸음을 떼었을 때였다. 소스라치게 놀란 로빈이 다미엔에게 들키지 않으려고 조심스럽게 등을 돌렸다. 릴란드릴의 활이 부속물들과 함께 자신의 팔에 걸려 있는 게 아닌가.

　공간이동의 문 쪽은 잠잠했다. 그래서 그들은 눈에 띄지 않고 통과할 수 있을 거란 결론을 내렸다.

　"너의 무기, 그거 진짜 편리하다."

　칼이 속삭였다.

　"그래도 다미엔이 보지 않게 조심해."

　"예, 본드 씨!"

　로빈이 천연덕스럽게 대꾸하는 바람에 타라가 확 째려봤다. 간신히 웃음을 참았는데 낄낄거리지 않고는 배길 수 없게 만들었으니.

　궁전을 가로지르는 코스가 그나마 마음을 진정시키게 도와주었다. 궁전에 흐르는 분위기를 뭐라고 표현하면 좋을까. 음산함? 그건 아마도 가장 약한 표현일 것이다. 복도의 나무들은 잎을 다 잃었고, 불새들은 시커멓게 변한 제 깃털을 망연히 쳐다보고 있었다. 정글을 통과할 때는 드래곤 티라노사우루스들이 짝짓기(?) 아무튼 남세스러운 짓거리를 하는 중이라 그들이 지나가거나 말거나 거들떠보지도 않았다. 멀리서 프테로닥틸루스들이 불길한 울음소리를 내며 날아다녔고, 브르리르들은 자기들의 흰털이 왜 갑자기 시커매졌는지 얼떨떨한 얼굴이었다.

　창문을 통해 새어드는 희미한 빛에 궁전은 어두컴컴하고 서늘했다. 게다가 침통한 흐느낌마저 궁전 전체에 울려 퍼지고 있었다.

　"어째 좀……."

　웃고 싶은 마음이 싹 달아난 파브리스가 말했다.

"그래, 좀 으스스하다. 권력에 대한 욕심으로 많은 사람을 괴롭혀온 작자를 위해 이런 조의를 표하다니, 어이가 없네. 사람들이 그걸 알았다면 의식이고 뭐고 그 작자를 벌써 똥통 속에 처넣을 텐데!"

칼이 맞장구쳤다.

갈랑과 쉬바, 블롱딘은 그 어둠과 강렬한 대조를 이루고 있었다. 상중이라는 표시로 살갗까지 물들인 궁인들은 하얀 페가수스와 은빛 표범, 붉은 사자를 몹시 비난하는 눈초리로 쳐다봤다.

반면에 궁녀들은 칼의 모습을 보고 탄복했다. 하지만 때가 때인지라 여자들은 넋이 나간 듯 뚫어지게 쳐다보고는 속닥거리면서 멀어져갔다.

"폐하의 손님들이라는 건 알지만 패밀리어들의 색깔을 바꾸는 게 좋지 않을까?"

그들을 안내하는 다미엔이 조심스럽게 입을 열었다.

"우리는 삼촌을 잃고 몹시 상심해 있는 폐하의 마음이 다치는 걸 원치 않으니까. 그렇지 않겠어?"

타라는 빙긋이 웃었다. 다미엔은 지난번의 사건 이후로 상당히 조심스럽게 처신하고 있었다.

"그래야지."

타라는 순순히 대답했다.

다미엔은 안심한 모양이었다.

"고마워."

"하지만 그전에 한 가지 정보가 필요한데, 우리가 대화방에 가도 될까?"

패밀리어들의 색깔을 흔쾌히 바꾸겠다고 해서 기분이 좋은지 다미엔은 대번에 승낙했다.

"물론이지. 나를 따라와."

그 커다란 지식의 방에는 사람이 거의 없었다. 벽은 말 그대로 원고, 책, 신문, 여행수첩으로 도배가 되어 있는데도 대부분의 마법사들은 대화방의 음성 시스템을 이용하길 좋아했다.

갑자기 파브리스가 펄쩍 뛰었다. 긴 다리 하나가 탁자 밖으로 나와 있었다. 잿빛의 털북숭이 다리, 그 끝에 날카로운 갈퀴발톱이 달려 있었다.

"와, 진짜 미치겠네. 여기도 거미가 있어!"

파브리스는 화가 나서 미치겠다는 얼굴이었다.

칼은 유심히 살피고 나서 외쳤다.

"아, 저거! 저건 드르르르야! 보다시피 거미는 지금 자기의 알레르기 문제를 치료하는 중이야. 감옥에 갇혀 있을 때 알게 됐는데 저 거미는 아주 귀엽더라고."

"아무튼 거미가 있는 곳임에는 틀림없잖아!"

파브리스는 가능한 한 거미에게서 멀리 떨어진 탁자를 눈으로 찾으면서 말했다.

로빈과 칼은 어깨를 으쓱했다. 그들에게 있어 거미는 다른 종족과 똑같은 시민이었던 것이다. 그들이 파브리스가 선택한 탁자 앞에 둘러앉는 사이에 다미엔은 공간이동의 문에 막 도착한 다른 손님들을 맞으러 황급히 뛰어나갔다.

방음덮개가 둘러싸면서 그들은 격리되었다.

"목소리!"

대화방의 기능을 잘 아는 무아노가 외쳤다.

"글로리아 공주?"

목소리가 답했다.

무아노는 얼굴을 찌푸렸다. 무아노는 별명에 워낙 익숙해 있어서 자신의 칭호가 사용될 때마다 도무지 적응이 되지 않았던 것이다.

"우리는 영혼 약탈자로 불리는 존재에 대한 정보를 찾고 있어요."

"미안하지만 그 정보는 곤란하다."

목소리가 즉시 답변했다.

"나는 들어줄 수가 없다. 최고 마구스들만 자격이 있다. 그 이외의 다른 문제는 답변해 줄 수 있는데?"

"난 최고 마구스 마니투 덩컨이다!"

타라의 할아버지가 고함을 질렀다.

"지금은 내가 비록 이 모양 이 꼴이긴 해도. 정보를 달라고 부탁한다!"

목소리는 다시 말했는데 그 어조에 신랄한 의혹이 담겨 있었다.

"미안합니다, 최고 마구스. 오무아의 최고 마구스들만 자격이 있습니다."

"이런!"

칼이 투덜거렸다.

"정보를 얻으려면 박살이 나거나, 갈기갈기 찢기거나, 죽어나가야 하겠군. 휴! 쉽지 않겠어!"

타라는 골똘히 생각에 잠겨 있었다. 갑자기 아이디어가 떠오른 모양이었다.

"목소리?"

"덩컨 양?"

"여제께서는 그 정보를 얻을 수 있겠죠?"

이번에는 목소리의 어조가 비웃는 듯했다.

"그거야 당연한 일이다. 여제는 최고의 권한을 가진 혈통이기 때문에 모든 정보를 얻을 수 있다."

"그럼 됐어요."

타라는 빙긋이 웃었다.

"황제의 지시를 받는 게 아닌지 확인하고 싶었을 뿐이에요."

벌떡 일어난 타라가 놀라서 쳐다보는 친구들에게 가까이 붙으라는 손짓을 했다.

"방법을 알았어."

"헉!"

파브리스는 죽는소리를 했다.

"네가 그런 어조로 말할 때 난 아주 겁이 나. 중상이라든가 어떤 불상사가 따르는 대형사고가 일어날 게 다분하단 말야."

"그래, 맞아."

타라는 단호하게 말했다.

"내 계획이 실패하면 우리는 대역죄로 유죄선고를 받게 될 거야, 아마."

파브리스는 숨이 넘어갈 지경이었다.

"……!"

파브리스는 무슨 말을 하려고 했지만 입만 벌름거릴 뿐이었다.

"우리가 뭘 하면 될 것 같으니? 걱정 마. 특별한 건 아니니까. 우리는 그냥…… 오무아의 여제를 찬양하자 그 말이야!"

13
황실의 수치

이번에는 파브리스의 신음소리가 또렷이 들리더니 매머드의 괴로운 울음소리가 잇따랐다.

방음덮개를 나오는 순간이었기 때문에 다른 마법사들이 인상을 팍 쓰면서 그들을 돌아봤다. 그러자 마니투가 얼른 주의를 줬다.

"쉬잇! 어서들 나가자. 그리고 파브리스, 타라가 장난치기 좋아하는 거 잘 알면서 새삼스럽게 뭘 그래?"

"그런데 문제는 전혀 농담이 아닌 것 같은 아주 불길한 예감이 든단 말예요."

칼이 지적했다.

"타라, 빨리 불어. 오늘은 왜 그렇게 아침부터 연기를 풀풀 피우는데? 오버하는 것 같다, 너. 질질 끌지 말고 빨리 말해."

"휴, 난처하네! 그래, 네 말이 맞아. 농담이 아니었어. 지금 당장 어제를 만나야겠는데…… 좋은 생각 있으면 말해 봐."

"간단해."

로빈이 대답했다.

"너는 비공식적 알현을 요청해야 해. 알현을 청하는 오무아 시민들이 족히 한 수천 명은 되기 때문에 내 생각에는 100년이나 200년쯤 후에야 네가 승낙을 얻을 것 같아."

"아니, 난 그렇게 생각하지 않아."

타라가 대꾸했다.

"여제는 우리가 올 걸 알고 있었어. 소멸식 참석을 위해 우리의 자리도 마련해 뒀다고 하잖아. 내일 한다는 그 의식이 뭔지는 모르지만."

"소멸식이란 죽은 자가 그 근원인 아더월드로 돌아오도록 공원에서 그 육신을 소멸하는 의식이야."

로빈이 차분하게 설명했다.

"맙소사!"

파브리스가 말했다.

"그럼 팅가푸르의 공원을 걸어다니면 죽은 사람들을 밟고 다닌다는 뜻이잖아?"

"그건 아니지."

로빈은 기분이 상한 어조로 대답했다.

"휴, 그럼 안심이다."

"황실의 가족만 그래."

로빈이 엉큼한 미소를 지으며 말을 이었다.

"어우, 정말 역겹다."

파브리스는 눈살을 찌푸렸다.

"난 우리가 빨리 여제를 만나야 한다고 생각했어."

타라가 단호하게 말했다.

"파프니르에게 필요한 정보를 얻기 위해서 뿐만 아니라 칼의 무죄를 증명하기 위한 탈르디도 여제에게 전해야 하니까! 저 기막힌 변신에도 불구하고 본드 씨는 다시 체포될 위험이 농후하고."

"그래, 맞아."

칼이 찬성했다.

"제발 감옥에 갇히는 것만은 정말 피하고 싶어!"

"근데 있잖아."

무아노가 깔깔대고 웃었다.

"네가 그 모습으로 있는 한 여제는 절대 너를 가두지 않을걸……, 적어도 감옥에는!"

"에프리트에게 부탁해서 내 무죄를 증명하기 위한 청원서를 여제에게 가져가게 해야겠어. 그리고 기다려 봐야지."

"그게 좋겠구나. 근데 서둘러야겠다."

마니투가 말했다.

"왜요? 내가 체포되는 위험을 빼놓고 지금으로서는 뭐 그렇게 급히 서두를 필요가 없는 거 아닌가요? 파프니르에게 영혼 약탈자에 대한 정보가 당장 필요한 것도 아니고요. 분명히 황무지 늪에서 곧 돌아올 거니까요."

칼이 약간 놀란 얼굴로 물었다.

"파프니르 때문에 하는 말이 아니다."

마니투가 부드러운 어조로 대답했다.

"다른 사람들이 문제란 말야. 너희들의 셈 선생님이 장례식에 참석하러 올 것이고, 이사벨라도 아마 동행할 게다. 그리고 당연히 무아노의 부모님도 랑코비트 정부의 대표로 오겠지. 파브리스의 아버지 또한 사망한 대군의 친구 자격으로 초청 받을 테고."

파브리스는 새파랗게 질렸다.

"아빠와 타라의 할머니가 여기에 오세요? 농담이죠? 반디우 사건으로 아빠의 온실이 파괴되었고, 또 허락 없이 우리가 아더월드로 도망쳤으니 그 두 분이 어떤 벌을 내릴지 생각만 해도 끔찍한데……. 어쩌면 다른 행성으로 쫓겨날지도 모른단 말예요."

로빈이 파브리스의 등을 살짝 떠밀면서 말했다.

"에이, 무슨 그런 말을 해. 너희 아버지는 우리가 고약한 폭군으로부터 지구와 아더월드를 구해 내는 걸 똑똑히 보셨어. 화를 좀 내시기야 하겠지만."

"로빈, 네가 몰라서 그래. 아버지는 아마 내 살가죽을 벗겨서 응접실에 걸어놓으실 거야. 그리고 타라의 할머니는 또 그걸 빼앗아서 저택 입구의 깔개로 사용하고 말걸! 하기야 그러면 내가 그나마 쓸모 있는 것이 되긴 하겠네!"

칼은 지구소년의 용기를 북돋아 주려고 했지만 실패했다. 그들은 타라의 스위트룸으로 향했다. 하지만 궁전이 어찌나 넓은지 그들은 가는 도중에 에프리트에게 길을 물어야 했다. 마주치는 궁인들이 하나같이 눈살을 찌푸렸기 때문에 타라는 패밀리어들의 색깔을 당장 바꿔야겠다고 생각했다.

그 순간 갑자기 경악하는 소리가 궁전에 울려 퍼졌다.

타라의 마법이 또 제멋대로 빠져나간 것이었다. 타라는 칼을 쳐다보면서 속으로 머리가 붉은 색이면 훨씬 멋질 거라고 생각했을 뿐인데 즉시 그놈의 마법이 궁전을 온통 붉게 물들이고 말았으니……. 마법복이며 조각상, 벽, 벽걸이 천, 동물들의 털 할 것 없이 몽땅 빨개졌다.

사람이고 동물이고 사물이고 온통 붉은빛 일색의 궁전……, 그래도 얼마나 장관인지!

타라는 기겁했고, 궁인들도 질겁해서 자기들의 옷을 쳐다봤다.

"어머머! 너 또 무슨 생각을 한 거야?"

무아노가 물었다.

붉은 마법복과 딱 어울리게 얼굴이 새빨개진 타라는 주문을 취소했다. 그러자 신중한 로빈이 바톤을 이어받아서 색을 어둡게 했다. 그들의 파란 마법복은 어쩌나 짙은지 거의 검은색으로 보였고, 동물들의 털도 시커매졌다.

파브리스는 또다시 한숨을 쉬었다. 타라에게는 어떻게 그런 힘이! 게다가 또 얼마나 손쉽게 하는지! 질투하는 게 아니었다. 아니, 질투였다. 왜 나한테는 그런 힘이 없을까? 알 수 없는 이유로 타라를 죽이려고 하는 상그라브, 타라를 악마적인 힘의 열쇠로 여기는 마지스터를 떠올리던 파브리스는 마침내 능력이 적은 것도 그리 나쁜 것만은 아니라고 생각하기에 이르렀다. 그리고 자기에게는 바룬이 있지 않은가! 파브리스는 매머드를 내려다보며 다정하게 머리를 쓰다듬어주면서도 발길질에 차이지 않도록 손가락을 조심했다. 그토록 조그맣게 축소했는데도 바룬의 무게는 여전했기 때문에.

그 사이에 로빈은 모든 일이 다 끝나면 어떻게 될지 생각해 봤다. 타라가 지구로 돌아가야 한다는 건 알고 있었다. 그리고 타라를 따라갈 수 없다는 것도 알고 있었다. 지구에서 사는 하프엘프? 놀림거리밖에 더 되겠나! 자신의 마법은 고양이 눈처럼 찢어진 그 이상한 크리스털 눈이며 새까만 머리에 묘하게 섞인 흰 머리털을 감출 만큼 강력하지는 않았다.

엘프들은 사냥꾼이나 전사들이었다. 타라를 따라 지구로 간다는 것은 대대로 이어오는 천직을 거부하겠다는 뜻이었다. 그럴 수는 없는 일이었다. 그건 거의 육체적인 고통을 주었다. 그래서 로빈은 꼬리를 물고 이어지는 문제들 때문에 타라가 아더월드에 머무를 수밖에 없게 된 것을 내심 기뻐했다.

한편 칼은 이제 곧 자신의 무죄를 증명할 수 있을 것이며, 도둑 면허대학의 교수들에게 이 사실을 알려서 자신의 성적에 반영되게 해야 하며, 또 브란디스의 부모를 만나서 아들의 뜻을 알려야 한다는 생각을 하고 있었다.

칼은 무엇보다도 진짜 몸을 되찾고 싶었다. 현재의 모습은 도저히 감당할 수가 없었다!

무아노는 불안했다. 자기 자신 때문이 아니라 타라 때문이었다.

부모님이 여행을 자주 떠났기 때문에 어릴 적부터 외롭게 자란 무아노는 친구가 별로 없었다. 그러다 타라를 만나 몇 주 사이에 자매나 다름없는 절친한 친구가 되었다. 하지만 타라는 좀처럼 속을 드러내지 않았다. 마치 마음을 고백하기가 힘들거나 우정의 표시를 어떻게 받아들여야 할지 모르는 듯이.

무아노는 미래에 대한 무거운 짐이 친구의 어깨를 짓누르고 있음을 알고 있었다. 사실 그들은 훗날 뭘 할 것인가에 대해 각자 나름대로의 계획이 있었다. 로빈은 아버지처럼 왕국의 엘프 비밀 정보국에 들어가는 것이 꿈이었다. 아직은 공식적인 자격을 받은 건 아닐지라도 칼은 이미 면허 받은 도둑이나 다름없었다. 파브리스는 수석 조수조수 훈련을 받으면서 최고 마법사가 될 생각이었다. 무아노는 난쟁이 종족과 협력해서 아더월드 마법의 근원에 관해 연구하는 어머니의 일을 이어갈 생각이었다. 그리고 그게 싫으면 랑코비트에 몸을 바치고 최고 마법사가 될 수도 있었다.

하지만 타라는 선택의 여지가 없었다. 타라는 한 제국의 후계자이자

한 국가의 희망이었다. 또한 악마적인 힘의 열쇠였고, 한 암살자의 표적이기도 했다. 그런가 하면 본의 아니게 음모와 위험의 핵심이 되어 있었다. 타라는 그 나이에 맞는 생활을 하는 평범한 소녀가 결코 아니었다. 그들은 모두 좀 특별한 소년소녀들이었다. 물론 타라가 그들보다 훨씬 더 특별하긴 해도. 이따금 친구의 침묵에서 무아노는 불안감을 느꼈다.

한편 타라는 부모님을 생각하고 있었다. 타라는 아버지를 만났다는 소식을 어머니에게 알려야 했다. 어머니 없이 아버지를 만났다는 사실을. 어머니가 원망하지 않으리라는 건 알고 있었다. 그들의 만남은 절박한 상황에서 이뤄진 것이 아닌가. 그렇긴 해도 어머니가 보는 앞에서 아버지를 불러내지 못했던 것이 몹시 가슴아팠다. 어머니를 만나게 된 것이 불과 며칠 전이건만 어머니가 몹시 그리웠다. 할머니 이사벨라도 그리웠다. 비록 지구로 끌려가지 않으려고 지금은 할머니를 피하고 있긴 하지만.

그러면서도 타라의 의식 한 구석은 무슨 일인가 꾸미고 있을 마지스터 때문에 불안했다. 갈랑이 타라의 정신 속에서 그 불안에 대해 반대했다. 갈랑은 그렇게 걱정하는 것이 얼마나 쓸데없는 일인지 이해시켰다. 마지스터가 아무리 괴롭혀도 반드시 그자를 악마들에게 쫓아낼 것이라면서 갈랑은 갈퀴발톱에 대롱대롱 매달린 채 악마 떼거리에게 포위되어 버둥거리는 마지스터의 이미지를 보여주었다.

타라는 웃지 않을 수 없었다. 타라를 웃게 한 것이 기쁜 페가수스는 찰싹 달라붙어서 주둥이로 툭툭 미는 사랑스러운 장난을 쳤다. 무아노가 의문이 담긴 눈길을 보내자, 타라는 활짝 웃는 얼굴로 친구를 안심시켰다.

스위트룸에 일단 들어서자 마니투는 다 죽어 가는 소리로 배고파서 쓰러지기 전에 제발 먹을 것을 주문해 달라고 사정했다.

한 에프리트가 음식을 가져왔다. 그들은 슬루릅 즙으로 잰 브르르르 아아아 갈비, 칼로르나 퓌레, 친파프를 곁들인 브릴의 싹, 비즈즈즈 꿀과 발분 크림을 섞은 초콜릿 케이크, 키디코이를 정신없이 먹어치웠다.

타라는 카라멜/바나나/피망 맛의 막대사탕 키디코이가 예언하는 글귀를 경계하는 눈으로 읽었다.

그녀가 곧 나타날 것이다. 그녀의 말은 위험하지 않다. 하지만 진실은 그만한 대가를 치러야 한다.

늘 그랬던 것처럼 이번에도 대단한 걸 제시하지 않았다.

무아노는 에프리트에게 '칼리반 달 살란의 무죄를 밝힐 수 있는 새로운 증거를 가지고 있음'을 강조하는 메시지를 여제에게 전하라는 임무를 맡겼다.

그렇게 에프리트를 보내놓고 그들은 기다렸다.

새벽 1시가 되어도 아무런 연락이 오지 않자, 그들은 잠자리에 들었다.

꾸벅꾸벅 졸던 칼은 한 에프리트가 침대 발치에 나타나서 떠들어댔을 때 심장마비를 일으킬 뻔했다.

"일어나라, 일어나라, 손님이 왔다! 깨어나라!"

파자마 바람으로 응접실에서 기다리다가 깜빡 잠이 들었던 칼은 그제야 무슨 일인지 알아차렸다. 다른 친구들도 놀라서 깼는지 눈을 비비면서 어리둥절한 얼굴로 나타났다.

그때였다. 갑자기 그들의 허락도 없이 문이 빙그르르 회전하더니 친위대 대장 크산디아르가 들어서는 것이 아닌가!

"오, 안 돼, 친위대 대장은 안 돼!"

칼의 목소리가 애처로웠다.

하지만 크산디아르는 어린 도둑에게 관심이 있는 눈치가 아니었다. 하기야 타라의 마법이 아직은 효력을 발휘하고 있어서 칼은 여전히 멋진 미남의 모습이었으니!

친위대 대장이 방을 살피고 나서 손짓을 하자, 두건을 뒤집어쓴 날씬한 실루엣이 들어섰고, 얼른 문을 꽝 하고 닫았다.

친위대 대장은 얼굴이 시뻘게져서 땀을 뻘뻘 흘리고 있었다.

불안해서 어쩔 줄 모르는 모습을 보면서 타라는 두건을 뒤집어쓴 사람이 누군지 대번에 짐작했다. 두건이 흘러내렸을 때 그 직감이 확인되었다. 여제의 아름다운 얼굴! 두 갈래로 땋아 늘인 멋진 머리는 바닥에 닿을 듯 치렁치렁했고, 금빛 벨트로 허리를 졸라맨 흰색의 간결한 드레스 차림이었다.

불안함을 감추지 못한 채 크산디아르는 차려자세를 취하고 우렁찬 목소리로 알렸다.

"여제 폐하 리스베스틸……."

"그만 됐소, 크산디아르."

여제는 그의 말을 잘랐다.

"모두들 내가 누구인지 알고 있으니까. 문에서 보초나 잘 서요. 내가 호위대 없이 여기 있다는 걸 누군가 알게 되면 앞으로 한 10년 동안은 안보국의 항의 때문에 시끄러워질 테니."

크산디아르는 안보국의 입장과 같은 생각이어서 그 말만으로도 불안한지 네 개의 손을 비비꼬았다. 여제의 안전을 혼자 책임지고 있다는 것에 친위대 대장은 신경이 곤두설 대로 곤두서 있었다. 문 앞에서 보초를 서는 그는 아주 불행한 얼굴이었다.

여제는 우아하게 앉으면서 그들도 앉게 했다. 아직도 얼떨떨한 그들은 자리에 앉았고, 똥그래진 눈으로 여제를 쳐다봤다.

여제는 칼을 잠시 응시하다가 고개를 끄덕였다. 마치 수수께끼의 해답을 찾기라도 한 듯이.

"칼리반 달 살란?"

칼은 닭살이 돋을 정도로 우아하게 허리를 굽혔다.

"예, 그렇습니다, 폐하!"

"멋진 변장이로다. 아주 독창적이야."

"고맙습니다, 폐하."

칼이 빙긋이 웃었는데 그 미소가 어찌나 눈이 부신지 여제는 눈을 깜박였다.

여제는 그 미소에 마음이 흔들렸는지 침착해지려고 애를 쓰는 것이 역력했다.

"내 삼촌을 살해한 자들에게 어떤 벌을 내리면 좋단 말인가!"

칼을 보지 않으려고 애써 외면하면서 여제는 낭랑한 목소리로 말했다.

로빈은 깜짝 놀라는 크산디아르를 곁눈질했고, 파브리스는 소리가 날 정도로 침을 꼴깍 삼켰다.

이번에는 무아노가 정중하게 말했다.

"폐하의 뜻에 따르겠습니다."

타라는 마치 기다리고 있었다는 듯이 얼른 말을 이었다.

"그런데 그 죽음의 책임이 폐하에게도 있다는 것이 문제입니다!"

그 말에 마니투는 숨이 탁 멈췄다. 쇠창살이며 딱딱하게 굳은 빵, 끔찍한 감방의 이미지가 줄줄이 나타났던 것이다.

여제는 아무런 반응을 보이지 않고 그냥 타라를 뚫어져라 살폈다. 그

머릿속에서 톱니바퀴가 덜컥덜컥 돌아가는 소리가 들리는 것만 같았다. 여제는 마침내 결정을 내렸다.

"그걸 어떻게 알았지?"

마니투는 다시 숨을 쉬기 시작했고, 쇠창살과 딱딱한 빵도 사라졌다.

"여러 가지 징후가 그런 가정을 하게 만들었습니다."

타라는 가슴이 콩닥콩닥 두근거렸지만 당차게 말했다.

"그 공격의 표적이 되었는데도 폐하는 저를 호출하지 않았습니다. 그건 바로 그때 땅 신령들이 도움을 청하러 왔기 때문이었죠. 한 달 사이에 땅 신령들이 세 번씩이나 찾아왔는데 궁전 내에 그 소문이 안 날 리가 없지요. 폐하는 엘프 사냥꾼들을 파견해서 폐하의 삼촌 단비우의 궁전을 수색했으나 단서가 될 만한 걸 찾지 못했습니다. 하지만 궁인들이 '파렴치하다'고 수군거리는 것으로 보아 폐하는 이미 얼마 전부터 삼촌을 의심하고 있었다는 것이 제 생각입니다. 그리고 우리에게 나타난 땅 신령들의 왕 글룰 부글룰은 폐하로부터 칼의 조정위원이 되어달라는 부탁을 받았다고 말했습니다. 폐하는 땅 신령의 약혼녀가 붙잡혀 있다는 걸 분명히 알고 계셨습니다. 그 얘기는 곧 땅 신령들의 왕이 폐하의 삼촌이 저지른 만행에 대한 증거를 찾기 위해서 칼에게 도움을 청하리라는 걸 폐하가 짐작하고 있었다는 뜻입니다. 따라서 저는 폐하께서 진실의 입들이 머릿속을 읽지 못하게 하려고 칼과 안젤리카에게 방해 주문을 걸었던 것이라고 확신합니다. 그리고 칼이 탈옥했을 때도 폐하는 추적을 금하셨고, 게다가 랑코비트 사람들은 아예 칼이 사라진 것조차 모르고 있었습니다. 그건 아무리 생각해도 앞뒤가 맞지 않는 일이었습니다. 그래서 저는 폐하가 우리를 사냥개처럼 이용하고 있다는 걸 깨달았습니다!"

아연실색한 마니투, 칼, 무아노, 파브리스, 로빈은 타라와 아주 태연한 여제를 차례로 쳐다봤다.

"폐하, 이 버릇없는 아이에게 예절을 가르치게 허락해 주십시오. 이 소녀는……."

크산디아르가 성난 어조로 외쳤다.

"…… 완벽하게 맞는 말이오."

여제가 친위대 대장의 말을 잘랐다.

"이렇게 어린 소녀가 나의 계략을 이처럼 정확하게 꿰뚫어보다니 난 그저 놀라울 따름이오."

"정말 그 방법밖에는 없으셨습니까?"

타라는 자신의 추측이 사실로 확인되자 화가 머리끝까지 치밀었다. "무고한 사람에게 유죄 선고를 내리셨어요! 그리고 우리의 목숨을 위태롭게 하셨습니다!"

"아니, 그게 유일한 해결책은 아니었지."

여제는 태연하게 대답했다.

"법정에 제출할 증거가 없기 때문에 우리는 공식적으로 반디우를 고소할 수 없었다. 칼리반이 브란디스의 부모에게 고소 당하기 전까지는 절대로 그럴 생각은 아니었다. 다른 계획을 세우고 있었으니까. 훨씬 간단한 것으로."

여제는 말을 중단하면서 아이들이 감히 따지고 들지는 않으리라고 생각했다. 하지만 입을 봉하고 있을 타라가 아니었다.

"그럼 폐하의 계획은……?"

"우리는 그를 죽이려고 했었다!"

여제는 명확하게 대답했다.

"우와!"

파브리스는 자기도 모르게 말이 툭 튀어나왔다.

"이 세계의 가족 관계는 정말 굉장하네요!"

"권력에 관계되는 일에는 가족도, 친구도 없지."

여제는 한숨을 쉬었다.

"그런데 그 일은 실패했어. 반디우는 너무 강력해졌고, 우리가 보낸 자객을 시체로 돌려보냈거든. 작은 상자에 담아서."

그 말에 무거운 침묵이 이어졌다. 타라는 도저히 참을 수 없었다.

"그래서 우리가 폐하의 삼촌을 제거하도록 폐하께서 그런 복잡한 음모를 꾸미셨단 말입니까? 그러다 만약 일이 잘못됐다면 어떡하시려고요?"

"자네들을 이용해서 내 삼촌을 제거하려고 했던 건 아니다."

여제는 반박했다.

"일단 땅 신령들이 석방되고, 삼촌이 반역한 증거가 드러나면 우리의 최고 마구스들이 그를 쉽게 없애버렸을 테니까. 그런데 자네들 다섯 명이 만들어내는, 뭔지 모를 그 무기…… 그것이 그에게 아주 치명적이었어."

"우리에게 그런 능력이 있다는 걸 어떻게 아셨습니까?"

칼이 감히 물었다.

"어쨌든 우리는 아이들인데 계획치고는 너무 위험한 거 아닌가요?"

"용들도, 최고 마구스들도 끝내 위치를 추적하지 못했던 그 강력한 마지스터를 쓰러뜨린 장본인들이 자네들이라는 걸 아더월드 전체가 알고 있다. 그리고 자네들은 우리의 수석 조수들을 해방시켜주었어. 칼리반 달 살란이 브란디스의 부모에게 고소 당했을 때, 우리는 기회를 잡았지. 그래서 나와 황제께서 방해 주문을 걸었는데 깜짝 놀라고 말았다."

"깜짝 놀라요?"

무아노가 물었다.

"칼리반과 안젤리카 브란다우드에게는 이미 강력한 방해 주문이 걸려 있었으니까!"

"어떻게 그럴 수가!" 하고 중얼거리는 것으로 마니투가 모두의 감정을 대변했다.

"그러니까 다른 누군가의 계획과 겹쳤다는 뜻이군요. 하지만 브란디스의 혼령을 소환했을 때 폐하는 그 혼령이 칼과 안젤리카를 무죄로 선언할까 걱정되지 않았습니까?"

여제는 비웃음을 흘렸다.

"유령에게 또 하나의 주문을 아주 교묘하게 걸어서 우리가 원하는 말을 하게 했다. 그래서 우리가 개입하지 않고서도 칼리반과 브란다우드는 유죄 선고를 받았던 것이고. 친위대 대장이 어린 도둑이 사라졌다고 알렸을 때, 황제와 나는 땅 신령들이 도망치게 도왔을 것이라고 짐작했다. 아무도 알아차리지 못했다는 건 궁전의 사람들을 잠들게 한 것이 분명하니까. 그 다음에 자네들이 사라지고 나는 친위대 대장에게 자네들을 추적하지 못하게 했다. 그 때문에 오늘 밤 수행원으로 크산디아르를 데려온 것이지. 크산디아르가 이해할 수 있도록."

여제가 미소를 지어 보이자, 친위대 대장이 감사의 표시로 고개를 끄덕였다.

"폭풍 때문에 부교에서 떨어져 목이 부러진 내 삼촌의 시신과 함께 도착한 문지기 브주아 지롱이 우리에게 해준 얘기를 듣고 우리는 정신적 부담을 덜고, 국상을 선언했던 것이오."

"우씨, 그럼 림보에 괜히 갔던 거잖아!"

칼이 발끈해서 외쳤다.

"림보? 그게 무슨 말인가?"

여제는 깜짝 놀랐다.

"저는 확신이 없었어요."

타라가 설명했다.

"폐하가 이 사건과 어떤 관련이 있으리란 직감밖에 없었으니까요. 그래서 우리는 브란디스의 혼령을 불러서 칼을 다시 판결하게 하려고 림보에 갔던 겁니다. 그리고 그 현장을 탈루디에 녹화해 왔습니다."

"오, 정말 쓸데없는 일을 했구나."

여제가 대꾸했다.

"국상을 시작할 때 이미 칼리반과 브란다우드를 특별 사면했는데 랑코비트에서 공식적 통지를 받지 못했느냐?"

본의 아니게 갖게 된 그 멋진 근육질의 몸을 부각시키면서 줄곧 서 있던 칼은 안락의자에 털썩 주저앉고 말았다.

"오, 내 조상들이시여! 어떻게 이런 일이! 알려준 사람이 없어서 우린 까맣게 모르고 있었습니다."

"그럼 이제 다시 물어야겠구나. 나의 제국을 구해준 이들에게 어떤 보상을 하면 좋겠느냐?"

그들은 얼떨떨해서 대답할 수가 없었다. 그래서 여제는 즉흥적으로 정해야 했다.

"칼리반에게는 북부 지방 살렌두리보르의 농지 소유권을 하사하겠다. 그 땅의 가축과 밭은 연간 크레디트―무트 금화 10만냥의 수익을 가져다줄 것이다. 그 땅은 훗날 칼리반이 도둑으로서의 직분을 다한 뒤에 편히 쉴 곳이 될 것이다."

칼은 믿어지지 않는 얼굴로 여제를 멀뚱히 쳐다보고만 있었다.

"글로리아 공주의 경우는 랑코비트의 왕족 신분이라서 우리의 땅을 소유한다는 것이 나쁜 쪽으로 해석될 위험이 있다고 생각한다. 나는 공주가 난쟁이 종족과 함께 아더월드 마법의 근원에 관한 연구에 전념하고 싶어하는 것으로 알고 있다. 그래서 내가 가지고 있는 아주 귀한 양피지 문서들과 문헌들을 하사하겠다."

무아노는 일어나서 허리를 굽혔는데, 너무 감격해서 감히 아무 말도 하지 못했다.

"최고 마구스 마니투에게는 살렌두리보르의 농지와 크기가 같은 이미탄쉬보르의 농지 소유권을 하사하고, 아울러 각종 편리 시설은 물론 아더월드 최고의 요리사인 프랑수아에게 식사 시중을 들게 하겠소."

"폐, 폐하, 그건 무, 무한한 영광이옵니다!"

마니투는 말까지 더듬으면서 벌써부터 침을 질질 흘렸다.

"로빈의 소원은 아버지처럼 랑코비트의 비밀 정보국에 들어가는 것이라는 걸 알고 있다. 나는 지금 당장 로빈을 우리의 비밀 정보국 장교로 임명하겠다. 그럴 경우 자네는 우리의 가장 어린 장교가 되겠지만 그 경험만큼은 의심할 여지가 없다. 자네에게는 토지를 하사하지 않겠다. 엘프들은 셀렌다 밖에서 사는 걸 좋아하지 않아서 가능한 한 자주 조국으로 돌아간다는 걸 알기 때문이다. 하지만 로빈만 불이익을 당하는 일이 없도록 다른 농지에서 얻는 소득에 해당하는 금액을 자네의 이름으로 개설한 계좌에 넣어줄 것이다."

"폐하, 그 돈은 저의 조국 셀렌다에서 대단히 유용할 것입니다. 하지만 폐하께서 제안하신 정보국 장교 임명은 사양하겠습니다. 아버님은 저의 교육이 아직 끝나지 않았다고 생각하십니다. 이 무한한 은혜에 감사드립니다."

"원하는 대로 하라, 로빈. 하지만 내 제안은 자네가 아버지 곁을 떠날 때까지 유효하다는 걸 잊지 말라. 그리고 파브리스에 대해서는 브주아지롱의 아들이라는 것 이외에 내가 정보를 별로 갖고 있지 않다. 자네에게도 토지를 주면 기쁘겠는가?"

"고맙습니다, 폐하. 하지만 저는 이미 아버지의 땅을 가지고 있습니다. 이렇게 폐하를 뵙는 영광을 주신 것만으로도 보상은 충분합니다."

"그거 아주 겸손한 대답이로다. 하지만 겸손함이 생활을 보장해 주지는 못한다. 따라서 자네의 이름으로 계좌를 개설하여 친구 로빈과 같은 조건의 금액을 넣어줄 것이다. 마음에 드는가?"

"정말, 정말 고맙습니다, 폐하."

"그리고 타라에게는……."

"저는 원하는 것이 있습니다."

타라는 가능한 한 정중하게 말을 중단시켰다. 그들을 회유하고 있는 것일 뿐인 여제에게 감격해서 어쩔 줄 모르는 친구들을 보면서 화가 치밀었지만 인내심을 발휘하는 것 같았다.

"저는 대화방의 비밀 정보에 접근할 수 있기를 바랍니다."

여제의 태도가 굳어졌다.

"어떤 비밀 정보?"

여제는 조심스럽게 물었다.

"영혼 약탈자에 관한 정보입니다. 문제가 좀 있습니다."

여제는 입속말로 중얼거렸다.

"오, 조상들이시여! 과연 듣던 대로 타라는 적을 고를 줄 아는구나. 영혼 약탈자라! 데미데루스께서 그자를 가둬놨다는 건 알고 있다. 지각단층 전쟁이 일어났을 때 악마들과 결탁함으로써 인간을 배신했기 때문에. 그리고 파괴하는 것이 불가능하기 때문에 상당히 위험한 존재라는 것도 알고 있다. 그 청을 받아주겠다. 대화방의 정보에 접근할 수 있을 것이다. 여길 나가면서 명을 내릴 테니까. 그리고 원치 않는다고 해도 나는 타라에게 역시 내 땅과 아주 가까운 타르벤쉬르의 세벤다레브 토지 소유권을 선물로 하사하겠다."

타라는 거절하려고 했지만 여제가 손으로 막았다.

"잠깐! 내 선물을 거절하기 전에 그곳에 가보거라. 그래도 영 마음에 들지 않으면 나의 제안을 거두고 크레디트—무트로 대체하겠다."

타라는 공손하게 머리를 숙였다. 원하는 것을 얻었으니 강력한 군주에게 맞서서 화나게 할 필요야 없지. 그럴 수도 있는 일인데!

"원하는 대로 하십시오, 폐하."

"좋아."

여제는 유연한 동작으로 일어나서 드레스 위에 걸친 망토와 두건을 매만졌다.

"갑시다, 크산디아르. 아직 할 일이 많소. 나중에 소멸식에서 보지. 자네들을 믿겠네."

그렇게 말하고 나서 여제가 사라졌고, 상당히 신경이 날카로워진 친위대 대장이 부리나케 그 뒤를 따랐다.

"타라!"

무아노가 외쳐 부르는 소리에 모두 깜짝 놀랐다.

"정말 더는 못 참겠다!"

무아노의 어조에 놀란 타라가 얼굴을 들었다.

"우리는 친구야! 아니니?"

화가 단단히 난 얼굴로 무아노가 매몰차게 물었다.

"그래도 난 우리가 모든 일을 함께 겪었기 때문에 서로를 절대적으로 믿는다고 생각했어. 그런데 그게 아니었니?"

"물론 절대적으로 믿지."

무아노가 무슨 뜻으로 하는 말인지 전혀 알아차리지 못한 타라가 대답했다.

"그럼 다음에 또 네가 무슨 의혹이나 이상한 직감이 들 때는 혼자만 비밀로 간직하고 있는 걸 금하겠어, 알겠니? 우린 무슨 생각이든 다 같이 알아야 해. 친구들이니까. 설사 바보 같은 생각으로 여겨질 위험이 있더라도. 난 네가 뭐든 우리에게 감추는 게 싫어!"

타라는 당혹스런 미소를 지었다.

"미안해. 나의 바보 같은 생각으로 너희들을 난처하게 만들고 싶지 않았어. 그게 계획치고는 아주 복잡하고, 또 말도 안 되는 것 같아서. 그리고 처음부터 이 모든 일의 배후에 마지스터가 있다고 생각했지 여제는 꿈에도 생각지 않았어! 할머니가 내 문제로 다른 사람을 귀찮게 해서는 안 된다고 가르치셨거든. 그래서 나는 무슨 일이든 혼자서 해결하는 게 몸에 뺐어."

"그래, 좋아. 하지만 난 네 할머니가 아냐. 그리고 문제가 생기면 우리가 함께 해결하잔 말야, 알았지?"

"그래, 알았어!"

그들은 여제의 선물에 대해 이런저런 얘기를 나누면서 흥분을 감추지 못했고, 얼마 후 피로가 몰려오자 잠을 자러 돌아갔다.

다음날 아침, 칼은 여전히 미남인 자신의 모습에 몹시 실망했다. 여전히 키도 크고 근육질의 탄탄한 몸매였다.

"맙소사!"

칼은 아침을 먹으면서 투덜거렸다.

"이놈의 주문이 얼마나 더 갈까?"

"타라의 강력한 마법을 고려하면 평생 동안 그럴 수도 있지."

발분 버터를 바른 빵을 먹던 무아노가 얼굴을 살짝 쳐들고 놀렸다.

칼은 공포에 질린 눈초리로 무아노를 뚫어져라 쳐다봤다.

"그래? 너 정말 내가 이 뚱뚱한 몸 속에 처 박혀 있을 거라고 생각해?"

"에이! 뚱뚱하지는 않지."

타라가 반박했다.

"맞아."

무아노가 맞장구쳤다.

"얼마나 균형 잡힌 몸인데 그래? 타라, 정말 놀라운 솜씨였어."

"맙소사!"

칼이 소리쳤다.

"난 도둑이란 말야! 키가 작고, 날렵해야 남의 눈에 띄지 않고 어디든 도망칠 수 있어. 내가 이 꼬락서니로 어떻게 내 일을 할 수 있겠어?"

"그럼 눈에 확 띄는 도둑이 되는 거지, 뭐. 좋잖아!"

파브리스는 한술 더 떴다.

그들은 한순간 칼이 눈물을 흘릴 거라고 생각했지만, 칼은 그들을 째려보는 것으로 만족했다.

"그래, 맘대로 갖고 놀다가 제자리에만 갖다 놔. 그건 그렇고 이젠 뭘 하지?"

"대화방에 가서 영혼 약탈자에 대한 정보를 수집해야지."

타라가 애써 미소를 감추면서 대답했다.

"어쨌든 소멸식에 참석하러 오신 할머니와 파브리스의 아버지한테

걸러서 우리가 한 50년 동안 벌을 받게 되면 무아노와 로빈이라도 파프니르에게 정보를 줄 수 있어야 하니까."

"휴!"

갑자기 끔찍한 현실로 돌아온 파브리스는 한숨을 쉬었다.

"너희들이 이따금 우리를 만나러 와 주길 바란다. 타라의 할머니 말씀을 따르지 않은 죄로 우리를 두꺼비로 둔갑시켜놓지 않는다면!"

그들은 대화방으로 향했다. 미남 청년과 마주친 여자가 벽, 혹은 나무에 부딪히거나 기절할 때마다, 대화방까지 걸음아 날 살려라 하고 도망치는 칼을 볼 때마다, 타라와 무아노는 웃음을 참을 수 없었다.

휜한 대화방에 일단 들어서자, 그들은 방음덮개 안에 자리를 잡았다. 칼은 제일 먼저 입을 열기로 작정을 했는지 '목소리'를 불렀는데 그 말투는 정중하면서도 공격적이었다.

"이제 우리는 물어볼 자격이 있습니다. 따라서 영혼 약탈자에 대한 정보를 주시죠. 즉시."

"오우오우."

목소리는 노래하듯 말했다.

"기꺼이 그럴 게요, 오! 미남 마법사!"

끄으으웅! 칼은 신음소리를 냈고, 킥킥킥! 타라와 무아노는 웃음을 참지 못했다.

"영혼 약탈자는 악마들과 손잡았다가 지각단층 전쟁이 끝난 뒤에 데미데루스에게 포로로 잡힌 아더월드의 적이다. 영혼 약탈자와 싸울 수 있는 유일한 존재는 상당히 강력한 마법의 아티팩트, 즉 하얀 영혼이다. 그런데 데미데루스가 영혼 약탈자를 흑장미 섬에 가둔 뒤, 얼마 후에 그 약탈자의 잘못으로 학살당했던 집안의 한 기사가 복수를 하려고 하얀 영혼을 훔쳐서 황무지 늪으로 떠났다."

"그래서 어떻게 됐어요?"

호기심이 동한 타라가 물었다.

"그 기사는 살해되었다. 영혼 약탈자가 진흙먹보들의 도움을 받아 함정을 놓았기 때문에 그 섬에 이르지도 못했다."

"그렇다면 하얀 영혼은 그리 멀리 있지 않은 게 틀림없어."

무아노가 외쳤다.

"황무지 늪으로 가서 진흙먹보들과 얘기를 해보자."

덩달아 흥분할 타라가 아니었다. 어차피 진흙먹보들은 마지스터의 하인들이 아닌가!

"근데 말야, 나는 아주 좋은 생각이라는 확신이 들지 않아."

타라가 침착하게 말했다.

"지금은 파프니르가 괜찮을 거야. 영혼 약탈자가 이미 한두 번 점령했는데도 파프니르는 궁지에서 잘 헤어나는 것 같았어, 안 그래?"

"너희 친구들 중 하나가 영혼 약탈자에게 감염되었다는 거야?"

목소리가 당황한 듯이 물었다.

"네, 파프니르라는 난쟁이예요. 흑장미 즙을 먹은 뒤에 부분적으로 점령당했어요."

" 이 얘기는 두 분 폐하께 보고해야 한다. 영혼 약탈자가 자유로워지면 이 행성의 모든 생명이 위험해!"

"하지만 베어 왕과 티타니아 왕비께서는 최고 마법사 두 분과 함께 파프니르를 흑장미 섬으로 보냈어요. 무슨 일이 일어나는지 평가하기 위한 정찰이죠."

목소리는 아주 질겁한 어조였다.

"뭐라고? 그 사람들 정신이 완전히 나갔군. 하얀 영혼이 없으면 우리 행성에 영혼 약탈자를 이길 수 있는 힘은 존재하지 않아. 그런데 섬으로 난쟁이를 보내다니, 그건 완전히 점령되라고 보낸 거와 다름없다! 맙소사! 대체 너희들에게 뭘 가르친 거니?"

"어제는 영혼 약탈자에 대한 정보는 비밀이라서 알려줄 수 없다고 딱 잘라 거절했잖아요!"

칼이 당차게 상기시켰다.

"그런데 우리의 왕과 왕비께서 어떻게 짐작이나 할 수 있겠어요? 그 분들은 오무아의 군주처럼 데미데루스의 혈통이 아닌데."

"그건 이유가 안 되지. 아직 몰라서 그러는데……."

"그건 됐고요."

칼은 말을 잘라버렸다.

"우리가 어떻게 하면 되죠?"

"너는 마법사의 멋진 표본이야. 따라서 나는 영혼 약탈자에게 가까이 가지 말라고 충고한다. 그 멋진 모습이 엉망이 되면 유감스러운 일이니까!"

칼은 상대도 하기 싫지만 어쩔 수 없다는 얼굴로 말을 이었다.

"또 다른 건 없어요?"

"하얀 영혼을 찾아야지. 그게 유일한 해결책이니까."

"하얀 영혼……. 그게 어떻게 생겼는데요?"

"애원하는 듯한 자세로 하늘을 향해 두 팔을 벌린 여인의 조각상. 흰색이고 빛을 발하는."

'목소리'가 그 조각상의 이미지를 투영했다. 키가 30센티미터쯤 되는 조각상이 혼자서 빙글빙글 돌아가는데 여인상의 얼굴 표정은 설명할 수 없는 슬픔이 배어 있었다.

"일단 조각상을 찾으면 그 다음은 어떡하죠?"

"흑장미 섬에 들여놔야 해. 그게 내가 알고 있는 전부다."

"그렇다면 그 조각상은 진흙먹보들의 수중에 들어가 있을지도 모르겠군요. 진흙먹보들은 가장 위험한 우리의 적과 합세해서 우리를 포로로 잡아두려고 했으니까요!"

"나라도 당신을 포로로 잡아두고 싶은 심정인걸!"

목소리는 찬성하는지 웃음기가 있는 어조로 대꾸했다.

"난 그 마음 충분히 이해해. 그 야만스러운 괴물들이 꼴에 눈은 높아가지고!"

칼은 이를 으드득 갈면서 자리를 박차고 일어났다. 그러자 친구들도 덩달아 일어나서는 목소리가 화를 내거나 말거나 대화방을 나와버렸다.

복도로 나오자, 파브리스는 한 마디하지 않고는 배길 수 없는지 칼을 향해 홱 돌아서더니 눈동자를 데굴데굴 굴리면서 이죽거렸다.

"어이, 미남 마법사! 이제 우리 어떡할까?"

"야아, 왜 너까지 그래?"

칼이 투덜거렸다.

"지금은 파프니르에게 갈 수 없어. 이미 황무지 늪에 도착해 있을 거니까. 우리가 할 일은 파프니르가 돌아오길 기다리는 거야. 그리고 여제께서 소멸식에 참석하라고 명을 내렸으니 어쩔 도리가 없잖아."

사실, 명을 거역하고 싶어도 그럴 수가 없는 상황이었다. 공간이동의 문 대합실을 보는 순간 떠나려고 해봤자 소용없다는 걸 확인할 수 있었다. 평상시에도 경비원들의 수가 많았는데 장례식에 참석하려는 외국 인사들을 맞으려니 오죽이나 증원되어 있었겠는가. 전 세계와 다른 행성들의 왕, 왕비, 대통령, 수상, 고문관들이 물밀 듯이 몰려들고 있어서 칼리 부인은 정신이 하나도 없는 얼굴이었다. 랑코비트의 베어 왕은 주재할 소송을 앞두고 있어서 티타니아 왕비만 참석한 모양이었다. 용 사절단과 함께 도착한 셈 선생님이 할머니와 동행하지 않은 걸 보고 타라는 안심했다.

파브리스에게는 행운이 따르지 않았다. 아버지가 도착했다고 알려주던 다미엔은 하얘지다가 새파래지는 지구소년을 애는 또 왜 이래? 하는 얼굴로 쳐다봤다.

그 순간부터 파브리스는 스위트룸에 틀어박혔고, 문이 열릴 때마다 깜짝깜짝 놀랐다.

그래도 점심을 먹으려면 방에서 나오지 않을 수 없었다. 파브리스에게는 천만다행으로 군주들과 조문객들이 다른 데서 식사를 하고 있어서 얼마 동안은 아버지를 피할 수 있었다.

장례식이라더니, 여제는 무슨 성대한 향연이라도 베푸는 것 같았다. 아더월드식 고기구이, 용들의 행성 드란보우글리스펜쉬르의 매운 향신료, 씨, 싹, 덩이줄기, 녹말가루, 빵, 파스타, 진실의 입들의 행성 산티보르의 튀김과자, 지구의 치즈, 타딕스 달나라의 달콤한 포도주, 분수 모양의 흰 초콜릿과 검은 초콜릿 무스, 발분 크림을 곁들인 아주 향긋한 양배추 샐러드, 무화과 파이, 산딸기 파이, 체리 파이, 사과 파이, 아더월드의 과일들인 블리르 파이, 므르모움 파이, 간다리 파이 등의 유명 제과점에서 만든 디저트 외에도 사탕과 마시멜로, 커피, 긴장을 풀게 하는 차, 칵스가 차려져 있었다.

마니투는 얼마나 행복했으면 자신이 인간이라는 것도 잊고(모습이야 어떻든 정신적으로는 엄연히 인간이 아닌가), 꼬리를 흔들어대면서 이것저것 맛을 보느라고 바빴다. 먹여주려고 달려들던 나이프며 포크, 스푼은 마니투의 강력한 이빨에 사정없이 휘어지고 나서야 먹이기를 포기했다.

2시간 가량의 식사시간이 끝났을 때, 타라의 증조할아버지는 어찌나 먹어댔던지 거의 걸음도 떼지 못할 지경이 되었다. 꺼억, 꺼억! 마니투가 요란하게 트림을 했을 때 타라는 참지 못하고 웃음을 터뜨리고야 말았다. 푸하하하! 인간처럼 트림하는 개의 모습이라니!

타라는 사과/콜라/오렌지 맛의 새콤달콤한 친파프를 홀짝이면서 키디코이를 쳐다봤다. 막대사탕에 대한 유혹을 뿌리치지 못한 타라는 결국 새로운 메시지에 직면했다.

너는 그를 구해야 한다. 그럴 만한 가치는 없지만.

누구를 구하라는 거지? 뭘 어쩌라는 거야? 타라는 한숨이 절로 나왔다. 타라는 강력한 힘이 있다는 걸 핑계삼아 복수의 가면을 쓰고 있는 자신의 역할에 대해 진저리가 나기 시작했다. 그리고 영화 속에서는 곤경에 처한 여자를 구해 주는 건 언제나 남자들이 아닌가! 어쨌든…… 일반적으로는.

쩌렁쩌렁 울리는 공 소리가 타라를 공상에서 끌어냈다. 소멸식이 시작되었다. 모든 마법사들과 궁인들이 공원으로 가기 위해 식당에서 우르르 몰려나갔다.

두 개의 옥좌가 단상 위에 놓여 있고, 초대손님들과 최고 마법사들이 그 주위에 둘러서 있었다. 타라와 칼, 파브리스, 마니투, 무아노, 로빈의 자리는 여제와 황제 옆이었다.

금빛 눈의 주홍빛 공작 모양의 루비로 장식한 검은 드레스 차림의 여제는 눈부시게 아름다웠다. 궁인들은 얼이 빠져 있었다. 때가 때이니 만큼 새까맣게 물들인 머리가 오히려 그 파란 눈동자와 백옥 같은 피부를 한층 돋보이게 하면서 강렬한 인상을 주었다. 투명한 이마에 검은 다이아몬드가 박힌 검은빛의 금띠를 두른 그녀는 과연 그 미모로도 여제였다!

귀빈석을 차지하는 것이 몹시 거북한 칼이 여제 옆자리에 앉을 때였다. 휘리리, 휘릭! 휘파람을 부는 크리스털리스트들이 흥분을 감추지 못한 채 벌써부터 주르스탈에 실을 특종 타이틀을 준비하고 있었다. '여제 폐하가 새로운 배우자를 찾아내다! 정체불명의 신사는 여제의 차기 부군?

황제는 시큰둥했다. 검은 갑옷 때문에 한결 왜소해 보이는 황제는 심기가 불편한 모양이었다. 자신의 이복누이와 정체불명의 미남 청년이 너무 다정해 보여서일까?

시종장이 '떠버리'에게 초대손님들을 호명하라는 신호를 하자, 황제는 귀를 기울였다. 오글쪼글하게 주름잡힌 살에다 메가폰 모양의 입을 가진 '떠버리'가 여제와 황제에게 예외를 두지 않고 모든 손님을 소개했다. 이름이 불려질 때마다 한 사람씩 일어나서 두 옥좌를 향해 허리를 숙였다. 오무아의 군주들은 고개를 끄덕이는 것으로 대답을 대신했다.

이윽고 '떠버리'가 다음 사람을 호명했다.

"살렌두리보르 백작!"

모든 눈길이 일제히 두 옥좌를 향해 쏠렸지만, 일어나는 사람이 아무도 없었다.

"흐으음……."

약간 당황한 '떠버리'는 다시 외쳤다.

"살렌두리보르의 칼리반 달 살란 백작!"

무아노가 가장 빨리 알아차렸다. 무아노는 칼의 옆구리를 툭 치면서 속삭였다.

"너잖아. 빨리 일어나서 허리를 굽혀!"

"뭐?"

깜짝 놀란 칼은 어찌할 바를 몰랐다.

여제가 몸을 숙이더니 소곤거렸다.

"이런! 미리 알려준다는 게 깜짝 잊었군. 자네에게 내린 땅이 백작령이라네. 따라서 자네는 살렌두리보르 백작이 된 거지."

칼은 재빨리 일어나서 허리를 굽혔는데 눈꼴이 사나울 정도로 우아했다. 여제는 흡족한 미소로 그 인사를 받았고, 황제는 상체만 약간 숙이면서 매서운 눈초리로 쏘아봤다.

파브리스 옆에 앉아 있던 칼리 부인이 돌아봤다.

"어, 이상하네. 저 신사의 이름이 본드라고 하지 않니? 제임스 본드!"

파브리스에게는 곤혹스러운 순간이었다. 장례식 중에 웃음을 터뜨리는 것을 도저히 좋게 봐줄 수는 없지 않은가.

칼리 부인은 파브리스가 대답을 하지 않자 아주 버르장머리가 없다고 생각하는 표정이었다. 얼굴이 새빨개지는 파브리스를 보면서 칼리 부인은 단념하고 말았다.

이윽고 죽은 이의 혼령에게 경의를 표하는 의식이 시작되자, 파브리스는 마음을 진정시킬 수 있었다. 시신이 평온하게 둥둥 떠다니다가 시커먼 잔디 위에 사뿐히 가라앉았다.

타라가 생각했던 것과는 달리 의식은 짧았다. 여제는 자신의 삼촌에게 너무 많은 향을 바치는 걸 바라지 않는 것이 역력해 보였다. 의식이 끝나자마자 시신은 땅 속에 묻히기 시작했다. 그런데 시신이 액체로 변하면서 이상한 현상이 일어났다. 파란빛으로 변하는 수풀! 이어서 나무들은 제 빛깔을, 새들은 요란한 울음소리를, 꽃들은 화려한 외양을 되찾았다. 여제의 드레스와 황제의 갑옷도 검은색에서 순백색으로 변했다.

마법사들의 옷도 예외가 아니었다. 이윽고 참석해 있던 사람들이 해산하면서 의식은 완전히 끝났다.

"어머, 어머, 어머, 우리 큰일났다."

무아노가 속삭였다.

"브주아 지롱 백작과 셈 선생님이 이쪽으로 오고 있어!"

파브리스는 완전히 공포에 질린 것 같았지만 빠져나갈 구멍이 없다는 걸 깨닫고는 만사 포기한 얼굴이 되고 말았다.

오른쪽에서는 백작이 아들을 야단치고, 왼쪽에서는 셈 선생님이 타라를 나무라기 시작했다. 그들이 또 온다간다 말없이 사라졌기 때문에 셈 선생님이 공포에 떨었던 것이 분명했다.

파브리스를 도와주고 싶은 타라는 뒷짐을 진 자세로 싱겁게도 셈 선생님에게 다시는 미리 알리지 않고 없어지는 짓을 하지 않겠다고 약속했다.

무엇보다도 허락 없이 공간이동의 문 열쇠를 훔친 것에 대해 따발총처럼 퍼붓는 아버지의 호통에 파브리스는 땀을 삐질삐질 흘리면서 그들이 어쩌다가 단비우의 죽음에 연루되었는지, 그리고 온실이며 장미정원, 우물 등 정원의 절반을 부수게 된 상황을 용감하게 설명했다. 백작은 그 결과만 보았을 뿐 어떻게 된 영문인지를 모르고 있었기 때문이다.

시치미를 뚝 떼고 태연한 표정으로 귀를 기울이고 있던 여제가 마침내 개입했다. 그 사건의 자초지종을 구체적으로 밝히지 않고 여제는 백작에게 아들은 제국에 없어서는 안 될 사람이었다고 설명하면서 임시 비밀첩보원으로서의 활약에 대한 대가로 그 훌륭한 아들에게 엄청난 땅 아니, 그에 상당하는 크레디트—무트를 이미 하사했다고 덧붙였다.

브주아 지롱 백작은 어찌나 놀랐는지 꿀 먹은 벙어리가 되고 말았다.

여제는 그 틈을 이용해서 파브리스를 다시 한 번 치하해줌으로써 그 일을 깨끗하게 매듭지었다. 50년간 벌을 받을 거란 걱정거리가 그 한순간에 날아간 것이었다. 휴! 파브리스는 다시는 그런 짓을 하지 않겠다고 맹세하면서 안도의 숨을 내쉬었다.

여제는 호의적인 감시 하에 그들을 지켜주고 싶었지만, 셈 선생님은 아주 단호한 태도를 보였다. 셈 선생님이 급한 일이 있어서 아이들은 즉시 랑코비트로 돌아가야 한다고 주장했기 때문에 여제는 더는 아이들을 붙잡아둘 수가 없었다.

여제는 칼을 향해 아쉬운 눈길을 보낸 뒤에 그들을 놓아주었고, 그들은 셈 선생님과 함께 공간이동의 문으로 향했다.

"별일 없죠? 혹시 파프니르에게 무슨 소식이 온 거예요?"

불안해진 타라가 물었다.

"아니다."

셈 선생님이 대답했다.

"파프니르는 아직 돌아오지 않았어. 근데 칼의 변장은 너무 좀 심했다고 생각하지 않니?"

"제발, 그 얘긴 하지 말아주세요."

칼은 한숨지었다.

"모습을 조금 바꾸고 싶었던 건데 이게 좀 오래 가네요. 타라의 힘을 조금 빌렸다가…… 그만 이렇게 된 거예요."

셈 선생님은 흥미롭다는 얼굴이었다.

"그래? 그 모습을 하고 있는 게 얼마나 됐지?"

"어제부터요."

칼은 불쌍해 보이는 얼굴로 대답했다.

"음, 좋아! 대단한 실력이야. 자, 서두르자, 우린 가능한 한 빨리 랑코비트로 돌아가야 해."

"왜요, 무슨 문제가 생겼어요?"

선생님의 목소리에서 이상한 기미를 느낀 파브리스가 물었다.

"암, 아주 큰 문제고 말고. 사피르 드라고쉬가 살인을 했다고 자백했으니!"

14
뱀파이어의 살인

"네? 하지만 그건 있을 수 없는 일이에요!"

뱀파이어를 잘 아는 무아노가 외쳤다.

"꼭 그렇지는 않지."

뱀파이어를 끔찍이 싫어하는 칼이 대꾸했다.

"우리와 골목에서 마주쳤을 때 드라고쉬 선생님의 입은 피범벅이었고, 마니투와 파프니르가 봤던 사람은 완전히 만신창이가 되어 있었잖아."

타라는 애거서 크리스티의 소설을 많이 읽은 덕분에 진실은 겉보기보다 훨씬 복잡할 수 있다는 걸 알고 있었다. 타라는 솜털이 주뼛주뼛 서는 것이, 애거서 크리스티가 탄생시킨 명탐정 에르퀼 프와로처럼 '위대한 회색 세포'가 작동하는 느낌이 들었다.

"뱀파이어는……."

잠시 생각을 하던 타라가 큰 소리로 말했다.

"끔찍한 사고가 일어났다고 말했어요. 그리고 전하에게 알려야 한다는 말도 했어요. 우리는 그때 좀 바빠서 무슨 일인지 알려고 하지 않았어요. 그 뒤로 어떻게 됐는데요?"

"그는 궁전으로 돌아와서 로빈의 아버지, 즉 랑코비트의 비밀정보국 국장에게 살인사건이 일어났다고 알렸다. 엘프들이 시체를 검시했는데 목을 깊이 물렸고, 그 상처를 통해 피가 다 빠져나가 있었지."

"그리고 아버지는 드라고쉬 선생님이 그 사건이 일어나는 순간에 랑코비트에 존재하는 유일한 뱀파이어였다고 말씀하셨어."

로빈도 한 마디 거들었다.

"공식적으로 존재하는 유일한 뱀파이어겠지."

타라가 로빈의 말을 이었다.

"그때 다른 뱀파이어가 없었다는 증거가 있어?"

"음…… 그건 불가능해, 타라."

무아노가 대답했다.

"뱀파이어들은 어딘가에 오면 반드시 신고해야 하거든. 에드라킨 종족과 연합해서 이 대륙의 나라들을 침략했던 '찌르레기 전쟁' 이후로 뱀파이어들은 신고하지 않고는 이동할 수 없어."

"그래? 그건 몰랐어. 하지만 인간의 피는 뱀파이어들에게 해로운 것으로 알고 있는데?"

"아주 해롭지."

셈 선생님이 말했다.

"인간의 피를 빨아들인 뱀파이어들은 수명이 반으로 줄고, 햇빛도 견딜 수 없게 되지. 물론 뱀파이어에게 물린 인간도 그 독에 전염되고. 그렇게 해서 뱀파이어들은 인간들을 정복하고 순종하는 노예로 만들어버리지."

"휴! 마법의 세상이 정말 좋긴 한데 여기 괴물들은 제 취향에는 좀 심하게 공격적이네요."

파브리스가 쫑알거렸다.

늙은 마법사는 어깨를 으쓱했다.

"몇 년 동안은 뱀파이어로 인한 문제가 일어난 적이 없었지. 그리고 난 드라고쉬가 범인이 아니라고 절대적으로 확신해. 그래서 나는 법정에 참석하려고 한다. 어떻게 된 일인지 알아봐야……"

그 사이에 공간이동의 문 대합실에 도착했기 때문에 그들은 더 이상 대화할 수 없었다. 칼리 부인은 본드 씨가 그렇게 빨리 떠나는 것을 몹시 애석해하는 얼굴이었다. 칼의 몸이 금빛 광선에 휩싸이면서 누에고치처럼 번쩍일 때, 칼리 부인은 실망의 신음을 내뱉었다.

그리고 몇 초 만에 그들은 랑코비트에 돌아왔다.

셈 선생님은 문지기 외눈 거인에게 인사를 하고 나서 말했다.

"타라, 너는 네 어머니와 할머니가 계신 집으로 돌아가는 게 좋을 것 같구나. 아더월드에서는 네가 안전하지 않아. 그리고 곧 개학인데 돌아오지 않는다고 네 어머니 걱정이 태산이시더라."

타라는 눈을 동그랗게 떴다.

"아니, 그 두 분은 아직도 그 바보 같은 생각을 하신대요? 주문만 읊으면 책 한 권을 달달 외울 수 있는데 내가 학교에 가는 게 무슨 소용 있다고요?"

셈 선생님이 자기에게는 힘이 없다는 몸짓을 보였다.

"네 어머니와 할머니가 너의 장래에 대해 어떤 생각을 하는지 나야 전혀 모르지. 하지만 네가 돌아가야 한다는 생각에는 찬성이다. 너를 죽이려고 하는 자는 절대 포기하지 않을 테니까!"

타라는 셈 선생님을 유심히 살피면서 생각했다. 그자를 잊었을 리가 있는가. 더구나 살아 있는 궁전에 도착하는 순간부터 본능적으로 함정이 있는지 기색을 살피기까지 했는데……. 타라의 불안을 의식한 궁전은 공격적이지 않은 아름다운 풍경을 투영하려고 애를 썼다. 푸른 언덕 (정확히 말하면 파란빛 언덕), 꽃이 핀 나무들, 깡충거리는 동물들. 하지만 그곳을 지나가던 크라크덴트가 유유히 풀을 뜯어먹는 일종의 고라니 모오오오우우우를 한 입에 집어삼키는 바람에 궁전의 노력이 약간 망가지긴 했다. 차마 볼 수가 없어서 눈길을 돌려버리던 타라는 육지동물 호랑이들이 크라크덴트를 봤다면 시기심에 불타서 정신이상이 될지도 모르겠다는 생각이 들었다.

눈앞에 펼쳐지는 풍경에 감탄하면서도 타라는 마음 한편으로 셈 선생님이 뭔가 꿍꿍이가 있는 느낌을 지울 수가 없었다. 선생님은 "지구로 돌아가는 게 좋을 것 같다."고 했지 "돌아가야 한다."고는 말하지 않았단 말야. 으음, 그렇다면 좀더 감정적으로 접근해서 아더월드에 나를 데리고 있어야 할 만한 특별한 이유가 있는지 어디 한번 떠봐야겠어.

"선생님, 어머니와 할머니가 불안해하는 마음은 저도 이해해요. 솔직히 말하면 저도 아더월드에 있는 것이 안전하지 않다고 느껴요. 하지만 칼에 이어서 파프니르의 문제를 해결하느라고 바빠서 우리는 마음 편히 놀지도 못했어요. 그래서 부탁드리는데요. 친구들과 며칠만 더 지낼 수 있으면 정말 좋겠어요."

그러면서 타라는 천사 같은 표정을 지으며 초롱초롱한 눈으로 쳐다봤다.

셈 선생님은 피식 웃었다.

"타라, 너를 보고 있으면 말이다, 용으로 태어나야 하는 걸 인간으로 잘못 태어난 게 아닌가 하는 의심이 들어. 너의 영혼이 길을 잘못 들어서 예쁜 소녀의 몸으로 태어난 것 같은 생각이 들거든. 파프니르에게 무슨 일이 생길까 걱정이 돼서 네가 여기 있고 싶어한다는 걸 나야 충분히 이해하지. 하지만 그런 순진한 얼굴로 나를 홀리지 마라. 자, 협정을 맺자. 이틀 더 머무는 건 허락한다."

"일주일이요!"

몹시 기쁜 얼굴로 타라는 받아쳤다.

"사흘. 난 네 할머니가 무서워. 산 채로 내 가죽을 벗기려고 달려들 텐데…… 크흑."

늙은 마법사가 구시렁거렸다.

"그럼 엿새요! 그리고 그중 이틀은 선생님의 수석 조수가 다시 될 게요. 그러면 선생님은 저를 감시할 수 있고, 또 저는 선생님의 철통같은 보호 속에 안전하겠죠. 선생님은 천하무적의 용이니까! 적들로부터 나를 지키는 방법을 선생님보다 더 잘 알려줄 수 있는 사람이 누가 있겠어요? 선생님은 놈들보다 훨씬 강력한데!"

그렇게 말하는 것으로 타라는 늙은 마법사의 약점을 찔렀다. 흥! 허세 때문에라도 나를 지켜주지 못한다는 말은 절대 안 할걸! 조수로 있었던 경험으로 타라는 셈 선생님이 어찌나 산만한지 무슨 물건 하나를 찾으려면 도움이 필요하다는 걸 잘 알고 있었던 것이다.

셈 선생님이 눈을 찡그렸는데 그 모습이 꼭 교활한 노인 같았다.

"하, 그거 참! 폐부를 찌르는 말만 하는구나. 그래도 엿새는 너무 많고, 나흘이면 충분할 게다."

"닷새요. 그러면 선생님의 사무실을 깔끔하게 정리해 놓을게요."

"좋아, 그렇게 하자."

셈 선생님은 손뼉을 딱딱 치면서 승낙했다.

"이틀 동안 나의 수석 조수가 되고 내 사무실을 정리하렴. 오늘은 너에게 자유를 주지만 내일 아침에는 일찍 내 방으로 오너라."

타라의 미소에 반한 듯이 늙은 마법사는 몸을 비비틀었다.

"예, 알겠습니다!"

타라는 병사 흉내를 내느라 발뒤꿈치를 따닥! 소리가 나도록 부딪치면서 크게 대답했다.

늙은 마법사는 껄껄 웃어준 뒤에 고개를 절레절레 저으면서 멀어져갔다. 어린애가 노새 저리 가라로 고집이 세서 당해낼 수가 없군. 아주 고집불통이야, 휴!

로빈과 파브리스, 칼, 무아노, 마니투는 솔깃해서 두 사람의 대화를 지켜보고 있었다.

무아노는 타라의 목을 와락 끌어안았다.

"와우! 난 너하고는 절대 논쟁을 하지 않을래!"

타라는 무아노를 다정하게 포옹하고 나서 몸을 빼더니 갑자기 진지한 얼굴로 변했다.

"아무래도 또 무슨 꿍꿍이가 있는 게 틀림없어. 무슨 일이든 선생님이 이유 없이 하시는 걸 본 적이 없단 말야. 선생님이 내가 여기 있기를 바라는 느낌이 들어서 한번 떠봤던 거야. 내가 얼마나 있어야 될지 몰라서 미끼를 던졌던 거지. 아무튼 이제는 알았어. 앞으로 닷새 이내에 무슨 일인가 일어날 것이고, 선생님은 내가 아더월드에 있기를 바란다는 걸."

파브리스는 아연실색했다.

"뭐? 그럼 두 사람이 연극을 했다는 뜻이야? 하지만 왜?"

"난 셈 선생님이 마지스터를 붙잡는 걸 포기하지 않았다고 생각해."
무아노에게 따끔하게 지적을 받은 뒤로는 자신의 느낌을 친구들과 나누기로 마음먹은 타라가 말했다.

"그리고 선생님이 상그라브들의 보스를 잡아들이는 미끼로 나를 이용하고 있는 것 같아. 중요한 건 낚시에 걸려드는 사람이 누구냐 인데…… 낚시꾼이거나 물고기, 둘 중의 하나 아니겠어?"

파브리스는 걱정이 가득한 얼굴로 고개를 저었다.

"우린 마지스터의 공격에서 간신히 살아남았어. 그런데 셈 선생님이 또다시 너를 그런 위험에 빠뜨릴 준비를 한다는 것이 난 믿어지지 않아!"

"네 말이 맞을 수도 있어. 그런데 난 셈 선생님에 대해서 약간 의심이 들거든. 어쨌든 두고 보면 알겠지!"

그들이 공간이동의 문 대합실을 나와서 궁전의 대응접실로 향할 때, 종소리가 쩌렁쩌렁 울렸다. 복도에 우렁찬 목소리가 울려 퍼졌다.

"뱀파이어 사피르 드라고쉬의 재판이 시작된다!"

크리스털 전광판이 번쩍거리더니 법정의 모습이 중계되었다.

"빨리 가보자. 따라와!"

무아노가 말했다.

파브리스는 쉬바나 블롱딘만큼 빨리 뛰지 못하는 바룬을 떠다니게 했는데 그런 대로 봐줄 만했다. 그들은 숨을 헐떡이며 가까스로 재판이 시작되는 순간에 도착했다.

뱀파이어는 달라진 데가 없었다. 적어도 표면상으로는. 큰 키에 험상궂은 인상, 빨간 눈, 검은 머리털, 하얀 송곳니. 하지만 어깨는 절망으로 축 늘어져 있고, 교만한 태도는 어디로 사라지고 풀이 죽은 모습이었다.

법정 입구에서 타라를 발견한 뱀파이어의 눈이 잠시 불을 뿜듯 이글거리다가 침울한 무관심 상태로 돌아갔다. 뱀파이어가 자신의 죄를 자백했기 때문에 진실의 입들은 참석해 있지 않았다. 하지만 몇 백년 동안 궁인들과 마법사들은 이런 종류의 재판을 구경할 기회가 없었기 때문에 법정은 만원이었다.

타라 일행도 군중 속에 슬그머니 끼여들었다.

베어 왕과 티타니아 왕비가 주재했던 재판의 제1 단계는 며칠 전에 행해졌다. 그들이 도착했을 때는 뱀파이어가 이미 수석 고문관인 살라타르의 질문에 단조롭고 피곤한 어조로 대답하고 있었다.

"네. 나는 늑대로 변신한 뒤에 카를리르 씨의 어깨를 움켜잡았고, 그 때문에 그의 옷에서 털이 발견된 것입니다. 내가 그의 목숨이 끊어질 때까지 피를 빨아먹었던 것도 사실입니다."

살라타르는 믿어지지 않는 얼굴이었다. 머리가 사자인 키마이라의 얼굴에서 타라가 꿰뚫어본 표정으로는 분명히 그랬다! 그러나 살라타르는 침착하게 진행했다. 그 사건을 되새겨 진술하는 데는 30분도 걸리지 않았다. 사건의 내용은 이랬다. 뱀파이어는 며칠 동안 거의 먹지를 못해 굶주려 있던 차에 길에서 공교롭게도 그 인간과 마주쳤고, 시내로 나가 알코올까지 마신 터라 도저히 견딜 수가 없었다는 것이다.

"아무래도 내가 보기에는 말야, 드라고쉬 선생님이 누군가를 지켜주려는 것 같아."

로빈이 타라에게 속삭였다.

"내 생각에는 모든 사람을 위해서인 것 같은데……."

타라가 말했다.

"네 말이 맞는다면 누구를 위한 건지, 특히 그 이유가 뭔지 정말 궁금하다."

판결은 들으나 마나였다. 랑코비트에서는 사형이 폐지되었기 때문에 뱀파이어는 종신형이 처해질 게 뻔했다.

판결이 선고됐을 때, 드라고쉬는 눈썹 하나 까딱하지 않았다. 그는 크리스털리스트들과 군중의 눈길을 받으며 잠자코 경호원들을 따라갔다.

사람들이 일어나기도 하고, 내려앉기도 하고(공중에 떠 있던 이들의 경우), 허리를 쭉 펴기도 하고, 시원하게 기지개를 펴기도 하더니 흥분을 감추지 못하면서 우르르 몰려나갔다. 얼마나 황당무계한 사건인가!

여전히 미남 청년의 모습인 칼은 부모님을 만나러 집에 들렀다가 궁전으로 돌아와서 사르도인 선생님에게 며칠 더 수석 조수 일을 하지 못하게 되었음을 알리기로 했다. 무아노도 부디우 부인에게 돌아왔음을 알리러 갔고, 타라와 시간을 보내기 위해서 휴가를 며칠만 더 달라고 청했다. 로빈은 그간의 사건들과 특히 뱀파이어의 재판에 대해 논의하러 아버지를 찾아갔다. 파브리스는 자기가 모시는 최고 마법사 샹프랭 선생님이 파프니르와 함께 황무지 늪으로 떠났기 때문에 의무적인 일과에서 해방되어 있었다.

셈 선생님의 허락을 이미 받았기 때문에 타라는 살아 있는 궁전을 돌아다니면서 깊은 생각에 잠겼다. 용 마법사는 뭔가를 꾸미고 있는 것이 분명했다. 그게 뭘까? 그 일이 드라고쉬 선생님의 일과 어떤 관련이 있을까?

갈랑이 바로 눈앞에서 날개를 파닥이면서 타라의 관심을 끌었다. 날씨도 좋고, 함께 날아다닌 지가 언제였는지 모르게 까마득한데 뭘 꾸물대고 있어? 하고 묻는 얼굴이었다.

타라는 곧 승낙했고, 잠시 후 그들은 하늘을 수놓은 작은 뭉게구름들을 뒤쫓듯 자유로운 비행을 시작했다. 이보다 더 황홀한 느낌이 있을까! 갈랑의 단단한 근육을 느껴보기도 하고, 우아하게 하늘을 가르는 하얀 날갯짓도 보고, 초원에서 풀을 뜯어먹는 한 떼의 베에들에게 겁을 주는 장난도 치고, 폼 나게 공중회전도 했다(첫 번째 회전에서는 거의 땅바닥에 곤두박질칠 뻔하다가 아슬아슬하게 잘 넘어갔는데, 오히려 두 번째 회전에서는 사태가 좀 더 악화되었던 지난날이 떠올라서 타라는 픽 웃음이 나왔다). 그들은 정말 오랜만에 행복한 순간을 보냈고, 페가수스에서 내렸을 때 타라는 완전히 긴장이 풀렸다. 타라는 갈랑을 쓰다듬어주고 털을 말려준 다음에 왕궁 마구간으로 데려갔고, 밤에 필요한 것들이 다 있는지 꼼꼼히 확인했다. 자기를 왜 마구간에서 자게 하는지 놀라는 갈랑을 뒤로 하고 타라는 궁전으로 들어갔다. 혼자 있고 싶었던 것이다.

타라는 같이 있겠다는 친구들의 제안도 한사코 거절했다. 한참을 주장하던 무아노는 샐쭉해서 자기 방으로 돌아갔고, 로빈은 아버지와 함께 어머니를 만나러 셀렌다로 떠났다. 칼은 수석 조수들의 기숙사가 아니라 자기 집에 가서 자기로 했다(왜? 너의 그 귀여운 토토와 자려고? 하면서 무아노가 짓궂게 놀렸다). 마니투는 오랜만에 친구들을 만나보고 한 친구의 집에서 보내기로 했다. 그렇게 해서 그들은 뿔뿔이 흩어졌다.

타라는 샤워를 빨리 끝낸 다음 옷을 갈아입었고, 침대의 신경을 거슬리지 않도록 신발은 신지 않았다. 베개들이 등뒤에 푹신하게 받쳐지자, 타라는 편안한 자세로 기다렸다.

그렇게 얼마쯤 지났을까, 졸음이 막 밀려오는 순간에 그가 왔다.

자기를 기다리고 있는 타라를 보면서 그는 깜짝 놀라는 것 같았다.

타라가 차분하게 말했을 때 그의 빨간 눈이 휘둥그레졌다. 사실 타라의 목소리는 좀 심하게 떨고 있었지만.

"아, 안녕하세요, 드라고쉬 서, 선생님."

드라고쉬는 그 긴 날개를 접었다. 공기 속에 진동 같은 것이 일어나더니 박쥐의 시커먼 실루엣이 커지면서 그 친숙한 뱀파이어의 몸으로 돌아왔다.

"나는 네가 놀라서 기절할 거라고 생각했는데!"

'천만의 말씀, 실패하셨어요.' 하는 말이 입에서 근질근질했지만 타라는 꾹 참았다. 불도그가 부러워할 그 무식한 이빨을 가진 자에게 빈정거려봐야 물리기밖에 더 하겠어?

"그런데 너는 아예 놀라는 기색도 없구나."

뱀파이어가 계속했다.

"제가 놀라지 않는 건 당연해요."

타라는 태연하게 응수했다.

"저는 친구들에게 오늘 밤은 같이 있지 말자는 부탁까지 했는걸요. 갈랑도 마구간에 있으니까 확인해 보세요. 선생님과 단 둘이서 얘기하고 싶었거든요."

뱀파이어는 얼굴이 굳어졌다가 송곳니를 드러내며 위협적으로 입을 실룩거렸다.

"뭐라고?"

타라는 그 짧막한 '뭐라고?' 가 무슨 뜻인지 짐작했다. '오, 조상들이시여, 아무리 총명하기로 어떻게 내가 오로지 너를 만날 목적으로 감옥을 빠져 나오리라는 걸 알 수 있단 말인가! 정말 아연실색할 일이군!' 뭐, 대충 이런 식의 의미가 담겨 있으리라.

"선생님은 마법의 도움을 구하지 않고 마음대로 변신할 수 있어요. 그건 곧 탐지기를 피할 수 있다는……."

"그건 틀렸다."

뱀파이어가 타라의 말을 가로막았다.

"내게 그런 능력이 있다는 걸 알기 때문에 감방에 방어 주문이 걸려 있으니까."

"아하, 그 주문의 효력이 아주 확실했나 보네요. 그런데 제 생각에는 선생님을 붙잡아둘 수 있는 감옥은 아직 존재하지 않는 것 같아요. 그리고 살인사건이 일어났던 날 밤, 우리가 골목에서 우연히 마주쳤을 때 선생님은 제 얼굴을 뚫어지게 쳐다보면서 말씀하셨어요. '너, 너 때문이야!' 그래서 저는 선생님이 제가 모르는 어떤 이유 때문에 저를 원망하고 있으며, 그걸 설명하러 반드시 저를 찾아올 거란 결론을 내렸지요. 다만 그날이 오늘 밤일지 내일 밤일지 몰라서 불안했는데…… 이렇게 빨리 찾아와 주시니 감사할 따름입니다. 아니면 며칠 밤을 뜬눈으로 샜을 텐데."

뱀파이어는 강타를 얻어맞은 듯 단번에 피로에 지친 얼굴이 되었다. 안락의자를 찾는 순간 뽀르르 달려와 주는 의자에 그는 털썩 주저앉으면서 한숨을 내쉬었다.

"도대체 무슨 이유인지 너와 얘기하고 있으면 꼭 움직이는 모래밭을 걷는 것 같은 느낌이 드는구나. 어느 때든 모래밭에 빠질 위험이 있다는 걸 알고 있지만 예상하는 순간은 절대로 아니니까. 이제 용건을 말하겠다. 나는 어떤 것이 너를 쫓고 있다는 걸 말해주려고 온 거야. 그것이 너를 찾으면 절대 안 되기 때문에."

어떤 것이라니, 타라는 그런 식의 모호한 표현보다 구체적인 표현을 좋아했다.

"그리고요……?"

타라가 의문이 가득한 얼굴로 쳐다봤다.

뱀파이어는 그런 얼굴로 쳐다보지 말라는 듯이 두 눈을 비볐다.

"그리고…… 난 몇 살인지도 모르는 어린 마법사에게 설명해줄 필요를 느끼지 않아. 그저 너는 떠나야 한다는 말밖에."

"며칠 있으면 열세 살이에요."

타라는 친절하게 알려 주었다. 당황하는 뱀파이어가 재미있어지기 시작한 타라는 좀더 약을 올려서 이 참에 최대한 많은 정보를 얻어낼 깜찍한 생각을 하고 있었다.

"그런데 저는 납득할 만한 설명을 듣지 않고서는 어디로든 떠날 생각이 없거든요."

"방금 너에게 내 신경을 아주 거슬리는 것이 있다고 말해준 걸로 생각하는데……, 하기야 너는 뭘 해도 꼬치꼬치 따져야 직성이 풀리지. 언제나 사사건건 이유를 알아야 하니까. 여기서 떠나는 것만이 네가 살 수 있는 유일한 길이란 말이다. 이만하면 이유가 되겠니?"

"드라고쉬 선생님, 아더월드를 알게 된 뒤로 제 생활은 폭풍우가 몰아치는 밤, 부모님이 없는 음산한 집에서 공포 영화에 질린 아이가 시달리는 악몽과도 같아요. 하지만 다행히 전 무서움을 별로 타지 않거든요."

뱀파이어는 썰렁한 유머감각마저 그나마 완전히 잃고 말았다. 그의 입꼬리가 약간 치켜 올라갔다. 미소를 지으려는 건가?

"우리 행성에는 너를 원망하는 사람들이 엄청나게 많다. 그런데도 너는 오늘 밤 안으로 짐을 싸서 지구로 돌아가지 않을 거란 말이지?"

"아, 그런 거라면 됐어요!"

타라가 기쁘게 소리쳤다.

뱀파이어가 얼떨떨해 있음을 알아차린 타라는 공격을 약간 완화했다.

"며칠 후에는, 길어봐야 나흘 후에는 떠날 예정이거든요. 그리고 대부분의 시간을 셈 선생님이 아니면 친구들하고 지낼 거예요. 그러면 안심이 되시죠?"

뱀파이어가 일어나더니 오만상을 찌푸리면서 말했다.

"그럼 나는 이만 가겠다. 나의 경고가 헛된 것이 아니길 바라면서."

"한 가지만 여쭤볼게요."

타라는 뱀파이어가 다시 변신하려는 순간 말했다.

"선생님은 저를 좋아하지 않아요. 그리고 마지스터가 림보를 열고 악마들을 해방시키는 데 나를 이용해서 이 세계를 쑥대밭으로 만들까 봐 걱정하셨어요. 선생님은 저한테 분명히 말씀하셨어요. 악마들이 이곳을 들이닥치게 내버려두느니 선생님의 손으로, 갈퀴발톱이든 무엇으로든 가차없이 저를 죽일 각오가 되어 있다고. 그랬던 선생님이 지금은 그것도 한밤중에 찾아오셔서 내가 위험에 처해 있으니 목숨을 보존해야 한다는 말씀을 하시니, 전 이해가 안 가요."

"이제야 얘기가 좀 통하려나, 덩컨 양?"

좋았어! 뱀파이어가 이제 유머감각이 좀 살아나려나? 타라는 밤이 길어질 것 같은 느낌에 한숨지었다.

"왜죠……?"

타라는 뱀파이어가 도와주려고 하는 이유를 알고 싶어서 마음을 졸였다.

이번에는 뱀파이어가 그 뾰족한 치아를 다 드러내며 함박미소를 지을 차례였다.

"너의 그 끈질긴, 그 못 말리는 궁금증에 비춰볼 때 그래도 딱 한 가지 긍정적인 점이 있다면 네가 오늘 밤 나의 개입에 대해 물밀듯이 밀려오는 의문으로 아마 모르긴 몰라도 잠을 이루지 못하리라는 것이다. 나는 감옥에서 평온하게 쉬는 반면에."

타라는 팔짱을 끼면서 분개했다.

"흥! 너무 유치한 대응이라고 생각하지 않으세요? 정말 치사해요!"

"아, 그런가?"

뱀파이어는 아주 흡족해했다.

"그럼 이제 우리가 비긴 건가?"

그렇게 말하고 나서 뱀파이어는 허리까지 숙이며 말했다.

"다시는 덩컨 양을 만나는 기쁨이 없기를 바랍니다!"

타라는 곧이듣지 않았다. 평정을 되찾으면서 타라도 허리를 숙였다.

"믿어보세요, 선생님, 저도 마찬가지니까요!"

뱀파이어는 정중하게 인사말을 남기면서 박쥐로 변신했다. 문이 소리 없이 열렸고, 박쥐는 복도로 사라졌다.

타라는 뒤숭숭한 마음으로 옷을 벗고 침대에 누웠다. 그러고는 궁전에게 자신의 허락 없이는 아무에게도 문을 열어주지 말라고 명했다.

타라는 여러 가지 의문으로 머릿속이 복잡해서 이리 뒤척이고 저리 뒤척였다. 뱀파이어는 감옥에서 나올 수 있으면서 왜 도망치지 않는 걸까? 정말 그 남자를 죽이고 피를 빨아먹었을까? 그게 사실이라면 이유가 뭘까? 한밤에 나눈 공허하기 짝이 없는 치열한 공방전은 아무리 생각해도 짝이 맞춰지지 않는 퍼즐 같았다.

다음날 아침, 갈랑, 무아노, 로빈, 칼, 파브리스, 마니투는 타라가 셈 선생님의 시중을 들러가기 전에 같이 아침을 먹으려고 찾아갔다. 타라의 방문이 열리지 않았을 때, 그들은 몹시 놀랐다. 그들은 타라를 부르면서 잠시 기다려봤지만 아무런 기척이 없었다.

"방에 없다고 생각하니?"

슬슬 걱정이 되기 시작한 무아노가 물었다.

"일단 식당으로 가보자."

칼이 제안했다.

"벌써 내려가서 아침을 먹고 있을지도 몰라! 내가 이렇게 배고파 죽겠는데 타라도 그랬을지 모르잖아!"

갈랑은 그 자리를 떠나기를 거부하면서 방문 앞에 남았는데 불안으로 몸이 뻣뻣해져 있었다. 친구들이 식당을 뒤졌지만 타라는 어디에도 없었다. 크루아상과 작은 빵을 한 개씩 집어들고 부리나케 타라의 방으로 달려가던 칼은 안젤리카와 마주쳤다. 꺽다리도 여제의 은총으로 석방된 모양이었다. 안젤리카가 걸음을 멈췄는데 칼을 알아보지 못하는 것이 분명했다. 칼이 짓궂은 말로 놀려주려고 할 때, 꺽다리가 눈웃음을 치면서 달콤하게 속삭였다.

"안녕하세요? 처음 뵙는 분인 것 같은데요?"

칼은 한입 베어 문 크루아상을 꿀꺽 삼키고, 빵 부스러기가 다닥다닥한 옷을 탁탁 털고 나서 신사다운 포즈로 인사했다.

"본드라고 합니다, 제임스 본드. 당신은?"

칼은 부드러운 목소리로 말했다.

그 눈뜨고는 못 봐줄 광경에 파브리스와 로빈은 하늘을 향해 눈길을 돌려버렸다.

"안젤리카라고 해요, 안젤리카 브란다우드. 나는 뱀파이어, 드라고쉬 선생님의 수석 조수랍니다. 아니, 그랬었지요. 지금은 부디우 부인 밑에 있거든요(부디우 부인의 수석 조수인 무아노는 깜짝 놀랐다. 무슨 소리야? 가증스런 계집애가 부인과 일하게 된단 말야? 이건 뭐가 잘못되어도 한참 잘못된 건데……). 새로 오시는 최고 마법사를 기다리는 중이라서. 그런데 혹시 그분이 아닌가요?"

그 말에 칼은 뱉어내듯이 대뜸 말했다.

"바로 맞혔군요. 내가 그 최고 마구스 본드요. 이렇게 황홀한 미녀와 일하게 되어서 아주 기쁘군요!"

그러고는 안젤리카의 손에 입을 맞추는 듯한 자세로 허리를 굽혔다.

이어서 안젤리카가 까무러치기 전에 칼이 얼른 말했다.

"근데 아쉽게도 헤어져야겠군요. 의무가 나를 부르고 있으니! 그럼 나중에!"

칼을 바라보는 안젤리카는 특별히 입맛이 당기는 생선을 쳐다보는 고양이 같았다.

"네, 나중에, 네, 나중에 봴게요!"

칼은 근육질 어깨에 걸친 망토를 휘날리며 씩씩한 발걸음으로 떠났다. 그 모습에 얼마나 홀렸으면 안젤리카는 웃음을 참느라고 킥킥거리는 무아노도 알아보지 못할 정도였다.

로빈과 파브리스, 마니투는 애써 무표정한 얼굴을 하면서 꿈속을 헤매듯 멍해 있는 안젤리카 앞을 지나갔다.

타라의 방 앞에 이르자, 그들은 다시 진지해졌다. 문을 두드려도 보고 소리쳐 불러도 봤지만 여전히 아무런 기적이 없었다. 갈랑은 거의 미친 듯이 날개와 발톱으로 문짝을 치고, 긁어댔다. 발광하듯 날뛰는 페가수스가 부상이라도 당할까 봐 쉬바와 블롱딘이 나서서 간신히 진정시켰다. 아무리 간청해도 궁전이 문을 열어주길 거부했기 때문에 칼은 하는 수 없이 칼리브리스 부인을 찾으러 갔다.

머리가 둘 달린 타트리스족 행정관, 다나와 클라라가 한 목소리로 문을 열라고 명령하자, 궁전은 복종할 수밖에 없었다.

그런데 아주 끔찍한 광경이 그들을 기다리고 있었다.

타라가 침대에 쓰러져 있었다. 한 줄기의 핏자국으로 얼룩져 있는 뺨, 멍하니 뜬 채로 천장을 응시하는 눈.

타라의 가슴에는 큰 화살 하나가 관통해 있었다!

15
영혼 약탈자

로빈은 거의 숨이 끊어질 듯한 비명을 지르면서 초인적인 속도로 시체를 향해 달려갔다.

"로빈 기다려! 그건······."

마니투가 외쳤다.

구하기엔 너무 늦었다. 로빈이 울부짖으면서 어느새 타라를 움켜잡는데 그의 두 손이 타라의 몸을 그냥 지나쳐버리는 것이 아닌가!

"······환영이야!'"

마니투가 하려던 말을 끝맺었다.

"환영이라니요?'"

파브리스는 눈물을 쏟을 듯한 얼굴로 울먹거렸다.

"그럼 타라가 죽었고, 저건······ 유령이라는 뜻이에요?'"

"아니, 천만에."

마니투가 안심시켰다.

"저건 속임수야. 감쪽같이 타라를 복제한 것이지. 만져보지 않는 한 그 차이를 알아낼 수가 없어."

"하지만 어떻게……?"

"내가 그걸 어떻게 아느냐고? 환영은 냄새가 안 나거든. 냄새를 전혀 느끼지 못했단 말이지. 따라서 저건 타라가 아냐."

이미 침착해진 무아노는 갈랑을 유심히 관찰했다. 과연 페가수스는 절망한 기색이라곤 없었고, 벽을 살피면서 사냥개처럼 냄새를 킁킁 맡고 있었다.

으흠, 무아노는 알아차렸다.

"타라!"

무아노가 외치는 소리에 친구들은 까무러칠 뻔했다.

"너 어디 있어?"

"여기! 금방 나갈게!"

그들 뒤에서 갑자기 벽의 한 부분이 빙그르르 돌더니 먼지를 뒤집어쓴 타라가 튀어나왔다.

"휴! 이루 말할 수 없이 불안한 밤이었어."

타라는 더는 아무 말도 할 수 없었다. 로빈이 숨이 막힐 정도로 꽉 끌어안았기 때문이다. 그 즉시 구름같이 일어나는 먼지 때문에 콜록거리면서도 로빈은 타라를 놓아주지 않았다.

"으윽, 숨막혀."

미친 듯이 쿵쾅거리는 엘프의 심장을 느낀 타라는 하지 말아야 할 말을 하고 말았다.

"너 괜찮은 거지?"

"타라! 너 꼭 이렇게……. 난 네가 정말 죽었는지 알았단 말야!"

로빈이 씩씩거리면서 떨어지자 갈랑이 재빨리 그 자리를 차지했다.

"나도 그랬어."

이번에는 파브리스가 타라를 끌어안으면서 떨리는 목소리로 말했다.

"이 연극은 대체 뭐야?"

친구들을 겁나게 한 것이 쑥스러운 타라는 페가수스의 보드라운 머리를 쓰다듬으면서 말했다.

"미안해, 너희들이 오기 전에 돌아와 있을 생각이었는데 시간 개념을 잃어버렸어. 그리고 아무에게도 내 방문을 열어주지 말라고 궁전에 부탁해 놨었거든."

애써 분통을 참던 칼리브리스 부인이 끼어들 기회를 잡았다.

"궁전은 우리의 명령에 복종하지 않을 수 없다. 여기서······" 다나가 엄숙한 어조로 시작했다.

"······ 무슨 일이 일어난 건지······" 클라라가 말을 이었고,

"······ 설명해 줘야지!" 다나가 계속했다.

"······ 도대체 어떻게 이런 일이!" 쌍둥이 얼굴이 놀란 눈길을 교환하면서 클라라가 말을 끝마쳤다.

타라는 그들에게 먼지를 털고 올 테니 잠깐만 기다려달라고 하면서 욕실로 뛰어갔다. 잠시 후 돌아온 타라는 아주 말끔해져 있었다. 그들이 빙 둘러앉는 사이에 타라는 끔찍한 시체를 사라지게 했다. 침대에 깊이 박힌 화살만 남게 되자, 침대는 분노의 신음소리를 냈다.

"나를 죽이려고 작정한 사람이 있었어요."

타라는 하품을 꾹꾹 누르면서 설명했다.

"그래서 그자가 성공한 것으로 믿게 하는 것이 좋겠다고 생각했어요. 실은 어젯밤 졸고 있는데 불현듯 누군가가 나를 죽이러 올 것 같은 느낌이 들더라고요. 그래서 바닥에 이불을 깔고 잘 생각이었는데 내 마음을 알아챈 궁전이 고맙게도 환영 효과 속에 나를 숨겨줬어요. 그래도 마음

이 놓이지 않아서 누구에게든 문을 열어주지 말라고 명령했어요. 그런데 간밤에 그자가 이용한 것은 문이 아니라 비밀 통로였어요!'

그 말에 경악하는 웅성거림이 일었다.

"전혀 보이지 않는 구멍이 벽에 뚫려 있었던 거예요. 침대 위에 이미 나를 대신하는 환영을 준비해 놨었기에 망정이지……. 그 구멍에서 별안간 튀어나온 두 개의 손이 여러 개의 화살을 메운 활을 들고 있었는데 가짜 타라를 겨냥하더니 가차없이 화살을 쏘았어요."

타라가 눈앞에 버젓이 살아 있는데도 친구들은 숨을 죽이며 이야기를 듣고 있었다.

"그래서 나도 재빨리 내 가짜 몸을 꿈틀거리게 했어요. 마치 화살을 맞고 죽어 가는 사람처럼. 이어서 피를 흘리는 속임수를 썼고, 구멍이 닫히기를 기다렸죠. 그러고는 부리나케 그 벽 앞으로 가서 통로를 여는 방법을 알아냈고, 뒤를 쫓았어요. 그 안은 그야말로 복도와 방들의 미로였고 온통 거미줄과 먼지투성이였어요. 범인의 발자국을 쭉 따라갔는데 그 발자국이 글쎄……."

타라는 능란한 이야기꾼처럼 갑자기 말을 중단하는 것으로 극적인 효과까지 연출했다.

"그래서 발자국이 어디로 이어졌는데?"

엘프의 피가 복수심으로 불타는 로빈이 재촉했다.

"셈 선생님의 사무실!"

일곱 명의 외침이 동시에 터져 나왔다. 친구들과 칼리브리스 부인은 도무지 믿어지지 않는 얼굴로 아연실색했다.

"그건 말도 안 돼! 셈나샤오비로다인트라쉬부는 절대로 그런 짓을 할……."

두 얼굴이 부르짖었다.

"나를 죽이려고 했던 사람이 셈 선생님이라고 말하진 않았는데요."

타라가 얼른 말을 잘랐다.

"먼지구덩이에 난 발자국이 선생님의 사무실로 이어져 있었다 그 말이에요. 그 뿐이라고요. 게다가 내가 그 사무실에 들어갔을 때 셈 선생님은 다이아몬드 침대에서 코를 골고 있었어요. 일부러 지나가면서 소리까지 내봤지만 비늘 하나 까딱하지 않더라고요. 그리고 만약 누군가가 그 사무실에서 나왔다면 작은 용과 유니콘 석상들이 경보를 울렸겠죠. 그래서 나는 또 다른 통로가 있다는 결론을 내렸어요."

"안전 시스템에 많은 구멍이 뚫려 있다는 걸 알면 용 마법사의 기분이 상당히 좋겠다!"

칼이 너스레를 떨었다.

"뭘 찾아야 하는지 알기 때문에 그리 오래 걸리지 않아서 찾아냈어요."

"그래서?"

파브리스는 고조되는 긴장감을 참지 못하고 물었다.

"통로가 여러 가닥으로 갈라져 있었어. 몇 개는 회의실로 이르고, 몇 개는 감옥으로 이르고, 또 몇 개는 여러 방으로 연결되어 있더라고. 그 것들을 모두 조사하지는 못했어. 어쨌든 아쉽게도 고생만 하고 범인은 찾지 못했어."

"즉시 궁전에게 말해야겠다……." 클라라가 으르렁거리자,

"…… 그 통로들을 모두 폐쇄하라고." 다나가 성난 음성으로 말을 끝맺었다.

"궁전은 그럴 수 없을 거예요."

타라가 설명했다.

"마법에 걸려 있지 않아서 전혀 통제되지 않는 구역들이 있으니까요. 그 구역들을 찾는 건 궁전이 곳곳에 만들어놓은 환영들을 찾는 것보다 더 힘들 거예요. 궁전이 절대로 세상에 공개하고 싶어하지 않은 비밀 통로들을 제외하고는."

"내가 이 궁전을 절식시키면……." 클라라가 볼멘소리로 말하자,

"…… 더 많은 환영이 만들어지겠지……." 다나가 찬성했다.

"……그 사이에 그 비밀 통로란 것들을 찾아내어 메워버리는 거야……." 클라라가 말했다.

"……그렇고 말고!" 다나가 말을 끝맺었다.

"그것도 좋은 방법이긴 한데요. 하지만 타라가 죽은 걸로 되어 있으니 이젠 어떡하죠?"

영리한 무아노가 지적했다.

"울어야지."

파브리스가 대답했다.

"모두 목놓아 엉엉 우는 거야. 우린 친구를 잃은 거니까. 우리가 슬픔을 표시하지 않으면 범인이 속았다는 걸 눈치채고 또 시도할 거야."

"넌 변신해야 돼, 타라."

칼이 말했는데 그 목소리에 장난기가 담겨 있었다.

"그 범인이 알아보지 못할 무언가로 변신하는 거야."

"엘프!"

로빈이 외쳤다.

"수사 담당 엘프 전사로 변신하는 게 좋겠어!"

"그거 좋은 생각이구나……." 다나가 찬성했다.

"……범인 수사를 위해 우리가 고용했다고 말하면 돼……." 하고 제

안하면서 클라라도 거들었다.

"……아무도 의심하지 않을 거야. 어차피 엘프 사냥꾼들은 아더월드의 수사관들이니까! 그래, 아주 기막힌 생각이다. 타라, 누군가 너를 알아보기 전에 빨리 변신해. 나도 서둘러서 궁전을 조종해야 하니까." 다나는 재빨리 말을 마쳤다.

타라는 순순히 응했다. 살아 있는 돌과 결합되어 힘이 배가된 타라는 키가 커지고, 머리털의 빛이 희미해지고 쑥쑥 자라더니 복잡한 모양으로 땋은 머리가 야들야들한 금속 망에 에워싸였다. 이어서 크리스털 눈으로 변하고, 눈썹이 관자놀이 쪽으로 쳐지고, 귀가 쭉쭉 늘어났다. 엘프 전사들이 다 그렇듯이 타라는 금장식이 번쩍이는 은빛 켈트릴 갑옷 위에 하얀 실크 튜닉을 걸치고 있었다. 몸 곳곳에 보이는 단검들이며 옆구리에 찬 장검, 어깨에도 멋진 활을 둘러매고 있으니 말 그대로 용맹한 전사의 모습이었다. 살아 있는 돌이 엘프의 초인적인 민첩성을 부여해 준 덕분에 둔하고 어설프게 보이는 다른 사람들의 행동이 한심해 보일 정도였다. 감각들도 아주 예민해져 있었다. 미세한 먼지 알갱이까지 보이는가 하면 아주 조그만 소리도 들렸고, 온몸에 거의 통증 같은 것이 느껴졌다. 타라는 그 예쁜 코를 찡그렸다. 냄새도 너무나 강렬하게 느껴졌던 것이다!

파브리스는 벌레 씹은 얼굴이 되었다. 눈부시게 아름다운 타라! 칼과 타라는 환상적인 커플이었다. 칼이 허리를 굽히면서 말했다.

"와우!"

칼이 탄성을 질렀다.

"정말 아름다운 변신이다. 그래서…… 말인데 나를 옛날 모습으로 돌아가게 어떻게 좀 해주지 않을래? 안젤리카까지 알랑거리면서 달라붙는데 솔직히 아주 죽을 맛이야."

타라는 피식 웃었다.

"뭐? 안젤리카? 설마 너……."

"맞아."

무아노가 생글생글 눈웃음을 치면서 말했다.

"칼이 안젤리카에게 제임스 본드인 척 장난을 쳤거든. 게다가 개와 앞으로 함께 일하게 될 최고 마법사라는 말까지 했다니까."

타라는 휘파람까지 불면서 놀랐다.

"쯧쯧! 껑다리가 엄청나게 실망하겠다!"

"그럴 테지."

칼은 죄의식이라곤 전혀 없는 듯 낄낄거렸다.

"그래서 부탁인데 어떻게 좀 해줄 수 없겠어?"

"그 질문은 이미 했잖아."

타라는 아주 진지한 얼굴로 대답했다.

"코를 한 다섯 개쯤 추가하고 초록색 털로 만들 위험이 있어서 난 엄두가 안 나. 그러니까 좀 참아! 괜히 그러다 붙잡혀!"

타라는 납득이 가지 않는 눈으로 쳐다보는 칼에게 미소를 지었다.

"그래, 알았어. 변신이 재미있는 모양인데 이번에는 네 페가수스나 어떻게 해보지 그래. 엘프들에게는 패밀리어가 거의 없으니까. 더군다나 페가수스를 데리고 다니는 마법사는 너밖에 없다고. 넌 대번에 들통날걸."

그 순간 쉬바가 무슨 말을 하는 듯 으르렁거렸다. 무아노는 친구들에게 자신의 표범이 갈랑을 하얀 호랑이로 변신시키라는 제안을 했다고 전했다. 갈퀴발톱은 이미 있으니까 많이 바꾸지 않아도 된다는 것이었다. 그 제안은 즉각 받아들여졌고, 멋진 페가수스는 눈 깜짝할 사이에 호랑이 가죽을 뒤집어쓴 모습이 되었다. 걸어다니는 걸 몹시 싫어하는 갈랑은 타라에게 날개를 가질 수 있냐고 물었지만 날개 달린 호랑이는 아더월드에 존재하지 않기 때문에 단념해야 했다.

그들은 작전을 짠 뒤에 헤어졌다. 파브리스, 바룬, 무아노, 쉬바, 마니투는 눈물 주문을 걸었다. 잠시 후 그들은 헝클어진 머리에 눈물을 펑펑 쏟으면서 타라가 살해되었음을 알리러 나갔다. 타라는 피를 흘리며 죽은 자신의 시체를 침대 위에 다시 만드는 것으로 환영을 완성해 놓았고, 칼리브리스 부인은 그 방을 밀폐했다.

한편 사자의 후각은 형편없다고 불평을 늘어놓으면서 여기저기 킁킁거리고 다니는 블롱딘을 앞세운 칼과 로빈, 타라, 갈랑은 화살을 쏜 범인의 흔적을 찾기 위해 지하로 내려갔다.

고도로 발달된 초인적 감각 덕분에 타라는 터널 속을 전진하는 것이 처음과는 사뭇 달랐다. 범인의 아주 작은 행동도 어려움 없이 그 움직임을 꿰뚫어볼 수 있었던 것이다. 으음, 그자가 여기 이 돌에 기대어서 활 시위를 메운 모양이군. 저기서는 졸다가 뭔가를 떨어뜨렸나 보네. 저기 저 두 갈림길에서 망설였던 게 분명해. 어둠 속인데도 고양이 같은 밝은 눈 덕분에 대낮처럼 잘 보였다.

흉악한 살인범에 대한 분노로 피가 끓는 걸 느끼면서 흠칫 놀란 타라는 소리지르고 싶은 충동을 억눌러야 했다.

"쉽지가 않지?"

친구가 느끼는 동요를 알아차린 로빈이 속삭였다.

"어휴, 넌 줄곧 이런 느낌으로 사는 거였어?"

타라가 물었다.

"화가 치밀어서 싸우고 싶고, 모조리 다 때려부수고 싶은 이 충동 말야."

"순종 엘프들보다는 덜하지만 그런 셈이지. 우리는 아주 거친 종족이야. 그래서 우리 조상들이 다른 종족의 경찰과 군인이 된 거야. 안 그랬으면 우리는 전쟁하는 데 시간을 보내고 있겠지. 죽기 살기로."

"이제는 네 마음을 알겠어. 네가 감정을 억제하느라고 이 정도로 시달리고 있었는지는 꿈에도 생각 못했어. 넌 유능한 수사관이잖아. 이 흔적들에 대해 어떻게 생각해?"

"마법사의 행위로 보기는 힘들어."

하프엘프는 한숨을 내쉬었다.

"발자국으로 봐서는 보폭이 크고 힘이 센 인간인 것 같아. 발자국 깊이로 보면 몸무게가 꽤 나가는 것 같고. 하지만 그자가 변신을 잘한다면 그건 별 의미가 없겠지."

"그럼 그자가 간 코스를 찾을 수 있겠어?"

"아니. 저기 반짝거리는 거 보이지?"

로빈이 가리키는 쪽을 보던 타라는 금빛 입자들을 발견했다.

"응, 보여."

"간교한 자야. 디스로쿠스 주문을 걸어놨어. 엘프의 감각을 방해하는 주문이지. 이젠 범인이 흔적을 충분히 남겨놨기를 바라는 수밖에……."

엄지동자를 따라가는 느낌이라고나 할까. 구불구불하게 난 발자국이 벽에 뚫린 문 앞으로 이어졌다.

문을 여는 순간, 화르르르! 그들은 훅 몰아치는 불길과 맞닥뜨렸다.

발자국을 따라 이른 곳은 셈 선생님의 사무실이었고, 그들이 들어서자 소스라치게 놀란 용 마법사는 하마터면 그들을 지글지글 태울 뻔했다.

칼을 알아본 용이 뿜어내던 불을 얼른 멈췄다.

"아니, 이럴 수가! 너희들 어디서 나오는 거냐? 칼? 로빈? 그리고 엘프

숙녀는 누구인지요?"

타라는 배시시 웃었다.

"제 변장이 효과가 있나 보네요, 선생님. 저를 못 알아보시겠어요?"

"타라? 대체 무슨 일로 그런 변장을?"

용의 눈이 휘둥그레졌다.

"간밤에 누군가가 또 타라를 죽이려고 했어요, 선생님."

로빈이 설명했다.

"그래서 우리는 속임수가 필요하다고 생각했어요. 살인자가 성공한 것으로 믿게 하려면."

용은 그 거대한 눈살을 찌푸렸다.

"그런데 내 사무실에는 어떻게 들어온 거냐?"

칼이 교대로 설명에 들어갔다. 용 마법사는 자신이 수백 년을 살아온 궁전에 비밀 터널들이 존재한다는 얘기를 듣는 순간 기절초풍했다.

"그런데요, 선생님, 제발 정상적인 몸으로 돌아와 주시면 안 될까요?" 계속 고개를 쳐들고 있으려니 목이 뻐근해지기 시작한 타라가 물었다.

"아, 이런! 그래, 그래야지."

거대한 용 대신에 왜소한 셈 선생님이 나타났다.

"이게 모든 걸 바꿔놓는군!"

셈 선생님이 중얼거렸다.

"뭐가 모든 걸 바꿔놓는데요?"

타라는 아주 순진한 어조로 물었다.

셈 선생님이 날카로운 눈길을 던졌다.

"몇 가지 계획이 있었는데 이 사건으로 수정하게 생겼다 그 말이야. 칼리브리스 부인이 나쁜 계획과 좋은 계획을 하나씩 제안했었다. 나쁜 건 너희들이 통로를 발견했다는 걸 범인이 알게 해서는 절대 안 된다는 거야. 따라서 지금은 통로들을 메우지 말아야 한다는 것이지. 좋은 계획은 너를 끌어들이는 거야. 따라서 나는 엘프 전사 만루딜 타릴이 타라 피살 사건이 아니라 뱀파이어가 저지른 살인 사건을 수사하러 궁전에 도착했다고 알리겠다. 그리고 너의 죽음이 공식적으로 발표되면, 그때 우리는 이 새로운 사건도 너에게 맡길 것이다. 어때, 괜찮지? 그리고 나서 나흘 후, 너는 약속한 대로 지구로 돌아가는 거야. 인식 패스를 보여 다오, 수정해 주마."

셈 선생님은 타라의 손목에 손을 얹고 이름과 사진을 바꿨다.

"내 이름은 만루딜 타릴, 직업은 수사관."

타라는 손목을 보며 읽었다.

"아주 마음에 들어요. 그런데 이제부터는 평소대로 내 방에서 잘 수 없는 거겠죠? 이상하게 보일 테니까. 엘프들의 숙소는 어디 있어요?"

"랑코비트의 비밀 정보국 수사관들의 구역과 궁전의 측면 객실에 우리들의 방이 있어."

로빈이 빙그레 웃으면서 대답했다.

"하지만 일반적으로 우리는 숲에서 자는 걸 좋아하지. 우리 엘프들은 방에 갇혀 있는 걸 몹시 싫어하니까."

비록 엘프의 몸을 가지고 있긴 해도 타라는 어쩔 수 없는 지구인이었다.

"그래도 나는 침대를 택하겠어, 그게 크게 난처한 일이 아니라면."

타라는 단정적인 어조로 말했다.

"숲에서 자는 건 나한테는 아직 너무 무리야. 그리고 이미 살해될 뻔했는데 자다가 나무에서 떨어져서 머리라도 깨져 봐. 그러면 범인의 일을 수월하게 거들어주는 게 되잖아. 난 그러고 싶지 않아."

로빈은 실망한 얼굴이었지만 군소리를 하지 않았다.

셈 선생님이 타라에 대한 속임수를 준비하는 사이에 그들은 두 번째 비밀 통로로 출발했다.

셈 선생님은 자신의 사무실로 이르는 통로가 하나도 아니고 두 개나 있다는 걸 알았을 때 몹시 충격을 받은 것 같았다.

"네 말이 맞았어."

일단 터널에 들어서자 칼이 속삭였다.

"무슨 말?"

타라가 물었다.

"우리의 대장 용 마법사께서 네가 아더월드에 좀 더 머물기를 진짜 바라고 있잖아. 네가 또 죽을 뻔했는데 지구로 즉시 돌려보내지 않는다는 건 정말 이상하단 말야!'

다른 터널들은 최고 마법사들의 구역으로 이어졌다. 이어서 그들은 감옥으로 향하는 터널로 내려갔다가 궁전으로 몰래 침입할 수 있는 통로에 이르렀다. 시간이 없기 때문에 그들은 다음날 다시 수색하기로 했다.

모든 사람이 그들이 꾸며낸 이야기를 아무런 의심 없이 받아들였다. 엘프들이 왕국에서 얼마나 존중을 받는지 타라는 깊은 감동을 받았다. 질문을 하자마자 즉각적이고 다양한 답변을 들을 수 있었던 것이다.

많은 문이 개방되는 새로운 신분을 이용해서 타라는 마법사 자격으로는 금지되어 있으나 왕과 왕비가 엘프 수사관에게 허용한 구역들을 포함하여 궁전의 곳곳을 본격적으로 수색했다. 타라는 그 통로들로 이르는 옛날 왕가의 침실들이 22세기에 궁전을 확장하면서 최고 마법사들에게 할당되었음을 알았다. 좋았어, 수사 범위가 축소되는 걸! 이 침실들 중 하나에 기거하는 최고 마법사들 중에서 이 지하통로를 잘 아는 마법사, 그래서 여길 쉽게 출입하는 마법사가 범인일 가능성이 있어. 그렇다면 누굴까? 부디우 부인? 아냐, 그 부인은 나를 진심으로 좋아하는 것 같았어. 아무리 상상해 봐도 도망치는 부인, 활시위를 메우는 부인의 모습은 도저히 그림이 그려지지 않았다. 그럼 시렐라 부인? 타라는 그 아름다운 사이렌과 별로 접촉한 적이 없어서 판단하기가 어려웠다. 엘프 덴마릴 선생님? 엘프들은 전사들이고, 이제 타라는 그 선생님을 알 수 있는 유리한 위치에 있었다. 본의 아니게 그 엘프의 기분을 상하게 한 적이 있었나? 아냐, 엘프들은 정면 공격을 즐기는 이들이었다. 덴마릴 선생님은 공식적으로 결투를 신청하면 했지 숨어서 그런 짓을 할 리가 없어. 그렇다면 샹프랭 선생님과 파틴 선생님? 그 분들에게는 혐의를 둘 수 없었다. 왜냐하면 그 두 분은 사건이 일어나는 시간에 황무지 늪에 있었으니까. 사르도인 선생님? 공간 기하학의 대가인 칼의 선생님은 파리 한 마리도 죽일 용기가 없어 보였다. 그럼 드라고쉬 선생님? 엘프들과 마찬가지로 뱀파이어는 음흉한 술책 따위를 같잖게 여겼다. 타라를 죽이고 싶었다면 대낮에 죽였을 것이다.

타라는 의문만 많고 답을 찾을 수 없었다.

게다가 타라는 파프니르와 두 명의 최고 마법사가 점점 걱정이 되기 시작했다. 떠난 뒤로 그들은 아무런 소식을 보내지 않고 있었다.

평소보다도 더 조용히 지나가는 며칠 동안 그들은 최근의 사건들에 대해 많은 토론을 했고, 그들이 사용한 술책에도 만족했다. 타라가 변신해 있는 엘프 수사관을 의심해서 목을 조르거나, 새까맣게 태워 죽이려고 하는 사람은 아무도 없었다. 살인사건에 대한 수사가 아무런 진전을 보지 못하고 제자리걸음을 하고 있어서인지 범인도 그들을 가만 내버려 두었다.

타라의 가짜 시신은 비밀리에 지구로 운송되었고, 셈 선생님도 급히 이사벨라와 셀레나에게 상황을 설명하러 떠났다.

타라는 할머니가 와서 당장 목덜미를 잡아끌고 갈 거라고 예상했는데 할머니는 다행히 손녀를 빨리 보내주겠다는 셈 선생님의 약속에 만족해하는 모양이었다.

지구로 돌아가기로 약속한 전날인 넷째 날, 로빈과 타라, 갈랑, 칼, 블롱딘은 비밀 통로를 샅샅이 뒤지는 중에 먼지구덩이가 되어버린 쓸모없는 방 몇 개를 발견했다. 타라는 입밖에 내지는 않았지만 파프니르가 자꾸 마음에 걸렸다.

갑자기 괴상망측한 소리가 났을 때, 그들은 재채기를 참느라고 간신히 입을 틀어막았다. 고양이 한 마리를 통째로 집어삼키다 기관지로 잘못 넘어가는 소리라고나 할까, 아무튼 귀가 먹먹했다.

그들은 귀를 기울였고, 갑자기 타라가 그 소리의 정체를 알아차렸다.

"파프니르야. 노래를 부르고 있어!"

그들은 공간이동의 문 대합실로 이르는 통로를 따라 황급히 달려갔다가 믿을 수 없는 광경을 보게 되었다.

파프니르가 폐가 터져라 목청껏 노래를 부르고 있는데, 그 옆에 샹프랭 선생님과 파틴 선생님도 보였다.

그들은 한순간 난쟁이가 기쁨의 노래를 부르는 거라고 생각했다. 그런데 난쟁이의 그 귀여운 초록빛 눈이 공포에 잔뜩 질려 있고, 두 선생님의 살빛은 완전히 주홍빛이 아닌가! 몸에서 시커먼 연기를 풀풀 날리면서 두 최고 마법사가 경비병들과 외눈 거인을 향해 뚜벅뚜벅 걸어가고 있었다.

파프니르는 울부짖듯이 노래했다.

끔찍한 전쟁이 끝~~난 뒤에
위대한 씨족, 적들이 숨어 사~~는
지각단층으로 몰려~~갔네
이윽고 용맹한 씨~~족
위대한 대장장이 씨~~족의
정의로운 법에 모두 굴~~복

그러자 시커먼 연기가 난쟁이를 슬금슬금 피하는 것 같았다. 그때 갑자기 파프니르가 지칠 대로 지쳐서 쉰 목소리로 외치기 시작했다.

"모두 도망쳐라! 도망쳐! 내가 노래를 부르는 한, 놈은 나를 완전히 점령하지 못해. 하지만 나는 오랫동안 버티지 못할 것이다! 닷새 동안 계속 노래부르고 있단 말이다!"

말을 시작하자마자 연기가 다시 접근해오자, 파프니르는 필사적으로 다시 노래를 불렀다.

아름다운 대장장이 탈니르의 연~~인
쉬지도 않고 끊임없이 불을 아우성치게 하~~네
장엄한 탄다렐 마을의 진정한 대장~~간
가장 위대하고 가장 아름다운 대장간의 불~~을

노래에 떠밀리듯 다시 멀어져가던 연기가 코브라처럼 이번에는 멀찍이 물러나 있던 경비병들을 향해 날쌔게 달려들었다. 그 즉시 경비병들의 살은 주홍빛이 되었고, 눈빛이 흐리멍덩해졌다. 그 광경을 보면서 마법사들이 방패를 세웠다. 그러나 연기는 마치 그들이 아예 존재하지 않는 듯이 마법사들을 통과해 버렸다.

타라는 공포로 옴짝달싹 못 하고 있는 반면에 로빈은 빠르게 대응했다. 초인적인 스피드로 접근해오는 연기의 촉수를 피하더니 로빈은 칼과 타라의 팔을 잡아끌고는 전속력으로 뛰었다.

"빨리, 통로로 빨리 도망쳐야 해!"

"하지만…… 다른 사람들은 어쩌고?"

질겁한 타라가 소리쳤다.

"무아노, 할아버지, 파브……."

"시간이 없어!"

말을 자르면서 로빈이 더 세게 떠밀었다.

그들은 아슬아슬하게 통로에 이르렀고, 문이 닫혔다. 영혼 약탈자는 파프니르의 기억을 이용해서 살아 있는 궁전을 침략하고 있는 것이었다. 그러나 난쟁이는 비밀 통로를 모르기 때문에 그들은 이제 위험 지역을 벗어나 있었다.

어둠 속에서 칼은 무슨 말인가 하려고 입을 벌렸지만 로빈이 더 빨랐다. 로빈은 칼의 입을 틀어막아서 목소리를 꾹 눌러버렸다.

고양이처럼 밝은 눈 덕분에 타라는 로빈이 침묵을 지키라고 보내는 손짓을 볼 수 있었다. 그들은 문에서 꽤 멀리 떨어졌고, 버려진 방들 중하나로 들어갔다.

"이제 됐다."

로빈이 속삭였다.

"여기서 하는 말은 아무도 못 들을 거야."

"영혼 약탈자의 짓이지?"

타라가 입을 열었다.

"두 선생님은 이미 점령당했고, 궁전을 점령하려고 강제로 파프니르를 여기로 오게 한 거야! 아주 쉽게 사람들을 감염시킬 수 있는 것 같아."

"바로 그게 최악의 상황이라니까."

칼이 중얼거렸다.

"너희들 알아채지 못했어? 파프니르는 잿빛 요새에서 돌아온 게 아냐. 다른 옷을 입고 있었어. 내 생각에는 영혼 약탈자가 이미 히믈리아를 점령한 것 같아."

로빈과 타라는 기겁해서 서로를 쳐다봤다.

"엘프들을 제외하면 난쟁이들은 이 행성에서 가장 강력한 전사들이야."

로빈이 말했다.

"영혼 약탈자가 난쟁이들을 점령했다면 인간들은 오래 버티지 못해."

"우린 떠나야 해. '목소리'가 말했잖아. 영혼 약탈자를 물리치는 유일한 방법은 하얀 영혼의 도움을 받아서 그 힘의 원천인 흑장미 섬을 공격하는 것이라고!"

"하지만…… 우리가 하얀 영혼을 찾지 못하면?"

타라는 처음으로 절망감에 사로잡히는 느낌이 들었다. 타라는 누군가가 자신을 납치하려고 하는, 아니 죽이려고 하는 일은 어떻게든 헤쳐나갈 수 있었다. 그러나 친구들이 공격받을 때마다 타라는 힘없이 무너졌다. 마치 싸울 능력이 없는 것처럼.

어둠 속에서 칼이 어깨를 으쓱했다.

"살색이 주홍빛이어도 아주 멋지긴 하겠다. 하지만 내 금발과 주홍빛…… 윽, 그건 눈뜨고는 못 봐줄 거야, 그치?"

타라는 웃음을 참지 못하고 키득거렸다. 칼은 불안을 날려버리는 남다른 재주가 있었다.

"그럼 이제 어떡하지?"

"우선 여기를 나가야지. 공간이동의 문은 아마 감시가 삼엄할 거야. 궁전이 나한테 알려준 통로를 이용하자. 지난번에 우리가 들어왔던 데 말야. 일단 우선 밖으로 나간 다음에 생각해보자. 오케이?"

"오케이, 가자."

밖은 쥐 죽은 듯이 고요했다. 타라는 파프니르가 끝내 입을 다물었다는 것에 등골이 서늘해졌다. 난쟁이의 노랫소리가 더는 울리지 않았다.

범인이 이용한 지하통로들이 살아 있는 궁전의 터널과 연결되어 있었다. 그래서 그들은 이내 감옥 바로 맞은편에 이르렀다. 거기 있는 간수들도 이미 감염되어 있음을 대번에 알 수 있었다. 흐리멍덩한 눈에 주홍빛 살, 간수들은 꼭두각시들처럼 그저 왔다갔다하고 있을 뿐이었다.

칼이 먼저 통과했는데 변신한 몸의 날렵함과 유연함이 현저하게 떨어지는 통에 칼은 기분이 엉망이 되고 말았다. 이어서 로빈이 타라에게 가라는 손짓을 했다.

타라가 돌진해서 입구에 이르고 있을 때였다. 갑자기 시커먼 것이 등 위로 떨어지더니 타라를 반쯤 깔아뭉개 버리는 것이 아닌가. 그러나 타라의 반사신경은 전광석화 같았다. 넘어진 채 어깨로 구르면서 단번에 검을 뽑아들고는 그 목에 칼날을 들이댔는데…… 맙소사, 박쥐가 아닌가!

다행히 박쥐의 반사적인 동작도 초인적이어서 타라가 들이댄 칼끝이 아슬아슬하게 빗나갔다.

"이런 식으로 갑자기 달려들면 진짜 재미없다고요."

박쥐의 정체를 알아차린 타라가 쏘아붙였다.

"하마터면 찌를 뻔했잖아요, 드라고쉬 선생님!"

박쥐의 모습으로는 말할 수 없다는 걸 깨달은 드라고쉬가 뱀파이어로 변신했다.

타라와 로빈, 칼은 뱀파이어를 유심히 살폈다. 빨간 눈, 하얀 송곳니, 검은머리, 창백한 살빛. 주홍빛이라곤 없었다. 휴, 다행이다!

"덩컨 양?"

뱀파이어는 의심쩍은 듯이 말문을 열었다.

"대체 엘프로 변신하고 여기서 뭐 하는 건가?"

"얘기하자면 길어요."

타라는 얼른 속삭였다.

"그리고 여긴 얘기할 장소도 아니고요! 그런데 저를 어떻게 알아보셨어요?"

"너의 냄새로. 피를 빨아먹으려고 달려들었는데 냄새로 너라는 걸 알았다. 엘프의 피는 우리에게 해롭지 않지만 인간의 피는 아주 끔찍하게 해롭지. 만약 너를 물어뜯었다면 내가 감염되었겠지!"

타라는 눈살을 찌푸렸다. 감염된다고? 불안으로 몸서리치는 뱀파이어를 응시하던 타라는 머리가 핑핑 돌았다. 하지만……

칼의 목소리가 그 생각을 중단시켰다.

"근데 이렇게 꾸물거리고 있을 때가 아니거든요? 놈들이 찾기 전에 여기서 빨리 토끼죠, 우리!"

살아 있는 궁전이 건물 뒤편의 거리 쪽으로 난 비밀 문을 열어주었고, 그들은 밖으로 나갔다. 트라비아의 거리는 평소와 다르지 않았다. 아직은 궁전에서 일어나는 일을 아무도 알아차리지 못하고 있었다. 사람들은 치명적인 위험이 닥쳐오는 줄도 모른 채 자기 일에 열심이었다.

일단 궁전에서 상당히 멀리 떨어지자, 뱀파이어는 검은 연기가 감옥에까지 침투했다고 설명했다. 죄수들은 온탕과 냉탕으로 이루어진 목욕탕에 가 있었고, 그도 욕조 안에 있었다. 검은 연기를 발견하자마자 그는 뜨거운 물 속에 가라앉아서 30분 동안 숨을 쉬지 않았다. 물 속이라 어두워서 그는 아무것도 볼 수 없었다. 마침내 검은 연기가 물러간 걸 알아차리고 그는 쥐로 변신해서 궁전을 한 바퀴 돌았다. 거의 모든 사람이 점령당해서 파프니르에게 복종하는 걸 보고 그는 공포에 사로잡혔다. 그래서 창문으로 빠져나가려고 박쥐로 다시 변신했지만 모든 출구가 막혀 있었다. 어찌된 사태인지 알아볼 생각으로 지하로 돌아왔는데 마침 타라와 두 친구가 들이닥쳤고, 그는 발각된 것으로 믿고 공격을 한 것이었다.

타라는 영혼 약탈자의 점령에 관해 자세히 설명해 주었다.

이미 파랗게 질려 있던 뱀파이어가 납빛으로 변하더니 광대뼈 주위로 초록빛 주근깨가 재미있게 몰렸다.

"우리의 힘을 합해야겠다. 난 즉시 내 고향 우를라로 출발하여 다른 뱀파이어들을 소집한 다음 너희들을 도와서 하얀 영혼을 찾겠다. 진흙 먹보들은 우리 뱀파이어를 두려워하니까 정보를 쉽게 얻을 수 있을 게다. 그런데 문제는 공간이동의 문이구나. 팅가푸르처럼 트라비아에는 뱀파이어 대사관이 아직 없거든. 따라서 우리가 유일하게 이용할 수 있는 문은 궁전 안에 있으니!"

"꼭 그렇지는 않아요."

칼이 대꾸했다.

"땅 신령들의 문을 이용할 수 있어요. 그들의 왕은 우리를 도와줘야 할 빚을 톡톡히 졌거든요."

뱀파이어는 무슨 말이냐는 뜻의 눈길로 힐끔 쳐다봤지만 꼬치꼬치 묻지는 않았다.

"그럼 빨리 가자. 한순간도 지체할 시간이 없어!"

그들은 조심조심 거리로 들어갔다. 멋을 부리려고 치장한 장신구를 제외하고는 사람들의 살빛, 털, 온갖 색깔의 깃털 중 주홍빛은 다행히 없었다.

그런데 땅 신령들의 대사관에서 약간의 문제가 생겼다.

그들이 툴 툴툴 대사와 면담을 청했지만, 자이언트 사마귀들의 등에 하나씩 올라앉은 땅 신령 문지기들이 그들을 가로막고 들여보내지 않았다. 약속을 하지 않았으니 들어갈 수 없다는 것이었다. 관례상 절대로 안 된다면서.

절박한 상황이기 때문에 그들은 물불을 가릴 겨를이 없었고, 칼이 나섰다. 칼은 사마귀의 턱을 확 틀어잡고 항의의 울음소리를 내거나 말거나 강제로 그 대가리를 숙이게 했다. 이어서 자신의 대단한 근육질을 불끈불끈 세우면서 파란 땅 신령의 옆구리를 움켜잡고 뚫어져라 쳐다봤다. 땅 신령은 벌벌 떨고 있었다.

"당신이 선택해요."

칼이 으르렁거렸다.

"글룰 부글룰 왕의 여자들을 구해 줬던 도둑, 칼리반 달 살란이 여기서 기다리고 있다고 대사에게 즉시 알리던가, 당신과 당신의 곤충 둘 다 나한테 갈기갈기 찢기던가, 둘 중의 하나요. 알아들었어요?"

땅 신령은 침을 삼키고 나서 고개를 끄덕였다. 그는 자신의 사마귀를 날아오르게 해서 즉시 대사에게 알리러 갔다.

마침내 대사가 멋진 실내가운을 걸친 모습으로 나타났는데 아주 불쾌한 표정이었다.

칼을 알아보지 못했기 때문에 대사는 기고만장했다.

"내 이럴 줄 알았지."

대사는 두 명의 엘프, 뱀파이어, 미남 청년 칼을 아래위로 훑어보면서 비아냥거렸다.

"지난번에 만났던 칼리반 달 살란은 키가 1미터 60센티미터쯤 됐는데 그 사이에 무슨 성장발육 주사라도 맞았나?"

"와, 농담도 꽤 잘하시네."

칼도 질세라 맞받았다.

"그런데 이건 변장인데 어쩌죠? 궁전에 큰 문제가 생겼는데…… 당신과 부하 땅 신령들도 그게 퍼지기 전에 여길 빨리 도망치는 게 이로울걸요. 영혼 약탈자가 궁전 안의 모든 사람을 점령하고 있으니까요. 그래서 여기 공간이동의 문을 이용하여 잿빛 요새에 이어서 흑장미 섬으로 가야해요. 영혼 약탈자가 행성 전체를 점령하기 전에 우리가 막아야 하는 위기 상황이라고요!"

대사는 칼을 쳐다보다 한숨을 내쉬었다.

"정신병원에 가야겠군. 딱 두 블록만 더 가면 있으니까 거기나 한번 가 봐라. 내 경호원들이 안내해줄 것이다."

대사는 경호원들에게 그들을 에워싸라는 손짓을 했다. 칼에게 당했던 사마귀가 쌤통이라는 듯 크웨엑, 크웨엑! 턱을 딱딱 마주쳤다.

떡 버티고 서서 덤벼들 듯이 대사를 쏘아보던 칼이 입을 여는 순간, 로빈이 선수를 쳤다.

"목을 보시죠."

로빈은 친구를 가리키면서 말했다.

"당신의 왕 글룰 부글룰을 위한 우리의 모험이 칼에게 추억을 남겨줬으니까요. 이런 자국을 가지고도 살아 있는 유일한 사람이겠죠, 아마?"

대사는 놀란 듯이 눈살을 치켜올리면서 칼의 목을 봤다. 금빛 흉터를 발견한 땅 신령은 하얗게 질렸다.

"맙소사! 트실의 자국이 틀림없잖아!"

대사는 벌떡 일어나서 대사관으로 들어가라는 손짓을 했다. 크게 실망한 초록 사마귀의 항의성의 괴성에도 불구하고.

"일어난 일을 자세히 설명해 보시오."

모두 연회장에 자리를 잡고 앉자 대사가 말했다.

타라가 차분히 설명했고, 칼과 로빈도 이따금 보충설명을 하며 끼어들었다. 그들의 이야기가 일단 끝나자 땅 신령은 군청색으로 변했다.

"이런 변이 있나! 대사관 철수령을 내리겠소. 우리 종족은 지하로 피신해서 영혼 약탈자를 피하겠소."

"모든 나라에 전령을 파견하시오."

잠자코 지켜보고만 있던 뱀파이어가 마침내 끼어들었다.

"모든 종족에 알려서 대비를 시켜야 합니다."

"네, 네."

마음이 급해진 대사는 의자에서 벌떡 일어났다.

"즉시 공간이동의 문으로 안내하겠습니다. 여러분이 혹시 또 나중에라도 문을 이용하게 경우를 대비해서 여기에 지원병 두 명을 남겨두지요. 행운이 있기를! 데미데루스의 정신이 여러분을 지켜주기를!"

정확하게 2초 후, 공간이동의 문이 작동했고, 뱀파이어는 자신의 조국 크라살비로 황급히 떠났다. 그들은 떠나기에 앞서서 살빛을 주홍빛으로 만들었다. 칼과 블롱딘, 로빈, 타라와 다시 페가수스로 돌아온 갈랑은 마지스터의 아지트였던 잿빛 요새로 이동되었다. 거인들의 땅 간디스에 위치한 요새는 상그라브들이 아더월드의 수석 마법사들을 납치해서 가두어 놓고 악마의 마법으로 감염시켰던 곳이었다.

타라와 친구들의 활약으로 상그라브들을 물리친 후에 셈 선생님은 거인들에게 요새를 휴양 시설로 바꾸라고 제안했었다. 마법 면역성에도 불구하고 희생되는 거인들과 그토록 마법을 싫어하는데도 이따금 마법에 걸리는 난쟁이들을 위한 휴양 시설을 말하는 것이었다. 그 '환자'들을 돕기 위해 여러 나라에서 온 마법사들도 있었다. 그래서 타라 일행은 이 공동체 대표와 맞닥뜨릴 마음의 준비를 했다.

그런데 그들이 그 땅에 발을 들여놓았는데도 누구 한 사람 거들떠보는 이가 없었다. 거인도 난쟁이도 마법사도. 오히려 어리둥절해서 주위를 둘러본 것은 그들이었다. 잿빛 요새는 달라진 데가 거의 없었다. 주문방지 잿빛 돌로 지은 요새는 거대하고 음산했다.

타라와 갈랑, 로빈, 칼과 블롱딘은 대합실을 나와 아래층으로 내려가는 층계참에 섰다가 한 거인의 무릎과 맞닥뜨렸다. 잿빛 타이츠에 잿빛 바지 차림의 거인의 살은 머리끝부터 발끝까지 온통 주홍빛이었다.

16
하얀 영혼

"여기서 뭐 하는 건가?"

거인의 목소리가 어찌나 쩌렁쩌렁한지 깊은 지하실에서 울리는 것 같았다.

맥박이 200회나 뛸 정도로 쿵쾅쿵쾅 심장이 터질 것 같으면서도 칼은 단조로우면서 뚝뚝한 어조로 말하려고 애를 썼다.

"요새로 가라는 우리 선생님의 명을 받고 온 겁니다."

상황을 모를 때는 거짓말이 위험하기 때문에 칼은 얼른 덧붙였다.

"그런데 이유는 모르고 왔기 때문에 우리는 선생님의 다음 지시를 기다리고 있습니다."

"아하?"

거인은 어깨에 둘러맨 무지막지한 도끼를 매만지면서 말했다.

"확인해 보겠다. 여기서 기다렷!"

그렇게 말하고 거인이 저벅저벅 멀어져갔는데 걸음을 뗄 때마다 요새가 흔들거렸다.

"빨리 도망쳐야겠어."

강한 엘프의 몸을 하고 있는데도 무시무시한 도끼를 보는 순간 덜덜 떨리는 타라가 속삭였다.

"경비들이 출입문을 지키고 있군."

로빈이 난간 너머를 살피면서 말했다.

"거인 두 명이 있고, 아래층에는 난쟁이 두 명이 버티고 있어."

"에이 씨!"

칼이 툴툴거렸다.

"이렇게 금방 막히게 되리라고는 생각도 못 했는데. 아, 그렇지, 참! 우리가 요새를 탈출할 때 파르니르가 파놓았던 터널, 그거 막아놨을까?"

"돈 드는 것도 아닌데 확인해 보자. 어차피 그게 갈가리 찢기지 않고 여길 빠져나가는 유일한 방법이기도 하고."

그들은 곧장 요새의 지하저장실로 도망쳤다. 텅 빈 선반들이 여전히 파프니르의 터널을 가리고 있는 걸 보고 그들은 안도의 숨을 내쉬었다.

"그럼 이제는 제발 입구가 막혀 있지 않기만 기도하자!"

다행히 그런 일은 없었다. 요새의 최고 마법사들은 터널까지 신경 쓸 겨를이 없었던 모양이다. 터널은 아무 이상 없이 온전했다.

그들은 맨 처음 빠져나갈 때의 숲, 바로 그 장소에 이르렀다. 그러나 상황은 아주 달랐다. 이번에는 마법을 얼마든지 사용할 수 있었다. 엿보는 상그라브가 없지 않은가. 그리고 타라도 이제는 피의 맹세 때문에 할머니가 죽을지 모른다는 두려움에 떨며 마법을 억제할 필요가 없었다.

"지난번에 섬에 갈 때만큼 시간이 걸리면 안 돼."

타라가 말했다.

"사흘은 너무 길어. 우리가 가는 사이에 영혼 약탈자가 무슨 짓을 할지 모르잖아. 그래서 내가 변신해야겠어."

"변신한다고? 뭐로?"

이해하지 못한 칼이 물었다.

"용으로. 흑장미 섬까지 너희들을 데려가려고."

"오, 안 돼! 그건 절대 싫어! 지난번에 네 등에 올라탔을 때 우리를 죽일 뻔했던 거 잊었냐? 차라리 내가 변신하고 말지."

"칼, 내 말대로 하자. 이성적으로 생각해야지!"

약간 난처한 타라가 말했다.

"지난 며칠 간의 에너지 소비 때문에 네 힘은 말야, 이제 오랫동안 같은 모습으로 있을 만큼 강하지 못하거든. 네가 매로 변신해서 날아올랐다가, 500미터 상공에서 인간의 모습으로 돌아온다고 생각해 봐. 그러면 어떻게 될 것 같아? 콰당! 그대로 떨어져서 땅바닥에 형체도 없이 으스러지는 거야!"

그러나 칼은 막무가내로 고집을 부렸다.

"그래도 네 등에는 올라타지 않겠어. 절대로. 이 얼빠진 멋쟁이 몸을 만들어줄 때와 똑같은 과정을 거치면 되잖아. 네 힘을 조금만 빌려줘, 그러면 내가 새로 변신해서 날아갈게."

이번에는 로빈이 반대하고 나섰다.

"그건 안 돼, 칼. 영혼 약탈자와 싸우려면 타라는 힘이 필요해. 너에게 힘을 빌려줄 때마다 타라에겐 그 잃어버린 힘을 만회하기 위한 시간이 필요하단 말야. 그리고 그 다음 일은 또 어떻고? 네가 더는 변신할 수 없게 된다고 생각해 봐! 너는 선택의 여지가 없다고 봐. 칼, 단념해!"

"빈터를 찾아보자. 난 넓은 공간이 필요해."

칼이 또 무슨 딴소리를 하기 전에 타라가 재빨리 말했다. 그들은 타라가 변신할 만한 넓은 공간을 찾기 위해 잿빛 요새와 반대 방향의 평원으로 향했고, 타라는 조금도 두려워할 것이 없다는 걸 칼에게 보여주기 위해서 능숙하게 변신했다. 살아 있는 돌이 도와준 덕분에 변신은 아주 수월했다. 잠시 후, 살아 있는 돌이 멋진 보석처럼 이마에 박힌, 파란 눈의 멋진 금빛 용이 엘프를 대신했다.

칼은 용을 마주보고 있어서 타라가 꼬리를 만든다는 걸 깜빡 잊은 걸 알아채지 못했다. 용에게 있어 꼬리란 무게의 균형을 잡아주기 때문에 절대로 없어서는 안 되는 것이었다.

타라는 다리를 테스트할 생각으로 걸음을 떼어보다 몸이 앞으로 쏠리는 느낌이 들자 본능적으로 뭔가가 빠졌다는 걸 깨달았다. 거대한 덩치가 뒤뚱거리는 모습을 보면서 칼은 부리나케 뒷걸음질쳤다. 어처구니없게도 친구를 짓뭉개버릴 뻔했던 타라는 재빠르게 꼬리를 나타나게 해서 균형을 잡는 것으로 아슬아슬하게 위기를 넘겼다.

그런데 꼬리가 돋는 순간에 플럭, 하는 소리가 크게 났다.

"이게 무슨 소리지?"

칼이 의심쩍은 얼굴로 물었다.

"무슨 소리가 났다고 그래?"

타라는 용의 굵직한 소리로 시치미를 뗐다.

"소리가 났다니까. 분명히 플럭, 하는 소리가 났는데……."

"아, 그래? 난 아무 소리도 못 들었는데. 로빈, 너는 들었어?"

"아니, 전혀."

터져 나오려는 웃음을 꾹 참으면서 로빈이 단언했다.

"자, 내가 먼저 탈 테니까 블롱딘에게 올라타라고 말해. 블롱딘을 우리 둘 사이에 앉히는 게 좋겠어."

"어유, 진짜 미치겠네. 야, 너 깜빡했나 본데……"

칼이 빈정거렸다.

"내 패밀리어는 이제 여우가 아니라 뚱보 사자란 말야."

"네가 축소시키면 되니까 그건 간단해. *미니아투루스의 이름으로 사자는 내가 마음대로 데리고 다닐 수 있게 줄어들어라, 하고 주문만 외우면 되잖아.*"

로빈과 이러쿵저러쿵 승강이를 벌이던 칼은 뿌루퉁한 얼굴로 그 말을 따랐고, 사자는 큰 개의 크기로 축소되었다.

"괜찮아, 칼. 내 등은 충분히 넓으니까."

로빈이 좀 더 줄이라고 제안하는 소리를 들으면서 타라가 말했다.

"너희들 셋을 위한 바스켓을 만들게. 그러면 훨씬 안전할 거야."

그렇게 칼을 안심시키면서 타라는 튼튼한 가죽띠로 고정한 바스켓 하나를 나타나게 하고는 날개를 앞뒤로 흔들었다. 날아서 이동한다는 걸 알아차린 갈랑도 지체없이 이륙했다. 훨씬 강력해진 타라가 더 빠르다는 걸 아는 모양이다. 칼과 로빈, 블롱딘이 자리를 잘 잡을 때까지 기다렸다가 날아가기로 결정한 타라는 갈랑의 비행 기술을 유심히 살폈었다. 타라가 뛰어오를 듯 달리기 시작하면서 승객들이 마구 흔들렸다.

"너 뭐, 뭐, 뭐 하는 거야?"

칼이 비명을 질러댔다.

"이륙하려고 뛰는 거야."

타라가 소리쳤다.

"너, 너, 너는 요, 요, 용이잖아!"

이번에는 로빈이 외쳤다.

"넌 도약이 피, 필요 없어. 그냥 날, 날갯짓을 하면 되는 거야!"

"아, 그런 거야?"

타라가 갑자기 멈춰 서는 바람에 승객들을 떨어트릴 뻔했다.

"그냥 날개만?"

타라가 날개를 휘젓자, 엄청난 먼지바람이 일었다.

"당장 내려 줘."

칼은 붙잡고 늘어지는 로빈을 마구 뿌리치면서 고함쳤다.

"난 내려야겠어. 얘가 우리를 다 죽이게 생겼잖아!"

칼이 용케 바스켓 밖으로 다리 하나를 내밀었을 때, 타라는 마침내 하늘을 날아올랐다.

그 갑작스런 이륙으로 심하게 흔들리면서 떨어지게 생긴 칼은 가까스로 바스켓을 붙잡고 매달렸다.

"나를 올려 줘! 올려달라고!"

공포에 사로잡힌 칼이 소리쳤다.

귓가를 때리는 바람소리 때문에 제대로 알아듣지 못한 타라는 칼이 올라가길 원하는 걸로 알고 곧장 하늘로 날아올랐다.

칼은 두 눈을 꼭 감고 비명을 질러댔다.

"으아아아악!"

로빈은 하프엘프의 신기에 가까운 힘을 이용하여 칼을 바스켓 안에 실었다.

"휴, 너 진짜 무겁다! 말라깽이라면 좀 좋았겠냐?"

칼은 숨이 차서 아무런 대꾸도 할 수 없었다. 잠시 후 칼이 마침내 입을 열었다.

"내가 뭐 어째? 수석 조수이자 도둑 면허를 받게 될 몸인 나는 이래 봬도 궁전에서 대접받으며 살아온 귀한 사람이라고. 슬슬 놀면서 조금 일하고, 먹고 싶은 거 실컷 먹고, 안젤리카 그 계집애를 골려먹으며 살 때는 그래도 신나는 삶이었단 말야. 그런데 이게 뭐야, 타라를 알게 된 뒤로 나는 벌써 여섯 번은 죽다 살아났어. 그리고 이 세상은 계속해서 위험에 빠지기 일보 직전에 있고, 나는 세상 구하랴 내 목숨 구하랴 전전긍긍하고 있어! 그런데 나더러 뭐가 어쩌고 저째?"

"그래, 너는 그럴 수도 있겠다." 하고 수긍하는 로빈의 표정이 밝았다.

"하지만 난 아니거든. 난 아더월드의 크레디트─무트를 몽땅 다 준다고 해도 타라와 바꾸지 않겠어. 타라는 내게 일어난 최고의 사건이야. 걔 덕분에 난 릴란드릴의 활을 얻었고, 엘프들의 부러움을 사고 있어. 타라는 의롭고, 다정하고, 재미있고, 섬세하고, 품위있고, 똑똑하고, 또……."

칼은 푸념을 뚝 그치더니 눈을 게슴츠레 뜨면서 짓궂게 말을 이었다.

"또 귀엽고, 멋진 쪽빛 눈이며 예쁜 얼굴이며 그렇게 황홀할 수가 없지?"

로빈은 스스로 함정에 빠지고 말았다.

"응, 바로 그거야!"

황홀경에 빠진 미소가 로빈의 얼굴에 번졌다.

"금발에 섞인 흰 머리털은 그 아름다움의 절정이야."

그러면 그렇지! 칼은 내심 의심하고 있던 걸 확인을 했다는 듯이 외쳤다.

"내가 이럴 줄 알았다니까!"

칼이 아주 재미있다는 듯이 말했다.

"넌 사랑에 빠진 거야!"

로빈은 얼굴이 빨개져서 부인했다.

"누가? 내가? 그건 절대 아냐!"

"아니 확실해. 확실하다니까!"

칼이 놀리듯이 우겨댔다.

"내 눈은 못 속이지. 넌 타라를 사랑하고 있어!"

한순간 칼은 로빈이 계속 아니라고 부인할 거라고 생각했는데 그러기는커녕 로빈은 고개를 떨구더니 어깨를 축 늘어뜨렸다.

"그 정도로 눈에 보였어?"

로빈이 물었다.

"너무 뻔히 보였지."

칼은 무안할 정도로 가차없이 대답했다.

"그런데 타라 쪽에서는……."

"쟤는 너무 어려. 그리고 우린 그냥 좋은 친군데 뭐, 휴……."

로빈은 한숨을 쉬었다.

"사흘 후면 타라의 열세 번째 생일이야!"

"뭐, 생일? 어, 어떡하지? 선물이 없는데!"

로빈이 갑자기 몸을 일으키는 바람에 하마터면 바스켓이 뒤집어질 뻔했다. 기겁한 칼은 바스켓을 붙잡고 늘어졌다.

"야, 너 미쳤냐? 그렇게 벌떡 일어나면 어떡해?"

칼은 이를 악물면서 놀란 가슴을 쓸어 내렸다.

갑자기 흥분한 만큼 엘프의 흥분은 쉬이 가라앉았다.

"열세 살이라도 마찬가지지, 뭐. 너무 어려. 아직은 인형에 관심이 있을 나이지, 나 같은 하프엘프에게는……."

칼은 속으로 사랑이란 마음을 나약하게 만드는 경향이 있다고 생각했다.

"타라가? 타라가 인형에 관심이 있다고 했냐, 너 지금?"

칼은 비꼬는 어조로 말했다.

"제발 웃기지 좀 마라, 타라와 인형은 영 아니지. 타라와 검이라면 또 몰라도. 그래, 그게 훨씬 잘 어울린다. 타라와 전투, 타라와 군복, 혈투, 살인, 맞아, 뭐 이런 건 그림이 그려지네. 타라와 인형, 에이, 그건 진짜 아니다, 아냐."

"하지만 타라는 내가 느끼는 감정을 알지도 못해!"

로빈은 칼의 말이 한 마디도 들리지 않는지 탄식했다.

"그거야 말하면 되지!"

칼은 뭐가 문제인지를 모르겠다는 듯이 내뱉었다.

로빈이 또다시 벌떡 일어나는 바람에 다시 바스켓에 매달리게 된 칼은 친구에게 더는 아무것도 제안하지 않기로 결심했다.

"그건 말도 안 돼!"

로빈이 소리쳤다.

"나만의 비밀로 묻어두면 내가 괴로워한다는 걸 아무도 모를 거야. 난 기다릴 거야! 타라가 나를 알아주길 기다릴 거야. 그러다 때가 오면 그때 타라에게 말할 거야, 내가 얼마나……."

"내 이름이 들리던데, 너희들 내 얘기하는 거야?"

무슨 얘기를 하는지 몹시 궁금해진 타라가 물었다.

타라는 용의 그 길다란 목을 뒤쪽으로 구부리면서 이빨을 다 드러내고 미소를 지어 보였다. 여전히 전속력으로 날아가면서.

칼은 하얗게 질려서 외쳤다.

"타라, 앞을 똑바로 봐!"

"걱정 마, 칼."

타라는 태연하게 대답했다.

"내 앞에는 아무것도 없어서 난 볼 필요가 없……."

"넌 그럴지 모르지만."

칼이 말을 잘라버렸다.

"난 아니란 말야! 제발 앞이나 똑바로 봐. 그리고 그 목 가지고 이상한 짓 좀 하지 마, 알았어? 난 심장마비로 죽기에는 너무 어리다고!"

타라는 한숨을 길게 내쉬면서 하라는 대로 했다.

칼은 잠시 타라를 주위 깊게 살피다가 로빈을 돌아봤다.

"휴, 살았다. 아까 무슨 이야기하다 말았지?"

"한 얘기 없어."

너무 속을 털어놨다고 판단한 하프엘프가 말했다.

"하얀 영혼을 찾기 위한 계획이나 의논하자."

"알나리깔나리, 알나리깔나리, 누구누구는 누구하고 사랑에 빠졌대
요! 사랑에 빠졌대요!"

한 번 잡은 먹이를 쉽게 놓아줄 리 없는 칼이 큰 소리로 흥얼거렸다.

"그런데 말도 못 꺼낸대요! 말도 못 꺼낸대요!"

하지만 로빈은 어떻게 하면 어린 도둑을 꺾을 수 있는지 잘 알고 있었다.

"너, 자꾸 그래만 봐. 내가 이 바스켓을 없애버린다."

로빈은 아주 차분하게 응수했다.

"아니, 넌 그러지 못할걸?"

"아무런 주저 없이 할 수 있어."

로빈은 단호했다.

"난 엘프야. 난 현기증을 느끼지 않거든."

칼은 침을 꼴깍 삼켰고, 항복했다.

"알았어, 알았다고. 그런데 하얀 영혼을 어디서 찾지?"

"네가 진흙먹보라면 어쩌겠니?"

로빈이 물었다.

"음…… 나라면 면도기와 몸 냄새를 없애는 탈취제를 사겠어."

로빈은 어처구니가 없는 얼굴을 했다.

"아니, 내 말은 하얀 영혼 같은 것을 발견했을 경우 너라면 어떻게 했겠냐고?"

"진흙먹보로서 말야? 음, 악취가 나는 구멍 속에 감춰놓겠어. 아니면 모든 진흙먹보들에게 보여주고 이렇게 말하겠어. 이건 여신의 조각상이며, 나는 여신의 신관이라고. 그러고는 나는 여신과 교감할 수 있는 유일한 존재라면서 새로운 종교를 창시하고 다른 진흙먹보들이 나를 위해 일하게 만들겠어. 그러면 나는 여생을 실컷 먹기나 하면서 떵가떵가 보내는 거지, 뭐."

로빈은 한심해서 죽겠다는 얼굴로 칼을 쳐다봤다.

"진흙먹보들이 너처럼 삐뚤어진 정신을 가지고 있기를 바랄 뿐이다, 난!"

"내가 무슨 삐뚤이라고 그래. 게으른 면이 좀 있어서 탈이긴 해도."

칼은 흡족한 표정으로 말했다.

그때 타라가 알렸다.

"황무지 늪에 이르렀어. 이제 어떡할까, 착륙할까?"

"그래, 타라. 우린 준비됐어."

진창에서 일단 나온 두 친구는 옷에 덕지덕지 붙은 진흙을 떼어낸 뒤에 타라가 착륙하면서 만들어놓은 길다란 구덩이를 보면서 호흡을 가다듬었다. 그래도 생각보다는 그다지 형편없는 착륙은 아니었다.

거의 동시에 도착한 갈랑은 자기 주인의 상태에 대해 솔직하게 웃어 줘야 할지, 걱정해 줘야 할지 잠깐 흔들렸다.

타라는 아예 온몸에 진흙을 뒤집어쓰고 있었다. 주변을 두리번거리던 타라는 몸을 씻을 만한 호수를 발견했다. 그 호수에 사는 글루릅스들이 거의 들릴 정도로 '와, 이게 웬 밥상이냐!' 는 식으로 열렬하게 반기면서 타라를 향해 일사불란하게 집합했다.

그러던 글루릅스들이 딱딱하기 이를 데 없는 금빛 비늘이며 강력한 이빨을 살펴보고는 되려 자기들이 먹이가 될 위험을 깨달았는지 슬금슬금 꽁무니를 빼서 타라는 안심하고 씻을 수 있었다. 타라가 갈랑의 도움을 받아 금빛 비늘을 꼼꼼하게 씻는데 페가수스가 이따금 울음소리를 내는 걸 보면 비웃음을 참을 수가 없는 모양이었다.

"갈랑, 계속 이럴 거야?"

타라는 마침내 한 마디했다.

"난 날개를 달고 태어나지 않았잖아. 그만 비웃으란 말야. 칼?"

"응?"

"난 좀 더 용의 몸으로 있는 게 좋겠어. 이러고 있으면 좀 전의 글루릅스들처럼 진흙먹보들이 공격해와도 방어할 수 있으니까."

칼은 미심쩍은 표정으로 타라를 처다봤다.

"내 생각에는 놈들이 구멍에서 나오지 못하게 겁을 팍 주는 게 나을 것 같은데!"

그런데 대꾸를 한 것은 냉랭한 목소리였다.

"그건 걱정할 것 없다. 놈들은 우리가 끌어낼 수 있어."

칼이 홱 돌아섰고, 블롱딘도 덤벼들 기세로 몸을 웅크렸다.

그런데 덤불에서 스무 마리쯤 되는 검은 늑대가 떼거리로 튀어나오는 것이 아닌가.

이미 공격자들에게 불을 뿜으려고 허파를 부풀리고 있던 타라는 늑대들의 빨간 눈을 알아봤다. 뱀파이어? 그들은 뱀파이어들이었다!

에고, 큰일날 뻔했네! 연합군을 지글지글 태울 뻔하다니. 타라는 숨을 죽였다. 그런데 큰 문제가 있었다. 원래 용이 아니기 때문에 타라는 목구멍에서 치솟는 불길을 멈추는 방법을 모르고 있었다.

타라는 용의 입에 갈퀴 발을 갖다대고는 숨을 억누르면서 "실례할게요." 하고 중얼거린 뒤에 부리나케 호수 쪽으로 돌아서서 한 줄기의 긴 불길을 토해냈다.

그 바람에 된통 당한 것은 글루릅스들이었다. 자칫 도마뱀 찜이 될 뻔했으니. 기괴한 소리를 내며 호수에서 허겁지겁 뛰어나온 놈들이 기슭을 향해 줄행랑을 치는데 그 뜨거운 물에 반쯤 익어버렸는지 꼬리가 빨개졌다.

"휴, 이제 됐다."

타라는 안도의 숨을 내쉬었다.

뱀파이어들 중 하나가 의심에 찬 눈초리로 진창에 널브러진 채 필사적으로 버둥거리는 글루릅스들을 쳐다보다가 난처한 기색으로 몸을 비비꼬는 금빛 용에게 시선을 고정했다.

"대장, 연합군이 확실합니까?"

또 다른 뱀파이어가 한숨을 쉬었는데, 드라고쉬 선생님 같았다.

"그래, 맞다! 자, 명령을 따르거라. 자네들은 진흙먹보들을 찾아서 하얀 영혼이 어떻게 되었는지 알아내."

늑대 뱀파이어는 경례를 붙이지는 않았지만 아주 절도가 있었다.

"알겠습니다, 대장! 모두 출발! 어서, 어서, 어서!"

드라고쉬 선생님은 하늘을 올려다보며 또 한 번 한숨을 쉬었다.

"쯧쯧, 지구의 영화를 너무 많이 봤어. 아더월드에서는 금지했어야 했는데!"

그는 신이 나서 펄쩍펄쩍 뛰어가는 늑대 뱀파이어들을 보면서 중얼거렸다.

그들은 만장일치로 섬 가까이 접근하는 것은 피하기로 했다. 영혼 약탈자가 가진 힘의 원천이 섬 중앙에 있기 때문에 그들은 먼저 하얀 영혼을 찾아야 했다.

놀라울 정도로 후각이 예민한 늑대 뱀파이어들은 빠르게 진흙먹보들을 찾아냈다. 완강하게 저항했지만 녀석들은 오래 버티지 못했다.

지난번 싸울 때는 제대로 볼 겨를이 없었기 때문에 타라는 진흙먹보들을 바로 눈앞에서 찬찬히 뜯어볼 기회를 얻었다.

동그랗게 말린 흙색 털이 북슬북슬한 진흙먹보들은 진흙을 먹을 수 있게 턱이 엄청나게 컸다. 갈퀴발톱은 흙을 파내기 쉽게 아주 날카롭게 휘어져 있고, 발도 걸어다니기 용이하게 납작했다.

타라는 진흙먹보들이 말할 수 있다는 걸 알고 있었다(언뜻 보기에는 못할 것 같지만).

진흙먹보들은 금빛 용을 보는 순간 허겁지겁 웅크리고는 읊조렸다.

"다정한 용이여, 멋진 용이여, 진흙먹보들 잡아먹지 말아요. 다정한 용이여, 먹보들 태우지 말아요. 먹보들 아무 짓 안 해요, 먹보들 얌전하고 착해요!"

"난 너희들을 해치고 싶지 않아."

타라는 녀석들이 더 겁먹지 않도록 용의 음색을 애써 부드럽게 하면서 중얼거리듯 말했다.

"우리는 다만 정보가 필요할 뿐이다. 너희들은 섬에 불길한 존재가 있다는 걸 알고 있어, 그렇지?"

진흙먹보들은 아무런 반응도 보이지 않았다. 그래, 맞아, 로마에 가면 로마법을 따르라고 했지.

"흑장미 섬에 친절하지 않은, 못된 검은 구름이 있어, 그치?"

빙고! 이번에는 진흙먹보들이 타라의 말을 대번에 알아들은 모양이었다. 녀석들이 눈물까지 흘리면서 말했다.

"검은 구름이 먹보들 잡아먹어요. 검은 구름이 난쟁이도 잡아먹으려고 해요. 하지만 난쟁이 노래부르자 구름은 난쟁이 잡아먹지 못하고 마구스들 잡아먹어요!"

"우리가 검은 구름을 죽일 거야. 우리가 검은 구름을 잡아먹을 거야!"
타라가 말했다.

진흙먹보들은 타라를 향해 희망이 가득한 눈을 들었다(털 때문에 녀석들의 눈이 보이지 않기 때문에 그건 타라의 추측이었다).

"용이 구름 잡아먹어요?"
녀석들이 애원하는 어조로 물었다.

타라는 주저 없이 대답했다.

"그래, 용이 구름 잡아먹어."

진흙먹보들은 펄쩍펄쩍 날뛰었다. 분명히 녀석들은 그 소식을 기뻐하고 있었다.

"오케이."
칼이 중얼거렸다.

"녀석들은 영혼 약탈자를 좋아하지 않아. 이거 생각보다 운이 좋네, 어이, 얘들아!"

잘생긴 칼을 쳐다보던 진흙먹보들은 그 멋진 모습에 눈이 부신 얼굴을 했다.

"우린 도움이 필요해. 그러니까 먹보들은 용, 멋진 용을 돕는다, 오케이? 검은 구름을 무찌르는 무기는 조각상이다. 이만큼 커다란데(칼은 녀석들에게 두 손을 벌려서 30센티미터 크기를 만들었다), 하얀색인데 반짝거리고 두 팔을 벌린 여자 모습의 조각상이다. 뭔지 알지?"

그 말에 침묵이 흘렀다.

"그래, 알았다, 알았어. 너희들이 알아들을 수 있는 언어로 표현해 줄게. 친절하고, 예쁜 하얀 돌, 우리는 찾고 있다. 우리는 구름 잡아먹는다. 알았지?"

다시 침묵. 진흙먹보들이 어찌나 귀를 기울이면서 정신을 집중하고 있는지 털끝 하나 움직이지 않는 걸 보면 그건 일종의 쾌거였다.

다혈질로 보이는 좀 전의 뱀파이어가 앞으로 나섰다. 빨간 눈으로 진흙먹보들을 뚫어져라 쳐다보면서 음흉한 목소리로 말했다.

"이거 아무래도 이 친구들에게는 힘을 사용하는 통역이 필요한 것 같군!"

"드라고쉬 선생님?"

타라가 불렀다.

"무슨 일이지, 덩컨 양?"

"성질이 급하신 이분에게 설명 좀 해주시겠어요? 우리에게는 동맹군이 필요하며, 완력으로 고문하는 건 도움이 되지 않는다고 말이죠."

드라고쉬 선생님이 쏘아보자 부하 뱀파이어가 멋쩍어하는 것이 역력했다.

"로빈."

타라가 말을 이었다.

"진흙먹보들은 씨족 단위로 행동한다고 말했었지?"

"응, 그랬지. 왜?"

"하얀 영혼이 어디 있는지 이 씨족은 몰라도 다른 씨족이 알 수도 있잖아?"

"그거 좋은 생각이구나."

드라고쉬 선생님이 말했다.

"어디 실천에 한번 옮겨보자. 이 무리는 소식을 퍼뜨리고, 우리는 하얀 영혼이 있는 데를 아는 씨족을 찾으면 되겠다."

그런데 불행히도 그 수색은 예상보다 훨씬 오래 걸렸다. 어느새 날이 어두워졌고, 주위를 윙윙 날아다니던 온갖 크기의 곤충들은 로빈과 칼이 재빨리 만든 곤충 방충망을 뚫지 못해서 오두방정을 떨었다.

뱀파이어들은 지치지도 않는지 나타날 때마다 새로운 진흙먹보 무리를 끌고 왔다. 그런데 동그랗게 말린 털 모양이 아주 똑같은 걸 보면 엄밀히 말해서 새로운 진흙먹보들은 아니었다.

네 번이나 연속으로 같은 무리를 끌고 오게 되자, 결국 뱀파이어들은 이미 신문했던 녀석들을 식별할 수 있게 표시를 하기로 했다. 그래서 진흙먹보들의 끈적끈적한 털가죽에 마법의 낙인으로 반짝이는 동그라미를 찍어주었는데 진짜 별나게도 녀석들은 그 낙인을 반겼다. 하얀 영혼 수색에 도움을 주기 위해서가 아니라 그 동그라미 낙인을 찍히고 싶어서 녀석들이 몰려올 정도였다.

몇 시간 후, 밤이 깊어지자 지긋지긋해진 뱀파이어들은 수색 작업을 멈추기로 했다. 칼과 로빈은 타라의 날개 밑을 편안한 텐트 삼아 편안하게 눈을 붙였다.

다음날 아침, 수색은 계속되었다. 온종일 그들은 고집스러울 정도로 똑같은 질문을 했고, 매번 헛수고로 끝났다.

셋째 날, 영혼 약탈자의 저주를 받은 파브리스와 무아노, 파프니르, 마니투를 생각하면서 미칠 것 같은 심정으로 잠들었던 타라는 얼굴 앞에서 둥둥 떠다니는 꾸러미 때문에 퍼뜩 잠을 깼다.

"생일 축하해, 타라, 생일 축하해!"

로빈이 싱글벙글한 얼굴로 외쳤다.

"오, 세상에! 난 잊어버리고 있었는데."

"하지만 우린 아니지!"

칼과 로빈은 그 타라의 놀란 표정에 아주 만족하는 얼굴로 폼을 잡으면서 축하의 박수를 쳤다.

"근데 케이크와 촛불은 랑코비트로 돌아갔을 때로 미뤄야겠어."

칼이 덧붙였다.

진흙먹보들과 뱀파이어들이 궁금한 얼굴로 지켜보는 가운데 타라는 갈퀴발톱으로 조심스럽게 선물을 풀었다. 칼과 로빈이 타라를 위해 함께 만들어낸 멋진 장신구였다. 칼이 땅 신령들과 있을 때 우연히(?) 주워 모은(?) 귀한 보석들이 총총히 박힌 정교한 팔찌였다.

그 아름다운 팔찌를 당장 차볼 수 없는 것이 안타깝지만 타라는 용의 뱃가죽 주머니에 집어넣었다.

뱀파이어들은 생일을 모르고 있었던 걸 겸연쩍어하면서 돌아가는 즉시 멋진 파티를 열어주겠다고 약속했다.

진흙먹보들도 몹시 흥분해 있었다. 녀석들은 '선물' 이라는 개념을 아주 잘 알고 있는 모양이었다. 타라가 극진히 대접해야 하는 높으신 존재라는 걸 이제는 확실히 인식했는지 녀석들이 용의 발치에 요상한 선물들을 잔뜩 쌓아놓기 시작했다. 꽃, 역한 냄새를 풍기는 늪의 열매, 죽은 동물, 살아 있는 동물, 돌멩이, 나뭇조각, 뼛조각 등 하나같이 자기들의 눈에 금빛 용에게 어울리는 선물이 될 만하다고 보이는 것들이었다.

이날 오후가 시작될 즈음, 아주, 아주 꽉 늙은 진흙먹보 하나가 타라에게 다가왔다. 희끗희끗한 털에 갈퀴발톱이 무뎌진 먹보는 넙죽 절을 했다.

"멋진 용이여, 다정한 용이여, 금빛 용에게 드리는 선물."

타라는 진흙먹보들이 자기를 위해 그 잡동사니 보물들을 내놓는 걸 보면서 난감해했다.

"고맙지만 나는 그게 필요하지 않다. 네가 그냥 가지고 있기······."

늙은 진흙먹보가 선물을 내미는 순간 타라는 목이 메었다.

진흙먹보가 발에 쥐고 있는 것, 그것은 바로 두 팔을 벌리고 하늘에 간청하는 하얀색의 반짝이는 여인상이 아닌가.

"싫어요?"

진흙먹보는 몹시 실망한 얼굴이었다.

"아, 아니다."

선물을 도로 거둘까봐 가슴이 철렁한 타라는 얼른 대답했다.

"아주 아름다운 선물, 아주 다정한 진흙먹보여, 아주, 아주 아름다운 선물이구나."

진흙먹보는 또다시 절을 하고 나서 이미 엄청나게 쌓인 선물 더미 위에 자신의 보물을 내려놓았고, 타라는 고마움의 표시로 다른 먹보들보다 더 크고 더 반짝거리는 동그라미 낙인을 찍어주었다. 이윽고 진흙먹보는 자기 은둔처를 향해 절뚝절뚝 걸어갔다.

그 사이에 꾸벅꾸벅 졸던 칼은 눈앞에 있는 것이 뭔지 알아보고는 눈이 휘둥그레졌다.

"어떻게 이런 일이! 야호!"

칼이 외치면서 펄쩍펄쩍 뛰는 바람에 뱀파이어들은 깜짝 놀랐다.

"하얀 영혼이다!"

"다 너희들 덕분이야."

타라는 기뻐서 어쩔 줄 몰랐다.

"너희들이 나에게 생일 선물을 주지 않았다면 저 진흙먹보가 나한테 조각상을 선물했을 리가 없어. 너희들이 아더월드를 구한 거야!"

칼은 조각상을 요리조리 돌려보고 뒤집어도 보면서 만지기 시작했다.

"아무리 봐도 글귀라곤 없어."

칼은 난감한 얼굴이었다.

"사용법이 어디 있는 거지? 보통 무기에는 사용법이 있기 마련인데!"

기뻐하던 타라도 사기가 꺾였다.

"'목소리'가 뭐라고 했더라? 섬에 조각상을 놓아야 한다는 말만 했 잖아?"

"맞아, 그랬어."

로빈이 대답했다.

"지금 가던가, 아니면 내일 아침까지 기다리던가 정하는 게 좋겠다. 벌써 밤이 깊어가고 있어."

타라는 잠시 망설이다가 시간이 갈수록 적의 힘이 커지고 있다는 생 각에 행동하는 쪽을 택했다.

"지금 가자. 섬까지는 날아서 1분이면 돼. 드라고쉬 선생님, 어떻게 하시겠어요?"

"난 너희들과 함께 섬으로 가겠다. 하지만 내 동지들은 기슭에 머문 다. 만약 우리가 성공할 경우에는 문제가 없겠지. 그러나 실패할 경우, 그들이 다른 사람들에게 알려야 하니까."

다혈질 뱀파이어는 대장을 따라가겠다고 우겼지만 드라고쉬 선생님 은 주장을 굽히지 않았다.

여정이 짧기 때문에 칼과 로빈이 갈랑에 올라탔고, 날아가는 걸 좋아 하지 않는 뱀파이어들과 블롱딘은 육로를 택했다. 승객을 태워야 하는 불안에서 벗어난 타라는 다행히 나무 두 그루만 부러뜨리고 날아올랐 다. 박쥐로 변신한 드라고쉬 선생님은 그 요란한 이륙에 어리둥절한 얼 굴로 타라의 뒤를 따랐다.

섬이 보이는 곳에 이르자, 그들은 그 상공을 비행했다. 지난번 왔을 때와 비교해서 덤불이 훨씬 더 우거져 있는데도 섬은 여전히 황량해 보였다.

갑자기 타라의 머릿속에서 살아 있는 돌이 모습을 나타냈다.

'무서워, 나.'

'괜찮아!'

타라는 정신적으로 대꾸했다.

'우리에겐 놈을 무찌를 무기가 있어. 걱정하지 마. 놈이 또 너를 포로로 붙잡아두게 내버려두지 않아.'

살아 있는 돌은 불안한 한숨을 내쉴 뿐 아무 말도 하지 않았다. 이곳에서는 영혼 약탈자의 힘이 어느 정도로 증대되는지 타라에게 어떻게 설명한담!

칼은 블롱딘이 기슭에 도착하자 페가수스의 등에 올라탈 수 있게 축소시켰다. 이어서 그들은 날아올랐다.

타라가 마지막으로 섬을 둘러싼 호수 위를 날아가고 있을 때였다. 갑자기 검은 연기의 촉수 하나가 목을 휘감는 바람에 타라는 비명조차 지르지 못했다. 영혼 약탈자가 살아 있는 돌의 힘을 느낀 것이 틀림없었다. 또 하나의 촉수가 별안간 금빛 용의 이마에 들러붙더니 돌을 뽑아 가차없이 물 속으로 던져버리는 걸 보면!

타라는 고통의 비명을 질렀다.

그러면서 타라는 다시 변신하고 말았다. 날개를 잃은 타라는 공중에 떠 있어 보려고 애를 쓰다가 물 속으로 떨어졌고, 동시에 사라진 뱃가죽 주머니에서 하얀 영혼과 팔찌마저 빠져 나가고 말았다.

수면으로 떠오른 타라는 자유로워지기 위해 힘을 작동시켰다. 두 개의 촉수를 싹둑싹둑 자르는 커다란 가위를 상상하자 실제로 촉수들이 잘려나가면서 섬의 중앙 쪽이 줄어들었다. 영혼 약탈자는 분노의 괴성을 질렀다. 그러자 이번에는 수십 개의 촉수가 시커먼 벌레처럼 꿈틀거리면서 타라를 향해 다가왔다.

타라는 친구들에게 소리쳤다.

"멀리 떨어져! 촉수가 너희들을 건드리지 못하게 해!"

불행히도 어느새 촉수 하나가 갈랑의 발목을 둘둘 휘감더니 필사적인 저항에도 불구하고 섬의 중앙 쪽으로 끌어가고 있었다. 그 순간 로빈이 주문을 외우자 촉수가 동강났다. 하지만 또 다른 열 개의 촉수가 이미 공격을 시작했다.

타라는 친구들을 도와주러 갈 수가 없는 상태였다. 다른 공격을 차단시키면서 수면에 떠 있을 수 있게 해주는 힘의 장막에 에워싸여 있었던 것이다. 촉수들이 악착같이 공격해 왔지만 장막은 잘 버티고 있었다.

갑자기 타라는 힘의 장막이 약해지는 걸 알아차렸다. 촉수들이 장막에 쩔꺼덕 들러붙더니 소름끼치는 입들로 힘을 빨아먹는 것이 아닌가!

타라는 그리 오래 버틸 수가 없다는 걸 깨달았다. 타라는 있는 힘을 다해서 장막을 강화했고, 필사적인 노력으로 촉수들을 불태우기에 이르렀다. 그러자 이번에는 영혼 약탈자가 분노가 아니라 고통의 비명을 질렀다. 영혼 약탈자가 크게 당한 것이 틀림없었다.

타라가 장막을 갈랑 쪽으로 조종하면서 가까이 다가가는 순간, 한 무더기의 촉수들이 페가수스를 포위하면서 공격을 가했다. 이번에는 촉수의 수가 너무 많았고, 타라는 더는 힘을 쓸 수 없었다. 타라는 결국 패배를 인정해야 했다. 하얀 영혼 조각상을 잃어버린 데다 더는 움직일 수도 없었다. 그러자 그 낌새를 알아챈 촉수들이 타라와 함께 갈랑과 칼, 로빈, 블롱딘을 섬 쪽으로 밀어냈다. 드라고쉬 선생님과 다른 뱀파이어

들은 이미 사라지고 없었다. 혹시 그들은 도망치는 데 성공한 걸까? 실낱
같은 희망에 기력을 찾은 타라는 힘을 비축하면서 포기하지 않기로 마음
먹었다.

촉수들은 사냥감들을 끌고서 이내 단단한 땅에 이르렀다. 그런데 흑
장미가 신경 쓰이는 것처럼 촉수들은 흑장미를 슬금슬금 피하면서 천천
히 전진했다. 타라는 유심히 관찰했다. 그들이 지나갈 때 검은 꽃들이
마치 붙잡을 기세로 움직이고 있었다. 정말 이상한 일이었다. 파프니르
는 흑장미 즙을 마시고 저주의 마법에 걸려들지 않았던가! 그 절망적인
상황에도 불구하고 호기심이 고개를 들었다. 촉수들이 왜 흑장미를 두
려워하는 거지? 타라가 아직 생각에 잠겨 있을 때, 그들은 마침내 섬의
중앙에 이르렀다.

섬의 중앙은 끔찍한 모습으로 변해 있었다.

깊은 구덩이 속에서 시커먼 마그마가 부글부글 끓고 있는데 거기서도
촉수들이 꿈틀거리고 있었다. 타라는 한순간 그 구덩이 속으로 모두 던
져질 거라고 생각했다. 하지만 촉수들은 다른 계획을 가지고 있는 모양
이었다. 갑자기 거대한 공간이동의 문이 열리더니 촉수들이 그들을 확
떠밀었다.

우카캬, 으아아아악!

공포의 비명을 지르면서 그들은 무시무시하게 시커먼 허공 속으로 떨
어졌다.

17
포로들

숨이 멎을 듯한 공포에 사로잡힌 타라가 눈을 떴을 때, 보이는 것은…… 발이었다! 그런데 그 발들이 낯익은 것 같았다. 눈을 쳐들던 타라는 그제야 알았다. 트라비아의 살아 있는 궁전에 돌아와서…… 파프니르 앞에 엎어져 있음을! 하지만 이전에 알던 불평도 많고, 정도 많은 고집쟁이 난쟁이가 아니었다. 주홍빛 피부와 초록빛이 아닌 검은 눈동자의 난쟁이가 소름끼치는 미소를 짓고 있었다.

"이런, 이런, 이런, 깜찍하고 사랑스런 타라!"

파프니르가 비아냥거렸다.

"이렇게 반가울 수가! 드디어, 내가 드디어 이 난쟁이를 장악하는 데 성공하고 머릿속을 읽어봤더니 너를 구해줄 사람으로 믿고 있더군. 그걸 찾았니?"

난쟁이를 통해 말하는 영혼 약탈자의 어조에 불안한 기색이 역력했다.

타라가 힐끗 쳐다보니 칼, 블롱딘, 로빈, 갈랑이 서로 빠져나가려고 애를 쓰고 있었다. 그들이 거의 다친 데 없이 무사한 것 같아서 타라는 일단 안도의 숨을 내쉬었다. 이어서 파프니르에게 시선을 옮겼다.

"우리가 찾긴 뭘 찾아요?"

뭘 묻는 건지 뻔히 알면서도 타라는 딴청을 피웠고, 먼지를 툭툭 털면서 일어났다.

"하얀 영혼을 찾았지?"

"아니. 그 멍청한 진흙먹보들이 우리가 하는 말을 도무지 알아들어야 말이죠. 그래서 섬 상공을 비행하면서 그걸 찾고 있는데 당신의 함정에 걸려들었으니……."

타라는 말을 중단하면서 난쟁이를 응시했다. 그러자 영혼 약탈자가 파프니르를 통해 뚫어지게 쳐다봤다.

"그러니까 그건 바보 같은 짓이었죠."

타라가 덧붙였다.

"바보?"

영혼 약탈자가 발끈했다.

"당신은 오래 전부터 하얀 영혼을 찾고 있었잖아요?"

"특별히 찾아다닌 건 아니지. 진흙먹보들이 가지고 있다는 걸 알고 있었으니까. 하지만 이제는 너희들이 그 존재를 알았으니 그게 나를 파괴하기 전에 내가 먼저 파괴해야겠다!"

"그러니까 하는 말이죠. 우리가 그걸 찾아오기를 기다렸다가 탁, 낚아챘으면 좋았을 텐데!"

그 말에 영혼 약탈자는 입을 딱 다물고 말았다. 잠시 후 눈을 찡그리더니 경멸을 담은 목소리로 말했다.

"너희들이 그걸 가지고 있지 않다는 걸 내가 어떻게 믿지?"

"그럼 몸수색을 하던가요."

타라는 어깨를 으쓱하면서 응수했다.

"그러면 우리가 아무것도 가지고 있지 않다는 걸 알겠죠!"

"그런데 이걸 어쩌나, 이 난쟁이의 뇌는 너희들이 아주 영악하다고 말하고 있으니."

영혼 약탈자는 얼굴을 찌푸렸다.

"너희들에게 나를 속이는 행운이란 건 절대 없으니까 꿈도 꾸지 마라."

영혼 약탈자는 주홍빛으로 변한 꼭두각시 경비병들에게 타라와 그 일행의 몸을 수색하게 했다. 당연히, 경비병들은 몇 개의 보석, 이상한 연장들, 다양한 종류의 무기들 몇 점밖에 찾아내지 못했다. 갈랑은 타라 옆에서 영혼 약탈자를 쏘아보고 있었다.

"거짓말은 아니군."

영혼 약탈자가 약간 의외라는 듯이 중얼거렸다.

"당장 너희들을 흡수해야 하는 건데…… 진짜 유감스럽다. 새로운 영혼을 흡수할 때마다 그 영혼이 내 정신에 동화가 된 뒤에야 조정할 수 있으니. 그런데다 내가 좀 너무…… 욕심을 부렸는지 정신이 지쳐버렸다. 그래서 내일까지는 다른 영혼들을 흡수하는 위험을 무릅쓰지 않으려 한다. 오, 조상들이여, 세상을 정복하는 것이 이토록 고될 줄은 생각하지 못했습니다!"

이런 기적이! 휴, 하마터면……! 타라는 절체 절명의 위기에 몇 시간의 집행 유예를 준 그들의 수호천사에게 감격했다.

영혼 약탈자는 정신적인 교감으로 경비병들에게 타라 일행과 사자와 페가수스를 감옥으로 데려가게 했다.

"온몸이 이상해!"

갑작스런 몸수색으로 기분이 찜찜해진 로빈이 말했다.

기지개를 켜던 로빈이 번개같이, 제일 가까운 경비병의 단검을 빼앗고는 초인적으로 튀어올라 파프니르에게 달려들어 그 목에 칼을 들이댔다.

"이젠 우리를 조용히 보내주시지, 아니면 네 목을 따버리겠다!"

"내 흑장미의 이름으로 그렇게는 안 되지! 어린것이 그래도 용기는 제법 가상하구나!"

영혼 약탈자는 아예 단검을 본 척도 않고 경탄했다.

로빈은 이를 악물고 칼끝을 눌렀다. 난쟁이의 목에서 한 줄기의 피가 스며 나왔다.

"까악!"

영혼 약탈자가 고통스런 비명을 질렀다.

"네가 정 이러고 싶다면 마음대로 해! 난 이미 많은 사람을 감염시켰고 파프니르는 더 이상 필요하지 않으니까. 목숨은 살려주고 싶었는데…… 솔직히 난 이 난쟁이가 아주 마음에 들거든. 하지만 네가 난쟁이의 목을 따고 싶다면 말리지는 않겠다. 내가 난쟁이의 몸에서 철수하는 즉시 이 아이의 죽음을 목격하게 될 테니."

그 순간, 난쟁이의 몸에서 나오는 검은 연기를 보면서 로빈은 아연실색했다. 난쟁이의 살빛이 다시 구릿빛이 되고, 까만 눈도 평소의 초록빛으로 변했다.

"내 조상들의 이름에 걸고 내가 저 영혼 약탈자를 죽여버리겠어!"

제목소리를 되찾은 파프니르가 내뱉듯이 말했다.

그렇게 말하고 나서 난쟁이는 로빈이 여전히 자기 목에 칼을 들이대고 있음을 깨닫고 얼어붙었다.

"저자는 사실을 말한 거야."

난쟁이는 마지못해서 말했다.

"섬을 벗어나기 위한 매개체로 내가 필요했어. 하지만 지금은 많은 사

람을 이미 흡수했기 때문에 저자의 힘은 막강해. 나 하나쯤 없어진다고
해도."

로빈은 그래도 칼을 내리지 않았다. 검은 연기가 비웃음을 흘리면서
꼭두각시 하나를 불렀다. 뚜벅뚜벅……, 궁전이 흔들릴 정도로 무거운
발소리가 들릴 때, 타라는 한순간 희망을 느꼈다. 그런데 나타난 것은
주홍빛의 용이었다.

희망은 사라졌다.

로빈도 칼을 떨어뜨렸다.

"셈 선생님까지!"

공포에 질린 칼이 중얼거렸다.

"맙소사, 이럴 수가! 이건 보통 큰 문제가 아냐!"

"내가 거짓말하는 걸로 생각했지?"

영혼 약탈자가 용을 통해 으르렁거렸다.

"하프엘프, 그럼 용의 목도 따고 싶으냐? 너에게 필요한 건 그 따위 칼
이 아니라 도끼야! 네 친구들도 걸려들었는데 다 죽이고 싶으냐? 왜 이
궁전의 주민도 모조리 죽이지 그래? 이 도시 사람들도 몽땅 죽여보지?
명심해라. 그런다고 해도 상황은 전혀 변하지 않아!"

타라는 깜짝 놀랐다. 뭐, 그럼 도시 전체를 정복했단 말인가? 정말 그
렇다면 칼의 말마따나 보통 큰 문제가 아닌데…….

들리지 않는 명령에 복종하면서 친구들이 하나둘 그 방에 들어왔을
때야 비로소 타라는 실감이 났다. 무슨 이유인지는 몰라도 무아노는 키
가 3미터에 이르는 야수의 모습을 하고 있었고, 파브리스와 마니투는 주
홍빛으로 변해 있었다. 그래도 주홍빛 개는 존재하지 않으니 지구에 가
면 그 특이한 색깔 때문에 선풍적인 인기를 끌겠다고 생각하던 타라는

마니투가 싸늘한 눈길을 던지는 순간 가슴이 찢어질 듯 아팠다.

이어서 안젤리카와 부모가 등장했다. 그런데 그들은 궁정 망토 차림에 랑코비트의 왕관까지 쓰고 있었다! 게다가 그들의 살빛은 다른 사람들처럼 주홍빛인 반면에 눈은 검은빛이 아니었고, 자율적으로 행동하는 것 같았다.

"오, 선생님!"

갈색머리 꺽다리가 탄성을 질렀다.

"드디어 저 애들을 붙잡았군요! 축하드려요. 정말 대단한 분이세요. 이 계집애와 친구들은 말썽만 일으키는 골칫덩어리들이었거든요. 얘들 세 명을 제 하인으로 만들고 싶었는데 정말 고맙습니다."

"그렇습니다."

안젤리카의 아버지가 아부하는 목소리로 찬성했다.

"우리에게 랑코비트를 통치하라고 제안하신 것은 아주 훌륭한 선택이십니다. 베어 왕과 티타니아 왕비는 정말 비협조적이었습니다, 안 그렇습니까?"

타라는 어안이 벙벙했다. 그들은 영혼 약탈자의 목소리로 말하는 게 아니라 그들 자신의 목소리로 말했다. 그렇다면 완전히 감염된 것이 아니란 말인가? 하지만 어떻게 그런 일이?

영혼 약탈자의 경멸이 담긴 끔찍한 대답이 이어졌다.

"천만의 말씀. 당신들의 야망은 내게 아주 쓸모가 있어. 그들은 탐욕스러운 반면에 당신들 같은 정신은 사실 감시할 필요가 없거든. 당신들에게는 권력을 조금만 주는 것으로도 충분하니까! 이 나라의 왕과 왕비는 이제 며칠 남지 않았다. 그리 오랫동안 나를 건뎌낼 수 없을 테니."

"당신, 당신은 내 삼촌과 숙모를…… 감염시킬 수 없어요. 그런 일은

절대 일어나지 않으니까!'

그건 무아노의 목소리였는데 어찌나 주먹을 꽉 쥐었는지 갈퀴발톱들이 살을 파고들면서 붉은빛 털에서 한 줄기의 선혈이 흘렀다.

"그건 아무런 문제가 되지 않아."

자신의 실패에 대해 대놓고 비웃는 발언에 발끈한 영혼 약탈자가 응수했다.

"하긴 소위 최고로 강력하다는 용 마법사가 단번에 굴복했는데 네 친척은 어떻게 버텨내고 있는 건지 그건 모를 일이긴 하지만."

"당신, 당신은 절대로 못해요."

손바닥이 찢어지는 고통을 참아내면서 무아노는 중얼거렸다.

"그분들은 당신이 감당하기에는 너무 강하니까요!"

"입 닥쳐, 이 바보야!'

안젤리카의 어머니가 소리쳤다.

그 목소리에서 두려움이 느껴졌다. 그녀는 영혼 약탈자가 흥분할까 두려워하는 것이 역력했다. 얼마나 겁이 났으면 한 촉수에게 무아노의 얼굴에 달라붙어서 주둥이를 틀어막으라는 명을 내릴 정도였다.

"진작에 안젤리카의 목을 따버렸어야 했는데!'

성난 로빈이 파프니르에게 말했다.

"나를 믿어, 1초도 머뭇거리지 않을 테니!'

그때 꺽다리의 눈길이 갑자기 눈부신 칼에게 멈췄다.

"본드 씨! 이런 버러지들하고 여기서 뭐하세요?'

안젤리카가 반가워하는 얼굴로 외쳤다.

목 졸라 죽이고 싶은 마음이야 굴뚝같았지만 칼은 꺽다리 앞에서 멋지게 허리를 숙였다.

"아가씨의 피부는 장미꽃의 심장 색깔이군요."

칼은 부드러운 눈길로 꺽다리를 지긋이 쳐다보면서 지껄였다.

"아가씨의 미모가 단연 돋보이는군요. 그 아름다움에…… 내가 그만 포로가 되었습니다."

안젤리카는 함박미소를 지으면서 칼의 손을 잡았다.

"선생님, 착오가 있는 게 틀림없어요. 이 분은 애들 편이 아니에요. 이 분을 나를 위한 사람으로 가져도 될까요?"

영혼 약탈자는 용의 입으로 비아냥거렸다.

"원한다면 가져도 좋아. 내가 그 아이를 감염시키는 즉시 네 하인으로 삼거라."

"아가씨 없이 감옥에서 1초라도 살 수 있을지 모르겠군요."

칼이 재빨리 말했다.

"난 이미 아가씨의 숭고한 얼굴을 보지 않고는 견디지 못할 것 같으니!"

"선생님!" 하고 간청하는 안젤리카는 긴 속눈썹이 나풀거리는 미남 청년에게서 눈을 떼지 못하고 있었다.

"이 분을 감옥에 넣지 마세요. 저에게 맡겨주세요."

"좋아, 다른 것들이랑 함께 그 아이를 네가 감시해라."

영혼 약탈자는 조롱하는 빛이 역력한 얼굴로 대꾸했다.

칼이 허리를 굽히고 나서 냉큼 파브리스 옆에 섰지만, 지구소년은 까딱도 하지 않았다.

로빈은 칼의 행동을 의아하게 여기는 얼굴이었다. 타라는 눈살을 찌푸렸다. 어린 도둑이 목숨을 부지하려고 승리자 편에 붙는 건가? 타라는 고개를 가로 내젓다가 파프니르에게로 눈길을 돌렸다. 난쟁이는 꼼짝도 하지 않은 채로 불안하게 검은 연기를 응시하고 있었다.

"이제는 무슨 일이 있었는지 자세히 말해 주면 좋겠어."

타라는 안젤리카와 꺽다리의 부모, 영혼 약탈자를 아랑곳하지 않은 채 난쟁이에게 물었다. 공기 속에 정지된 검은 연기는 집행 유예라도 주듯 난쟁이가 대답하게 해주었다.

"섬 가까이 도착했는데, 너무 가까웠어."

파프니르는 붉은 머리털을 기계적으로 잡아당기면서 설명했다.

"흑장미들은 우리가 떠난 뒤로 몰라보게 자라 있었어. 가운데만 빼놓고 섬이 거의 흑장미로 뒤덮여 있더라고. 영혼 약탈자는 우리에게 기회를 주지 않았어. 나에 이어서 두 최고 마법사들을 감염시켰지. 나는 비명을 지르다가 그 소리에 영혼 약탈자가 주춤한다는 걸 깨달았어. 나를 놓아주지는 않았지만 더 전진하지도 않았어. 그래서 노래를 부르기 시작했지."

"닷새 동안 쉬지 않고 노래를 불렀단 말야?"

로빈이 물었는데 난쟁이의 뚝심에 놀란 얼굴이었다.

"우리 난쟁이들은 부를 노래가 무진장 많고, 고집도 장난이 아니지. 노래로 버텨내는 것이 너희들에게 알리는 유일한 방법이었어. 그래서 죽기 살기로 불렀지. 그래야 너희들이 도망칠 수 있을 테니까!"

"그건 아주 소용없는 짓이었다!"

이번에는 영혼 약탈자가 외눈 거인 '맑은시냇가수줍은꽃'의 입으로 비아냥거렸다.

"내 귀염둥이들, 너희들에게 잠시 집행 유예를 주겠다. 내일이면 내가 흡수한 것들이 완전히 소화가 되겠지. 그러면 너희들을 흡수할 수 있어. 자, 이제는 감옥에 들어가 있어."

그들이 마지막으로 본 것은 파프니르 주위를 맴도는 흉악한 검은 연기와 그 귀여운 초록빛 눈에 어리는 절망의 빛이었다.

꼭두각시 경비병들이 감방 문들을 열고 타라와 갈랑, 로빈을 하나씩 떼밀었다. 히플리아의 마법 철로 만든 거대한 문들이 음산한 소리를 내며 철커덕, 철커덕 닫혔다.

잠시 후, 그들은 마치 존재하지 않는 듯이 괴어 있는 연기를 헤치면서 여기저기 살폈다. 감옥을 유심히 살피던 타라는 비명을 억눌렀다.

바로 옆방에서 베어 왕과 티타니아 왕비가 보이는 것이 아닌가!

그들은 얼굴이 아주 창백했는데 왕비는 호흡이 곤란한 것 같았다. 검은 촉수 하나가 그들을 테스트하듯 연신 건드리고 있었다. 왕과 왕비는 태연한 척했지만 죽을힘을 다하는 것이 역력했다. 왕관을 빼앗기긴 했어도 과연 왕과 왕비의 자존심은 대단했다. 영혼 약탈자에게 나약한 모습을 보인다는 건 말도 안 되는 일이었던 것이다.

왕은 어린 마법사들의 살색을 보면서 비록 갇혀 있긴 해도 감염되지 않은 것 같아서 미소를 지었다. 그러면서도 수석 조수들이 온 걸 기뻐해야 할지 슬퍼해야 할지 모르는 얼굴이었다.

"타라! 로빈! 너희들을 다시 보게 된 것은 기쁘지만 꼭 그럴 수만은 없을 것 같구나. 난 너희들이 지금쯤은 이 궁전에서 아주 멀리 도망쳤을 거라고 생각했건만!"

"네, 처음엔 그랬었지요. 영혼 약탈자에게 붙잡히기 전까지만 해도."

타라는 눈물을 흘리지 않으려고 애를 쓰면서 대답했다.

타라는 감정을 억제하면서 심호흡을 했다. 절망적인 상황에서는 유머가 최후의 수단이었다.

"와우, 감옥에 갇히는 것이 열흘 사이에 벌써 두 번째다."

타라는 우스꽝스럽게 한숨을 쉬었다.

"휴우, 휴우, 한 번은 황궁의 감옥, 또 한 번은 왕궁의 감옥, 이러다 우리 습관 되면 큰일인데, 그치?"

"난 감옥이 정말 싫어. 좁아 터졌는데 냄새도 심하고, 먼지투성이에다 끈적거리기까지 해."

하프엘프가 투덜거렸다.

로빈의 말은 좀 심한 과장이었다. 오무아와는 달리 쇠창살이 있다는 것을 제외하면 감방들은 뽀송뽀송하고, 널찍널찍한 것이 아주 쾌적했다. 왕과 왕비는 지저분한 감옥을 허락할 사람들도 아니고, 더군다나 주문 덕분에 먼지나 벌레라곤 거의 없었다.

"너희들, 저 위에서 무슨 일이 일어나고 있는지 아느냐?"

왕이 물었다.

"우리는 어떻게 돌아가고 있는지 상황을 모르고 있단다."

"무슨 일이 일어나고 있냐면······."

그들이 너무 잘 아는 목소리가 대답했다.

"멍청한 난쟁이가 영혼 약탈자를 해방시켰지요. 그래서 지금 영혼 약탈자는 세상을 서서히, 하지만 확실하게 정복하고 있는 중입니다. 그자는 이미 오무아와 셀렌다에 감염된 부대를 파견했습니다."

"안젤리카!"

로빈이 펄쩍 뛰어서 창살을 움켜잡고 외쳤다.

"네가 여기 뭐 하러 왔어? 우리를 비웃으러 왔냐?"

"너희들의 목숨을 구하러 왔지! 설마 내가 너희들이 보고 싶어서 왔겠냐? 너희들이 하얀 영혼을 가지고 있다면 반드시 영혼 약탈자를 없애버려야 하니까 울며 겨자 먹기로 왔단 말야."

그들은 이해가 되지 않았다. 껑다리가 무슨 말을 하는 거지?

"브란드라우드 양, 너는 어떻게 된 거지?"

왕이 의아한 얼굴로 물었다.

"너는 그 괴물의 감시를 받지 않는 거니?"

"부모님과 저는 협조하는 척했거든요."

안젤리카가 거만하게 말했다.

"우리가 도와줄 마음을 먹고 있는 걸 알고 영혼 약탈자가 우리를 놓아주었습니다. 그래서 그자는 우리의 정신에 계속 머물러 있지 않아요. 그러면 그자도 그만큼 자유롭게 다른 사람들을 더 빨리 점령할 수 있거든요. 덕분에 우리는 촉수들을 조절할 수 있게 되었고요."

실제로 안젤리카가 하는 무언의 명에 따라 검은 구름이 물러갔고, 주홍빛 경비병들도 사라졌다. 이제 감옥에는 그들만 남았다.

"이제 됐군. 이제는 마음놓고 말해도 돼요. 타라, 하얀 영혼이 어디 있는지 나한테 말해!"

안젤리카는 흡족한 얼굴로 말했다.

로빈이 자세히 설명해 주려고 입을 열 때, 타라가 말을 막았다.

"불행히도 우리는 아무것도 몰라!"

타라는 거짓말을 했다.

"하얀 영혼이 히믈리아 타도르 산의 광산에 있다는 얘기만 들었어."

"무슨 광산인데?"

안젤리카가 신경질적으로 물었다.

"거기는 광산이 수백 개나 된단 말야. 그 산은 진짜 벌집 같다고!"

"다시 말하는데 그 이상의 정보는 없어."

타라가 대꾸했다.

"그 위치를 정확하게 알아내기 전에 영혼 약탈자에게 붙잡혔으니까."

껀다리가 주먹을 질근질근 깨무는 것이 불안한 빛이 역력했다.

"너희들은 몰라! 그자는 서서히 퍼지는 암 같은 존재야. 누군가가 그자를 멈추게 하지 않으면 여기를 시작으로 행성 전체를 1년 이내에 정복하고 만다고!"

촉수들이 사라진 뒤로 숨쉬는 것이 조금 편해진 왕비가 가냘픈 목소리로 물었다.

"우리를 어떻게 도와줄 수 있겠니? 감옥에 갇혀 있는 한 우리는 하얀 영혼을 찾지 못해. 그리고 하얀 영혼이라는 것이 무슨 작용을 하는지 누가 설명을 좀 해주면 좋겠구나."

"그건 일종의 무기입니다, 마마. 여자 형상의 하얀 조각상인데 영혼 약탈자를 없앨 수 있는 유일한 것이랍니다. 그 조각상을 찾는 중에 영혼 약탈자에게 붙잡혔습니다."

로빈이 냉큼 대답했다.

"그럼 브라드라우드 양이 우리를 석방시켜줘야겠다!"

왕이 단호하게 결론을 내렸다.

안젤리카는 당황하는 기색이 역력했다.

"그건 불가능합니다, 전하. 제가 석방시키면 그자가 보복으로 제 부모님을 죽일 거예요! 저는 그럴 수 없습니다."

그들이 대응하기 전에 안젤리카는 돌아서서 쏜살같이 달아났다.

절망한 로빈은 창살을 놓고 침대에 쓰러졌다. 타라도 침통한 마음으로 침대에 쓰러졌다. 갈랑이 옆에서 날개로 쓰다듬어주면서 타라를 위로했다.

감방들은 서로 통했다. 잠시 후 고개를 들던 로빈은 비탄에 빠진 타라를 보고 손을 내밀어 친구의 손을 잡았다.

"걱정하지 마."

로빈이 다정하게 말했다.

"난 우리가 해결책을 찾을 거라고 확신해."

"그래, 맞아."

타라가 벌떡 일어나면서 동의했다.

"여기서 마법을 사용할 수 있을까? 오무아처럼 안 되는 걸까?"

왕이 로빈 대신에 대답했다.

"감방 안에서는 마법을 사용할 수 있지. 하지만 가령 모습을 바꾸면 창살을 통해 나갈 수 없다. 이 건물 전체가 히믈리아 산의 마법 철로 만들어져 있거든. 그래서 난쟁이들과 거인들과 마찬가지로 이 철은 마법에 저항하지."

"네, 그럴 줄 알았어요."

타라가 말했다.

"다른 방법을 찾아야 하는데……, 그럼 이 철을 녹일 수는 있나요?"

"녹일 수 있냐고(왕은 이마에 주름을 잡으면서 어깨를 으쓱했다)? 난쟁이들이 용광로에서 만들어낸 것이니까 녹일 수야 있겠지."

"그럼 됐어요!"

타라는 빙긋 웃으면서 말했다.

"용의 불길에 철이 어떻게 되는지 한번 시험해 봐야겠어요."

로빈은 눈이 휘둥그레졌다.

"변신하려고? 하지만 살아 있는 돌이 없잖아?"

"알아. 하지만 별수 없잖아. 뭐, 다른 방법이 있어?"

"아니, 그런 건 아냐. 하지만 궁전이 부서질 수도 있어. 이 도시도 그렇고, 대륙 전체가 위태로울 수도 있어. 그러니까 조심해야 한다는 거지!"

왕은 하프엘프가 농담을 하는 거라고 생각했다.

"난 덩컨 양이 이 궁전을 위태롭게 할 정도로 능력이 강력하다고는 생각지 않는다. 우리의 조상들이 아주 견고하게 지은 궁전이야."

"속단하지 마십시오, 전하. 타라의 힘은 전하가 상상하는 정도가 아닙니다. 타라가 능력을 조절할 수 있게 되는 날, 영혼 약탈자는 타라에 비하면 소심한 애송이에 불과하게 보일 겁니다."

"헉, 그건 좀 너무 심했다."

타라는 하얀 머리털을 잡아채면서 한 마디했다.

"어쨌든 검은 연기와 경비병들이 돌아오기 전에 빨리 해보자."

"그래."

로빈이 침울하게 대꾸했다.

"처음으로 우리를 도와준 안젤리카에게 고마워할 수도 있겠지."

타라는 감방의 크기를 쟀다. 문제없이 금빛 용으로 변신할 수 있는 공간이었다. 타라는 심호흡을 하고 나서 마법에 도움을 청했다.

옆방의 왕과 왕비가 긴장했는지 얼굴이 굳어졌다. 마법에 아주 민감하기 때문에 타라의 능력이 뜨거운 숨결처럼 그들에게 느껴졌다. 그들은 아연실색하는 눈길을 교환했다.

변신하려는 순간, 타라는 분노의 고함소리에 멈췄다.

잠시 후, 서슬이 퍼래진 안젤리카가 감옥에 나타났고, 그 뒤를 따라온 촉수들이 독사처럼 쉭쉭거렸다.

"내가 너희들을 죽여버리겠어!"

꺽다리가 내뱉었다.

18
용들의 전쟁

느닷없이 달려든 촉수들이 뱀처럼 목을 친친 휘감는 통에 타라는 숨을 헐떡거렸다. 앞발을 들고 일어난 갈랑이 갈퀴발톱으로 촉수들을 끊어버리려고 했지만 끄떡도 하지 않았다. 하프엘프의 민첩성을 발휘하여 날쌔게 촉수들을 피하는 데 성공한 로빈이 소리쳤다.

"안젤리카, 안 돼! 네가 타라를 죽이면 영혼 약탈자가 네 심장을 씹어먹을 거야. 멈춰!"

안젤리카의 기세를 꺾기 위해서 로빈이 궁리해낸 말이었다. 로빈의 예상대로 안젤리카의 두 눈에서 분노의 빨간 안개가 걷히더니 꺽다리가 손짓을 했다.

안젤리카의 명령에 촉수들이 타라를 풀어주었다. 쓰러지듯 주저앉은 타라는 목을 만지면서 힘겹게 숨을 몰아쉬었다.

"너, 재수 좋은 줄 알아!"

안젤리카가 내뱉었다.

"영혼 약탈자가 너를 감염시키는 즉시 너도 내 하녀로 달라고 청할 거야. 그럼 넌 말야, 남은 여생을 내 시중을 들면서 살게 되는 거야, 알았어?"

그렇게 말하고 껑다리는 홱 돌아서서 층계를 올라갔다.

잠시 후, 간수들이 다른 감방 문을 열고 칼과 붉은 여우를 떠밀었다.

탐스런 금발에 근육질의 떡 벌어진 가슴, 그 눈부시게 멋진 모습은 온데간데없고, 칼은 예전의 모습으로 돌아와 있었다.

하얗게 질린 칼이 입술을 닦고 있었다.

"칼? 어떻게 된 거야?"

로빈이 놀란 얼굴로 외쳤다.

"에이, 퉤, 퉤, 퉤! 안젤리카 그게 내 입에 키스를 했어!"

어린 도둑은 입술을 빡빡 문지르면서 대답했다.

타라는 숨이 막혀서 기침까지 나왔다.

"뭐? 어떻게 그런 일이……."

로빈이 어이없어했다.

"어떻게 하면 껑다리를 때려눕히고 너희들을 구출하러 올까 궁리하고 있는데 그 계집애가 방에 들어오더라고. 그러더니 어떻게 할 사이도 없이 나에게 달려들어서 키스를 하는 거야. 그 바람에 엄청 충격을 받았는지 내가 순간적으로 옛 모습으로 돌아왔어. 에이, 재수 없게 하필이면 그 순간에!"

"너만 충격을 받은 게 아니었겠는데."

그 장면이 눈에 선한지 로빈이 놀렸다.

"걔는 아주 까무러쳤겠다, 그치?"

칼은 또 한 번 입술을 문지르면서 고개를 끄덕였다.

"응, 어찌나 놀랐는지 한순간 환영을 보는 거라고 생각하는 것 같더라고. 근데 내가 침을 퉤퉤 뱉는 바람에 그 환영을 망쳐버렸어."

타라는 도저히 웃음을 참을 수 없었다. 멋진 칼에게 달려들어 열정적으로 키스하면서 끌어안는 안젤리카를 상상하면서 로빈은 더 노골적으로 킥킥거렸다. 그 웃음이 장본인 칼에게도 전염되면서 잠시 후, 그들은 왕과 왕비의 어리둥절해하는 눈길을 받으면서 포복절도했다.

"아이고, 배야!"

타라는 눈물까지 닦으면서 말했다.

"그건 그렇고 칼, 네가 오니까 난 정말 기뻐!"

로빈과 칼은 전적으로 동의한다는 뜻으로 고개를 끄덕였다. 비록 그들이 포로로 붙잡혀 끔찍한 위협을 받고 있는 상황이긴 해도 같이 있게 된 건 아주 잘된 일이었다.

통증 때문에 현실로 돌아온 타라는 목을 살살 만지면서 침을 삼켰다.

"근데 왜들 하나같이 내 목을 조르고 난리지?"

타라가 투덜거렸다.

"처음엔 영혼 약탈자, 그 다음은 안젤리카. 그자가 그러는 건 이해하겠는데 안젤리카는 왜? 내가 자기한테 또 뭘 어쨌다고?"

칼은 어깨를 으쓱했다.

"알만 해. 내가 본모습으로 돌아왔을 때 껑다리가 놀라움에 이어서 분노의 비명을 질렀어. 그러더니 '또 그 계집애 짓이야, 내가 죽여버리겠어!'라고 중얼거리자 경비병들이 나를 붙잡았고, 껑다리는 성난 황소처럼 감옥으로 내달리더라고. 그 다음은 너희들이 본……."

"껑다리가 네 능력으로는 모습을 그렇게 바꿀 수 없다고 의심한 게 틀림없어. 그래서 우리들 중에서 너를 아폴론 조각상처럼 만들 수 있는 사람은 타라밖에 없다고 확신한 거야."

"미안하다, 타라."

칼이 아쉬운 듯이 볼멘소리로 말했다.

"하지만 너의 주문이 몇 분만 더 버텨냈다면 꺽다리를 때려눕히고 너희들을 구출하러 올 수 있었는데……."

검은 연기 앞에서 너무 그렇게 자세히 누설하지 말라는 표시로 눈을 깜박거리면서 타라가 말했다.

"어, 근데 이상해. 영혼 약탈자의 연기가 보이지 않아!"

분명히 꼭두각시 경비병들의 발소리는 들리는데 그 소름끼치는 연기는 사라지고 없었다.

"천만다행이구나. 끔찍한 촉수들이 우리를 감염시키려고 점점 더 자주 건드렸지만, 매번 헛수고로 끝나자 더욱 기승을 부리고 있었는데."

왕비는 몸서리를 쳤다.

"영혼 약탈자가 두 분 마마를 감염시키지 못하는 이유를 짐작하십니까?"

로빈이 의아한 얼굴로 물었다.

"아니. 우리가 위험을 깨달았을 때는 너무 늦었다. 왕비와 나는 싸웠지만 실패했지. 검은 연기의 촉수들이 우리의 힘을 빨아들이는 것 같았어. 하지만 우리를 점령할 수는 없었지. 그런데 우리만 그런 것이 아니다. 살라타르와 칼리브리스 부인도 버텨냈으니까 아마 그들은 도망쳤을 거라고 생각한다."

왕은 한숨을 쉬었다.

"검은 연기가 사라진 틈을 이용해서 도망쳐야 해요."

칼의 얼굴이 어두워졌다.

"안젤리카의 방으로 가기 전에 궁전을 쭉 둘러봤는데 정말……."

상상만으로도 끔찍한 타라는 꼬치꼬치 묻지 않기로 했다.

"그래서 말인데 안젤리카가 나를 목 졸라 죽이기 전에 용의 불이 이 창살을 녹일 수 있는지 시험해 보는 게 어떨까?"

"불행히도 그건 안 돼. 마법의 철로 만들어진 것이라서 마법에 끄떡도 하지 않거니와 방어 주문까지 걸려 있어. 네가 태우게 되는 건 바로 네가 될 거야. 방어 주문 때문에 쇠창살에 무슨 힘을 가했든 당사자인 공격자가 고스란히 되돌려 받거든."

칼이 대꾸했다.

"이 감옥의 방어 시스템은 최고 수준을 자랑한다."

왕이 동의한다는 표정으로 지적했다.

"이럴 땐 살라타르가 조금만 무능했으면 좋았겠다 싶구나."

이번에는 왕비가 말했다.

"이제 우리가 어떻게 하면 되지?"

"당신들은 아무것도 못합니다."

느닷없이 물기 어린 걸쭉한 목소리가 들려왔다.

"우리라면 몰라도. 우리가 구출해 드리지요."

어둠 속에서 불쑥 튀어나오는 악마처럼 반사경 마스크를 쓴 마지스터가 나타났다.

타라는 생각할 것도 없이 즉각적으로 반응했다. 타라의 파괴 주문이 검은 실루엣을 향해 돌진했다.

"타라, 안 돼!"

칼이 소리쳤다.

그 주문은 창살에 닿자마자 타라 쪽으로 되돌아오고 있었다. 칼의 고함소리를 듣고서야 알아차린 타라는 아슬아슬하게 방패를 만들었다.

"쯧, 쯧, 쯧! 이렇게 과격해서야! 성질 한 번 급하구나! 더구나 구해주러 온 사람에게 이런 푸대접을 하다니!"

마지스터는 고개를 설레설레 저었다.

타라는 어안이 벙벙했지만 잠시 후 감정이 폭발했다.

"차라리 영혼 약탈자에게 감염되는 게 더 낫죠! 또 나를 찾아내다니! 분명히 말하는데 나를 이용해서 당신이 악마의 힘을 가진 사물들을 차지하게 내버려두지 않을 거예요. 설사 그것이 영혼 약탈자를 물리치는 데 사용하기 위한 것이라고 할지라도!"

마지스터는 잠시 침묵했다. 이어서 그의 마스크가 파랗게 물들었다. 그건 상그라브가 재미있어하는 뜻이라는 걸 알고 있기 때문에 타라는 더 화가 치밀었다.

"그거 아주 좋은 생각이구나. 솔직히 난 그 생각은 못했는데. 그리고 오해할까봐 말하는데 우리는 위치추적 주문 덕분에 너희들을 찾은 것이다. 우리가 여기 온 이유도 오로지…… 이걸 가져오는 것이었고."

마지스터가 마술이라도 부리듯 폼 나게 몸짓을 하자 나타나는 것은…… 하얀 영혼이었다!

칼은 눈이 휘둥그레져서 쇠창살에 바짝 달라붙었다.

"아니, 이럴 수가! 그걸 어떻게……?"

"내가 가져다줬다."

드라고쉬 선생님이 말을 끊었다. 마지스터 뒤에서 그림자처럼 스르르 나타난 뱀파이어를 보면서 타라는 그제야 마지스터가 '우리'라고 말한 이유를 알았다.

"됐어요!"

드라고쉬 선생님이 계단을 가리키면서 말을 이었다.

"간수들이 모두 쓰러졌으니 저쪽으로 나가면 되겠소."

"좋소. 이 사람들을 구출합시다. 아, 잠깐!"

그렇게 말하면서 마지스터는 간수들에게서 훔친 열쇠로 감방을 열려고 하는 뱀파이어를 멈추게 했다.

"타라 양, 우리가 힘을 합쳐서 영혼 약탈자와 싸우는 동안에는 나에게 아무런 짓도 하지 않겠다고 약속해라."

타라는 귀가 믿어지지 않았다. 무슨 말이지? 마지스터가 동맹을 제안하는 것인가? 칼과 로빈도 놀란 얼굴이었다. 드라고쉬 선생님은 그들을 이해시키기로 했다.

"난 선택의 여지가 없었다."

뱀파이어가 씁쓸한 어조로 설명했다.

"영혼 약탈자와 맞서 싸울 수 있는 사람은 이 상그라브밖에 없어. 그래서 마지스터를 위해 일하는 사람을 통해 메시지를 보냈지. 그리고 우리는 하얀 영혼을 되찾았다. 그리고 이것들도."

그리고는 드라고쉬 선생님이 불빛이 번쩍번쩍하는 타라의 손에 팔찌…… 그리고 살아 있는 돌을 내려놓았다.

살아 있는 돌을 되찾은 타라의 기쁨은 말로 형언할 수 없었다.

'살아 있는 돌아, 어때 괜찮아?'

타라는 정신적으로 말했다.

'타라, 예쁜 타라, 다정한 타라. 무서웠어. 아주 무서웠어. 하지만 뱀파이어가 헤엄쳐서 건졌어. 우아, 타라에게 돌아오다니!'

살아 있는 돌은 영혼 약탈자가 타라에게서 자기를 빼앗았을 때 얼마나 절망했는지 말하지 않았다. 사실 살아 있는 돌은 물 속으로 떨어지면서 호수가 자신의 영원한 무덤이라는 걸 각오했었다. 말하지 않아도 그 극도의 공포감을 느낀 타라는 살아 있는 돌을 위로하려고 애를 썼다.

타라가 보내는 예쁜 미소에 뱀파이어는 약간 흔들렸다.

"고맙습니다, 고맙습니다."

이어서 타라는 마지스터를 향해 돌아서더니 퉁명스럽게 말했다.

"좋아요. 휴전으로 받아들이죠. 하지만 조금이라도 엉큼한 짓을 하면 당신을 당신의 조상들에게 보내버리겠어요. 됐어요?"

마지스터는 고개를 끄덕였고, 마스크는 붉게 물들었다.

그가 협박을 좋아할 리 없었다. 그래도 할 수 없지, 뭐.

뱀파이어의 왼쪽 입꼬리가 치켜 올라갔는데 그건 미소를 뜻하는 것이었다. 뱀파이어도 마지스터를 좋아하지 않았다. 몇 가지 이유 때문에 오히려 타라보다 더 미워하고, 아니 증오하고 있었다. 동맹을 제안하러 마지스터를 만나러 가는 것이 사실 그에게는 일생에서 최악의 순간이었다.

"빨리 서둘러야 한다."

뱀파이어가 말했다.

"영혼 약탈자가 우리의 존재를 느끼면 큰일이야."

왕과 왕비, 타라와 친구들 외에 다른 포로는 없었다. 감방의 문들은 순식간에 열렸다. 그들은 살아 있는 궁전의 터널을 이용해서 비밀 문을 통해 밖으로 나갔다. 궁전의 뇌 역할을 하며 의식을 주는 정신, 즉 영혼은 점령되지 않아서 그들이 지나갈 때 궁전은 소리 없는 박수로 용기와 행운을 빌어주는 군중을 투영해 주었다.

일단 밖으로 나가긴 했지만 아직 안전 지대에 있는 건 아니었다. 트라비아의 대다수 주민이 영혼 약탈자의 지배하에 있었고, 아직 감염되지 않은 소수의 사람들은 벽을 헐어버리고 숨어 있었다. 그들도 그렇게 숨어 있다가 정찰을 나간 갈랑의 신호에 따라 조금씩 전진했다.

타라는 이번 기회에 정체를 알아낼 양으로 마지스터를 유심히 관찰하고 있었다. 상그라브의 태도에 혼란스럽게 하는 뭔가가 있었다.

하지만 알 것도 같았다. 상그라브도 두려워하고 있는 것이었다! 아주 오랜만에 자기보다 더 뛰어난 능력과 맞서게 된 것이었다. 사실 마지스터는 오직 그들을 구출하러 온 것이 아니라 도움을 청하러 온 것이었다. 완벽한 승리를 위해서.

마지스터가 홱 돌아보는 걸 보면 타라의 눈초리를 느낀 것이 분명했다.

"나를 당장 태워 죽이고 싶은데 참느라고 죽을 지경이겠지? 나도 너를 납치해서 너희들이 점령했기 때문에 새로 마련한 요새로 데려가고 싶은 마음을 억지로 참고 있다. 불행히도 우리의 친구 영혼 약탈자는 발이 빨라서 우린 선택의 여지없이 협력할 수밖에 없다."

타라는 눈을 찡그릴 뿐 아무 대꾸도 하지 않았다. 마지스터는 잠시 대답을 기다리다가 타라가 까딱도 하지 않는 걸 보고 다시 조심스럽게 전진했다. 불안해서 뻣뻣해진 등을 보면서 타라는 픽 웃었다. 마지스터는 타라가 뭔가를 꾸미고 있다고 생각하는 것이 틀림없었다. 어떤 점에서는 완전히 잘못 생각하고 있는 건 아니었다.

땅 신령들의 대사관은 텅 비어 있는 것 같았다. 하지만 안으로 들어간 칼은 지원병으로 남아 경비를 서고 있는 땅 신령과 마주쳤다.

"우리는 지금 당장 떠나야 해요."

파란 땅 신령이 허리를 굽혔다.

"목적지가 어디입니까?"

"이번에도 잿빛 요새예요."

"우리도 함께 가겠다."

왕과 왕비가 제안했다.

"영혼 약탈자를 물리치려면 도움이 필요할 것이야."

"그건 안 되지요."

마지스터가 딱 잘라서 대답했다.

"오무아로 가서 여제와 황제에게 여기서 일어난 일을 알려야하니까. 영혼 약탈자의 공격에 대비한 방어 준비를 하라고 하시오."

"맞습니다, 전하."

뱀파이어가 말했다.

"전하와 왕비 마마는 거기로 가시는 것이 우리를 도와주시는 겁니다."

"그자를 물리치지 못한다면?"

왕비가 걱정이 가득한 얼굴로 물었다.

"주위의 모든 사람이 주홍빛으로 변하면 앞으로 햇빛에 탈 걱정은 안 해도 되는 거죠."

칼은 너스레를 떨었다.

"칼!"

타라가 소리쳤다.

"또 뭐? 왜 내가 말만 하면 그러냐?"

왕비는 몸서리치다가 타라 일행을 한 사람 한 사람 꼭 끌어안았다. 마지스터와 뱀파이어를 제외하고.

공간이동의 문을 통해 왕과 왕비가 먼저 오무아로 떠났다.

그들은 잿빛 요새로 떠날 채비를 하면서 살색을 미리 바꾸었다.

색을 바꾸는 데 열중한 그들은 땅 신령의 몸에 감쪽같이 숨어 있던 촉수들이 슬그머니 나와서 로빈을 건드리는 걸 보지 못했다. 거의 눈에 띄지 않을 정도로 서서히 몸이 뻣뻣해진 하프엘프는 저항하다가 힘이 빠져서 굴복하고 말았다. 타라 일행이 떠나는 걸 보면서 비웃음을 흘리던 땅 신령은 일순간에 완전히 주홍빛이 되었고, 스르르 사라졌다.

잿빛 요새에 이른 타라 일행은 거인들과 싸우게 될 거라고 예상했지만 무슨 일인지 요새에는 아무도 없었다.

그들은 아무런 장애 없이 터널로 들어갔다.

터널 밖으로 나오자 마지스터가 눈살을 찌푸렸다.

"아무래도 수상하군. 이 공간이동의 문은 영혼 약탈자의 힘, 그 힘의 산실로 이르는 유일한 통로인데 어째서 경비가 이렇게 허술하지?"

칼은 어깨를 으쓱했다.

"저기요, 놈은 세상을 정복하는 중이라서 이까짓 문에 신경 쓸 겨를이 전혀 없다는 거죠, 뭐!"

"달 살란 군?"

"네?"

"부탁인데 허물없는 말투는 삼가라. 나는 상그라브들의 보스, 마지스터야. '저기요' 라니! '선생님' 이라고 하든지, '마지스터' 라고 하든지 깍듯이 호칭을 사용해라."

칼은 대꾸 없이 인상을 찌푸렸다.

"그럼 이제 원래의 색깔로 돌아가는 게 어떨까요?"

타라가 제안했다.

"오, 안 돼!"

로빈이 소리쳤다.

그 격한 반응에 놀라서 모두 로빈을 돌아봤다.

"내 말은…… 그러니까 그건 좋은 생각이 아니라는 거죠. 영혼 약탈자가 진흙먹보들을 점령하는 데 성공했을 경우 녀석들이 우리도 감염되었다고 생각하는 한 우리가 서로 싸울 필요가 없게 되잖아요."

그들은 로빈의 말이 틀린 말은 아니라고 인정했다.

"어떻게 섬 가까이 가죠?"

자신의 물음에 마지스터가 돌아보자, 타라는 뒷걸음질쳐지는 본능을 가까스로 억제했다.

"그리 먼 거리는 아니다. 내가 이동 주문을 준비해 놨지. 자, 모두들 빙 둘러서고 패밀리어들을 가운데로 들여보내. 그리고 서로 손을 잡기 바란다."

마지스터는 양해도 구하지 않고 타라와 칼 사이에 끼여들더니 그들의 손을 덥석 잡았다. 그의 장갑이 어찌나 얇은지 타라는 그 손바닥에 박힌 굳은살이 느껴졌다.

이거 흥미롭네…… 중요한 단서가 될 수도 있겠어.

굳은살이 박혀 있다는 건 무엇보다도 이 세상에 대항해 싸우는 전사라는 표시였다. 그럼 상그라브가 용병이란 말인가? 전투원이란 말인가?

타라는 이 새로운 단서를 뇌 한 구석에 새겨두었다.

마지스터가 트란스미투스 주문을 외치자, 강렬한 빛이 번쩍하더니 숲이 지워졌다. 잠시 후, 그들은 황무지 늪에 와 있었다.

식물 군락이 곤충 떼 같고, 곤충 떼가 식물 군락 같은 곳에서 크로아들이 개굴개굴 귀가 따갑게 떠들어대는가 하면 노란 파리들을 추격하는 파랑과 초록의 잠자리 떼도 있었다. 주위는 온통 잿빛 톤이었고, 썩은 물에서는 악취가 진동했다. 교묘하게 빠져나가는 믿어지지 않는 크기의 뱀들, 너무 일찍 일어났다가 봉변 당한 어느 가여운 짐승의 살덩어리를 놓고 옥신각신 싸우는 글루릅스들, 과연 오래된 늪의 전형적인 경치였다.

밤이었다. 아더월드의 두 달이 은빛을 흩뿌리면서 대낮처럼 훤히 비추고 있으니 밤이라도 깜깜한 밤은 아니었다. 하지만 침대에 들어가고픈 새벽 두세 시경의 한밤중이었다.

진흙먹보들이 평소의 색깔대로 짓뭉개진 두더지 털처럼 거무튀튀한 걸 보면, 영혼 약탈자가 아직은 그 끔찍한 능력을 늪까지 확장시키지는 않은 모양이었다. 타라는 그 색깔이 예뻐 보이기는 진짜 처음이라고 생각했다. 그러니까 상황에 따라서는 취향도 변할 수 있는 거구나! 어쨌든 지금으로서는 붉은 색에 대해서는 무조건 심한 알레르기가 일어나고 있는 셈이었다.

마지스터가 주머니에서 하얀 영혼을 꺼내는 순간, 칼은 새삼스레 긴장하는 로빈을 눈여겨보았다. 칼은 이맛살을 찌푸렸다. 아무래도 뭔가 좋지 않게 돌아가고 있는 것이었다. 수상쩍은 낌새를 느낀 칼은 생각했다.

'뭐지? 기필코 알아내야 하는데…… 가능한 한 빨리.'

"그래도 이 이동 시스템만은 굉장히 편리하네요!"

칼은 기지개를 켜면서 또다시 너스레를 떨었다.

"지난번에 도망칠 때 이걸 알았으면 좋았을 텐데!"

마지스터의 마스크가 갈색으로 변했다.

"그렇게 까불지 마라, 어린 도둑. 트란스미투스 주문도 이따금 삐꺽하는 수가 있거든. 그러면 도착하는 사람들이 뭐랄까…… 토막이 난단 말이다."

"아, 그래요? 따로따로 도착한다는 말이죠? 그 정도야 뭐, 그리 끔찍한 것도 아니네요."

"그런데 그게……"

상그라브가 적나라하게 표현했다.

"갈가리 찢겨서 토막토막 도착해서 탈이지."

대번에 알아차리지 못하던 칼은 그 장면을 떠올려보다가 "웩!" 하고 외마디를 내뱉었다.

"그래, 엄청나게 구역질이 나지. 그 때문에 트란스미투스 주문을 쓸

때 나는 아주 조심하지."

칼은 잠시 생각하다 제안했다.

"어쨌거나 우리는 무사히 왔고, 진흙먹보들도 감염되지 않았으니 이제 본래의 색깔로 돌아가는 것이 어떨까요? 난 미암처럼 보이고 싶은 마음이 조금도 없거든요."

타라의 머릿속에서 빨간색의 탐스런 체리 이미지가 떠올랐다. 아아, '미암'이란 것이 일종의 체리인 모양이구나. 미암은 체리, 입력! 이따금 아더월드의 표현이 지구의 언어에서 해당하는 것이 없을 때, 타라는 머릿속에 야릇한 이미지를 새겨 넣었다.

"뭐 하러 그래?"

로빈이 대뜸 외쳤다.

"여기서 마법을 쓰면 자칫 영혼 약탈자의 주의를 끌 위험이 있는데!"

마지스터가 개입했다.

"아니, 영혼 약탈자는 마법에 둔감해."

그 말에 그들은 즉시 변신했다.

로빈을 유심히 살피고 있던 칼은 로빈의 얼굴과 손이 하얗게 되자 긴장을 풀었다. 그래, 그러면 그렇지. 바보같이 괜한 의심을 하다니……. 하지만 하얀 영혼을 가지고 있는 이상 그들은 신중하고 또 신중해야 했다.

마지스터가 설명했다.

"영혼 약탈자에 대해 조사해 봤더니 데미데루스와 함께 악마들을 물리쳤던 마구스들 중 한 사람이었다. 본명은 드렉수스 블라니 감프라. 그런데 어느 날 악마들이 데미데루스가 설치한 방벽을 뚫고 마구스들에게 악마 주문을 거는 데 성공했지. 그 주문에 걸려든 마구스들은 끔찍한 악마들로 둔갑했고, 드렉수스의 아내 데셀레아와 자식들도 그만 그 희생양이 되고 말았다. 악마로 둔갑한 마구스들이 동료 마구스들을 마구 죽이기 시작했고……, 상황이 그렇게 돌아가고 있으니 다른 마구스들도 별수 없었겠지. 악마로 둔갑한 이들을 제거하는 수밖에."

마지스터는 잠시 중단했고, 그들은 그의 입술에 눈길을 고정했다.

"드렉수스는 데미데루스에게 아내와 자식들만은 제발 죽이지 말라고 간청했지. 가족을 구할 주문이나 묘약을 찾을 때까지만 시간을 달라고 빌면서. 하지만 데미데루스는 그럴 시간적 여유가 없었어. 극악무도한 주문을 무기로 악마들이 승승장구하고 있었으니까. 데미데루스는 어쩔수 없이 데셀레아를 제거해 버리고 말았지. 드렉수스는 데미데루스와 한동안 대립하다가 어느 날 자취를 감춰버렸고……, 악마들의 위협도 완전히 진압되었지. 그리고 얼마 후, 아주 이상한 소문이 지구에 퍼지기 시작했어. 흉흉한 재앙, 주홍빛 재앙이 여자들과 아이들을 점령해서 죽이고 있었거든. 그리하여 이 재앙은 '주홍빛 페스트'라고 불리게 되었지. 근데 이상하게도 남자들은 무사했단 말야. 현장에 파견되어 수사하던 엘프 사냥꾼들은 드렉수스가 돌아와 있다는 사실을 알아냈지. 영혼 약탈자로 둔갑해서. 드렉수스는 살아갈 이유를 빼앗겼기 때문에 똑같이 보복하고 있는 거야."

"그 말은 약탈자가……."

공포에 질린 칼이 말했다.

"그래, 그래서 여자들과 아이들만 죽이고 있는 거야."

마지스터는 단정적으로 말했다.

"그자는 그런 식으로 행성 전체에 끔찍한 병을 퍼뜨리면서 어느새 수천 명을 죽였지. 그렇게 해서 전 인류가 몰살될 위기에 처하고 말았어. 여자도 없고, 아이들도 없게 되면 자연히 인류는 소멸되는 거니까. 생존

한 5인의 최고 마구스가 지구로 가서 추격하자 드렉수스는 아더월드로 도망쳤고, 다시 죽이기 시작했어. 그러자 데미데루스가 함정을 놓았지. 자신의 결혼을 공표하는 것으로. 데미데루스는 세계를 구해낸 영웅이었기 때문에 아더월드는 환희에 들떴지. 데미데루스가 신부를 발표하자, 복수심에 불타는 드렉수스는 결국 그 여자를 죽이고 말았고, 그것이 데미데루스의 분노를 촉발시켰지. 전대미문의 힘을 가진 마법사에게 감히 그런 도전을 했으니……."

칼은 타라를 힐끔 쳐다봤다. 그 얘기에 홀린 타라는 하얀 머리털을 정신없이 씹고 있었다. 먼 조상의 모험인데 어떻게 마음이 사로잡히지 않겠는가.

마지스터가 계속하자 칼은 정신을 집중했다.

"그 시절에는 지금의 황궁은 존재하지 않았다. 용들의 청을 받고 거인들이 인간들을 위해 지은 단순한 궁전이 있었을 뿐이지. 진노한 데미데루스는 궁전을 한낱 지푸라기처럼 날려버렸는데 그 잔해가 10킬로미터 떨어진 데에서도 발견되었다니까…… 영혼 약탈자 정도는 상대도 되지 않는다고 해도 과언이 아니지. 하지만 모두의 예상을 뒤엎고 데미데루스는 그를 죽이지 않았다. 흑장미 섬에 그를 가둬놓기로 하고 수년간의 연구 끝에 유일하게 영혼 약탈자를 파멸시킬 수 있는 하얀 영혼을 만들어냈지. 그런데 불미스럽게도 아더월드에 침입하는 데 성공한 지구의 한 기사가 그 하얀 영혼을 훔치는 사건이 일어나고 말았으니……. 그 기사가 누구인고 하니 자신의 가족을 몰살한 영혼 약탈자를 죽이려고 온 남자였지. 그런데 섬에 하얀 영혼을 가져가기도 전에 그 기사가 죽는 바람에 그 아티팩트는 아주 오랜 세월 동안 잃어버린 상태였다. 우리가 찾아서 천만다행이긴 하지만."

더 자세히 알고 싶은 마음에 타라가 재촉했다.

"그럼 흑장미의 역할은 정확하게 뭐죠? 파프니르가 감염된 것은 아무리 생각해도 흑장미 때문이거든요. 하지만 흑장미는 모든 침입자로부터 섬을 방어하는 것처럼 보였거든요."

"흑장미 덤불은 영혼 약탈자를 감시하는 경비병들이었지."

마지스터가 거침없이 설명했는데 훤히 알고 있다는 표정이었다.

"흑장미들이 아직은 자기 임무를 의식하고 있는 듯 보이지만, 덤불의 일부는 5000년이 흐르는 동안 영혼 약탈자에게 파괴되었던 게지. 흑장미들에게도 우리에게도 불행한 일이지만. 너희들의 친구 파프니르는 바로 영혼 약탈자의 지배를 받는 흑장미를 달여 마셨던 것이 틀림없다. 너희들 중 누군가가 바로 그 문제의 흑장미들을 자라게 하는 바람에 영혼 약탈자를 감시하는 임무를 이행하던 덤불까지 조정하기에 이른 거지."

로빈이 한숨을 내쉬었다.

"내가 그랬어요. 흑장미를 자라게 하려고 살아 있는 나무의 마법을 사용했는데⋯⋯. 정말 몰랐어요."

"영혼 약탈자는 전략을 바꿨어."

그들의 사연에 대해서는 관심이 없다는 듯 드라고쉬 선생님이 말을 끊고 들어갔다.

"그자는 더는 죽이지 않고 감염시키고 있어."

"그래도 결과는 마찬가지요."

그들이 적을 동정하는 걸 원치 않는 마지스터가 퉁명스럽게 내뱉었다.

"그자의 희생양들은 명령에 복종하는 포로들이니까. 남은 여생을 노예로 살고 싶은 사람이 누가 있겠소?"

"나도 노예가 되고 싶진 않아요."

칼이 동의했다.

"드라고쉬 선생님이 찾아갔다는 건 마지스터께서 영혼 약탈자를 이길 수 있다고 생각했기 때문이에요. 그렇다면 계획이 뭐예요?"

"그런 건 없다."

마지스터는 간단하게 대답했다.

"난 영혼 약탈자가 그런 힘을 가지고 있는 줄은 예상하지 않았으니까. 솔직히 말하면 뱀파이어가 나에게 연락할 때까지는 그 존재조차 모르고 있었다. 따라서 함께 그 해결책을 찾아봐야지."

"내가 확인한 바에 의하면……."

드라고쉬 선생님이 말했다.

"당신과 덩컨 양이 우리들 중에서 가장 강력한 힘을 가지고 있소. 비록 덩컨 양의 능력이…… 기복이 좀 있긴 해도."

타라는 뱀파이어를 향해 눈을 흘겼다. 악질 적에게 그런 정보를 주다니 아주 잘 하는 짓이네요!

타라의 비난 섞인 눈빛을 알아채지 못한 뱀파이어가 말을 이었다.

"영혼 약탈자의 촉수들이 섬에 다가오는 것들에게 무조건 공격하는 걸 봤다. 덩컨 양은 방패를 만들어서 잘 버티는가 싶더니 결국은 굴복하고 말더군. 이유가 뭐였지?"

"촉수들이 힘을 빨아들이는 것 같았어요."

타라는 몸서리를 쳤다.

"잠시 후에는 방패를 계속 유지할 수가 없게 되었어요."

"하지만……."

마지스터가 끼어들었다.

"우리가 다단식 방패 시스템을 쓴다면 가능성이 있어. 가령 내가 먼저 방패를 만들고 타라가 두 번째 방패를 만드는 거야. 내 방패가 굴복하면 타라의 방패가 배턴을 이어받고, 타라의 방패가 굴복하면 내가 세 번째 방패를 만드는 식으로 섬의 중앙에 이를 때까지 계속 교대하는 거야.”

“음…… 잘될 것 같네요.”

타라가 생각에 잠긴 얼굴로 말했다.

“우리 둘을 보호하려면 첫 번째 방패는 아주 커야겠어요. 우리의 공간은 점점 더 좁아질 테니까요.”

“방패가 굴복하기 전까지 약 1분 정도만 견뎌내면 된다.”

뱀파이어가 지적했다.

“섬까지 가는 데 얼마나 걸리겠니?”

“지난번처럼 촉수들이 물위에서 공격하더라도 섬에 이르기까지는 1, 2분을 넘지 않을 거예요. 거리는 짧은데 싸우면서 동시에 전진해야 하는 것이 문제지요.”

“그리고 조각상을 아무 데다 갖다 놓을 수는 없어.”

마지스터가 덧붙였다.

“데미데루스는 조각상을 섬의 한복판에 놓아야 한다고 기록해 놨거든.”

“그래요? 그럼 좀 복잡해지는데요. 그렇게 되면 3, 4분은 걸릴 텐데.”

“그건 서너 개의 방패를 만들어야 한다는 뜻이오. 견딜 수 있을까요?” 뱀파이어가 물었다.

“이런 식으로 싸워본 적이 없어서 모르겠소.”

마지스터가 대답했다.

“하지만 달리 뾰족한 수가 없지 않소?”

“그렇지요. 뱀파이어들과 나는 공격을 가해서 영혼 약탈자의 주의를 돌려보겠소. 그자가 우리를 쫓는 사이에 가능한 한 섬 가까이 도망치시오. 조각상을 내려놓을 때까지 우리가 시간을 끌어보겠소."

"죄송한데요."

칼이 끼어들었다.

"조각상을 내려놓는 순간에 무슨 일이 일어날지 생각해 봤어요?"

"놈은 파괴되겠지."

마지스터가 대답했다.

"네, 그건 나도 알죠. 하지만 그러다 폭발이라도 하면 어떡할 건데요? 다 같이 쾅! 폭발할지도 모르잖아요, 안 그래요?"

칼이 빈정거리듯 응수했다.

그 말에 모두들 생각에 잠겼는지 침묵이 흘렀다.

"그래, 내가 그 생각을 못했구나."

마지스터가 인정했다.

"하얀 영혼을 내려놓고 가능한 한 빨리 도망치는 거예요."

타라가 말했다.

"우리의 방패를 최대한으로 강화하면서."

그 순간 칼이 흠칫 놀랐다. 타라의 목숨이 위태롭다는데 로빈이 눈썹 하나 까딱하지 않다니! 이건 분명히 비정상적이었다. 칼은 심호흡을 했다. 이런! 왠지 자꾸 찜찜했는데 이제야 의혹을 확인하게 생겼군. 칼의 눈길이 하프엘프의 눈길과 마주치는 순간……, 로빈이 별안간 덤벼들더니 칼을 넘어뜨렸다. 그러고는 초인적인 빠르기로 마지스터에게 일격을 가했다. 로빈은 천으로 둘둘 감싼 손으로 하얀 영혼 조각상을 빼앗더니 홱 돌아서서 늪 쪽으로 사라졌다.

타라는 무슨 일인지 대번에 알아차렸다.

"갈랑! 도망치지 못하게 해! 로빈이 감염됐어! 드라고쉬 선생님, 뒤쫓

으세요!'

타라는 마지스터에게 다가갔다. 상그라브는 조심스럽게 머리를 들더니 환각일 뿐이라던 마스크 안으로 두 손을 집어넣었다. 마스크가 마치 진짜라도 되는 듯이 행동하다니 이상한 일이 아닌가.

"이게…… 이게 대체 어떻게 된 거야?"

마지스터가 더듬거렸다.

"로빈이 감염되어 있었어요."

칼이 어두운 목소리로 대답했다.

"이동하는 순간에 그렇게 된 것 같아요. 어쩐지 우리가 너무 쉽게 탈출했다는 생각이 들더니……. 그리고 잿빛 요새에 아무도 없었잖아요. 말씀하신 대로 그건 정상이 아니었던 거예요."

"괜찮겠어요?"

아직도 멍한 얼굴을 하고 있는 마지스터에게 타라가 물었다.

"그래, 난 아직 싸울 수 있으니까 쓸데없는 걱정은 하지 마라. 내 마스크가 그 일격을 완화해 주었거든."

타라는 '어련하겠어요' 하는 얼굴로 하늘을 쳐다봤다. 그러고는 입술을 간질이는 신랄한 대꾸를 꾹꾹 눌렀다. 마지스터를 상대로 동정심을 내보인다는 것도 분명히 좋은 방법은 아니었다.

"자, 어서들 가봐."

상그라브가 말을 이었다.

"이 행성이 이런 식으로 흔들리기를 멈추는 즉시 너희들에게 합류하겠다."

그들은 로빈을 추격했다. 하프엘프는 초인적인 속도로 도망쳤지만 페가수스와 박쥐의 날개를 당해낼 수는 없었는지 로빈은 300미터쯤 떨어진 거리에서 따라잡혔다.

타라와 칼이 도착했을 때는 로빈의 몸에서 솟아 나온 촉수들이 갈랑과 뱀파이어를 공격하는 중이었다. 하프엘프는 이제 완전히 주홍빛으로 변해 있었다.

경험이 있는 터라 한층 신중해진 페가수스와 박쥐는 우아하고 날쌔게 촉수들을 피했다. 그들은 하프엘프에게 다가서지 못하고 있었지만 로빈도 그들에게서 달아나지 못했다.

칼이 그 싸움에 뛰어들려는 순간 타라가 막았다.

"잠깐만. 나한테 좋은 생각이 있어."

타라는 엘프의 손을 살피면서 말했다.

"저거 봐, 로빈이 하얀 영혼을 만지지 않으려고 손을 헝겊으로 쌌잖아. 어떻게 생각해?"

"하얀 영혼을 두려워하는 건가?"

"음, 그 정도가 아닌 것 같아. 만지면 영혼 약탈자의 촉수들이 파괴되는 모양이야. 로빈이 도망치는 방향 봤어?"

칼이 주위를 둘러봤다.

"어, 어? 섬과 반대 방향이잖아?"

"맞아, 로빈을 점령한 촉수는 영혼 약탈자와 직통으로 연결되어 있지 않은 게 틀림없어. 그래서 하얀 영혼을 요새로 가져가서 공간이동의 문을 통과하려고 했던 거야."

그때 갑자기 로빈이 하얀 영혼을 땅바닥에 내려놓고 활을 잡았다.

"얍!"

타라가 주문을 외우면서 소리쳤다.

"더는 안 되지!"

타라의 방어 주문이 화살보다 더 빨랐다. 갈랑은 자기 머리 2센티미터 위에서 멈춘 화살을 곁눈질로 쳐다보고 나서 타라에게 고마워하는 울음소리를 냈다. 그러고는 다시 싸움을 시작했다.

"칼, 로빈에게 슬그머니 접근해서 저 조각상을 낚아채. 그 다음에는 네가 알아서 재주껏 조각상을 로빈의 살에 갖다대."

칼은 위장주문을 외워서 자신을 거의 보이지 않게 만들었다. 그러고는 살금살금 기어가더니 눈 깜짝할 사이에 타라의 시야에서 사라졌다.

한편 로빈은 자신의 화살에 갈랑이 쓰러지지 않은 것에 아주 놀랐다. 이어서 박쥐를 향해 화살을 날렸지만 역시 여의치 않았다. 로빈은 그제야 누군가가 화살 공격을 방어하고 있음을 깨닫고 주변을 살폈다.

"이런, 눈치챘잖아!"

타라는 잽싸게 나무 뒤로 숨으면서 하프엘프가 찾지 못하게 거의 숨도 쉬지 않았다.

하지만 로빈의 고도로 발달된 감각들이 대번에 타라를 찾아냈다. 하얀 영혼이 땅바닥에 있다는 걸 깜빡 잊은 로빈은 음흉한 미소를 흘리면서 활시위를 메우고는 자기가 뭘 하는지 보지 못하는 타라를 향해 살금살금 걸어갔다. 가로막는 촉수들 때문에 옴짝달싹 할 수가 없는 갈랑이 날카로운 울음소리를 냈다.

갑자기 로빈이 덤벼들어서 타라의 코앞에 화살을 들이댔다.

"죽어!"

로빈이 소리쳤다.

죽음이 임박한 순간엔 그동안의 일들이 주마등처럼 뇌리를 스쳐 지나간다고 했지만, 타라는 뭐 하나 볼 겨를이 없었다. 칼의 보이지 않는 손이 타라를 잡아끄는 것과 동시에 불쑥 나타난 하얀 영혼을 로빈의 뺨에 갖다댔기 때문이었다.

그 효과는 즉각적으로 일어났다. 하프엘프는 비명을 지를 겨를조차 없었다. 로빈의 입이 쩍 벌어지는 순간 타라는 날쌔게 엎드렸다. 로빈은 활을 떨어뜨렸고 화살은 날아가지 못했다.

로빈의 뺨에 하얀 영혼의 자국이 하얗게 남아 있었다. 하얀 자국이 번개같이 퍼지더니 주홍빛을 휩쓸었다. 이어서 검은 촉수들도 하얗게 변해서 삽시간에 사라졌다. 로빈은 마침내 목구멍에 걸려 있던 비명소리를 토해내면서 푹 고꾸라졌다.

"와우, 폭발하지 않았어!"

칼은 위장주문을 풀면서 탄성을 질렀다.

타라는 부리나케 달려가서 하프엘프의 머리를 무릎 위에 올려놨다.

"괜찮아, 숨을 쉬고 있어."

칼이 확인했다.

잠시 후, 갈랑과 박쥐가 날아왔고, 이어서 마지스터가 다가왔는데 아직도 빙빙 도는지 비틀거렸다.

"모두 무사한가?"

마지스터는 중심을 잡으려고 나무에 기대면서 물었다.

그리고는 땅바닥에 쓰러진 로빈을 보면서 외쳤다.

"이 아이는 이제 괜찮니?"

"네, 하얀 영혼을 얼굴에 갖다댔더니 촉수들이 픽, 사라졌어요! 영혼 약탈자가 즉시 물러나더라고요."

"아하, 그런 식이로군. 완벽해."

마지스터는 흡족한 어조로 말했다.

로빈이 두 눈을 번쩍 떴다. 로빈이 제일 먼저 본 것은 타라의 그 멋진 쪽빛 눈동자였다. 그러자 황홀경에 잠겨서 중얼거렸다.

"내가 천국에 와 있나? 오, 당신은 천사인가요?"

타라는 미소를 지었다.

"아니라서 다행이야. 날개가 있다면 옷 입을 때 아주 불편하거든. 기분은 어때?"

"브르르르아아아에게 짓밟힌 것 같아. 하지만 중요한 건 영혼 약탈자가 사라졌다는 사실이야. 내가 해를 끼친 사람은 없지?"

"마지스터에게 한방 먹이긴 했지만, 뭐 그리 심각한 건 아냐. 우리는 괜찮고."

칼이 쾌활하게 대답했다.

마지스터는 잠자코 있었지만 비위가 상한 듯이 마스크가 빨갛게 물들었다. 그건 칼의 유머가 별로 마음에 들지 않는다는 표시였다.

"땅 신령이 감염되어 있었어."

로빈이 몸서리치면서 치를 떨었다.

"그게 함정이었던 거야. 영혼 약탈자는 우리가 하얀 영혼을 찾았는지 알아내려고 탈출하게 내버려뒀던 거야. 그리고 우리가 주홍빛으로 감염된 여부를 알아본다는 걸 깨달았고, 그래서 땅 신령을 주홍빛으로 물들이지 않았던 거야. 내 경우는 칼이 원래의 색으로 돌아가자고 했을 때 재빨리 영혼 약탈자가 내 손과 얼굴에서 주홍빛을 빼버렸던 것이고. 그런데 칼, 내가 감염된 걸 어떻게 알았어?"

"확실하진 않았어. 네 피부가 다시 하얗게 되었을 때 내가 틀렸구나 생각했거든. 근데 타라의 목숨이 위태롭게 생겼는데도 네가 눈썹 하나 까딱 안 하는 거야. 그래서 알아차렸지."

"오!" 하고 탄성을 지르던 로빈은 칼의 짓궂은 눈길과 마주치는 순간 얼굴이 새빨개졌다. 당혹스러워하는 하프엘프를 보면서 타라는 일단 모른 척 넘어가기로 했다. 그렇지 않아도 미안해서 어쩔 줄 모르고 있는데 나까지 나서서 난처하게 할 필요는 없지. 근데 뭔가 있긴 있단 말야……. 타라는 나중에 칼을 살살 구슬려서 알아내기로 마음먹었다.

"멋지다, 칼, 브라보!"

타라는 활짝 웃었다.

"네가 아니었다면 큰일날 뻔했어! 이젠 우리가 뭘 해야 할지 알겠어. 영혼 약탈자를 공격하자."

"저놈의 하프엘프가 내 머리를 깨트렸으니, 이 상태로 내가 싸울 수 있을지 모르겠다."

마지스터가 으르렁거렸다.

타라는 말을 해야 할지 망설이다가 내키지 않는 투로 말했다.

"내가 치료해 줄 테니까 이리 오세요."

그 말에 마지스터는 고개를 쳐들고 주저하듯 마스크를 통해 타라를 뚫어져라 응시했다.

"오, 걱정 마세요. 당신을 해치지 않아요. 나도 계산할 줄 알거든요. 지금은 당신보다 영혼 약탈자를 깩! 죽이는 게 더 중요하니까. 자, 빨리요."

마지스터가 다가오자 타라는 마스크 위에 손을 얹었는데 쉽사리 손이 쏙 들어갔다. 타라는 벗겨진 이마와 손가락에 묻는 끈적끈적한 피를 느꼈다. 타라는 재빨리 레파루스 주문을 건 다음 손을 뺐다.

마지스터는 조심스럽게 머리를 흔들어보고는 끄덕였다.

"완벽해. 고맙구나, 훨씬 나아졌다."

"상처가 깊었어요."

타라가 쭈그리고 앉아서 작은 웅덩이에 손을 씻으면서 말했다.

"무리하지 말아야 해요."

"그럼 첫 번째 방패는 너에게 맡기겠다." 하고 제안하면서 마지스터가 조심스럽게 허리를 굽혔는데 끔찍한 두통이 다시 일어날까 두려운 얼굴이었다.

"로빈과 나는 호수의 기슭을 맡을게."

칼이 섬과 주변의 약도를 그려놓고서 말했다.

"뱀파이어들은 기슭 서쪽을 공략할 거야. 북쪽 덤불이 가장 우거지니까 물위에 있을 때까지는 너는 마지스터와 함께 거기 숨어 있어. 운이 좋으면 촉수들이 우리를 상대하느라고 너무 바빠서 동시에 공격한다는 걸 알아채지 못할 거야."

"좋아."

타라는 약도를 유심히 살펴본 뒤에 찬성했다.

"우린 갈랑을 타고 갈게. 그러면 공중부양 주문을 사용하지 않아도 되잖아. 갈랑이 1시간쯤은 너끈히 우리를 태우고 날아다닐 수 있으니까 몇 분 정도는 아무것도 아니지."

"난 준비됐다."

마지스터가 말했다.

그들이 올라탔는데 갈랑은 그 무게에 끄떡도 하지 않았다. 드라고쉬 선생님은 늑대로 변신했고, 자기 일당을 불렀다. 잠시 후 늑대 뱀파이어들이 나타났다. 전 세계를 위협하는 재앙을 알리기 위해서 크라살비로 떠나고 남은 열 명이었는데 그 정도면 작전을 수행하기에 충분한 인원이었다. 그 중 다섯은 박쥐로 변신했고, 공격 신호를 늑대 울음소리로 정했다. 그들이 조용히 사라졌다. 하프엘프와 어린 도둑도 소리를 내지 않고 출발했다. 이윽고 마지스터와 타라, 갈랑만 남았다.

"네 친구들의 의리는 아주 대단하구나."

상그라브가 말했다.

이런, 마지스터가 대화를 원하고 있었다. 타라는 어찌나 겁이 나는지 토하지 않으려고 애를 쓰고 있는데 마지스터는 수다를 떨고 싶어하다니!

"당연하죠. 친구들인데."

타라는 마지스터가 제발 입을 다물기 바라면서 건성으로 대꾸했다.

마지스터는 그 말뜻을 소화하기가 힘들다는 얼굴을 하고 있었다.

"저 아이들은 네 힘에 끌린 거다. 그래서 너에게 의리를 지키는 것뿐이고."

타라는 한순간 마지스터가 바보인가, 아니면 그냥 그런 척하는 건가 의문이 들었다.

"아뇨. 누가 되었든 내 친구들에게 무슨 일이 일어난다면 나도 똑같이 할 거예요. 당신은 아닌가요?"

"뭐라고?"

"당신 친구가 위험에 빠져서 도움을 청하면 당신은 그 친구를 위해 위험을 무릅쓰지 않을 건가요?"

"당연히 도와줘야지."

상그라브는 거만하게 대답했다.

"그게 나에게 유익한 일이라면."

타라는 한숨을 내쉬었다.

"얻는 것이 없더라도 도와줘야 하는 게 아니고요?"

마지스터는 잠시 생각에 잠겼다.

"아니, 그런 경우라면 내 목숨을 위태롭게 할 이유가 없지."

"나하고는 아주 많이 다르네요."

타라가 결론을 내렸다.

"나는 무슨 보상을 바라고 도와주는 게 아니에요. 나는 친구들을 사랑하기 때문에 도와주는 거예요. 그리고 사랑은 탐욕보다 훨씬 더 강하지요."

"너는 나를 좋아하지 않아."

"당연하죠. 내가 당신을 좋아할 이유가 없잖아요? 당신은 내 아버지를 살해했고, 어머니를 납치해서 10년 동안을 나를 어머니 없이 살게 했어요. 그런데다 여전히 호시탐탐 나를 납치할 기회를 엿보고 있잖아요. 그것도 악마의 힘을 가진 사물 몇 개 때문에! 이미 권력을 가지고 있으면서 대체 뭘 더 바라는 거죠?"

"용들을 제거해야 되니까."

마지스터는 주저 없이 대답했다.

"내가 최고 권력을 가지지 않는 한 난 그들과 싸울 수 없으니까."

뜻밖의 말이었다. 타라는 마지스터가 악마의 힘을 차지하려고 하는 것이 어떤 구체적인 이유가 있기 때문이라고는 전혀 생각하지 않았다.

"용들이 뭘 어쨌다고 악마들과 동맹을 맺으면서까지 파멸시키려고 하죠?"

"난 악마들과 동맹을 맺을 생각이 없다. 악마의 힘을 가진 사물들을 손에 넣으면 지각단층을 완전히 봉쇄할 것이고, 어떤 악마도 우리 세계로 돌아올 수 없어. 데미데루스가 했더라면 좋았을 일이지."

"근데 왜 그렇게 용들을 증오해요? 내가 보기에 용들은 아더월드의 국민들에게 아주 호의적인데요."

"그들은 우리를 조정하고 있어."

마지스터가 신경질적인 목소리로 대꾸했다.

"인간은 조정 받을 필요가 없는 존재들인데 용들과 악마들 간의 전쟁

을 핑계로 파충류들이 우리를 지배하고 있는 거다. 우리 인간은 아주 강해서 그들이 필요하지 않아!'

타라는 전적으로 동의할 수 없었다.

"하지만 용들이 인류를 구했잖아요? 예전에 악마들이 지구를 침략했을 때 용들이 개입한 걸로 아는데요."

"바로 그 점이 명확하지가 않아. 먼저 지구를 침략했던 것이 악마들인지, 용들인지 어떤 문헌에도 명시되어 있지 않단 말이다. 악마들이 지구를 침략했다는 것이 민간에 이어져 내려온 통념이긴 해도 그 역사야 승리자들이 조작한 것일 수도 있으니까!'

타라는 여전히 마지스터의 증오심을 이해할 수 없었다.

"하지만 용들은 평화를 사랑하고, 악마들처럼 인간들을 노예로 만들지도 않아요. 설사 용들이 아더월드와 지구의 사람들을 감독한다고 쳐요. 그래서 어떻게 됐는데요? 여기 사람들은 모두 행복하게 살고 있고, 또 자유로워요. 용들은 요구하는 것도 없어요. 셈 선생님 외의 용들이 다른 국가 위원회에도 있는지 그건 모르지만."

"오무아 제국과 난쟁이들의 나라, 거인들의 나라를 제외하고는 어디나 용들이 있지."

마지스터가 씁쓸하게 대꾸했다. 타라가 다른 질문을 하려고 입을 여는 순간, 갑자기 늑대 울음소리가 났다.

"서둘러야겠어요."

타라는 방패를 만들었다. 마치 거대한 손이 타라와 마지스터, 페가수스를 지워버리는 듯했다. 타라가 사용한 것은 방어 주문에다, 칼이 사용한 것과 같은 위장 주문을 더한 것이어서 그들은 거의 보이지 않았다.

갈랑이 날아올랐고, 몇 초 만에 그들은 호수 위에 이르렀다.

격렬한 싸움이 벌어지고 있었다.

뱀파이어들은 진흙먹보들이 파란 수련의 뿌리를 캐러 가는데 사용하는 평범한 뗏목을 빌려놨었다. 주문을 사용해서 물에 띄운 뗏목들에서 시커먼 실루엣들이 어른거렸고, 그 중 하나가 하얀 조각상을 들고 있었다! 아주 지능적인 교란 작전이었다. 촉수들이 즉시 뗏목들을 공격했지만, 그 모조 조각상이 있는 뗏목은 미꾸라지처럼 잘도 빠져나가고 있었다.

그 사이, 로빈과 칼도 반대편 기슭에서 똑같은 작전을 쓰고 있어서 촉수들은 우왕좌왕 정신을 못 차리고 있었다.

출렁거리는 물소리며 고함소리, 엄청나게 시끄러웠다.

덕분에 타라와 마지스터, 갈랑은 호수 위를 날아서 귀신 같이 섬의 북쪽 기슭에 이르렀다.

마지스터가 주머니에서 하얀 영혼을 꺼냈다.

"우리는 1분 후에 섬 중앙을 날 것이다. 아무 문제없지?"

"네, 촉수들이 방패를 건드리지 않는 한, 거의 무한정으로 방패를 유지할 수 있어요."

입이 방정인가, 그 말을 끝내기가 무섭게 그들이 발각되고 말았다. 물론 아주 우연이었다. 공격자들을 향해 질주하던 촉수들 중 하나가 투명한 방패와 충돌하면서 영혼 약탈자는 대번에 보이지 않는 적이 바로 옆에서 도주하고 있음을 알아차렸던 것이다.

즉각적으로 10개의 촉수들이 방패에 들러붙었다. 타라가 싸우기 시작하자 살아 있는 돌의 막강한 힘이 타라의 능력에 결합되었다. 소시지처럼 지글지글 구워진 촉수들이 후드득 떨어졌다. 갈랑은 계속 전진하면서 날갯짓으로 속력을 냈다. 다른 촉수들이 들러붙었지만 페가수스는 전진을 강행했다.

그들은 영혼 약탈자의 힘을 과소평가하고 있었다. 촉수들은 그들을 꼼짝 못하게 했고, 이제는 한치도 전진할 수 없었다. 타라는 자신의 방패가 굴복하는 걸 느꼈다.

"지금이에요!"

타라가 소리쳤다.

거의 순식간에 마지스터는 타라의 것보다 좀더 작은 방패를 만들어냈다. 절묘한 타이밍이었다. 타라의 방패가 굴복하는 걸 알고 기고만장한 촉수들이 벌떼처럼 달려드는 순간…… 두 번째 방패에 부딪혔으니!

영혼 약탈자가 내지르는 분노의 고함소리가 또렷이 들렸다.

격렬한 싸움에 타라는 숨을 죽였다. 마지스터가 촉수들의 공격을 수월하게 막는 것처럼 보였지만, 타라는 그의 뻣뻣해지는 손과 경직되는 몸에서 현실은 그렇지 않다는 걸 알아챘다.

촉수들의 방해에도 불구하고 조금씩, 조금씩 앞으로 나아가 그들은 마침내 섬의 중앙에 이르렀다.

구덩이를 가득 메운 거무스름한 마그마는 두 배로 늘어나 있는 데다 터질 듯이 부풀어오르는 것이 곪을 대로 곪아서 고름이 꽉 찬 종기 같았다.

"타라, 네 차례다!"

갑자기 마지스터가 소리쳤다.

잠시 휴식을 취한 타라가 배턴을 이어받자 촉수들은 발광하듯 달려들었다. 촉수들이 전력을 다해서 타라의 힘을 빨아들이고 있어서 마그마 구덩이 바로 위에 있다는 것 자체가 아슬아슬한 묘기나 다름없었다.

"이제 어떡하죠?"

타라는 이를 악물면서 말했다.

"방패를 취소해! 지금 당장!"

마지스터가 대답했다.

타라는 시키는 대로 했다. 촉수들이 기다렸다는 듯이 달려드는 순간, 마그마 구덩이로 뛰어내리는 마지스터를 보면서 타라는 공포에 사로잡힌 비명을 질렀다. 허겁지겁 방패를 다시 만든 타라는 어느새 갈랑에게 들러붙은 촉수들을 간단하게 해치웠다. 필사적으로 싸우다가, 부글부글 끓는 성난 마그마 속에서 거의 미동도 하지 않는 마지스터의 몸뚱이를 발견한 타라의 눈에서 절망의 눈물이 주르륵 흘러내렸다.

힘이 다 빠진 상그라브는 아예 꿈쩍도 하지 않았다.

그들이 패배한 것이었다.

미친 듯이 날개를 휘젓던 갈랑은 날카로운 울음소리를 냈다. 항복하지 말았어야 했는데! 그들을 포위한 촉수들이 힘을 빨아들이고 있었고, 타라는 자신의 힘이 굴복하는 걸 느꼈다. 그 상황에서 타라가 혼자였다면 틀림없이 항복하고 말았겠지만 페가수스를 구해야 한다는 절박한 마음이 두려움과 고통보다 더 강했다. 타라의 방패가 강화되는 사이에 마지스터의 몸은 거무스름한 구덩이 속으로 차츰차츰 사라지고 있었다.

그때 갑자기 마지스터가 팔을 흔들었다. 죽어 가는 사람의 마지막 몸부림인가? 타라는 다리가 후들거렸다.

그런데 그 팔 끝에 뭔가가 있었다.

하얀 영혼?

기겁한 촉수들이 떨어지려고 했지만 너무 늦었다.

마지스터가 마그마에 조각상을 갖다대자 하얀 영혼과 영혼 약탈자가 충돌했다.

그 순간 빛이 폭발하는 것 같았고, 이어서 울려 퍼지는 영혼 약탈자의 자지러지는 비명소리에 그들은 고막이 터질 뻔했다.

어지러울 정도의 빠른 속도로 순식간에 촉수들과 마그마 구덩이가 하얗게 변했다. 그 변화가 섬 전체에 작용하면서 흑장미도 모두 흰장미가 되었다.

타라를 에워싸고 있던 촉수들도 하얗게 변하다가 사라졌다. 하얀 마그마가 미친 듯이 요동치고 있어서 타라는 한순간 영혼 약탈자가 하얀 영혼의 힘에 맞서는 것이라고 생각했다.

그런데 마그마가 두 개의 희끄무레한 구름으로 응축되더니 차츰 인간의 모습을 띠기 시작했다.

이럴 수가! 이제 영혼 약탈자는 하나가 아니라 둘이 된 거야! 타라는 이를 악물면서 단단히 마음먹고 다시 방패를 강화했다.

그때였다. 놀랍게도 흰장미 섬의 한복판에서 두 개의 실루엣이 솟구쳤다. 하나는 아름다운 젊은 여인의 형상이었고, 또 하나는 까만 눈의 땅딸보 마법사 형상이었다. 남녀 형상이 타라 앞에 섰다.

"누가 이랬어? 너냐?"

마법사 형상의 반투명한 실루엣이 으르렁거렸다.

타라는 잠시 주뼛거리다가 퉁명스럽게 대답했다.

"네, 당신과 싸울……."

"이렇게 고마울 수가!"

마법사가 말을 가로막았다.

"수천 년 전에 데미데루스가 시도했던 일을 네가 해냈구나. 내가 무슨 짓을 하고 있는지조차 모르고 있었는데 이젠 깨달았다. 내가 저지른 짓에 대해 후회가 막심하구나."

어리둥절하게 듣고 있던 타라가 넘겨짚었다.

"당신이 드렉수스 맞죠? 그리고 하얀 영혼은……."

"그래, 하얀 영혼은 사랑하는 나의 아내 데셀레아야. 악마들과 전쟁할 때 데미데루스는 내 아내와 아이들을 죽일 수 밖에 없었어. 그래서 가혹하지만 어쩔 수 없이 내렸던 그 결정을 속죄하는 뜻에서 데미데루스는 몇 년간의 연구 끝에 우리를 결합시키는 방법을 찾아냈지. 그러니까 하얀 영혼은 나를 물리치는 무기가 아니라 나를 구속하는 것이었다!"

"당신은 항상 고집불통이었어요."

데셀레아가 한숨을 내쉬면서 다정하게 말했다.

"진흙먹보들에게 억류되어 있는 동안 내내 나는 당신에게 내 마음을 전하려고 했어요. 하지만 당신은 귀를 기울이지 않았어요!"

"알고는 있었소. 하지만 증오심과 복수심이 너무 컸소. 이제는 떠납시다. 고통과 슬픔을 너무 많이 겪은 이곳에서 더는 머물고 싶지 않소. 아이들을 찾으러 갑시다."

믿어지지 않는 얼굴로 쳐다보는 타라와 갈랑의 눈길을 받으면서 두 실루엣이 휘황찬란한 회오리로 결합되더니 바람처럼 사라졌다.

타라는 어이가 없어서 숨이 멎는 것 같았다. 이게 뭐야? 이 모든 고통, 죽음, 파괴, 공포가 아무것도 아니었단 말인가! 고작 고맙다는 말 한 마디를 남기고는 안녕이라니! 타라는 그 동안에 느꼈던 공포를 생각하자 분노가 치밀었다.

칼과 블롱딘, 로빈, 박쥐로 변신해 있는 드라고쉬 선생님이 마침내 합류했다.

"타라, 괜찮아?"

로빈이 소리쳤다.

"아니, 괜찮지 않아!"

화가 난 타라가 대답했다.

"영혼 약탈자가 유령으로 변하더니 자기 아내를 찾아서 펑! 하고 사라졌어. 어린 유령들도 찾아서 영원히 행복하게 살겠다면서! 이건 부당해! 마땅히 벌을 받아야 하는데!"

칼은 이건 또 무슨 말이냐는 얼굴로 쳐다봤다.

"에이, 유령에게 어떻게 벌을 줘? 유령을 죽이겠다고?"

타라는 입을 벌렸다가 도로 다물었다. 맙소사, 칼의 말이 맞았다. 그 순간 타라는 마지스터가 기억났다. 갈랑이 착륙하자, 타라는 상그라브들의 보스가 뛰어들었던 구덩이를 향해 달려갔다. 타라는 머리를 숙이고 들여다봤지만 구덩이 속은 비어 있었다. 마지스터는 사라지고 없었다. 그때, 등뒤에서 목 메인 소리가 들렸다. 홱 돌아서던 타라는 공포의 외마디를 억눌렀다. 그 곳엔 마지스터가 서 있었다. 그런데 칼과 로빈, 갈랑은 어느새 손과 발에 은빛 장갑이 수갑처럼 채워져 있을 뿐만 아니라 입과 주둥이는 은빛 재갈이 물려 있어서 옴짝달싹 못 하고 있었다.

상그라브가 주문을 거는 순간 훌쩍 날아오른 드라고쉬 선생님만 그 갑작스런 공격을 피했던 모양이다.

"이제 영혼 약탈자는 영원히 사라졌으니 다시 우리 문제로 돌아가야지. 이리 오너라, 타라."

"살아 있었군요! 촉수들에게 당했다고 생각했는데."

"오, 이런! 어째 네 목소리에서 안도하는 기색이 느껴지는구나, 타라. 마그마 구덩이 속으로 뛰어드는 나를 보고 걱정했다는 뜻인가? 그럼 네가 나를…… 친구로 생각하는 거니? 그런 경우라면 내가 이용하려고 하는 악마의 권력에 대해 친구와 의논하는 것도 괜찮을 것 같구나. 지킴이들과 심판관들이 너를 통해야만 한다면서 나를 통과시키지를 않는데……나를 좀 도와주겠니?"

타라는 숨을 몰아쉬었다. 마지스터가 그들 모두를 구하기 위해 목숨을 걸었던 일로 생색을 내면서 자기 실속을 차리겠다는 것이었다. 마지스터는 타라의 표정을 보면서 웃음을 터뜨렸다.

"내 제안이 상당히 마음에 안 드는 모양이구나. 그렇다면 할 수 없지. 우리는 또 거친 방법을 사용하는 수밖에. 솔직히 말해서 네가 선뜻 승낙했다면 난 몹시 실망했을 거다."

"흥, 어림없어요!"

타라는 코웃음치면서 이마에 난 땀을 닦았다.

그 사이에 변신한 드라고쉬 선생님이 타라 옆에 섰는데 그 몸짓에서 마지스터에 대한 증오심이 드러났다.

"상그라브, 이제 우리 둘의 문제를 해결할 차례다. 이제야 내 약혼녀에게 저지른 죗값을 치르게 할 수 있게 되었군."

타라는 얼떨떨한 눈길을 던졌다. 약혼녀라니? 이건 또 무슨 얘기지?

지금으로서는 그들에게 승산이 있는 싸움이었다. 타라가 당장이라도 대적할 기세로 마지스터에게 정신을 집중하고 있는데 뱀파이어가 선수를 쳤다. 그는 마지스터를 향해 카르보누스 주문을 던지는 것으로 공격을 시작했다.

드라고쉬 선생님의 마법이 강력하다는 건 두말 할 것도 없지만 마지스터를 능가하는 수준은 아니었다. 그는 뱀파이어의 주문을 흡수해 버리는 방패로 대응했다. 그 순간 싸움에 뛰어드는 타라를 보면서 마지스터는 시스메우스 주문을 날려서 소형 지진을 일으켰다. 땅이 흔들리면서 중심을 잃는 바람에 타라가 날린 주문은 궤도를 벗어나면서 목표물을 빗나갔다. 그와 동시에 마지스터는 다른 한 손으로 뱀파이어를 향해 이제껏 본 적이 없는 아소무스 주문을 발사했고……, 그 충격에 기진맥진한 뱀파이어는 그대로 쓰러지고 말았다.

마지스터를 혼자서 대적할 수밖에 없게 된 타라는 벌떡 일어났다.

"좋아, 좋아. 드디어 우리 둘이 대적하게 되었구나. 네가 훨씬 유리하다, 타라. 난 너를 죽이지 않을 거니까."

마지스터가 마스크 안에서 비아냥거렸다.

"내 경우는 아니죠. 난 1초도 주저하지 않을 거니까."

타라는 애써 두려움을 감추면서 당차게 응수했다.

"너는 어린애치고는 너무 유혈 전투를 좋아한단 말야."

마지스터가 능청스럽게 말했다.

"아뇨, 싸움이니 살인이니 아더월드의 쾌락 따위는 전혀 내 취향이 아니거든요?"

새로운 주문을 걸었는지 두 손을 번쩍이면서 타라가 대꾸했다.

"하지만 당신을 상대하고 있으면 정말이지 선택의 여지가 없네요."

"잠깐, 함정에 대해서 알고 싶지 않니?"

마지스터가 대화를 원하고 있었다. 잘됐어! 타라는 대화에 기꺼이 응하고, 가능한 한 길게 끌기로 마음먹었다. 머릿속은 희망과 공포가 뒤섞이고 있었다. 흑기사는 이럴 때 나타나야 되는 거 아닌가? 근육질의 영웅이 짜잔! 하고 나타나면 일단 악당을 때려눕히고 나서 이렇게 쏘아붙일 텐데! "늦었잖아!" 그러면 이렇게 대답하겠지. "미안해, 길이 막혀서 꼼짝할 수가 있어야지!"

타라는 두 손을 약간 내리고 순진하게 물었다.

"무슨 함정이요?"

"너와 용이 빠져 있는 함정 말이다!"

타라는 그 순간 셈 선생님과 최고 마법사들 전원이 마법을 사용하여 우레 같은 소리와 함께 구조하러 나타나기를 기도하면서 게임을 시작했다.

"당연히 오래 전부터 알고 있죠. 두 상그라브가 나누는 대화를 듣는 순간부터 우리는 그 소송 사건에 당신이 연루되어 있다는 의심을 하고 있었으니까요."

마지스터가 잔뜩 긴장하는 것으로 보아 놀라는 것이 역력했다.

"언제? 어디서? 무슨 대화?"

"재판이 벌어지는 동안 상그라브들 중 하나가 마니투의 머릿속을 읽으려고 주문을 걸었잖아요? 그래서 당신이 금서를 훔칠 거란 계획을 우리에게 알리려는 것이라고 결론을 내렸지요. 솔직히 그건 계획치고는 좀 복잡하다고 생각했지만."

마지스터의 마스크가 성난 오렌지색으로 변했다.

"나는 그 멍청한 개에게 주문을 건 적이 없다!"

마지스터가 감정을 터뜨렸다.

"내가 뭔가를 훔치려고 할 때 그 주인에게 그걸 알릴 사람으로 보이니? 너를 아더월드에 오게 하려고, 또 늙은 용을 오무아에 붙잡아두려고 내가 브랜디스의 부모에게 마법을 건 건 사실이다. 상그라브들 속에서 너무 많은 권력을 잡은 반디우를 내 손으로 죽이고 그 죄를 너에게 뒤집어씌운 다음, 금서를 훔쳐서 너를 납치하겠다는 계획을 알려주긴 했지만……, 이런 미친놈들을 봤나! 내 그 두 놈을 찾아서 내 계획을 함부로 나불거린 것에 대해 따끔한 맛을 보여주고 말겠어!"

"그럼 우연의 일치였나 보군요!"

타라는 정말 놀랍다는 얼굴로 말했다.

"아무리 그래도 믿을 수 없는 일인데! 마니투가 방을 나가지 않았다면."

"내가 배후에서 어린 도둑을 탈옥시켰다는 걸 몰랐을 테고, 나한테서 도망칠 수도 없었겠지. 불행히도 내가 개입하기 전에 넌 사라져 버렸어. 그래서 내 첩자들이 랑코비트에서 너를 찾아냈는데 거기서는 또 너무 조금밖에 머물지 않았다. 그리고 얼마 후 반디우가 치명적인 사고를 당했다는 기쁜 소식이 들려오더군. 그 점에 대해 너에게 고맙다고 해야겠지? 난 네가 그랬다고 생각하는데?"

극악무도한 반디우 대군이 생각난 타라는 몸서리치면서 고개를 숙였다.

"난 알고 있었다. 그 골칫덩이를 제거해 줘서 내가 얼마나 속이 다 후련했는지. 그러다가 난데없이 영혼 약탈자가 끼여들었고, 상대적으로 우리 문제는 덜 중요하게 되었지."

타라는 대화가 끝나가고 있음을 느끼면서 다시 마음을 다잡았다. 시간을 더 끌어봐야 아무도 도와주러 오지 않게 생겼으니 타라는 혼자서 해결해야 했다.

마지스터는 마지막 설득작업을 시도했다.

"타라, 아까 영혼 약탈자와 싸울 때 우리는 환상적인 콤비였다. 우린 함께 일할 수 있어! 그러니까 제발…… 난 강제로 너를 굴복시키고 싶지 않아. 그건 정말 괴로운 일이야."

타라는 마지스터가 진심을 말하고 있다는 걸 알았다. 당연히 건강한 상태로 살아 있는 내가 필요하겠지. 타라는 한숨을 내쉬었다.

"미안하지만 난 절대로 당신에게 협력하지 않을 거예요."

"'절대로'란 말은 절대 하지 마라. 그래도 할 수 없이 난……."

타라는 말을 끝마칠 겨를을 주지 않고 재빨리 파괴 주문을 날렸다.

마지스터는 자기가 한 말을 지키려는 듯 방어 주문을 외웠고, 두 손에서 빨간빛이 번쩍이더니 강력한 방패가 나타났다.

이어서 동시에 두 개의 주문이 부딪히면서 요란한 소리가 나더니 마술이라도 부리듯 섬의 땅바닥에 내리꽂혔다. 하지만 그 강력한 충돌에 두 사람 다 비틀거릴 정도였다.

"멈춰라, 타라! 난 너를 해치고 싶지 않아! 나를 따라가면 너를 전대미문의 힘을 가진 존재로 만들어줄 수 있어. 너는 엄청난 힘을 갖게 되는 거야!"

"하지만 나한테는 이미 힘이 있거든요?"

타라는 머리를 흔들어서, 눈으로 흘러내리는 땀을 털어 내며 응수했다.

"그리고 지금이야말로 당신은 그 힘의 참 맛을 볼 때가 됐고요!"

타라는 심호흡을 했다. 타라는 이제껏 전적으로 자신의 능력에 발휘해본 적이 없었다. 마음 한구석은 늘 할머니에게 해가 될까 봐 불안했던 것이다. 그러나 지금은 어쩔 수 없었다. 에너지가 몰려오면서 타라의 눈빛이 새파랗게 변했고, 흰 머리털이 찌지직거리더니 파란 광선이 마지스터의 빨간 방패를 후려쳤다. 그 순간 마지스터도 타라가 어쩌면 자기를 이길지도 모른다는 느낌이 들었다. 그건 죽음을 의미하는 것이었다!

마지스터는 할 수 없이 사용하지 않겠다고 맹세했던 주문을 외웠다. 그것은 1년 동안 목숨을 내놓고 마왕에게 봉사하고 얻은 주문이었다. 영혼을 위태롭게 만들면서까지 얻어낸 것이었다. 아직은 협상할 수 있는 영혼을 가지고 있긴 해도!

마지스터의 방패가 검은 후광으로 둘러싸이더니 그 중앙에서 솟구친 괴이한 광선이 천천히 가차없이 타라의 파란 광선을 밀어냈다.

타라는 계속 압박을 해가면서 불가능한 일을 시도했다. 변신을 시도한 것이었다. 타라 대신에 나타난 금빛 용, 이마에 살아 있는 돌이 박힌 용이 파란 광선을 발사하면서 마지스터를 공격하기 시작했다.

"이런, 이런! 용이라! 좋아, 그렇다면 용 대 용으로 맞서주지!"

마지스터는 코웃음쳤다.

잠시 후, 타라 앞에 나타난 검은 용이 포효하면서 지옥의 불을 뿜어냈다.

갑자기 마지스터가 약속을 깨버린 것이었다. 타라가 번개같이 공중으로 붕 날아오르는 바람에 그 불길은 목표물 뒤쪽을 지나쳐서 흰장미 덤불과 섬의 일부를 파괴했고, 호수의 물까지 맹렬하게 증발시키는 바람에 글루릅스들이 허공에서 허우적거렸다.

"우리의 힘은 막상막하예요! 당신이 나를 죽이고 싶지 않다니까 용기가 있다면 마법을 쓰지 않고 1 대 1로 겨루죠!"

검은 용은 송곳니 위로 시뻘건 혀를 늘어뜨렸다.

"마법을 쓰든 쓰지 않든 너는 상대가 안 돼, 꼬마야. 하지만 그게 재미있다면 네가 원하는 대로 해보자!"

타라가 제일 싫어하는 말, 마지스터가 또 '꼬마' 라고 부르고 있었다.

타라는 검은 용을 유심히 살폈다. 자기가 변신해 있는 금빛 용보다 키가 훨씬 컸다. 하지만 지구에서 스모 선수들의 씨름을 볼 기회가 있었던 타라는 마지스터보다 유리했다. 근육과 살덩어리 거구들의 유연성과 민첩성에 매료되었던 타라는 키가 더 작다고 해서 반드시 불리하지 않다는 걸 여러 번 봤던 것이다.

그래서 타라는 키보다는 덩치를 늘리면서 모든 수단을 동원했다. 검은 용은 타라의 발 밑 땅이 갑작스런 체중에 내려앉을 때 뭔가 이상한 낌새가 있음을 알아차렸다. 하지만 그가 뭔지 깨달았을 때는 이미 때가 늦었다. 마지스터를 향해 금빛 미사일처럼 날아간 타라가 순식간에 고개를 숙이고 그 뱃속으로 들어갔던 것이다. 숨이 막힌 검은 용은 폐에서 모든 공기를 토해내듯 캑캑거리다가 반쯤 의식을 잃은 상태로 10미터쯤 뒤로 벌렁 나자빠졌다. 하지만 그 상황에서도 마지스터는 거의 반사적으로 모든 공격을 흡수하는 방어 주문을 실행하면서 기력을 되찾을 시간을 벌고 있었다.

타라도 공격하지 않고 그 사이에 이제껏 어떤 마법사도 해본 적이 없는 방법을 궁리했다. 마지스터는 상상도 할 수 없는 것이었다.

"본드, 제임스 본드!"

타라는 칼이 알아듣길 바라면서 외쳤다.

타라는 상대의 의식이 가물가물한 틈을 이용하여 자신의 힘을 완전히 방출해서 칼에게 보냈다. 재갈에 물려 아무 말도 못하는 칼에게 막강한 힘이 전해지자, 그 충격에 움직임을 구속하는 마법의 사슬이 파괴되면서 순식간에 칼은 미남 청년으로 변했다. 그와 동시에 블롱딘도 다시 붉은 사자의 몸을 되찾았다.

주문이 어쩌나 완벽했던지 주체 못 할 정도로 힘이 빠져버린 타라는 용의 모습을 잃고 말았다.

비틀거리면서 일어난 마지스터가 분노의 괴성을 질러댔다.

타라는 마지막 남은 힘을 쥐어짜서 데스트룩투스 주문을 날렸다.

검은 용은 파괴 주문을 막아내면서 코웃음쳤다.

"이런, 이런! 이게 네가 할 수 있는 전부냐? 이렇게 약해서야 어린애도 새끼손가락으로 막아내겠다. 패배를 인정하지? 포기하는 거지?"

타라는 마지스터를 노려보면서 죽을힘을 다해 내뱉었다.

"흥, 꿈도 꾸지 마시지!"

그렇게 말하면서 타라는 천천히, 아주 우아하게 쓰러졌다. 영문을 모르는 마지스터는 의식을 잃은 타라의 몸을 멀뚱히 쳐다보고 있었다.

그래서 타라의 힘으로 무장한 칼이 공격했을 때, 마지스터는 완전히 무방비 상태였다. 칼의 주문이 방패를 종잇장처럼 꿰뚫으면서 이번에는 마지스터가 쾅당! 하고 그대로 나자빠졌는데, 우아하기는커녕 섬을 뒤흔들 정도로 요란한 것이 타라와는 대조적이었다.

칼이 재빨리 재갈을 없애주자 로빈이 외쳤다.

"브라보! 네가 마지스터를 해치웠어!"

"글쎄, 그럴까? 아무래도 다시 한방을 먹여서 확실히 끝내야 마음이 놓이겠어."

그 순간 로빈은 땅바닥에 쓰러진 타라가 꿈쩍도 하지 않는 걸 깨달았다.

"타라가 다쳤어. 칼, 빨리 와서 어떻게 좀 해 봐!"

로빈이 불안해서 미치겠다는 얼굴로 소리쳤다.

칼은 재빨리 주문을 외워서 타라와 페가수스에게 연결된 끈을 먼저 끊은 다음, 로빈이 부둥켜안은 타라를 향해 돌아서서 회복 주문을 읊었다.

"*레파루스의 이름으로 타라에게 생명의 숨결을 부여하니 깨어나라!*"

칼의 주문이 주변의 공간을 휘감아, 타라와 로빈을 건드리더니 흰장미 덤불에 이어서 호수, 그 너머 진흙먹보들의 소굴, 기슭, 늪…… 저편 보이지 않는 아득한 데까지 두들겼다. 혼쭐났던 덤불이 대번에 싱그러워졌고, 반쯤 구워졌던 글루룹스들도 초록과 갈색 비늘을 되찾았다. 이윽고 타라가 힘겨운 듯 파르르 떨리는 숨을 길게 토해냈다.

"맙소사! 타라의 힘을 조절하기가 쉽지 않아. 저길 좀 봐. 레파루스 주문이 대륙의 절반은 건드린 게 틀림없어."

당황한 칼이 말했다.

"아마 그 정도가 아닐걸!"

정신이 든 타라가 희미한 미소를 지었다.

"나를 깨어나게 해줘서 고마워. 내 심장이 멎고 살아 있는 돌도 약해지고 있었거든. 돌이 너희들에게 고맙다고 전해달래. 잘됐지?"

"휴! 타라, 다음에 이런 일을 벌일 때는 사전에 네 계획을 귀띔이라도 좀 해주라, 제발."

칼이 씹어뱉듯이 말했다.

"네가 뭘 원하는지 다행히 내가 알아차렸기에 망정이지! 네가 '본드!' 하고 외쳤을 때 네 마법을 받아들일 만반의 준비를 했어. 아니었으면 정말 큰일날 뻔했단 말야. 어쨌든 잘되긴 했어. 그놈의 상그라브를 찍소리도 내지 못하게 해치웠으니까!"

타라는 활짝 웃었다.

"그럼 해볼 만한 가치가 있었네, 뭐."

그렇게 말하고 타라는 다시 의식을 잃었다. 로빈이 얼른 맥박을 확인해보니 다행히 강하고 규칙적이었다. 타라는 휴식이 필요한 것뿐이었다. 안심한 로빈이 칼에게 미소를 지어 보였다.

"휴, 다행이다. 그런데 네 몸이……?"

"나도 알아. 타라가 '본드' 하고 외쳤을 때 내 머릿속에서 그 이미지가 떠오르더니 펑! 하고 내가 변신했어. 타라가 내 몸에 넣은 마법의 양으로 봐서 이 몸짱 상태가 상당히 오래갈 수도 있어. 누구누구는 내가 무지 원망스럽겠지만 이건 내 뜻도 아니고, 내가 어찌할 수도 없는 거야!"

로빈은 친구의 코믹한 절망 앞에 웃음을 참을 수 없었다.

"그건 그렇고, 저기 쓰러진 작자나 좀 살펴보자."

칼이 말을 이었다.

검은 용을 향해 돌아서던 그들은 소스라치게 놀랐다. 마지스터의 몸이 공중에 떠올라 있는 것이 아닌가! 다시 공격할 기세로 타라의 힘을 가동하던 칼은 마지스터가 의식을 찾은 것이 아니라, 보이지 않는 어떤 힘에 들어올려져 있음을 알아차렸다. 어리둥절한 칼이 주문을 외울 사이도 없이 뭔가가 찢어지는 소리가 났다. 어, 어, 어? 불쑥 나타난 집채만한 갈퀴발톱 두 개가 검은 용을 움켜잡아 휙 낚아채갔다.

"헉! 그게 대체 뭐였지? 마지스터를 움켜잡았던 그 괴물 같은 발톱 본 적 있어?"

입을 멍하니 벌리고 있던 칼이 말했다.

"딱 한 번 본 적이 있어. 악당 마법사가 엘프 사냥꾼들에게 어떤 주문을 걸었는데…… 그게 마왕에게서 얻은 주문이었다는 거야. 아버지가 그 마법사와 싸워서 이기긴 했지만 아까 본 것과 같은 두 개의 갈퀴발톱이 그자를 데리고 사라졌고, 도저히 다시는 찾을 수가 없었어. 그 후 그 사건에 대한 소문이 한참 나돌았고, 에프리트들이 그자가 림보 왕국에서 노예로 살고 있다고 전해 줬어. 그 주문을 얻기 위해 자신의 목숨을 저당 잡혔던 거지. 내 생각에는 마지스터도 같은 경우인 것 같아."

"와, 살 떨린다. 윽, 자세한 건 알고 싶지도 않아. 어쨌든 마지스터가 림보에서 죽든 노예가 되든, 중요한 건 우리가 그자에게서 해방되었다는 거야."

"그래, 맞아. 이젠 타라를 돌봐야겠어. 서두르자."

"문제없어. 이번에는 내가 용으로 변신해서 요새까지 너희들을 데려갈 거니까!"

칼은 흡족한 미소를 지었지만, 로빈은 저절로 신음소리가 나왔다.

"페가수스를 타고 가도 돼."

"아니, 용만큼 빨리 날아가지는 못해."

칼은 갈랑의 눈총을 받으면서 대꾸했다.

로빈이 난감한 얼굴로 칼을 설득할 말을 궁리하고 있을 때, 갑자기 굵직한 목소리가 들렸다.

"아이고, 내 머리! 다들 괜찮니? 마지스터는 어디 있지? 타라는?"

그들은 드라고쉬 선생님을 까맣게 잊고 있었다. 뱀파이어가 일어났는데 몸을 가누지 못하고 비틀거렸다.

"타라는 의식을 좀 잃었을 뿐 괜찮고, 제가 타라의 능력을 가지고 있다는 것 말고는 안개 속이에요."

칼이 대답했다.

"마지스터는 림보에서 죽거나 노예로 살겠죠, 그것도 확실하진 않아요. 물론 죽는 것이 희망사항이지만."

이번에는 뱀파이어가 얼굴을 찌푸렸는데 그건 단지 머리가 아프기 때문만은 아니었다.

"그럼 그 못된 작자가 또 도망쳤다는 거니?"

"그걸 통탄하고 있을 때가 아니라고요. 지금 제가 원하는 건 타라의 능력에서 해방되는 거예요. 아니, 타라에게 그걸 돌려주는 거예요. 본래의 내 몸을 되찾으면 좋겠어요! 정말이지 내가 누굴 닮았다는 것 자체를 더는 떠올리고 싶지도 않으니까!"

칼이 약간 발끈했다.

"타라가 자기의 마법 능력을 너에게 옮겨놨단 말이니? 그건 아무나 할 수 있는 일이 아냐. 게다가 너희들이 그 방법을 어떻게 알아?"

깜짝 놀란 얼굴로 드라고쉬 선생님이 물었다.

"음…… 정확하게는 몰라요."

"선생님, 우리 모두의 안전과 이 행성의 안전을 위해서는 칼에게서 그 능력을 빼앗아야 해요. 칼이 그 능력을 또다시 사용할 때 무슨 일이 일어날지 책임질 수 없어요. 칼은 반드시 그 능력에서 해방되어야 해요.

지금 당장!'

로빈이 주장했다.

"그건 불가능해. 타라의 능력은 어린 소녀치고는 상상을 초월하거든. 셈 선생님의 도움이 필요하다. 그걸 타라에게 돌려주는 것은 그렇게 간단한 일이 아냐. 잘못되면 자연계 전체가 위험해질 수 있어. 그리고 타라가 죽을 수도 있으니까 어서 랑코비트로 돌아가야겠다."

칼의 대답을 기다리지 않고 뱀파이어는 박쥐로 변신했다.

로빈은 불안한 얼굴로 칼이 용으로 변신하기를 기다렸다.

처음에는 그런 대로 순조로웠다. 미남 마법사가 순식간에 멋진 용으로 변했다. 붉은빛과 금빛으로 어우러진 용은 패밀리어의 색깔과도 잘 어울렸다.

이어서 칼은 블롱딘이 바스켓 안에서 자리를 덜 차지하게 축소시키려고 용의 우렁찬 목소리로 주문을 외웠다.

"미니아투루스의 이름으로 패밀리어는 내가 마음대로 데리고 다니게 줄어들지어다!'

잠시 후, 로빈은 까무러칠 뻔했다. 자신은 숲처럼 거대한 풀밭에 서 있질 않나, 나비처럼 작아진 박쥐 뱀파이어는 잡아먹을 듯 입을 쩍 벌린 크로아에게서 도망치려고 안간힘을 쓰고 있었으니. 게다가 사정없이 줄어든 덤불은 화가 난 듯이 조그만 흰장미들을 마구 흔들어대고 있었다. 생쥐만해진 블롱딘도 울부짖었다.

"이럴 수가! 어유, 미치겠네."

칼은 당황했다.

"노르말루스의 이름으로 나 너에게 크기를 돌려주노라!'

그러자 삽시간에 상황이 역전되었다. 제 입에 물려 있는 커다란 박쥐를 보고 크로아는 어지간히 놀란 모양이다. 아더월드의 개구리는 앙갚음이라도 할 듯 쏘아보는 박쥐를 허겁지겁 토해내고는 물 속으로 첨벙 뛰어들었다. 로빈과 섬도 정상적인 크기를 되찾았다.

박쥐는 잠자코 있었지만 그 휘파람에서 분노가 느껴지는 것이 어째 분위기가 썰렁했다. 그래서 다음 일은 로빈이 맡았다. 그는 바스켓을 만들어서 그 안에 타라와 블롱딘을 실은 다음 단단하게 고정시켰다. 이윽고 그들은 출발했고, 갈랑이 앞장섰다. 칼은 그들이 흔들리지 않도록 아주 조심스럽게 이륙했다. 타라가 날아오를 때 유심히 관찰했던 칼은 거대한 날개를 효과적으로 조종했고, 일단 공중에 떠오르자 잿빛 요새 쪽으로 방향을 잡았다. 아직 날이 어둡기 때문에 로빈은 산에 걸려 부딪히지 않으려면 고도를 높이라고 충고했다.

이윽고 해가 떠올랐다. 어둠 속에서 서서히 드러나는 아더월드의 아름다운 장관에 매료된 칼은 머리를 숙이고 내려다보고 있었다. 그게 엄청난 실수였다! 예고도 없이 끔찍한 현기증이 엄습했던 것이다. 그런 대로 봐줄 만하게 날던 비행이 갑자기 엉망이 되면서 칼은 날개를 천천히 휘젓는 대신에 두 다리를 마구 버둥거렸고, 그 바람에 바스켓이 심하게 요동치기 시작했다.

"야, 너 뭐 하는 거야?"

로빈이 소리쳤다.

"나…… 나 어지럽고 메스꺼워 죽겠어. 떨어질 것 같아!"

"넌 떨어지지 않아. 넌 용이야. 날개가 있잖아!"

"하지만 땅이 나를 잡아당기고 있어. 떨어지겠어!"

"아니, 넌 절대 떨어지지 않아. 아래를 쳐다보지 말고 앞을 봐! 어디로 가는지 보라고!"

하지만 칼은 아래만 내려다보고 있었다. 긴 목이 머리를 뒤따르자 몸도 똑같이 아래쪽으로 향했다.

이제 그들이 추락하는 건 불 보듯 뻔했다. 어지러움과 싸우느라 날개를 휘저을 수 없는 칼은 날개를 정지한 채 미끄러지듯 날고 있었다. 그렇게 해서 칼이 떨어지는 속도를 늦추기는 했지만 완전히 멈추지는 못했다. 박쥐로 변신해 있는 드라고쉬 선생님은 말로 표현하지 못하고 있을 뿐, 용의 행동에 당혹스러워하는 것이 분명했다.

"갈랑! 이리 와, 빨리!"

로빈이 외쳤다.

약간 놀란 페가수스는 칼이 왜 숲을 향해 곧장 돌진하는지 의아한 얼굴로 바로 옆에 와서 붙었다.

"타라와 블롱딘을 태워. 칼은 내가 맡을게."

그렇게 말하고 나서 로빈이 타라와 블롱딘을 페가수스의 튼실한 등까지 둥둥 떠오르게 하자, 갈랑은 그 둘의 무게를 끄떡없이 받아들였다.

붉은 용이 땅에 닿는 순간, 다시 말해 숲에서 그야말로 요란하게 으스러지는 순간, 로빈은 칼을 보호하기 위한 충격완화 주문을 외쳤고, 이어서 자기 자신을 위한 공중부양 주문을 걸었다.

그 주문 덕분에 칼은 그 길다란 용의 목이 부러지는 화를 면한 반면에 숲은 300미터쯤 되는 거리가 황폐해졌다.

"까아아악……! 어떻게 됐어?"

칼이 두 발로 낯짝을 감싸는 걸 보니 눈앞에서 별들이 빙빙 도는 모양이었다. 로빈은 어찌나 화가 났는지 말도 하고 싶지 않았다. 그는 칼을 쨰려보는 갈랑과 나란히 공중에 떠 있는 것으로 만족했다.

"나무들이 저만큼 크려면 얼마나 걸리는지 알아?"

로빈이 마침내 냅다 소리를 질렀다.

"멍청한 녀석! 아래를 쳐다보지 말라고 내가 그렇게 말했는데도!"

칼은 몸을 가누지 못하며 말했다.

"아까 내가 내려가기 시작했을 때는 거기 숲이 없었어!"

"숲은 500만 년 전부터 쭉 거기 있었어."

로빈이 도저히 용서할 수 없다는 어조로 고함을 질렀다.

"느닷없이 나타난 게 아니라고! 하지만 넌 날개를 휘젓지도 않았고, 또 평원에 착륙하려고 하기는커녕 숲을 향해 비스듬히 날아갔어. 내가 아래를 쳐다보지 말라고 그렇게 목이 터져라 소리쳤건만!"

"그래, 그래, 알아들었어, 알아들었다고. 똑같은 말 계속 반복하지 않아도 돼. 날아갈 때, 현기증이 일면 아래를 쳐다보지 말 것!"

칼은 친구가 머리 위에서 소리치는 걸 중단시키려고 얼른 화제를 바꿨다.

"타라는 괜찮아?"

"이 숲보다는 훨씬 낫지!"

나무들을 파괴한 것이 가슴아픈 하프엘프는 쏘아붙이듯 내뱉었다.

"타라는 블롱딘과 함께 페가수스를 타고 있어. 칼, 너 내 말 잘 들어, 타라의 능력을 가지고 있다는 것으로…… 도취해 있다는 건 나도 이해할 수 있어. 하지만 네가 용으로 있는 건 아무래도 위험해. 그러니까 괜찮다면 너와 나, 블롱딘은 걸어서 가자. 타라와 갈랑은 곧장 잿빛 요새로 가고, 우리는 나중에 합류하는 게 좋겠어."

"괜찮아."

칼은 조심스럽게 입을 만지면서 대답했다.

"확실히 알았다니까. 이젠 해낼 수 있어."

"난 위험을 무릅쓰고 싶지 않아."

로빈은 고집을 부렸다.

"하지만 우리는 가능한 한 빨리 랑코비트로 돌아가야 해."

칼도 물러서지 않았다.

"타라의 능력을 가진 사람은 나고, 셈 선생님과 드라고쉬 선생님이 타라에게 그 능력을 돌려주려면 내가 필요해!"

그러다가 칼은 문득 자신이 부득부득 고집을 부리고 있는 진짜 이유를 깨달았다.

"게다가 하루 온종일 걷고 싶지 않아!"

"오, 근데 난 정말 그러고 싶거든? 게다가 난 당장 시작할 생각이야."

하프엘프가 응수했다.

이어서 로빈은 사뿐히 땅에 내려서더니 친구에게서 등을 홱 돌리고는 잿빛 요새로 향하는 숲 기슭 쪽으로 걸어갔다. 칼은 씩씩거리면서 멀어져 가는 로빈을 쳐다보다가 꽃 한 송이를 꺾었다. 꽃향기를 맡던 칼은 갑자기 올라오는 재채기를 느끼고 조그만 흰 꽃을 응시하다 깜짝 놀랐다. 우와, 타춤이잖아! 이 식물의 씨는 아더월드의 후추로 사용되었다. 칼이 로빈에게 알리려고 입을 여는 순간 아뿔싸, 너무 늦었다.

용의 입에서 뿜어 나온 불길이 십여 센티미터쯤 될까, 로빈을 살짝 빗나가면서 하프엘프는 땅바닥에 납작 엎드렸고, 칼이 착륙할 때 용케 살아남았던 나무들마저 지글지글 태우고 말았다.

"오, 조상들이시여! 너 또 무슨 짓을 한 거야?"

로빈이 홱 돌아서면서 악을 썼는데 피가 부글부글 끓는 얼굴이었다.

"어, 미안해."

칼이 사과했다.

"갑자기 재채기가 나는 바람에. 그래서 나도 다른 모습으로 변하는 게 좋겠다고 생각하는 중이야. 이 용은 진짜…… 조절하기가 힘들어."

로빈이 벌떡 일어나서 손가락으로 불붙은 숲을 가리키면서 재빨리 주문을 외웠다.

"옹도이우스의 이름으로 파도는 이 화재를 덮쳐라!"

즉시 물기둥이 솟구치면서 불은 꺼졌다.

"칼! 너 당장 이 숲에서 꺼져버려. 아니면 내가 마지스터의 공격 정도는 풋내기 장난에 불과한 것으로 느끼게 해줄 테니까!"

로빈은 귀에서 김이 풀풀 날 정도로 몹시 화가 나 있었다.

"그래, 그래, 알았어. 변신할게. 그럴 참인데 네가 찬물을 끼얹은 줄이나 알라고."

칼은 천연덕스럽게 너스레를 떨었다.

"잠깐!"

로빈이 외쳤다.

"또 뭐? 그래 뭘 원하는지 들어는 줄게!"

"바스켓의 무게는 족히 100킬로그램은 나갈 거야. 너 몸무게가 얼마나 되지, 60킬로그램? 너 아주 박살나고 싶은 거 맞지?"

칼은 로빈을 흘겨보면서 바스켓을 풀게 내버려두었다가, 변신을 시도했다. 그런데 이게 무슨 일인가, 펑! 하면서 칼이 사라지고 말았으니!

로빈이 둘레둘레 살피면서 칼을 찾고 있을 때, 아주 조그맣게 왱왱거리는 소리가 들렸다.

"이이이런, 내내내가 시실패했어!"

"칼? 어디 있는 거야?"

비즈즈즈 한 마리가 왱왱 선회하면서 성가시게 하자, 로빈은 손으로 휙휙 쫓았다.

"그렇게 손을 휘저젓지 마! 그러다아 나르를 무무뭉개버리겠어!"

비즈즈즈의 이야기에 로빈은 눈이 휘둥그레졌다.

"칼? 너야?"

"무스스슨 일인지 모르게게겠어!"

아주 조그만 목소리가 말을 떠듬거리듯 말했다.

"변시시신하려는데 내 시야에 비즈즈즈 한 마리가 들어오더라고. 그러고는 펑! 하더니 갑자기 너무나도 꽃가루를 먹고 시시싶어졌어. 그래서 자기 능력에 대해 타라가 말하고 시시싶어했던 걸 이해하게 되되었어."

"칼, 인간의 모습으로 돌아가 줄래? 가능한 한 빨리 요새로 돌아가는 방법을 찾아보자. 약속할게."

펑! 하는 소리가 조그맣게 들리더니 미남 청년 모습의 칼이 나타났다.

"아이고, 머리야! 타라는 어땠을까? 다시는 타라의 마법을 쓰지 않겠어. 휴, 도저히 걔의 마법은 예측 불가능이야."

칼이 머리를 부여잡으면서 신음소리를 냈다.

"좋아. 아주 훌륭한 제안이야. 자, 출발하자. 족히 한나절은 걸어야 해."

로빈은 진심으로 찬성했다.

"하지만 가능한 한 빨리 돌아가는 방법을 찾자고 했잖아?"

칼이 소리쳤다.

"거짓말이었어!"

로빈은 간단하게 대답하고는 숲 기슭을 향해 성큼성큼 걸어갔다.

"드라고쉬 선생님께 갈랑과 타라를 데리고 먼저 출발하라고 하고, 우리는 나중에 합류하는 거야. 타라가 자기 능력을 되찾는데 몇 시간을 더

기다린다고 손해날 거야 있겠냐? 네가 그걸 사용하게 내버려두는 것보다는 차라리 덜 위험할 거다!"

칼은 한순간 어안이 벙벙했다.

"뭐가 어째?"

칼이 쫓아가면서 외쳤다.

"거짓말이었다고? 넌 그럴 권리가 없어!"

"나는 왜 안 되는데? 넌 입만 열었다하면 거짓말이면서."

하프엘프는 어깨를 으쓱하면서 물었다.

"그건 이유가 안 돼! 친구들에게는 거짓말하지 않아! 그리고 타라를 생각해야지! 우리가 늑장을 부렸기 때문에 타라의 생명에 무슨 지장이라도 생긴다고 생각해 봐! 타라가 다시는 마법을 사용할 수 없다고 생각해 보라고!"

칼은 그렇게 상대를 꼼짝 못하게 하는 논리를 펴면서 극적인 효과를 높이기 위해 목소리를 낮추고 속삭였다.

"내가 그 능력을 타라에게 돌려주지 못하게 돼서 평생 동안 가지고 있다고 생각해 봐!"

그 말에 섬뜩해진 하프엘프는 걸음을 멈췄다.

"그건 안 돼! 이 세상이 남아나지 않을 거야! 안 되겠어, 내가 한 가지 제안할 테니까 잘 들어, 너. 타라는 자기 힘을 조절하기 위해 자주 살아 있는 돌을 이용해. 타라가 맨 처음에 살아 있는 돌과 하나가 되었을 때, 그 돌이 타라의 정신을 압도했어. 타라가 깨어나는 순간까지……"

"그래서 우리를 죽일 뻔했지. 그래, 타라가 2,000미터 상공에서 정신이 들자 덜덜 떨던 모습이 지금도 생생해. 게다가 우리를 등에 태우고 있었으니."

칼의 깐죽거리는 말에 로빈은 미소를 지었다.

"너 굉장히 어지러워서 그런 거잖아. 그러니까 살아 있는 돌이 너를 조절하면……."

"아! 그러면 무슨 일이 일어나는지 나는 알아차리지 못할 것이고, 살아 있는 돌이 우리 둘을 위해 날아가겠지. 완벽해, 아주 멋진 생각이야. 자, 가자."

그들은 타라의 주머니에서 조심스럽게 살아 있는 돌을 꺼냈다. 예전에 로빈은 타라와 함께 살아 있는 석영을 다듬어서 번쩍번쩍한 크리스털 볼로 변모시켜주었고, 그 때문에 살아 있는 돌은 로빈을 아주 좋아했다. 로빈은 돌이 자기에게 대답해줄 거란 기대를 하면서 물었다.

"살아 있는 돌? 내 말이 들리면 대답해 줄래?"

"친절한 로빈, 멋진 로빈, 내가 필요해?"

번쩍거리는 돌이 하프엘프를 향해 광채를 투사하면서 깍듯이 물었다.

와, 정말 잊지 않고 있었네! 로빈은 현재 상황과 부탁할 것들을 짤막하게 설명했고, 살아 있는 돌은 잘 알아들었다. 어휘는 제한되어 있어도 이해력은 그렇지 않았다. 타라가 부탁하는 것을 이따금 자기 멋대로 해석하는 경향이 좀 있어서 탈이긴 해도. 칼은 알아차릴 겨를도 없이 다시 용의 몸이 되었고, 살아 있는 돌은 용의 이마에 박혔다.

로빈은 용의 등에 또다시 바스켓을 고정시켰지만 타라와 블롱딘은 일단 갈랑에게 맡겼다. 살아 있는 돌의 도움으로 칼이 과연 힘을 조절하고 순조롭게 이륙할지, 현기증을 이겨낼지 먼저 살피기 위해서였다. 그들은 이륙할 장소를 찾기 위해 수백 미터를 걸어갔다. 돌발 상황에 대비하려면 숲에서 아주 멀리 떨어지는 것이 상책이지 않은가. 몹시 피곤한 상태지만 로빈은 조심스럽게 공중부양을 해서 거대한 용의 날개를 휘젓기 시작하는 칼을 관찰했다.

살아 있는 돌의 도움을 받은 칼의 이륙은 완벽했다. 마치 옛날부터 날개가 있었던 듯이. 공중에 이르자 그들이 로빈 옆에 붙었다.

"칼? 괜찮은 거지?"

로빈은 경계하는 투로 물었다.

"우리는 아주 좋아. 무섭지도 않고, 날아가는 게 아주 신나."

칼이 용의 목소리와 살아 있는 돌의 목소리가 섞인 멜로디 같은 음성으로 대답했다.

"그럼 됐어! 문제가 생기면 대처할 시간이 있어야 하니까 높이 날자. 너의 등으로 다시 갈까?"

"그렇게 해, 하프엘프, 타라의 친구, 너희들을 환영해."

로빈은 조심스럽게 바스켓에 자리를 잡고 나서, 타라와 블롱딘도 바스켓 안으로 옮겼다.

비행은 어찌나 부드러운지 물찬 제비가 따로 없었다. 2시간쯤 날아갔을까, 어느새 잿빛 요새가 눈앞에 보였다. 그들은 착륙해서 갈랑과 드라고쉬 선생님을 기다렸다. 페가수스와 박쥐는 그 속도로 따라올 수 없으면서도 용의 등에 오르라는 살아 있는 돌의 제안을 사양했었다.

감시병들이 그들을 발견했다. 힘찬 나팔소리가 그들을 맞으면서……
셈 선생님, 베어 왕과 티타니아 왕비, 랑코비트 궁정의 절반에 이르는 궁인들과 타라의 친구들이 요새에서 우르르 몰려나왔다. 모두들 잿빛 요새 공간이동의 문을 통해 온 것이 분명했다.

"브라보! 브라보! 우리를 구한 영웅들이다! 브라보!"

셈 선생님은 흥분을 감추지 못했다.

"만세! 만세!"

파프니르는 귀청이 떨어져라 고래고래 소리를 질러댔다.

박수를 치는 사람들, 발구르는 사람들, 말 울음소리, 포효하는 소리, 그야말로 벌집이라도 쑤셔놓은 듯 야단법석이 일었다. 그 열렬한 환영에 약간 놀란 로빈은 여전히 기절해 있는 타라를 안고 땅에 내려섰다. 그러자 셈 선생님이 숨이 넘어갈 듯한 비명을 지르면서 뛰어왔다.

"타라! 이 아이가……."

셈 선생님은 차마 말을 잇지 못했다.

"죽었냐구요? 아니에요. 그냥 의식을 좀 잃은 것뿐이에요."

로빈이 빙긋이 웃었다. 로빈은 친구들이 달려와서 부둥켜안았을 때는 서서 버텼지만, 파프니르가 그 우람한 등짝으로 툭 칠 때는 그대로 고꾸라질 뻔했다.

"타라가 왜 기절했는데?"

걱정이 가득한 얼굴로 난쟁이가 물었다.

로빈은 고갯짓으로 뒤에 있는 빨간빛과 금빛의 용을 가리켰다.

"타라가 마지스터를 물리치려고 칼에게 자기 능력을 다 줬거든."

"마지스터(셈 선생님이 눈살을 찌푸렸다)? 거기에 마지스터가 뭐 하러 와? 너희들 영혼 약탈자와 싸운 게 아니었니?"

"아, 그건 맞는데요, 영혼 약탈자를 끝장낸 사람은 마지스터였어요."

칼이 용의 굵직한 목소리로 대답했다.

셈 선생님의 눈이 휘둥그레지자, 마니투, 파프니르, 무아노, 파브리스의 눈도 똥그래졌다.

"해줄 얘기가 굉장히 많아요, 선생님. 요새로 들어가면 안 될까요? 편안하게 좀 앉았으면 좋겠어요."

"잠깐만 기다리세요."

로빈이 말했다.

"아직 도착하지······."

갑자기 푸드득거리는 날갯짓 소리가 들리더니 박쥐와 페가수스가 차례로 내려앉았는데 얼마나 빨리 날아왔는지 아주 녹초가 되어 있었다.

박쥐가 태연히 드라고쉬 선생님으로 변신하자 그를 알아본 근위대 두 명이 즉시 포위했다. 로빈이 뱀파이어를 변호하고 나섰다.

"드라고쉬 선생님이 탈옥했다는 건 알고 있습니다. 하지만 선생님이 안 계셨다면 우리는 영혼 약탈자를 물리치지도, 더군다나 마지스터는 절대 이길 수 없었을 거예요. 따라서 선생님을 용서해야 합니다!"

"유감스럽지만 선행을 했다고 살인죄가 속죄되지는 않는다."

왕이 아주 난처한 얼굴로 개입했다.

"드라고쉬 선생은 잘못에 대한 대가를 치러야 한다. 아니면 모든 뱀파이어들에게 불명예가 떨어지니까!"

"하지만······."

"그건 걱정할 일이 아냐, 로빈 군."

드라고쉬 선생님이 끼어들었다.

"그전에 먼저 긴급히 해야 할 일이 있다. 그러려면 공간이 필요해."

셈 선생님이 무슨 말이냐는 뜻으로 이마에 주름을 잡았다.

"타라에게 능력을 돌려줘야 합니다. 그런데 그 일을 하려면 셈나샤오비로다인트라쉬부 당신이 필요해요. 타라의 힘은 내가 감당하기에는 너무 큽니다."

드라고쉬 선생님이 설명했다.

"아, 그래요? 그거야 물론 문제없소. 여기 있는 모든 사람을 보호하기 위해 별을 만들겠소. 칼리반?"

"네?"

붉은 용이 노래하는 듯한 목소리로 대답했다.

셈 선생님이 눈살을 찌푸렸다.

"너, 뭔가의 지배를 받고 있니? 네 말투가 어째 이상하구나."

"어지러워서 죽는 줄 알았거든요. 그래서 그걸 억제하려고 우리는 하나로 결합했어요. 덕분에 무사히 여기 올 수 있었고요."

"우리라니? 아하, 너와 살아 있는 돌을 말하는 거구나, 타라가 그랬던 것처럼. 살아 있는 돌, 정말 고맙다. 그런데 이제는 칼리반과의 결합 관계를 깨야 할 때가 되었다."

"당연히 그래야지요, 선생님."

살아 있는 돌이 대답하자, 칼이 뾰족한 갈퀴발톱으로 이마에서 돌을 뺐다. 잠시 비틀거리던 칼은 몸을 숙이더니 타라를 안고 있는 것이 점점 버거워지기 시작한 로빈에게 속삭였다.

"설마 내가 많은 사람들 앞에서 어지러웠다고 시인했던 걸 가지고 툭하면 놀려먹진 않겠지?"

로빈은 붉은빛과 금빛 용에게 짓궂은 눈길을 던졌다.

"당연히 그럴 걸. 지금 네가 말한 그대로."

"에이, 눈치도 없는 돌 같으니라고! 아무도 말하는 요령의 기본 개념을 설명해 주지 않았나?"

"거짓말의 개념이겠지. 너도 달라져야 해. 진실을 말하는 법부터 배워. 처음에는 좀 어렵겠지만 금방 익숙해질 거야."

로빈이 놀렸다.

용은 로빈을 째려보다가 셈 선생님의 지시에 따라, 그들이 방금 땅바닥에 그린 거대한 별 문양 한가운데에 타라와 함께 자리를 잡았다. 파프니르, 무아노, 마니투, 파브리스는 타라에게 능력을 되돌려주는 작업을 하는 동안, 별 문양 안으로 들어가지 않는다는 조건으로 거기 있어도 좋다는 허락을 받았다. 나머지 궁정 식구들은 요새 안으로 들어가는 쪽을 택했다. 궁인들은 혹시라도 잘못되는 경우에 두꺼비로 둔갑하고 싶은 마음이 추호도 없었던 것이다.

먼저 드라고쉬 선생님은 칼에게 인간의 모습으로 돌아오라고 부탁했고, 즉시 미남 청년으로 변한 칼이 나타났다.

왕과 왕비, 궁인들이 모여 있는 요새 창문들에서 탄복하는 탄성이 흘러나오자, 칼은 이맛살을 찌푸렸다. 셈 선생님의 지시에 따라 칼이 의식이 없는 타라의 손을 잡자, 두 선생님이 붕 날아올라 단호하게 주문을 외쳤다.

"에샹구스의 이름으로 능력은 원래 속해 있던 몸으로 돌아갈지어다! 콩피누스의 이름으로 방황하지 말고 곧장 네 길을 갈지어다! 에샹구스의 이름으로 능력은 원래 속해 있던 몸으로 돌아갈지어다!"

칼은 땀을 뚝뚝 흘리기 시작했다. 칼의 몸이 원래의 모습을 되찾는 사이에 타라의 능력이 그를 떠났다.

난데없이 눈이 부실 정도로 강력한 빛을 내는 형체가 타라의 몸 위에 유형화되었다. 하지만 타라의 몸으로 들어가려던 마법의 빛은 강력한 저항에 부딪혔다. 다시 한 번 들어가려고 시도했지만, 두 번 다 거부당했다. 그러자 마법의 빛이 불의 페가수스로 변하더니 별을 가로질러서…… 파브리스 쪽으로 방향을 트는 것이 아닌가! 파브리스는 뒷걸음질쳤고, 당황한 두 최고 마법사는 주문을 멈췄다.

"맙소사, 타라가 자기의 능력을 거부하고 있잖아!"

드라고쉬 선생님이 중얼거렸다.

갑작스런 페가수스의 출현에 요새의 창문들에서 깜짝 놀라는 웅성거림이 일었다. 이어서 뱀파이어의 말을 들었는지, 그새 입에서 입으로 전해졌다.

"타라가 자기 능력을 거부하고 있대!"

"그럴 만도 하지. 할 수만 있다면 나도 똑같이 했을 거야!"

여전히 마법을 싫어하는 파프니르가 좋아거렸다.

"타라가 자기 능력을 파브리스 브주아 지롱에게 주려고 하는 게 확실한 것 같소!"

셈 선생님이 말했다.

실제로 불의 페가수스는 보이지 않는 장벽을 뚫고 나가려고 애를 썼고, 공포에 질린 파브리스는 점점 더 뒷걸음질치고 있었다.

"타라는 무의식 상태예요. 마법은 어머니와 아버지를 앗아가면서 타라의 삶을 엉망으로 만들었고, 끊임없이 위험에 빠트렸잖아요! 그래서 타라는 무의식적으로 마법을 제거하려는 거예요. 타라를 깨어나게 해야 돼요, 아니면 궁지에서 벗어나지 못할 거예요."

칼이 말했다.

"타라를 깨어나게 해? 별 문양 안에서는 타라에게 능력을 돌려주는 것 이외의 다른 마법은 뭐든 삼가야 한다. 타라의 능력을 상징하는 불의 페가수스가 그게 누가 되었든 몸 속으로 돌아가고 싶어해. 타라가 거부하기 때문에. 그런데 마법을 쓰면 능력을 사용하느라고 우리의 몸이 열리지. 불의 페가수스는 바로 그 틈을 이용해서 우리 몸 속으로 들어올 수 있고, 그 반동의 충격 때문에 타라가 죽을 수도 있어."

"그렇다면 따귀라도 갈길 참이었는데 괜히 원망 사는 일은 그만두죠, 뭐. 로빈도 나를 갈기갈기 찢어버리려고 할 테고. 그런데 다행히 마법을 쓰지 않고 타라를 깨어나게 하는 방법이 있거든요. 이걸 보세요."

그렇게 말하면서 칼은 씩 웃더니 작은 꽃 한 송이를 흔들었는데 흰 꽃 잎에, 한가운데가 겨자색이었다.

"타춤이잖아?"

셈 선생님이 탄성을 질렀다.

"이 꽃으로 뭘 어쩌려고…… 아니, 알고 싶지 않다. 어서 해 봐!"

칼은 타라의 코밑에 타춤을 들이댔다. 칼은 한순간 통하지 않는다고 생각했다. 타라가 눈썹 하나 까딱하지 않는 데다 번쩍이는 페가수스도 여전히 집요하게 파브리스의 몸으로 들어가려고 기를 쓰고 있었던 것이다.

잠시 후 타라의 가슴이 들썩거리더니 대단한 재채기를 했는데…… 천둥이라도 내리치는 것 같았다. 타라가 한쪽 눈을 게슴츠레 뜨더니 기계적으로 코를 문지르면서 말했다.

"무슨…… 무슨 일이야!"

파브리스 앞에 가로놓인 보이지 않는 장벽을 뚫고 나가려고 난리를 치는 불의 페가수스를 발견한 타라 눈이 동그래졌다.

"저게 뭐야?"

타라가 물었다.

"저건 너의 능력이야."

안심한 칼이 말했다.

"무슨 이유인지는 몰라도 네가 그 능력을 파브리스에게 주고 싶어하는 것 같아."

"누구? 내 능력이라고? 하지만……."

"웬만하면 네 능력을 빨리 회수해 가면 정말 좋겠어. 아침 좀 먹으로 가게. 나 배고파 돌아가시겠어!"

칼이 타라의 말을 자르고 대꾸했다.

타라는 콧잔등을 찌푸리고 나서 정신적으로 페가수스를 불렀다. 불의 페가수스가 즉시 복종하자 파브리스는 안도의 숨을 내쉬었다. 불의 페가수스는 별의 장막을 두들겨대기를 그만두고 타라를 향해 날아갔다. 그러고는 타라의 머리 바로 위에서 구름처럼 풀어지더니 타라의 몸을 휘감았다가 사라졌다.

칼은 타라를 일으켜주면서 말했다.

"어유, 이제야 살겠다. 자, 받아. 살아 있는 돌을 돌려줄게. 이제 먹으러 갈까?"

최고 마법사들은 별 문양을 지웠다.

파프니르가 제일 먼저 타라를 끌어안았다.

"타라, 너의 망치가 낭랑하게 울리기를!"

난쟁이는 거의 숨이 막힐 정도로 꽉 안으면서 외쳤다.

"너의 모루가 낭랑하게 되울리기를!"

건강한 상태의 친구를 찾은 것이 기쁜 타라가 답변했다.

"괜찮아?"

"너희들 덕분에 다 잘 됐어. 이 모든 문제를 일으킨 빌어먹을 마법이 여전히 내 안에 있다는 것만 빼면! 흑장미 즙이 내게서 마법을 제거했다고 생각했는데 아니더라고. 마법이 돌아왔어. 또 다른 방법을 찾아봐야겠어."

칼은 난쟁이를 삐딱하게 쳐다봤다.

"파프니르, 우린 방금 목숨을 구했단 말야. 너 때문에 세계의 종말을 목격할 뻔했다고. 그러니까 제발 지금은 얌전히 좀 있어 주라. 또 다른 문제를 일으키기 전에 우리를 조금만 쉬게 해줘!"

파프니르는 대꾸 없이 어깨를 으쓱했다. 어쨌거나 칼의 말이 옳지 않은가! 무아노는 타라에게 방긋 웃어주긴 했지만 분해서 거의 미치기 직전의 얼굴이었다.

"내가 감염되어서 안젤리카의 시중을 들었을 때, 그 계집애가 나한테 한 짓을 네가 안다면!"

무아노가 씩씩거렸다.

"나도 너희들이랑 영혼 약탈자와 마지스터를 상대로 싸우고 싶었어! 그런데(무아노의 눈동자가 짓궂은 기쁨으로 이글거리고 있었다) 이제는 그 꺽다리랑 싸우고 싶어서 죽을 지경이야. 야수를 화나게 하면 어떻게 되는지 본때를 보여주고 말겠어!"

타라는 고개를 끄덕였다. 내가 안젤리카라면 벌써 아주 멀리, 재빠르게 도망쳤을 텐데! 무아노는 금방이라도 꺽다리를 믹서로 갈아버릴 태세였다. 로빈에게 아무런 명분이 없는 틈을 이용해서 파브리스는 타라의 뺨에 여섯 번이나 입을 맞췄다. 그래서인지, 기분이 이만저만 좋은 게 아니었다. 이어서 그들은 모두 잿빛 요새로 들어갔고, 공간이동의 문을 통해 차례로 랑코비트로 돌아갔다. 살아 있는 궁전은 영웅들을 열렬한 박수로 환영하는 군중을 투영하면서 그들을 맞이했다. 잿빛 요새로 갈 수 없었던 궁인들이 차례대로 그들을 열광적으로 환영했다.

숨이 막힐 정도로 꽉 끌어안는 부디우 부인에 이어서 전혀 모르는 사람들까지 한 100명쯤 덩달아서 포옹하는 통에 타라는 숨을 몰아쉴 지경이었다. 크리스털리스트들은 크리스털 볼에 대고 기사의 타이틀 표제를 이렇게 외쳤다. '청소년들이 아더월드를 구하다!' '용감한 소녀 마법사가 영혼 약탈자를 물리치다!' 그 난리법석 속에서 스쿠프들도 앞다투어 플래시를 터뜨리는 바람에 타라와 친구들은 얼이 완전히 빠졌다.

이날 저녁, 왕과 왕비는 성대한 파티를 준비하게 했다. 트라비아 시민이 모두 초대되었고, 저무는 여름의 포근한 날씨 속에서 어마어마한 야외 식탁이 차려졌다.

아더월드의 달, 타딕스와 마딕스의 달빛을 받으며 그들은 모험과 두려움과 의혹을 얘기했고, 그들의 얘기는 입에서 입으로 전 시민에게 전해졌다. 한 소녀가 얼굴이 빨개져서 소담스런 꽃다발을 목에 걸어주자, 칼은 대번에 재채기를 시작했고, 랑코비트의 시장 '반지르르한 처진 뺨'이 그들에게 용맹 훈장을 수여했다.

사탕과자를 실컷 먹은 뒤에 타라는 키디코이를 집어들었다. 언제나 그랬듯이 메시지는 수수께끼 같았다.

이제 곧 모든 것이 밝혀진다. 진실 속에 아버지가 있기 때문에!

아버지! 어떤 아버지? 골치가 아픈 타라는 더는 생각하고 싶지 않았다.

그들은 그 동안의 일을 차분하게 얘기하기 위해 타라의 방에 모였다. 파브리스와 무아노, 마니투는 영혼 약탈자에게 감염되었을 때 일어난 일을 얘기했고, 타라와 칼, 로빈은 몇 번의 싸움과 놀라운 경험들을 얘기했다. 안젤리카와 칼에게 있었던 얘기에 그들은 배를 잡고 웃었다. 하지만 로빈이 전해준 칼의 공중곡예 사건은 그야말로 압권이었다.

피곤에 지쳤지만 그들은 친구들을 다시 만난 걸 마냥 행복해하면서 각자의 방으로 돌아갔다. 먹는 것에 관한 한 결코 성이 차지 않는 마니투는 부엌으로 야밤 원정을 나갔다.

그들은 벌써 몇 시간 동안 잠을 자고 있었다. 타라는 한밤중에 무아노 때문에 잠을 깼다. 무아노는 온몸을 부들부들 떨고 있었다.

"타라, 타라, 일어나 봐!"

무아노가 속삭였다.

마지스터의 마스크를 들추고 마침내 정체를 알아차리는 꿈을 꾸다가 놀라서 눈을 뜬 타라는 하얗게 질린 친구를 물끄러미 쳐다봤다.

"벌써 시간이 됐어?"

"아니, 문제가 생겼어, 마니투에게!"

잔뜩 겁먹은 무아노의 목소리에 타라는 심장이 오그라드는 느낌이 들었다. 타라는 벌떡 일어나서 마법복을 더듬더듬 찾았다.

"무슨 일인데?"

"내가 방금 이걸 받았어. 문 앞에서 보초를 서는 경비병한테 한 아이가 이 탈루디를 주고 갔다는 거야. 내가 보려고 했지만 너한테 온 거라서."

타라는 얼떨떨했다.

"탈루디? 그게 마니투와 무슨 상관이 있는데?"

"오, 어쩌면 좋아, 타라! 너의 증조할아버지가 납치된 것 같아!"

19

여자 뱀파이어

"뭐라고?"

타라는 아연실색했다.

"빨리 탈루디를 얼굴에 붙여, 타라! 그 소년이 살아 있는 마니투를 만나고 싶으면 즉시 보는 게 좋을 거라고 경비병에게 말했다는 거야. 경비병이 술에 취해 있었나 봐. 왕국이 해방된 기쁨에 술을 너무 많이 마셨고, 소년이 한 말을 알아차렸을 때는 이미 그 아이가 도망치고 없었대."

살아 있는 궁전이 투영하는 두 개의 달빛만 비추고 있어서 방은 어스름 속에 잠겨 있었다.

"궁전, 빛을 부탁해."

타라가 말했다.

그 즉시 고요하고 향기로운 어둠 대신에 눈부신 태양이 나타났다.

"아이, 눈부셔."

타라는 두 눈을 가리면서 말했다.

"부탁인데 조금만 약하게, 방금 일어났거든."

이번에도 즉시, 궁전은 빛을 약하게 했다. 타라는 얼른 마법복을 입고

272

나서 탈루디를 눈에 댔다. 재갈이 물린 마니투는 소시지처럼 꽁꽁 묶여 있었다.

게다가 커다란 화살 하나가 마니투의 머리를 겨누고 있었다.

탈루디에서 쉰 목소리가 들렸다.

"네 증조할아버지를 죽이는 건 아주 성가신 일이다. 하지만 꼬마야, 넌 나한테 선택의 여지를 남기지 않았어. 난 영혼 약탈자나 마지스터가 너를 없애줄 거라고 생각했는데 그들이 실패했으니……. 그래서 내가 직접 해결해야겠다. 내가 네 증조할아버지를 죽이지 않을 거라고 생각한다면 오산이야."

바로 몇 센티미터 앞의 활에서 퉁겨진 화살이 마니투의 넓적다리를 관통했다.

개의 비명은 재갈 때문에 소리가 나지 않았지만, 타라의 비명소리가 친구들을 모두 깨웠다.

"이제 피가 다 빠져나갈 것이다."

목소리가 냉혹하게 말했다.

"하지만 네가 제때에 구하러 온다면 또 모르지. 셈 선생님의 사무실로 와, 지금 당장!"

탈루디를 떼어냈을 때 타라의 얼굴은 하얗게 질려 있었다. 잠시 후, 비명소리를 듣고 달려온 친구들에게 그 끔찍한 협박을 짤막하게 알렸다. 친구들이 무슨 말인지 생각하는 사이에 타라는 뛰쳐나갈 듯 문 쪽으로 향했다.

"기다려, 타라!"

타라가 문턱을 넘어서는 순간 로빈이 소리쳤다.

"어떻게 하려고?"

타라의 얼굴은 눈물에 젖어 있었다.

"증조할아버지를 구하러 가야지!"

초인적인 점프로 로빈이 타라를 붙잡았다.

"하지만 그건 너를 죽이려는 함정이야! 네가 죽으면 무슨 소용 있겠어?"

타라는 당황하는 얼굴로 로빈을 쳐다봤다.

"그럼 나더러 어떡하라고?"

"잘 생각해 봐야지."

칼이 아주 침착하게 끼어들었다.

"그자는 네가 머리를 쓰지 않고 무작정 거기로 달려오게 하려고 그 메시지를 보낸 거야. 그게 바로 그자가 노리는 거라고. 타라, 반응을 보이되 대응하지는 마."

칼은 그들이 비밀 터널 앞에 세워놓았던 가구를 고갯짓으로 가리켰다.

"저기로 가는 게 어떨까? 여긴 예상하지 못할 거야. 운이 좋으면 들키지 않고 증조할아버지를 구할 수 있을 거야."

"그래, 그거 괜찮은 생각이다."

로빈이 찬성했다.

"그리고 너도 엘프로 변신하는 게 좋겠어. 몸이 더 강하고 더 민첩해질 거야."

살아 있는 돌의 도움으로 타라는 재빨리 엘프의 모습으로 변했다.

"자, 출발하자."

로빈이 말하면서 릴란드릴의 활을 잡았다.

"그리고 그자의 활이 내 활보다 더 빠르게 화살을 당기는지 어디 한번 보자고!"

타라는 미소를 지었다. 정말 믿기 힘든 일이 아닌가! 친구들이 또다시 목숨을 내놓으려 하고 있으니! 정말이지 멋진 친구들이었다.

"우리를 공격하면 어떤 대가를 치르게 되는지 그자에게 나의 도끼 솜씨를 톡톡히 보여주겠어!"

파프니르가 으르렁거렸다.

난쟁이는 자기 무기를 잠시 응시하고 있다가 푸념하듯 중얼거렸다.

"셈 선생님의 사무실로 가는 거지? 배후 인물이 용 마법사가 아니기를 바랄 뿐이다. 그럴 경우 내가 본보기로 삼을 대상을 또 찾아야 하니까!"

눈 깜짝할 사이에 그들은 준비를 마쳤다. 그들은 아주 조용히 비밀 통로로 들어갔고, 이내 셈 선생님의 사무실 비밀 문 앞에 이르렀다.

타라가 마법을 쓰자, 엘프의 섬세한 손끝에서 파란 불꽃이 나부꼈다. 야수로 변신한 무아노는 약간 낮은 천장에 부딪히지 않으려고 몸을 움츠렸다. 칼은 단검들을 뽑아 조준했고, 로빈은 화살을 시위에 메웠다.

비밀 문이 빙그르르 회전했다. 정말로 마스크의 사내는 그들이 그 통로를 이용하리라고는 예상하지 못하고 있었다. 사내는 활을 내려놓고 셈 선생님의 사무실을 서성이고 있었다. 그들이 들이닥치자 소스라치게 놀란 사내가 무기를 향해 달려갔다. 하지만 너무 늦었다. 릴란드릴의 활이 더 빨랐다. 화살 하나가 손을 관통하자 사내가 고통의 비명을 질렀다.

사내는 황급히 방을 뛰쳐나갔다.

친구들이 뒤쫓는 사이에 타라는 재빨리 마니투를 풀어주었다. 불쌍한 개는 고통을 견디다 못해 기절해 있었다. 그때 고함소리가 들렸다.

"저기 있다. 이쪽이야!"

잠시 후, 소란스런 소리가 들렸다. 픽! 하는 둔탁한 소리가 울렸고, 난쟁이의 실망한 목소리도 들렸다.

"실패!"

타라는 개의치 않았다. 증조할아버지의 넓적다리에 꽂힌 화살을 보면서 어찌할 바를 모르고 있었던 것이다. 엘프의 피가 어찌나 부글부글 끓는지 자제하기가 힘든 타라는 다시 인간으로 변신했다. 그러고는 생각을 정리하기 위해 심호흡을 하고 나서 주문을 외웠다.

"데신테그루스의 이름으로 화살은 물로 변하라!"

주문은 완벽하게 기능을 발휘했다. 마니투의 몸에서 화살이 흐물흐물 흘러내리자 타라는 즉시 다른 주문을 외웠다.

"레파루스의 이름으로 상처는 당장 아물어라!"

와우, 성공이다! 그다지 멋지게 읊은 것도 아닌데…… 너덜너덜해진 살이 대번에 아물더니 찢어진 구멍이 메워지고, 검은 털이 감쪽같이 상처를 뒤덮었다. 마니투가 한 쪽 눈을 떴다.

"내가 꿈을 꿨나? 누군가가 나를 납치해서 화살을 쐈는데……."

타라는 엷은 미소를 짓긴 했지만 아직은 공포에 사로잡혀 있었다.

"제때에 흑기사가 나타난 거죠, 뭐. 방금 제가 치료했거든요. 어떠세요?"

"괜찮다. 이젠 거의 아프지 않아."

개는 일어나려고 애를 쓰면서 오만상을 찡그렸다.

그때 사무실 문이 벌컥 열려서 타라는 깜짝 놀랐다. 친구들이 아니라 부디우 부인이 나타났던 것이다. 그들을 보면서 그녀도 놀라는 것 같았다.

"셈 선생님은 어디 계시니? 한밤중에 여기서 뭐 하는 거지?"

대답하려고 입을 열던 타라는 부디우 부인의 손에서 빨간 자국을 봤다.

"저 여자야!"

마니투가 소리쳤다.

"나를 공격했던 여자야. 똑같은 냄새가 나!"

하지만 타라는 손을 쓸 겨를이 없었다. 부디우 부인이 번개같이 빠르게 타라의 머리에 화살을 들이댔다.

"움직이지도 말고 입도 뻥끗 하지 마."

부디우 부인이 말에 찬바람이 쌩 돌았다.

"마법을 썼다가는 즉시 너를 죽일 거야. 알았니? 개, 너도 털끝 하나 움직이지 마, 아니면……."

공포에 질린 타라는 거의 숨을 쉬지 않았고, 마니투는 덤벼들 기세로 늙은 여자에게서 눈을 떼지 않고 있었다.

"내가 타라, 너를 붙잡았어."

부디우 부인의 목소리는 희열에 차 있었다.

"드디어 내가 너를 붙잡았어! 좀더 일찍 죽어줬어야 했는데 내가 얼마나 실망했었는지! 내가 함정을 여러 번 놨었지, 그런데 넌 억세게 운이 좋았어!"

어리둥절한 타라는 무슨 말을 해야 할지 입이 떨어지지 않았다. 부디우 부인의 팔에 목이 졸려 있는 타라는 가까스로 한 마디를 내뱉었다.

"왜요?"

늙은 부인의 얼굴이 굳어졌다. 그러더니 마니투를 노려보면서 비웃듯이 내뱉었다.

"당신이 나를 기억 못한단 말예요? 난 당신의 옛 고객 중 한 사람이에요. 당신에게 영원한 젊음의 묘약을 샀던 바보들 중의 한 사람이라고요."

마니투는 움찔했다.

"젊음의 묘약? 하지만 셈은 자기가 늙어버린 마법사들을 모두 회복시켰다고 했소. 특수한……."

"내 얼굴을 보고도 그런 말이 나와요? 난 이제 서른 살이라고요, 마니투!"

겉늙어버린 부디우 부인이 분개했다.

"당신의 약을 마시고 나는 단 몇 분 사이에 쉰 살 여자로 폭삭 늙어버렸어요! 내 남편은 나를 떠나버렸고, 나는 내가 사는 땅 오무아에서 온갖 조롱의 대상이 되었단 말입니다. 내 아버지와 나는 1년 동안 셈 선생을 비롯한 최고 마법사들을 다 찾아다녔지만…… 그 빌어먹을 약은 회복이 불가능했어요. 아주 당황한 셈 선생은 가까이 두고 계속 치료해야겠다면서 나를 랑코비트에 와서 일하게 했지요. 얼마나 괴로운 나날이었는지, 난 셈 선생에게 아무에게도 내 얘기를 말하지 않겠다는 맹세를 하게 했어요. 하지만 계속되는 실패…… 그래서 난 당신을 응징하려고 찾아다니다가 마침내 당신이 지구에 있으며, 마법도 잃고 정신도 잃었다는 걸 알게 되었죠. 그래서 오래 전부터 상그라브였던 내 아버지는 마지스터가 지원자를 모집했을 때 타라를 납치해 오겠다고 자원했죠. 동시에 마니투, 당신을 죽일 생각이었어요. 그러나 아버지는 실패했고, 타라의 공격에 끔찍한 부상까지 입고 돌아오셨지요. 이번에는 내가 아버지를 낫게 하려고 백방으로 애를 썼으나 허사였어요. 우리가 시도했던 묘약과 마법의 주문들, 그 모든 것들의 치료법은 데미데루스만 알고 있는 것이라서. 아버지의 얼굴은 쉼 없이 타고 있어요. 아버지는 불을 없애달라고 애원까지 하셨지만 속수무책이었어요. 그래서 타라를 죽이기로 했죠. 타라가 죽어야 그 얼굴의 불이 꺼지니까! 타라 다음은 마니투, 당신이에요. 그러면 당신이 다시는 또 다른 순진한 마법사들에게 그 허무맹랑한 짓을 저지르지 못할 테니까!'

그 순간 타라는 키디코이의 예언이 생각났다. 막대사탕은 아버지에 대해 언급하지 않았던가! 그게 바로 부디우 부인의 아버지였어!

"그럼……."

타라는 문득 깨달았다.

"소용돌이 공격도 그럼……?"

"물론, 나였지."

부디우 부인이 시인했다.

"마니투를 죽이려고 했던 것도 나였고!"

당황한 마니투가 눈을 크게 떴다.

"나를? 하지만 언제, 어떻게?"

"두 사람 다 소용돌이 속으로 사라지길 바랐는데 빗나갔죠. 그 다음에는 칼리반과 안젤리카에 대한 재판이 벌어지는 동안 에세르벨루스 주문을 당신에게 걸었어요. 그런데 무슨 이유인지 당신을 방에서 나오게는 했는데 예상했던 대로 당신의 뇌가 파괴되지 않더군요."

타라는 소스라쳤다. 그러니까 금서를 빼앗기 위해서 마지스터가 꾸민 음모를 그들이 알아챌 수 있게 한 사람이 부디우 부인이었다는 건가! 마지스터가 자기는 그 일과 아무 관련이 없다고 단언했지만, 타라는 그 말을 전적으로 믿지 않았었다. 한편 마니투는 그들을 믿을 수 없는 일련의 사건에 빠뜨린 그 복잡하게 얽힌 상황에 어리둥절해 있었다.

부디우 부인이 다시 말을 이었다.

"개로 둔갑한 당신의 몸이 에세르벨루스 주문에 끄떡않는 걸 보고 난 먼저 타라를 제거하고 그 다음에 당신을 처리하기로 결정했지요. 그래서 여제의 규방에서 타라를 공격했는데 그 멍청한 친위대 대장이 우리가 싸우는 소리를 듣고 너무 일찍 개입했어요. 그 다음에는 타라를 미행해서 친구들이 모인 정원으로 갔다가 매머드를 구경하러 가자는 얘기를 들었죠. 아이들이 불새들에 홀려 있을 때, 내가 앞질러가서 매머드에게 주문을 걸었지요. 하지만 그 바보 같은 매머드는 제 역할을 제대로 하질 않았죠. 그래서 내가 직접 공격하려 했지만 이번에는 또 여제가 불쑥 나타나는 바람에 나는 그 무리에 섞여 있다가 매머드에게 걸었던 주문을 취소해버리고 말았어요. 덜미를 잡히지 않기 위해서. 그리고 타라가 올 경우에 대비해서 랑코비트 궁전에 동물 함정을 놓았던 것도 나였죠. 그런데 또 나의 육식 민달팽이를 용케도 피해버리더군요. 그 함정이 들통나게 되면 심각한 문제를 초래할 수 있기 때문에 나는 타라에 대한 뱀파이어의 분노를 이용했죠. 아무도 탐지할 수 없도록, 분노를 부추기는 정도의 아주 약한 주문을 걸자 뱀파이어는 민달팽이를 없애버렸고, 덕분에 나는 위험에서 벗어날 수 있었죠."

그래, 그랬었지. 타라는 뱀파이어가 민달팽이를 태워 죽였을 때 이성을 잃은 것 같은 표정이 기억났다. 그는 격한 분노 때문에 제정신이 아닌 얼굴이었다.

"네 방에서 너를 죽였을 때는 정말 성공했다고 생각했어."

부디우 부인이 이번에는 타라에게 직접 말했다.

"깜빡 속을 뻔했는데 내 아버지가 여전히 고통스러워하시더군. 그건 곧 네가 살아 있다는 뜻이었지."

타라는 아무도 알아채지 못할 속임수를 써서 위기를 모면했다고 생각했는데…….

"타라가 당신의 아버지를 낫게 해주겠다고 제안한다면?"

드디어 마니투가 협상을 시도했다.

"그래 봐야 소용없는 일! 그리고 이 아이는 너무 강력해서 믿을 수가 없으니까. 이젠 때가 됐어. 사람들이 발견했을 때는 타라와 당신, 두 사람은 죽어 있을 거야. 그래도 내가 범인이라고 생각할 사람은 아무도 없어. 타라, 네 증조할아버지에게 하직인사나 하지 그래!"

타라는 그 누구에게도 하직인사 따위를 할 생각이 없었다. 타라는 정신적으로 살아 있는 돌을 불렀고, 그 둘의 강력한 마법이 합해져서 부디우 부인을 무력화시킬 준비를 하고 있었다. 그때였다. 갑자기 그들의 머리 위에서 비웃음소리가 났다.

본능적으로 올려다보니 그림자 하나가 들보에 매달린 채 응시하고 있었다. 부디우 부인이 재빨리 활을 다시 들었지만 정체불명의 존재가 한 발 빨랐다. 눈 깜짝할 사이에 달려들어서 갈퀴손톱의 창백한 손으로 무기를 낚아채자, 정신을 차릴 사이도 없이 당한 부디우 부인은 단검을 잡기 위해 타라를 놓았다. 하지만 그 존재는 초인적인 빠르기로 단검마저 빼앗고는 부인의 목덜미를 움켜잡았다. 그렇게 해서 팔 끝에 대롱대롱 매달린 여자가 발버둥을 치거나 말거나 그는 거들떠보지도 않았다.

그 현란한 몸놀림에 매료된 타라는 정체불명의 존재를 유심히 살폈다. 검정 가죽옷에다 일종의 가죽 복면으로 가린 얼굴, 백발이 흘러내린 떡 벌어진 어깨와는 대조적으로 놀랍도록 깡마른 몸. 아주 강력하게 느껴지기는 하는데 무자비해 보이는 괴력의 소유자였다. 부디우 부인이 주문을 외우려고 했지만 그 존재가 어찌나 난폭하게 따귀를 갈기는지 그 아픔이 타라에게까지 느껴질 정도였다.

"내가 그토록 오래 쫓던 사냥감을 드디어 만났구나."

정체불명의 존재가 온화하면서도 냉랭한 음성으로 말했다.

'사냥'이란 말에 타라는 퍼뜩 기억났다.

"사냥꾼! 그렇다면 당신이 바로 마지스터의 사냥꾼이군요!"

그 존재가 고개를 까딱하더니 검은 복면을 풀었다. 타라는 소스라치게 놀랐다. 여자 뱀파이어였다! 사후의 아름다움을 흰 대리석에 새겨놓은 듯한 얼굴, 그 아름다움은 가슴이 아릴 정도로 완벽했다. 빨간 눈이 호리는 듯한 광채를 띠며 이글거렸다. 그러나 드라고쉬 선생님과는 아주 달랐다. 창백한 피부하며 머리칼하며 모든 것이 생기라곤 없었다. 그 빨간 눈만 제외하고.

"내 명성이 이미 나 있다니 기분 나쁘지 않군. 내 보스가 네 목숨을 노리는 자를 찾으라고 지시했는데 이제야 잡았어……."

부디우 부인이 그렇게 여러 차례 자기를 죽이려고 했는데도 타라는 아버지를 사랑하는 딸의 마음만은 이해할 수 있었다.

"잠깐, 부인을 어떻게 할거죠?"

타라가 소리쳤다. 이미 돌아선 뱀파이어는 부디우 부인을 힘들이지 않고 가볍게 잡아끌고 있었다.

홱 돌아보는 여자 뱀파이어의 핏빛 눈과 마주친 타라는 소름이 끼쳤다. 뱀파이어는 공포에 사로잡힌 소녀가 귀엽다는 듯이 미소를 지었다.

"내 저녁밥으로 그만이지. 물론 보스의 허락이 있다면. 보스는 계획을 방해하는 자들을 몹시 싫어하거든. 나하고는 정반대지. 난 보스에게 대항하는 자들을 아주 좋아한단 말이지! 나한테는 훌륭한 식사가 되어주니까."

타라는 귀가 믿어지지 않았다.

"음…… 하지만 인간의 피는 뱀파이어에게 독이 된다고 들었는데요."

"독? 푸하하!"

여자 뱀파이어가 비웃음을 흘렸다.

"다 그런 건 아니지. 몇몇 뱀파이어에게 인간의 피는 아주 감미로운 음료에 불과하니까. 그 대가는 치르지만 그럴 만한 가치는 있지! 한번 보여줄까?"

뱀파이어가 그 소름끼치는 송곳니들을 드러내면서 부디우 부인의 목에 몸을 숙이자 신음소리가 들렸다.

"셀렌바! 멈춰!"

우렁찬 목소리가 소리쳤다.

깜짝 놀란 여자 뱀파이어가 고개를 들었다. 비밀 문을 통해 드라고쉬 선생님이 나타난 것이었다. 드라고쉬 선생님이 애원하듯 아름다운 뱀파이어를 향해 손을 내밀었다. 그녀는 그를 뚫어져라 응시하며 말했다.

"이렇게 유감스러울 수가! 지난번에 내 공격이 성공했다고 믿었는데!"

그 말에 드라고쉬 선생님은 인상을 찌푸렸다.

"아니, 당신이 내 얼굴에 뱉은 피는 나를 전염시키지 못했소. 난 당신처럼 되지 않았으니까. 난 그 피가 한 방울이라도 흡수되지 않도록 닦아내는 데 성공했으니까. 따라서 당신은 당신을 배신자로 만든 그 악당의 수하로 나를 끌어들일 수 없소."

밑도 끝도 없는 그 대화를 듣고 있던 타라는 갑자기 깨달았다.

"바로 당신이었군요!"

여자 뱀파이어를 쳐다보면서 타라가 외쳤다.

"드라고쉬 선생님이 감옥에 갇히면서까지 보호해 주려고 했던 사람이! 당신이 바로 골목길에서 남자를 죽였던 거예요. 왜 그랬죠?"

"난 너를 감시하고 있었다. 너를 죽이려는 자가 누군지 알아내려고."

셀렌바는 어깨를 으쓱하면서 대답했다.

"그런데 배가 고팠어."

그 말에 타라가 쳐다보자, 드라고쉬 선생님은 절망적인 표정을 지었다.

"선생님, 왜 그러셨어요?"

타라는 부드럽게 말했다.

"대신 감옥에 가면서까지 보호해준 이유가 뭐예요?"

"그게…… 그게, 내…… 약혼녀였거든."

드라고쉬 선생님이 망설이다가 고백했다.

"우리는 셀렌바처럼 인간의 피에 의존하는 뱀파이어들을 추적하고 있다. 내가 만약 그녀의 죄를 폭로했다면, 우리의 뱀파이어 암살자들이 즉시 여기로 들이닥쳤을 거야. 그런데 그녀는 떠나려고 하지 않았어! 너를 노리는 자를 찾지 못했기 때문에. 그래서 내가 자수했던 거다. 인간의 심판에 나를 내맡김으로써 우리 뱀파이어들은 나를 공격할 수 없었고, 셀렌바는 위험에서 벗어났지."

"그리고 지금은 당신 덕분에 나는 이 포로를 보스에게 데려갈 수 있게 되었고요."

셀렌바가 다정한 어조로 속삭였다.

"난 당신을 떠나게 내버려둘 수 없소, 셀렌바."

드라고쉬 선생님이 괴로워했다.

"지금껏 저지른 나쁜 짓만으로도 충분해요. 당신은 당신에 대한 내 사랑을 무기로 삼아 나를 농락하였소. 당신이 그 여자를 데려가게 내버려두지 않겠소."

셀렌바는 난처한 얼굴로 쳐다봤다.

"맙소사! 이러는 건 정말 싫은데…… 마음이 아프지만 할 수 없네요. 당신과 정말 싸우고 싶지 않은데……."

그들이 지켜보는 가운데 셀렌바는 놀랍게도 자신의 손목을 깨물어서 피를 솟구치게 했다. 그러고는 그 피로 원을 그리고 나서 외쳤다.

"델란다 티르 부쉬 트란스미르!"

문 비슷한 것이 나타나더니 드라고쉬 선생님이 붙잡을 사이도 없이 셀렌바는 부디우 부인을 데리고 문을 통과했다. 그러고는 꾸르륵, 빨려드는 소리가 요란하게 나면서 문이 닫혔다. 그 와중에도 여자 뱀파이어는 한 손으로 즐거운 작별의 키스를 그들에게 보냈다.

지칠 대로 지친 타라는 땅바닥에 미끄러지듯 주저앉았다. 마니투가 팔 밑으로 그 보드라운 머리를 밀어 넣자, 타라는 한순간 증조할아버지라는 걸 잊은 듯이 기계적으로 그 머리를 쓰다듬었다. 잠시 후에야 깨달은 타라가 말했다.

"어머머, 할아버지, 죄송해요!"

"아니, 아니, 난 지금 위로가 절실하게 필요하구나. 내가 너무 경솔했어. 이 죄책감을 어떻게 하면 좋을지 모르겠구나. 이 모든 일이 내가 만든 묘약 때문에 벌어진 것이라니! 오, 데미데루스여, 내가 대체 무슨 짓을 저질렀던 것입니까?"

타라는 아무도 부디우 부인의 아버지에게 상그라브가 되라고 하지 않았으며, 할머니를 죽이라고 하지도 않았고, 또 자신을 납치하라고 부탁하지 않았다는 걸 상기시키면서 마니투를 위로했다. 그 묘약이 부작용을 낳았다는 것은 끔찍한 일이긴 해도 아무도 예상할 수 없는 일이었다고 덧붙였다. 마니투는 가능한 한 빨리 해독제를 만들어서 고객들을 모두 찾아가겠다고 다짐했다.

그때 친구들이 돌아왔다. 그들은 방금 일어났던 일을 얘기해 주었다. 그런데 놀랍게도 드라고쉬 선생님은 뭐든, 심지어는 피에 굶주린 뱀파이어인 자신의 약혼녀에 대한 일화도 숨기려고 하지 않았다.

이어서 로빈과 친구들이 부디우 부인의 술책을 설명했다. 친구들이 뒤쫓아갔을 때 부디우 부인은 속임수 환영을 만들어서 로빈의 화살에 맞아 다친 손을 감추었다. 그들이 환영을 쫓아가는 사이에 부디우 부인은 되돌아와서 마니투를 치료하는 타라를 발견한 것이었다.

무아노는 타라와 마찬가지로 부디우 부인이 겪게 될 운명을 동정했다.

파프니르는 부디우 부인에게 무슨 일이 일어나거나 말거나 완전히 무시해 버리면서 어쨌든 드디어 정체불명의 살인자에게서 해방되었다고 결론을 내렸다. 그러고는 자신의 충직한 도끼로 찍었는데도 왜 끄떡없었는지 이제야 이해가 된다고 덧붙였다. 파프니르는 안심하는 것 같았다. 자신의 도끼가 표적을 빗나갔다는 것이 어지간히 마음에 걸렸던 모양이다. 출장에서 돌아온 다음날 아침, 간밤의 사건들을 알았을 때 셈 선생님은 기분이 몹시 상했다. 크리스털 전광판을 통해 범인 수색에 관한 공고문이 게시되었다. 타라는 여자 뱀파이어의 그 아름다운 핏빛 눈과 마주칠 때마다 소름이 끼쳤다.

그리하여 드라고쉬 선생님은 살인죄를 씻었다. 하지만 뱀파이어가 자기를 속였다는 것에 화가 난 살라타르는 무거운 벌금형을 선고했고, 영혼 약탈자를 없애는 데 기여했다는 공을 참작하여 감옥 행은 면제되었다.

한편 브란다우드 선생님과 그의 아내, 딸 안젤리카에게는 랑코비트의 왕좌를 일시적으로나마 찬탈했다는 판결이 내려졌다. 하지만 형벌은 가벼웠다. 영혼 약탈자에게 감염된 자들의 심리현상을 참작하지 않을 수 없기 때문이었다. 그들은 왕국에 크레디트―무트로 무거운 벌금을 내는 대신에 감옥에 가지 않았다. 브란다우드 선생님은 최고 마구스에서 평범한 마구스로 강등되었고, 안젤리카도 수석 조수에서 평범한 마법사로 강등되었다. 그 때문에 꺽다리는 분노에 사로잡혔다.

크리스털리스트들이 재판 과정을 중개했고, 판결이 내려졌을 때 칼은 분해서 펄펄 뛰었다. 칼은 브란다우드 일가가 영혼 약탈자와 공범이었다는 걸 알고 있지만, 그걸 증명할 방법이 전혀 없었다. 무아노는 벼르고 있던 갈색머리 꺽다리와 결판을 내지 않고, 복도에서 마주칠 때마다 야수로 변신해서 갈퀴발톱의 예리한 날을 세우는 치밀한 심리작전을 폈다. 안젤리카는 결국 신경쇠약에 시달리게 되었고, 시골로 무기한 요양을 떠나고 말았다.

히플리아에서는 파프니르가 닷새 동안이나 영혼 약탈자를 버텨내면서 아더월드를 구했기 때문에 비록 몹쓸 마법에 걸리기는 했어도 이례적으로 용서하고 다시 나라에 받아들이기로 결정했다. 그것은 난쟁이 종족의 역사상 처음 있는 일이었다. 아더월드의 각국에서 그 경사스러운 일을 취재하기 위해 크리스털리스트들이 몰려갔다. 그런데 정말 놀랍게도 파프니르는 거절했다. 파프니르는 전에 안젤리카가 차지했던 수석 조수 자리가 비어 있으니 자신은 랑코비트에서 일하기로 결정했다고 크리스털리스트들에게 알렸다. 그도 그럴 것이 랑코비트가 아니면 아더월드의 어디서 그 신명나는 싸움이며 죽을 위험이며 온갖 종류의 음모를 경험할 수 있단 말인가. 이 소식을 듣고 타라는 웃음을 참느라 숨이 막힐 뻔했다. 파프니르는 마법에서 해방되기를 단념한 것이 아니며, 동족의 제안을 거절한 이유가 따로 있다는 걸 뻔히 알고 있었던 것이다.

지구로 돌아갈 채비를 마친 타라와 친구들이 왕과 왕비가 있는 응접실에서 담소를 나누고 있을 때, 셈 선생님이 질풍처럼 접견실에 나타났다.

"전하."

셈 선생님이 정중하게 허리를 굽히면서 말했다.

"아, 타라, 그리고 너희들도 여기 있었구나. 너희들을 찾아다녔다. 너희들에게 온 탈루디를 받았다."

타라는 몸서리를 쳤다. 지난번에 타라가 탈루디를 통한 메시지를 받았을 때는 증조할아버지가 납치되었다는 소식을 알리는 것이었다.

하지만 이번에는 달랐다. 그것은 오무아 제국의 여제와 황제가 공식적으로 그들을 소환한다는 메시지였다.

20
제국의 후계자

"오, 안 돼요!"

칼은 아연실색했다.

"우리가 또 뭘 어쨌다고요?"

사실 여제는 두 개의 파티에 그들을 초대한 것이었다. 하나는 그들의 영웅적 행위를, 또 하나는 타라의 생일을 축하하기 위한 것이었다.

셈 선생님은 그들과 동행할 수 없었다. 부디우 부인이 행방불명되었기 때문에 여러 가지 문제를 처리해야 하는 선생님은 대신에 호위대를 딸려보냈다.

오무아 궁전에 도착했을 때, 많은 사람이 그들을 기다리고 있었다.

친위대는 네 개의 손을 가슴에 얹고, 고개를 빳빳이 쳐든 차려자세로 200개의 발뒤꿈치를 동시에 따닥! 소리가 나게 부딪쳤다. 칼리 부인은 고맙다는 말을 하고 또 하고, 하고 또 하고, 좀 심할 정도로 연발했다(그들은 부인이 영혼 약탈자에게 감염되었다가 상당히 힘들게 회복했음을 짐작할 수 있었다).

영웅 대접을 받는 기분이 그리 나쁘지는 않았다.

그들을 축하해 주는 파티가 어찌나 성대한지 칼은 랑코비트에서 수석 조수 일을 집어치우고 오무아에 와서 살겠다는 말이 튀어나올 뻔했다.

이틀 후, 여제는 타라의 생일 파티를 열었다.

그런데 놀랍게도 생일 파티는 연회장이 아니라 실내 정원 쪽으로 난 아름다운 방에 준비되어 있었다. 여제와 황제 주위로 백여 명의 초대 손님들이 몰려들었다. 장미를 좋아하는 타라를 위해 여길 봐도 장미, 저길 봐도 장미, 방의 장식 소재가 온통 장미였다. 각양각색의 장미들이 뿜어내는 향기에 머리가 핑핑 돌 지경이었고, 주렁주렁 매달린 오색찬란한 장미꽃 벽은 그 무게에 무너져 내릴 듯했다.

늘 그랬듯이 여제는 위엄이 넘쳤고, 빨간색에서 흰색에 이르는, 색이 점점 옅어지는 장밋빛 드레스 차림에 관자놀이를 죄는 장밋빛 황금 왕관을 쓰고 있었다. 그 긴 머리 또한 드레스와 어찌나 잘 어울리는지 여제는 눈부시게 아름다웠다.

여제는 매력적인 미소를 지으며 그들에게 앉으라 하고는 자리에 앉았는데, 그것이 예외적인 일인지 참석자들이 어안이 벙벙한 얼굴들이었다. 황제도 무표정한 얼굴로 앉으라는 손짓을 했는데 그냥 이복동생의 흉내만 낼뿐 건성인 것이 역력했다.

"며칠 늦기는 했지만."

마침내 여제가 낭랑한 목소리로 말문을 열었다.

"타라의 열세 번째 생일을 오무아에서 축하하게 되어 정말 기쁘구나. 타라, 솔직히 말하면 내 후계자에게 무슨 선물을 하면 좋을까 많이 고민했단다!"

황제는 어리둥절한 얼굴로 여제를 쳐다봤다. 놀란 것은 황제만이 아니었다. 흥겨운 실내에 갑자기 죽음 같은 침묵이 흘렀다.

타라는 심장이 멎는 것 같았다. 용감하게 얼굴을 쳐들고 타라는 여제에게 감히 물었다.

"그걸 어떻게 아셨습니까?"

"너희들 속에 스파이가 있었거든."

여제는 천연덕스럽게 말했다.

황제는 여제를 향해 몸을 돌리고 숨을 숙였다. 스파이라니! 내가 모르는 스파이라니! 이건 뭐가 잘못돼도 한참 잘못된 것이 아닌가!

타라는 여제가 시험하고 있다는 느낌이 들었지만 침착하게 말했다.

"스파이요?"

"고의가 아닌 스파이였지."

그 반응에 아주 흡족한 여제가 말했다.

"탈루디였으니까!"

갑자기 뭔가를 깨달은 무아노의 얼굴이 창백해졌다.

"아, 그 탈루디! 림보에서 브란디스의 혼령을 소환했을 때 그 현장을 탈루디에 녹화했어요. 그 탈루디를 제출했었는데…… 보셨군요!"

"그래, 맞았다."

여제는 아주 기분이 좋은 얼굴로 말했다.

"난 너희들이 칼리반 달 살란의 무죄를 어떻게 증명할지 몹시 궁금했어. 그래서 내가 그 탈루디를 보았지. 그런데 맙소사, 림보의 법정은 정말이지 소름이 끼치더구나. 그리고 그 재판관! 그가 거기 있는 것이 얼마나 다행인지!"

"타라를 위해서도 아주 잘된 일이죠."

칼이 감히 넉살을 떨었다.

"재판관이 타라의 머릿속을 들여다봤다면 해줄 얘기가 한두 가지가 아닐 테니까요!"

"내가 탈루디를 떼어내려고 할 때……."

여제는 들은 척도 않고 말을 이었다.

"갑자기 또 다른 유령이 나타나더군. 솔직히 그 유령을 대번에 알아보지는 못했다. 그러다 얼마나 놀랐던지……. 그 유령이 바로 행방불명된 내 동생 단비우의 유령이었으니!"

황제도 엄청난 충격을 받았는지 가뜩이나 어이없어하던 눈이 휘둥그레졌다. 주위에서 놀라는 탄성이 일었다. 단비우라니? 행방불명된 황제가 아닌가?

"내 동생이 어딘가에 살아 있기를 진심으로 바랐건만…… 한순간에 실낱같은 희망마저 사라졌지……."

여제의 목소리에 깊은 슬픔이 담겨 있었다.

"그런데 뜻밖의 새로운 사실을 알게 되었다. 아주 중대한 사실. 내 동생이 타라를 '내 딸'이라고 부르는 것이 아닌가! 그건 정말 기적이었어. 내가 단비우를 잃고 슬퍼하는 사이에 동생에게 자식이 있었다니! 그것도 다름 아닌 데미데루스의 직계 소녀가 있었다니! 게다가 그 아이가 우리의 빛나는 조상을 빼박은 듯이 두 번씩이나 우리 세계를 구했으니!"

모두의 시선이 타라에게 쏠렸다. 타라의 뇌는 그 압박감은 싫다고, 포기하라고 외치는 것 같았다. 이럴 때는 뭐라고 대답해야 하지?

타라를 구해 주듯 때마침 황제가 이복오빠로서 외쳤다.

"하지만 리스베스, 말도 안 되는 소리! 단비우가 사라진 지 벌써 14년이 지났는데…… 느닷없이 단비우에게 딸이 있었다니! 게다가 그 딸이 바로 타라 덩컨이라고? 어떻게 그런 황당한 말을!"

생각에 잠긴 여제가 눈을 찡그리면서 이복오빠를 쳐다봤다.

"어떤 점에서 터무니없다고 하는지 모르겠어요. 타라는 데미데루스의 그 흰 머리털을 가지고 있어요. 또 내 동생의 유령을 이 두 눈으로 똑똑히 봤는데……."

"이건 사기야!"

황제가 여제의 말을 잘랐다.

"너무도 뻔한 수작! 알지도 못하는 사람이 불쑥 나타나서는 자기가 제국의 후계자라고 주장한다고 해서 그 말 한 마디에 덥석 주홍빛 양탄자를 깔아주고 환영을 해주라니! 난 이런 사기에 동조하지 않겠소!"

황제는 얼마나 화가 났는지 얼굴이 시뻘개져 있었다.

"저는 아무것도 주장하지 않았습니다."

타라는 아주 당차게 말했다.

"저는 제국의 후계자라는 말을 한 적이 없습니다. 어쨌든 저는 제 가족이 있는, 어머니와 할머니가 계신 지구로 돌아갈 겁니다. 제국은 여러분께 맡기고 기꺼이 떠나겠습니다. 아더월드의 황금을 다 준다고 하셔도 저는 원치 않습니다."

그 말에 황제가 더욱 격분했다.

"뭐라, 원치 않아? 우리 대제국의 후계자가 되는 것이 얼마나 행운이고, 또 얼마나 명예롭고……."

아뿔싸, 자신이 무슨 말을 하고 있는지 문득 깨달은 황제가 황급히 입을 다물면서 타라를 흘겨봤다. 여제는 웃음을 참으면서 선언했다.

"더 이상의 증거는 필요 없어. 난 이 아이가 내 혈육이라는 걸 압니다. 그리고 이 아이는 단비우를 쏙 빼 닮았어요! 저 금발을 보세요! 그리고 저 쪽빛 눈! 내일 당장 황실의 후계자를 찾았다고 선포할 겁니다. 자, 이게 너에게 주는 선물이다, 타라."

타라가 망설이거나 말거나 여제는 작은 상자를 손에 쥐어주었다. 호기심이 가득한 눈길들이 일제히 상자에 고정되었다. 타라는 주홍빛과 금빛의 네모난 상자를 열었다. 상자 안에는 반지 하나가 들어 있었다. 더 정확하게 말하면 오무아의 상징인 100개의 금빛 눈을 가진 주홍빛 공작이 정교하게 새겨진 황실의 반지였다. 타라는 반지를 왼손 새끼손가락에 끼었는데, 반지가 너무 커서 헐렁헐렁했다. 타라가 그 말을 하려는 순간, 반지가 스르르 손가락에 딱 맞게 죄어졌다. 가슴이 철렁한 타라가 빼려고 하자, 반지가 미끄러져 버렸다.

"손가락에서 반지를 세 번 돌려보거라."

여제가 사파이어 빛의 눈동자를 반짝이면서 알려주었다.

약간 경계하는 듯이 머뭇거리다 타라는 반지를 돌렸다.

반지를 세 번째 돌리는 순간 난데없이 나타나는 주홍빛의 커다란 에프리트를 보고 모두들 소스라쳤다.

"주인님, 뭘 원하십니까?"

에프리트가 타라 앞에서 허리를 넙죽 굽히면서 우레 같은 목소리로 말했다.

타라는 기겁해서 침을 꼴깍 삼켰다.

"우리의 가장 소중한 에프리트들 중 하나인 멜루덴리파쉬랄리반디르를 소개하마. 데미데루스 시절부터 우리 황실을 섬기고 있는 에프리트란다. 이제는 네가 제국의 후계자니까 그는 전적으로 네 명에 따를 것이다. 아무도 네 허락 없이는 반지를 빼낼 수 없어. 누군가 네 손가락이나 손 또는 팔을 자르려고 한다면 에프리트가 즉시 나타날 것이다."

여제가 설명했다.

어찌나 놀랐는지 타라는 사레까지 들렸다. 믿어도 되나? 설마하니 뭔가가 잘려나가기 전에 확실히 나타나긴 하겠지? 타라는 질문을 하고 싶지도 않았다. 누군가가 그런 짓을 할 수도 있다는 생각을 하는 것만으로도 타라는 벌써부터 속이 메슥거렸던 것이다.

"저기…… 그럼 에프리트를 반지 안으로 돌려보내려면 어떻게 하는데요?"

에프리트는 마치 화성에서 온 외계인을 보듯이 타라를 쳐다봤다.

"저는 이런 사물 속에서 살지 않아요."

에프리트가 뿌루퉁한 어조로 말했다.

"반지는 주인님이 저를 부를 수 있는 중개물일 뿐입니다. 저의 궁전은 림보의 제6 서클에 있단 말입니다."

"어머, 미안해. 지구에 있을 때 정령들이 램프나 반지, 바구니 안에 살고 있는 걸 많이 봐서 그만……."

노골적으로 비웃는 에프리트의 눈길과 마주치면서 타라의 목소리가 기어들었다.

"그런 괴상한 곳에서 사는 정령인지 뭔지 하는 것들이 마음에 든다면 그것들이랑 어울리시던가요."

에프리트가 골이 나서 툴툴거렸다.

"저는 제가 사는 궁전이 아주 마음에 드니까요. 자, 그럼 어린 주인님, 뭘 원하시는지요? 드레스, 보석, 금, 이국의 동물……?"

말이 떨어지기가 무섭게 나타나는 것들을 보면서 궁인들은 입을 다물지 못했다. 금과 은장식이 가득한 모슬린, 벨벳, 실크, 수단으로 지은 짧은 드레스, 긴 드레스, 갈라진 드레스, 나팔형 드레스. 사파이어, 에메랄드, 장밋빛과 흰빛, 붉은빛 다이아몬드, 팔찌, 반지, 삼중왕관, 왕관형 머리장식, 동물 모양과 꽃 모양, 과일 모양, 곤충 모양의 번쩍거리는 브로

치들. 털이 복슬복슬한 살아 있는 작은 동물들, 어찌나 귀여운지 갈랑이 이빨을 빠드득빠드득 갈 정도로 앙증맞은 장밋빛과 파란빛의 미니 페가수스, 미니 표범……. 눈이 어릿어릿할 정도로 환상적이었다.

"아무것도 사라지지 않는다는 게 장점이지."

여제가 설명했다.

"그건 마법으로 만들어진 것이 아니거든. 전부 다 실재야. 천은 6서클의 악마들이 짠 것들이고, 나머지는 림보의 장인들이 세공하거나 여기저기서 구해온 것들이란다. 멜루덴리파쉬랄리반디르가 네게 줄 수 없는 건 음식밖에 없어. 악마들은 요리를 하지 않으니까."

"알고 있습니다. 봤거든요. 그런데 악마들은 림보에 있어야 하는 거 아닌가요?"

"우리 에프리트들은 신분이 좀 특별하지요."

멜루덴리파쉬랄리반디르가 거들먹거리면서 대답했다.

"악마들이 지구를 침략했을 때 우리는 다른 악마들과 의견이 같지 않았어요. 누구나 세계 안에 자기 자리를 가지고 있다는 것이 우리의 생각이었으니까요. 그래서 우리는 데미데루스 편에 서서 우리 종족을 상대로 싸웠습니다. 그들을 물리친 뒤에 데미데루스는 고마움의 표시로 우리에게 아더월드로 돌아오는 걸 허락했지요. 처음에는 별로 할 일이 없었죠. 그러다 지겨워져서 우리는 이 행성, 특히 오무아 국민을 돕겠다고 자청하게 되었던 겁니다."

눈앞에서 산더미처럼 쌓여 가는 보석과 드레스를 보면서 어찌할 바를 모르는 타라를 보며 여제는 웃음이 터져 나오려고 했다. 하지만 그녀는 조카딸을 무안하게 만들고 싶지 않아서 간신히 웃음을 억눌렀다.

"오, 대단한 멜루덴리파쉬랄리반디르! 너의 민첩함이 놀랍구나. 그런데 지금은 이것들이 필요하지 않을 것 같구나. 타라는 먼저 반지 조작에 적응 해야 한다. 자, 그럼 네 아내와 아이들에게 안부를 전해 주게나."

에프리트는 여제에 이어 타라 앞에서 허리를 넙죽 굽히고 난 뒤에 손짓 한 번으로 그 값진 보석들이며 동물들을 모두 사라지게 했다. 궁인들이 아쉬운 듯 내지르는 탄식을 뒤로 하고 에프리트는 마침내 펑! 하는 소리와 함께 멋지게 퇴장했다.

그 순간, 칼은 샘이 나서 죽을 지경이었다. 그 많은 보석도 그렇고 드레스도 그렇지만 더 부러운 건 에프리트의 놀라운 잠재력이었다.

"에프리트가 그런 능력을 가졌다니! 와, 진짜 탐난다! 저런 파트너와 같이 있으면 위업을 달성할 수 있을 텐데!"

무아노가 팔꿈치로 옆구리를 툭 쳤다.

"너, 조용히 좀 있어."

무아노는 타라에게서 눈을 떼지 않은 채 속삭였다.

"내 생각에는 이 시점에서 타라도 여제에게 뜻밖의 선물을 할 것 같단 말야."

"왜?"

칼이 의아한 얼굴로 물었다.

"여제의 생신도 오늘인가? 몰랐네."

무아노는 보조개가 팰 정도로 환한 미소를 지을 뿐 대답하지 않았다.

그때 타라가 여제에게 맞서기라도 하듯 당차게 말했다.

"폐하께 특별한 배려를 요청합니다."

누구라도 부러워할 그 선물을 타라가 당연히 고마워할 거라고 생각하던 여제는 의아한 얼굴로 안락의자에 더 깊숙이 앉았다.

"무슨 까닭으로?"

여제가 낭랑한 목소리로 물었다.

"저는 제국의 후계자가 되고 싶지 않습니다."

긴장된 정적 속에서 타라는 반지를 빼서 여제에게 돌려주면서 말했다.

"저를 어머니와 가족이 있는 지구로 돌아가게 해주십시오. 저는 그 후계자 자격을 거절합니다."

궁인들은 귀에서 뇌로 전달된 말을 이해하는 데 한참 걸렸다. 이윽고 항의의 외침이 터져 나오면서 웅성웅성 소란스러웠다.

여제는 심호흡을 하고 나서 고개를 끄덕였다. 타라가 신분을 알고 있으면서도 입밖에 낸 적이 없었기 때문에 여제는 그렇지 않아도 내심 조카딸의 반응을 걱정하고 있던 차였다. 사실 가문의 반지는 에프리트를 이용한 미끼에 지나지 않았다. 그것으로는 타라의 마음을 사로잡지 못했던 것이다. 할 수 없지.

"선물은 선물이다. 네가 원하지 않는다고 해서 이 반지를 다시 돌려받을 수는 없는 일! 잘 간직하고 있거라."

타라가 반대하려고 했지만, 여제는 말하게 내버려두지 않았다.

"몇 번의 모험으로 너는 벌써 여러 차례 위험에 빠졌다. 멜루덴리파쉬랄리반디르는 보석 따위나 쏟아내기 위한 존재가 아니란다. 그 에프리트가 네 목숨을 구해줄 날도 있을 게다. 이 선물을 거절하지 말거라."

타라는 마지못해서 여제의 말에 일리가 있다고 인정했다. 하지만 마음속으로는 절대로 반지를 사용하지 않겠다고 다짐했다. 아주 절망적인 경우를 제외하고.

여제가 말을 이었다.

"이번에는 내가 너에게 한 가지 청을 하고 싶구나."

"무엇인지요?"

타라는 잔뜩 긴장해서 물었다.

"너를 따라 지구로 가서 네 어머니를 만나고 싶구나. 그게 다야."

의심쩍은 얼굴로 쳐다보는 타라와는 대조적으로 여제는 속을 짐작할 수 없는 온화한 얼굴로 응했다. 타라는 결국 고개를 숙였다.

"꼭 그러고 싶으시면 같이 가세요. 문제가 될 건 없다고 생각합니다."

"그럼 되었다."

여제가 벌떡 일어나면서 말했다.

"자, 출발합시다!"

"지금 말이오?"

당황한 황제가 외쳤다.

"하지만 친위대에 알려서 그곳의 안전을 미리 점검해야……."

"지금 떠나겠어요!"

여제가 단호하게 말을 잘랐다.

"수행원으로 크산디아르만 데려갈 겁니다."

여기저기서 불안해하는 웅성거림이 일었다.

"폐, 폐하, 그건 부, 불가능합니다!"

눈알이 빙빙 돌아가는 것 같은 얼굴로 크산디아르는 말까지 더듬었다.

"저 혼자서는 폐하의 안전을 책임질 수 없습니다! 호위대를 준비시키 겠습니다. 그리고……."

"난 마법사 여제요!"

진노한 리스베스가 고함을 질렀다.

"그리고 오무아 제국의 여제요. 나 혼자서도 방어할 수 있는 사람이란 말이오. 따라서 지금 당장 떠납시다! 수행원으로는 크산디아르 당신 한 사람이면 충분하니까. 분명히 알아들었소, 크산디아르? 못 알아들었다

면 집행관을 불러서 당신의 귓구멍을 뚫어주는 수밖에!'

친위대 대장 크산디아르는 침을 삼킨 뒤에 등을 똑바로 펴고 네 개의 손을 가슴에 댄 차려자세로 발뒤축을 따닥, 소리가 나게 부딪쳤다.

"너무 잘 알아들었습니다, 폐하. 분부대로 하겠습니다!"

하품을 하면서 천천히 일어난 황제는 가슴장식을 매만지면서 땋아 늘인 금발을 뒤로 넘겼다.

"나도 특별히 할 일이 없으니, 동생이 허락한다면 동행하지요."

황제는 덤덤한 어조로 말했다.

여제는 다정한 미소로 고마움을 표시했다.

마니투는 기분이 영 좋지 않았다. 여제가 타라의 비밀을 폭로했을 때 턱이 빠지는 것 같고, 위가 뒤틀리는 느낌이 들었다. 사냥개도 위궤양이 일어날 수 있는 건가? 이제야 꼬리에 꼬리를 물고 타라에게 일어나는 사건들의 이유가 하나하나 맞아떨어지기 때문인가! 마니투는 망설이다가 그 무리를 따라갔다. 그는 두려웠다. 뭐라고 꼭 집어 말할 수는 없지만 두려움이 끈적끈적한 벌레처럼 살 속을 기어다니는 느낌이 들었다.

칼이 손짓으로 친구들에게 가까이 오라하고는 소곤거리는 걸 보면 어지간히 불안한 모양이었다.

"난 말야, 아무래도 지구 여행, 그게 좋은 생각이라는 확신이 없어. 너희들은 여제가 뭐 때문에 지구에 간다고 생각하니?"

"음, 글쎄……"

무아노가 중얼거렸다.

"그런데 거기 가면 여제와 타라의 할머니가 만나는 거잖아!"

"휴! (칼은 쌀쌀맞은 타라의 할머니를 생각하면서 얼굴을 찡그렸다.) 그걸 생각 못했네!"

"음…… 있잖아. 난 타라의 할머니를 잘 몰라. 하지만 두 사람의 성격으로 봐서……"

무아노가 지적했다.

"여제와 할머니는 부딪쳤다 하면 충돌이 대단할 것 같아. 그러면 고래 싸움에 새우등 터진다고 여제와 할머니가 본의 아니게 타라를 다치게 할 수도 있어."

로빈이 사나운 눈초리를 하고 다가왔다.

"그럼 자칫하면 타라가 만신창이가 될 수도 있잖아!"

"그 말이 아냐."

하프엘프의 욱하는 성질이 재미있는 무아노가 미소를 지었다.

"내 말은 두 여자가 육체적이 아니라 정신적으로 타라를 다치게 할 수 있다는 뜻이야. 여제는 아마도 타라는 오무아에 와서 살아야 한다고 우길 거야. 나라의 미래를 상징하는 후계자니까. 음…… 하지만 타라의 할머니는 틀림없이 넘겨주지 않으려고 하겠지. 우선 사랑하는 손녀딸 타라의 안전이 걱정되기 때문이고, 또 오무아 제국의 보호를 받는 후계자를 데리고 있으면 분명히 정치적 이득을 얻을 것이기 때문에!"

"아, 그렇구나!"

하프엘프가 이마를 딱 쳤다.

"그럼 이번에는 타라에게 우리의 사랑을 보여줄 차례야. 타라가 누구의 손녀딸이나 후계자라서가 아니라 단순히 우리의 친구이기 때문에."

이때, 절호의 찬스를 잡은 칼은 말하고 싶어서 몸살이 날 지경이라는 얼굴이 되었다. 갑자기 가슴에 손까지 얹고 제법 무게를 잡으면서 칼이 선언했다.

"암, 그렇고 말고! 오, 사랑, 사랑이여! 타라에게 네 사랑을 보여줘야지!"

"사랑을 보여줘야 한다니, 그게 무슨 말이야?"

파브리스가 눈을 흘기며 따지듯이 물었다.

"칼은 내가 타라를 몹시 좋아한다고 말하는 거야."

로빈이 얼른 얼버무리면서 칼을 쩌려봤다.

"안 지 얼마 되진 않았지만 나도 너만큼 타라를 좋아하거든, 그래서 하는 말이야."

"그래, 뭐, 좋아. 근데 타라가 나의 절친한 친구라는 걸 잊지 마, 너. 그리고 아주 오래 전부터……."

무아노는 하늘을 쳐다봤고, 칼은 히죽거렸다. 바로 그때 여제가 공간이동의 문에 도착하면서 일어나는 함성에 그 코웃음이 묻혀 버렸기에 망정이지, 그렇지 않았다면 칼은 아마 파브리스에게 늘씬하게 얻어맞았을 것이다.

여제가 지나가자 궁인들은 납작 엎드렸고, 친위대는 발뒤축 소리를 내면서 경례를 붙였다. 친위대원들은 여제가 지구로 떠난다는 사실을 알았을 때, 서로 여제와 동행하는 유일한 수행원이 되겠다고 나섰다.

잠시 분위기가 어수선했지만 여제는 끝까지 주장을 굽히지 않았고, 크산디아르 친위대장은 절망적인 얼굴이 되었다. 마침내 인간 아홉 명과 패밀리어 넷만 공간이동의 문 대합실에 들어섰다. 여제, 황제, 크산디아르, 타라와 갈랑, 마니투, 무아노와 쉬바, 칼과 블롱딘, 파브리스와 바룬, 로빈.

여제와 황제가 단 한 명의 수행을 받으며 떠난다는 걸 알았을 때 칼리 부인은 졸도할 뻔했고, 적잖은 사람들이 한꺼번에 성에 나타났을 때 브주아 지롱 백작은 하마터면 공격할 뻔했다.

"폐, 폐하?"

눈앞에 있는 사람이 누군지 깨달은 백작이 말을 더듬었다.

"아니, 두 분 폐하, 그런데……."

"우리는 어머니 집으로 가는 타라를 배웅하러 온 것이오. 그리고, 당신들의 아름다운 행성에 올 기회가 자주 있는 것이 아니라서 겸사겸사 온 것이오."

여제는 차분하게 대답했다. 하지만 백작은 멍청한 사람이 아니었다. 여제와 황제의 수행원이 단 한 명이라는 것도 이상하거니와, 또 그 수행원이 네 개의 손에 장검을 하나씩 단단히 쥔 채로 작은 소리에도 깜짝깜짝 놀라는 것이 여간 긴장하고 있는 것이 아닌 듯했다. 뭔가 은밀한 일이 있는 것이 분명했다. 게다가 아들 파브리스는 슬그머니 눈짓까지 보냈다. 그래, 좋아, 자세한 건 나중에 아들에게 물어보면 되지…….

백작은 정중하게 허리를 굽히고 나서 차로 저택까지 모시겠다고 제안했다. 그 말은 안이 보이지 않게 유리창이 불투명한 자동차로 데려가겠다는 뜻이었다. 백작은 어떻게 해서든 차를 타게 하려고 애를 썼지만 여제는 걸어가고 싶다면서 한사코 거절했다. 난처해진 백작이 낯선 행렬을 보면 동네가 발칵 뒤집힐 거라고 아무리 설명해도 여제는 들은 척도 하지 않았다. 백작이 붙잡을 겨를도 없이 성큼성큼 걸어나간 여제는 시찰이라도 하듯 주변을 살폈다.

"꽃이 아주 예쁘군요." 하고 여제가 천연덕스럽게 이고르에게 말하자, 정원사는 멍하니 쳐다보고만 있을 뿐이었다. 그도 그럴 것이 브주아지롱 성에서는 통역 주문이 통하지 않기 때문에 정원사가 어떻게 그 말을 알아듣겠는가.

"아주 멋지게 굴러가는 물건이군요."

이번에는 낡은 자전거를 타고 오는 사람과 마주치자 여제가 말했다.

그 사람은 타공의 시장이었는데 어찌나 놀랐는지…… 비뚤비뚤 미끄러지던 자전거가 그만 웅덩이에 처박히고 말았다.

"원피스가 아주 아름답군요."

여제가 예쁜 처녀들에게도 말을 걸었다. 아름다운 부인의 모습에 자기들도 머리를 길러야겠다고 마음먹은 두 처녀는 삐기듯 걸어가는 황제를 뜯어보면서 킥킥거렸다.

"어쩌면 이리도 과일이 예쁠까!"

여제는 말을 알아듣거나 말거나 또 진열대 앞에서 걸음을 멈추고 감탄하자 가게주인은 코밑수염을 뜯어먹을 뻔했다.

곁눈질로 살피던 타라는 리스베스틸랑넴이 방금 중대한 낭패를 본 사람치고는 의아할 정도로 기분이 좋다는 것이 어쩐지 마음에 걸렸다. 여제가 대체 무슨 일을 꾸미고 있는 거지?

여제는 보는 것마다 감탄했다. 파란 하늘, 노란 태양, 초록빛 나무(실은 좀 단조로운 색깔이라고 생각하면서도), 빨간 장미, 백마, 검은 황소(뭐니뭐니 해도 날개 돋친 말들의 자태가 더 우아하다고 생각하면서도). 여제가 경탄하면 할수록 마니투는 걱정이 태산같았다. 개들은 땀을 흘리지 않기에 망정이지 그렇지 않았다면 마니투는 물에 빠진 생쥐가 되었을 것이다. 그래서 숨을 헐떡이던 마니투는 혀를 어찌나 길게 늘어뜨렸던지 하마터면 발로 짓뭉갤 뻔했다.

"맙소사! 사람들에게 여제를 잊게 하려면 한 여섯 개쯤은 주문을 날려야겠군."

마니투가 중얼거렸다.

다행히 크산디아르는 두건 달린 망토를 걸치고 있어서 네 개의 팔이 가려졌다. 타라와 친구들은 패밀리어들을 커다란 개의 모습으로 둔갑시

컸다. 젊은 부인의 눈부신 미모, 왕관, 아름다운 장밋빛 머리, 보석이 총총한 의상, 황제의 황금 갑옷만 아니면 그나마 어떻게 이목을 끌지 않고 지나갈 수 있으련만.

이상한 소란에 놀라 뛰어나온 타공의 주민들은 그 행렬을 쳐다보면서 아연실색했다. 아젱 신문사의 가십난 기자가 부리나케 사무실로 달려가서 카메라를 들고 나왔을 때 마니투는 한숨을 내쉬었다.

"타라, 저 사람의 필름을 태워버릴 수 있겠니?"

마니투가 슬그머니 말했다.

"안 돼요, 할아버지."

타라는 그 행렬을 향해 플래시를 터뜨리는 기자를 유심히 관찰하면서 대답했다.

"타라, 네가 마법을 쓰는 걸 두려워한다는 건 안다. 하지만 지금은 긴급사태야."

"마법을 쓰는 게 두려워서가 아니에요. 저건 디지털 카메라라서 필름이 없거든요!"

"빌어먹을 놈의 과학! 그럼 열을 가하던가. 사진을 찍게 내버려두면 안 돼, 빨리!"

타라는 정신을 집중해서 사진기에 입력된 것을 모조리 없애버렸다. 애꿎은 기자를 골탕먹이는 치사한 짓이지만 어쩔 수가 없었다. 타라는 선택의 여지가 없었다.

그들이 저택에 도착했을 때, 이사벨라와 셀레나는 대문 앞에 나와서 기다리고 있었다. 두 여자가 특별히 놀라는 기색이 없는 걸 보면 백작이 핸드폰으로 연락한 것이 분명했다.

셀레나는 예의범절에 신경을 쓰지 않는 것 같았다. 여제와 황제는 안

중에도 두지 않고 타라에게 달려간 셀레나는 숨이 막힐 정도로 딸을 끌어안았다.

타라도 벗어나려고 하지 않고 그 포옹을 기쁘게 받았다. 어머니를 그 정도로 그리워하고 있었을 줄이야! 정말 깨닫지 못했던 일이었다.

"오, 내 딸, 내 딸."

셀레나는 끊임없이 되뇌었다.

"내가 얼마나 걱정했는지 모른다. 솅에게서 네 소식을 듣고 있었는데 갑자기 트라비아와 연락이 완전히 끊겼거든. 그래서 무슨 일이 일어나고 있는지 알 길이 없었어. 너를 잃어버린 줄 알았단다!"

가슴이 뭉클해진 타라가 대답하려고 할 때, 등뒤에서 마른기침 소리가 났다.

"흠흠……, 자네가 죽은 내 동생의 아내가 맞는가?"

여제는 목청을 가다듬더니 완벽한 랑코비트 언어로 물었다.

긴장한 셀레나가 타라에게 입맞춤을 하고 나서 고개를 들었는데 불안한 표정이었다.

"네, 맞습니다. 최근에서야 우리의 인척관계를 알았습니다만 저는 폐하의 올케가 맞습니다."

여제는 활짝 웃으면서 셀레나를 뜯어보았다.

"우리의 뛰어난 타라의 어머니를 만나 몇 가지 의논을 하고 싶었는데 정말 기쁘네."

여제는 셀레나가 말썽을 일으킬 여자는 아닌 것 같다고 생각하면서 말했다.

"저도 만나게 되어 기쁩니다, 폐하."

그때까지 잠자코 있던 이사벨라가 냉랭한 어조로 끼어들었다.

"저는 타라의 할머니 이사벨라 덩컨입니다."

리스베스는 고개를 돌리다 노부인의 초록빛 눈과 마주쳤다. 이사벨라를 보는 순간 여제는 결코 만만치 않은 적수라는 걸 직감했다.

셀레나는 보조개가 팰 정도로 환한 미소를 지으면서 그 어색한 분위기를 깼다.

"여기서 이러실 게 아니라 안으로 들어가시지요. 계속 밖에 있다가는 우리 얘기가 앞으로 10년 동안은 입에 오르내리겠습니다."

여제는 눈살을 치켜올릴 뿐 대꾸하지 않았다. 그녀는 위엄 있게 정원으로 들어갔고, 이번에는 아무런 평도 하지 않았다.

그들은 마침내 장밋빛 돌로 지은 오래된 저택에 들어섰고, 타라는 탄성을 내질렀다. 와, 이제 집에 돌아왔어!

셀레나는 그들을 노란 응접실로 안내했다. 이사벨라의 조수 타쉴과 망구스가 간단한 식사를 준비해 왔다. 모두들 샌드위치로 요기를 하고, 시원한 음료수를 마실 때쯤 여제가 기다렸다는 듯이 말문을 열었다.

"자, 이제는 내 동생을 어떻게 만나게 됐는지 설명을 좀 해주겠나?"

여제는 레모네이드를 홀짝이면서 셀레나에게 미소를 지었다.

타라는 그 뜻밖의 질문에 귀가 솔깃했다. 아버지와 어머니의 사연, 얼마나 궁금했던 얘기인가!

셀레나는 추억을 더듬는 듯 빙긋이 웃었다.

"그는 어느 날 하늘에서 뚝 떨어졌어요. 랑코비트에 막 도착했는데 타고 있던 양탄자가 고장이 났었나 봐요. 내 몸 위로 떨어졌거든요. 나는 그 밑에 깔렸다가 잠시 후에야 상황을 알아차렸어요. 사실 그때 나는 몇 시간 동안 공을 들인 머리로 한껏 멋을 부리고는 친구들에게 자랑하려고 밖으로 나갔다가 그 일을 당했거든요. 그 모든 노력이 단비우 때문에 엉망이 되었다는 걸 알았을 때는 어찌나 화가 나던지 그 사람을 두꺼비로 만들 뻔했어요. 그는 사과하면서 무릎을 꿇고 용서를 구하다가……그만 정신을 잃었습니다."

"정신을 잃다니? 아니 왜?"

"떨어지면서 다리가 부러진 걸 모르고 있었던 거죠. 무릎을 꿇었을 때 통증이 심해서 그만 의식을 잃었던 겁니다. 그래서 그를 우리 집으로 데려갔지요."

"어머나! 어쩌면 그렇게 로맨틱할 수가!"

몹시 감동한 무아노는 손수건을 꺼내더니 눈물까지 찔끔찔끔 닦았다.

칼이 무아노를 쳐다보는데 마치 친구의 뇌와 귀가 잘못되어도 한참 잘못되었다는 얼굴이었다.

"로맨틱은 무슨 얼어죽을 로맨틱이야."

칼이 코웃음치듯 말했다.

"아주 서툴렀다는 증거인데!"

"그가 깨어났을 때 레파루스 주문으로 다리를 치료했지만 상처가 아주 깊었어요. 내가 얼마 동안 걸어다니지 말라고 충고하자 그는 아주 엉뚱한 찬사를 늘어놓기 시작하더군요."

"어떤 찬사였기에?"

황제가 아주 흥미롭다는 얼굴로 물었는데 그도 셀레나를 아주 아름답다고 생각하는 것이 눈에 보였다.

셀레나는 얼굴이 빨개졌다.

"단비우는 내가 하늘에서 내려온 천사라고 했습니다. 그래서 내가 하늘에서 떨어진 사람은 당신인데 천사와는 조금도 닮지 않았다고 말했더니 그는 한참을 웃었어요. 단비우는 내 머리칼을 손가락 사이로 미끄러지듯 흘러내리는 검은 실크에, 내 피부를 장밋빛이 감도는 백장미에, 내 입술을 감미로운 빨간 과일에 비유하더군요. 간단히 말해서 나는 그가 열이 있어서 헛소리를 하는 거라고 생각했어요. 그래서 며칠간 우리 집에서 머무는 게 좋겠다고 말했어요. 마침 어머니는 랑코비트—히믈리아—셀렌다 연례 회의 때문에 궁전에 머물고 계셔서 문제가 없었거든요. 그래서 단비우를 손님방에 머물게 했습니다."

"그건 좀…… 경솔했구면."

놀라는 얼굴로 여제가 말했다.

"잘 알지도 못하는 남자를! 그러다 그가 도둑이나 살인자면 어쩌려고."

"물론 그렇긴 해요. 하지만 수상한 사람으로 의심할 이유가 없었습니다. 부상은 사실이었어요, 내가 치료를 했으니까요. 아주 먼 곳에서 온 사람이 분명했어요. 입은 옷이 랑코비트에서 만든 게 아니었거든요. 그리고 부유한 사람이었어요. 마법복 안에 크레디트—무트가 가득한 상자가 있었으니까요. 게다가 그는 자기 때문에 쓰게 된 돈을 주겠다고 우겼어요. 또 나에 대해서는 많은 걸 물었지만 자기에 대해서는 거의 아무 말도 하지 않았어요."

"자기에 대해서는 뭐라고 하던가?"

여제는 몹시 궁금해했다.

"그냥 자기에게 예정된 미래가 마음에 들지 않는다고만 했습니다. 그래서 그 미래를 피하기 위해서 다른 길을 선택했다면서."

"랑코비트에서 여자와 시시덕거리려고 우리에게 제국을 떠넘겼군."

여제가 신랄하게 말했다.

"과연 다른 길을 선택한 것만은 확실하군!"

셀레나의 표정이 굳어지더니 발끈했다.

"단비우는 시시덕거리지 않았습니다. 우린 처음 만나는 순간부터 사랑에 빠졌으니까요! 하지만 나는 그의 청혼에도 불구하고 결혼하고 싶지는 않았어요. 어머니는 단비우를 좋아하지 않으셨고, 우리를 헤어지게 하려고 온갖 방법을 동원하셨어요. 어머니는 마침내 우리가 서로 맞지 않는 사람들이라는 말씀까지 하셨어요. 나는 어렸고, 힘이 없었기 때문에 어머니의 말씀을 따라 단비우에게 다시는 만나지 않겠다고 선언했습니다. 그것으로는 불안한지 어머니는 나를 트라비아에서 수백 킬로미터 떨어진 곳에 사는 먼 친척집으로 보내버리셨지요. 하지만 거기서도 그 사촌뻘이 되는 친척이 나를 사랑하게 되었어요."

"그 친척도? 올케는 남자들에게 아주 인기가 좋았구먼."

여제의 부드러운 목소리 속에서 신랄함이 느껴졌다.

셀레나는 애써 미소를 지어 보였다.

"그런 일이 없었다면 더 좋았겠지요. 그러자 어머니는 단비우가 찾아내지 못하게 하려고 나를 탑 안에 감금하기로 결정하셨어요. 어머니는 나를 믿지 않으셨고, 단비우가 희망을 잃지 않고 있다는 걸 알고 계셨던 거지요. 그는 계속 나를 찾아다니고 있었어요."

셀레나가 힐끔 이사벨라를 쳐다봤지만, 그녀는 입술도 달싹거리지 않았다.

그 이야기에 완전히 빠져 있던 타라가 어머니의 말을 재촉했다.

"그래서요?"

"네 아버지는 기어코 나를 찾아냈어. 그러고는 우리의 사촌에게 결투를 신청했고, 이겼단다. 탑을 지키는 트롤들도 때려눕혔지. 그 다음에는 우리를 가로막는 주문들을 풀었고, 나를 납치했어."

"오, 세상에, 로맨틱하다!"

무아노는 손수건을 다시 찾으면서 중얼거렸다.

"피, 벽을 타고 올라가서 여자를 납치한 것이 뭐 그렇게 대단한 일이라고! 네가 원하면 난 날마다 그렇게 해줄 수 있어."

칼이 또 비아냥거렸다.

"칼?"

"왜, 무아노?"

"입 닥쳐!"

"흥!"

"나에 대한 그의 사랑이 그토록 진지하고 열렬하다는 걸 알았을 때, 나는 어머니와 맞서 싸웠지요. 어머니는 마침내 내가 단비우를 깊이 사랑하고 있다는 걸 인정하셨고, 우리는 결혼했어요."

"어떻게 살았나? 상자 속의 돈으로?"

여제가 약간 거만하게 물었다.

"아닙니다."

셀레나는 미소를 지었다.

"단비우는 그림에 탁월한 재능이 있었습니다. 그의 작품들은 늘 아더월드의 수많은 화랑에 전시되었고, 랑코비트 궁전에서도 왕의 개인 소장을 위해 여러 점을 사갔지요. 하지만 우리에게도 딱 한 가지 걱정거리가 있었어요. 패밀리어들이 말썽이었죠. 단비우의 독수리와 어머니의 호랑이가 만나기만 하면 서로 잡아먹을 듯이 으르렁거리는 통에 우리는 어머니를 자주 만나지 못했어요. 그럼에도 불구하고 우리는 몇 년 동안 아주 행복하고 평온하게 살았습니다. 그리고 우리 아기의 탄생은 행복의 절정이었지요."

"그래도 동생이 잘 지냈다고 하니 기쁘군!"

황제가 따분해하는 목소리로 한 마디했다. 황제를 돌아보는 여제는 놀란 얼굴이었다.

"그 말씀은 타라가 합법적 후계자라는 걸 이제 의심하지 않는다는 뜻입니까?"

"단비우는 늘 그림을 그렸지요. 위조 방지용 홀로그램을 창안해서 궁전의 프레스코화 작업을 한 사람이 바로 단비우가 아니오. 아주 어릴 적부터 날마다 물감을 갖고 놀아서 아버님에게 꾸중도 참 많이 들었던 동생이 아니오. 또 느닷없이 황제 자리를 사양한다는 어처구니없는 말을 남기고는 크레디트―무트 상자를 가지고 떠난 것도 맞고. 패밀리어가 독수리였던 것도 맞는 말이고, 양탄자를 타고 떠난 것도 맞고. 내 생각에는 우리의 동생이 공간이동의 문을 이용하면 발각될까 봐 양탄자를 타고 오무아에서 랑코비트로 간 것이 틀림없는 것 같소. 족히 한 달은 걸렸을 게요. 따라서 마법 능력이 거의 고갈되었던 것은 당연한 결과지요. 상황이 이렇게 딱딱 들어맞는데 내가 어찌 인정하지 않을 수 있겠소?"

황제가 일어나더니 타라 앞에서 허리를 약간 숙였다.

"타라틸랑넴 탈 바르미 압 산타 압 마루, 너를 우리 가족으로 환영한다!"

황제는 처음 대면하는 순간부터 적대감을 표시했던 터라 타라는 이 돌변한 상황을 어떻게 받아들여야 할지 난감했다.

"고맙습니다. 제가 어떻게 불러야 하는지요? 큰아버지라고 부를까요?"

타라는 마지못해서 대답했다.

황제는 움찔하면서 다시 자리에 앉았다.

"사랑하는 나의 조카딸, 그래도 너무 허물없는 호칭은 삼가는 게 좋겠구나. 나는 삼촌이나 산도르가 마음에 드는데."

"단비우가 이따금 가족에 대해 말하던가?"

동생이 그렇게 누이를 완전히 잊어버렸다는 걸 받아들이기 힘든 여제
가 물었다.

"네."

셀레나는 상냥하게 대답했다.

"훌륭한 분이지만…… 아주 고집이 센 누님이 있다고 말했습니다. 그
리고 자기 말을 절대 들어주지 않는 이복형님이 있는데…… 그것이 그
가 떠난 여러 가지 이유들 중 하나라고 했습니다. 하지만 어린 시절에
대해서는 아주 좋은 추억을 간직하고 있었어요. 물론 그 얘기를 할 때도
아주 조심스러웠습니다. 하지만 그는 두 분을 사랑했고, 다시는 볼 수
없는 걸 몹시 괴로워했다고 생각합니다. 그리고 우리 아이를 위험에 빠
뜨릴지 모른다고 되뇌면서 불안해했지요. 그 시절에 많은 걸 물었지만,
그가 뭘 숨기고 있는지는 몰랐습니다. 지금은 다 알게 되었지만……."

"그가 숨기다니?"

깜짝 놀라는 얼굴로 여제가 물었다.

"뭘 숨겼다는 건가? 오무아를 도망치면서 본분을 저버린 것 말고 또
뭘 숨겼다는 겐가?"

"무슨 일이나 누구에 대한 것이 아닙니다. 타라가 태어나자, 그는 훨
씬 더 신중해졌지요. 그는 이해하려고 하지 말고 무조건 자기를 믿어야
한다고 끊임없이 내게 말했습니다. 그는 마지스터가 자기를 찾아다니
는 걸 이미 알고 있었다고 생각해요."

"마지스터(갑자기 황제가 의자에서 벌떡 일어났다)? 그 악마가 이 얘
기에 왜 나오는가?"

"마지스터는 나를 필요로 하고 있습니다!"

타라가 어머니를 대신해서 말했다.

"그자는 아버지를 죽인 뒤에 어머니를 납치해서 10년 동안 가두어 놓았어요. 그 다음에는 내 곁에 스파이를 심어두고서 내가 마법 능력을 사용하기를 끈질기게 기다렸지요. 첫 번째 시도는 실패했지만 두 번째에는 그자가 나를 납치하는 데 성공했어요. 그때 그자는 내가 필요한 이유를 털어놨는데, 데미데루스를 포함한 5인의 최고 마구스들이 숨겨놓은 악마의 힘을 가진 사물에 이르기 위해서라고 했어요. 그 사물들을 보호하는 지킴이들과 심판관들이 그 5인의 최고 마구스들의 직계들만 통과시키니까요."

여제의 얼굴이 창백해졌다.

"네 말은 그자가 악마들을 해방시키는 데 필요한 일종의 열쇠가 우리라는 거니?"

"그자의 목적이 악마들을 해방시키는 건 아니에요."

침착하게 대답했다.

"하지만 그게 절대 권력을 잡는 데 필요한 것이라면 그자는 주저하지 않을 겁니다."

"미치광이로군."

황제가 말했다.

"하지만 그자에겐 희망이 없다. 나는 위험이 없어. 우리는 어머니가 다르고, 나는 데미데루스 직계가 아니기 때문에. 내 누이는 철통같은 보호를 받고 있으며, 타라 역시 리스베스의 후계자로서 궁전에서 보호를 받을 테니까."

타라는 심호흡을 했다.

"바로 이래서 우리는 타협이 안 되는 겁니다! 그럼 저는 선택할 권리가 없는 건가요? 제가 만약 발레리나가 되고 싶다면 어떡하죠?"

그 순간 타라는 숨이 막힌다는 듯이 쳐다보는 칼을 째려봤다.

"발레리나는 불가능할지도 모르겠네요. 그러면 비행사? 아니, 의사는 어때요? 저는 이제 겨우 열세 살이고, 어른이 되면 뭐가 되고 싶은지 아직 생각해 보지도 않았어요. 폐하는 제 아버지를 완벽한 황제로 만들고 싶어했지만 아버지는 도망치셨어요. 저에게도 똑같은 실수를 저지르고 싶으세요?"

"그건 아니지. 하지만 너는 후계자가 된다는 게 어떤 건지도 모르잖아? 네가 그걸 좋아할 수도 있지 않겠니? 잘 알지도 못하면서 어떻게 판단할 수 있겠니?"

여제가 위엄 있는 어조로 반박했다.

"그뿐만이 아닙니다. 저는 10년 동안이나 어머니 없이 살았어요. 그래서 이젠 어머니와 살고 싶어요. 그리고……."

"네 어머니도 초대할 거야! 그건 당연한 일이지! 네 어머니는 내 동생의 미망인이니까 너와 함께 보호해 주는 건……."

"어림없습니다!"

이사벨라는 여제의 제안을 한 마디로 잘라버리면서 감정을 폭발했다.

마니투는 신음소리를 냈다. 드디어 딸이 나섰으니 이걸 어쩌나!

"우리는 타라를 마지스터의 덫에 걸리게 할 생각이 없습니다. 타라는 평온한 환경에서 자랄 필요가 있는…… 연약한 아이예요. (칼은 딸꾹질이 다 나왔다. 타라가 연약하다고?) 그러니까 타라는 우리하고 여기서 살 겁니다."

타라는 깜짝 놀라서 할머니를 쳐다봤다. 할머니는 어떤 조건을 내거는 것이 아니라 일언지하에 거절한 것이었다.

후계자를 설득하지 못할까 봐 불안한 기색이 역력한 여제가 차분하게 말했다.

"이사벨라 부인, 타라는 지구로 돌아가서 살기 위해서 특별한 배려를 간청했지요. 그런데 타라가 모르는 것이 있습니다. 우리 국가의 안전이 위험에 처하면 그 특별한 배려는 실행될 수 없습니다."

"어떤 점에서 오무아 제국의 안전이 타라에게 달려 있다는 건지 모르겠습니다."

셀레나는 딸을 보호하려는 듯 본능적으로 타라에게 가까이 다가서면서 항의했다.

"나는 아이를 낳지 못하는 몸이네. 의사들이 내 경우를 연구했지만 그 이유를 끝내 알아내지 못하더군. 아까 말한 대로 산도르는 내가 사랑하는 이복 오라버니라네. 따라서 우리는 어머니가 달라. 내 어머니는 오무아의 여제셨고, 아버지는 부군이셨지. 아버지가 산도르의 어머니와 헤어지셨기 때문에 어머니가 재혼을 하신 거였네. 그러다 어머니가 여름 궁전의 화재로 돌아가시는 바람에 나는 왕위에 올랐지. 나의 부군 다릴이 나와 함께 통치를 했는데 얼마 후 내가 임신을 못하는 몸이라는 걸 알게 되었지. 게다가 다릴마저 사냥을 나갔다가 불의의 사고로 목숨을 잃었네."

리스베스가 솔직하게 말했다.

"이거야 원!"

칼이 로빈에게 말했는데 여제가 알아들을 정도로 큰 소리였다.

"황실 가문에는 뭐가 그렇게 치명적인 사고가 많은 거야! 글쎄, 그 황실의 가족이 되는 것이 타라의 신상에 이로울지 모르겠네!"

여제가 입을 열려다가 도로 다무는 것이 깊은 생각에 잠긴 것 같았다. 여제는 고개를 끄덕이더니 칼이 방금 한 말에 개의치 않고 다시 말을 이었다.

"그래서 나는 동생 단비우에게 나를 보좌하는 황제가 되어달라고 제안하였네. 처음에는 순순히 받아들였지. 그런데 제국에 대한 부담이 너무 컸던지 모두들 아는 대로 단비우는 도망치고 말았어. 그래서 나는 이복 오라버니가 되는 산도르를 새 황제로 삼았네. 그리하여 우리는 15년째 함께 나라를 통치하고 있지. 내가 죽으면 남기고 가는 후손이 없으니 데미데루스의 직계 혈통인 타라가 왕위를 물려받을 수밖에 없네. 그리고 그 다음 대에는 타라의 자식들이 왕위를 물려받을 것이고, 그래야 우리 왕조가 살아남는 것이고!"

이사벨라는 끄덕도 하지 않았다.

"내 손녀딸은 오무아에 가지 않을 겁니다. 지구에 남아서 우리와 같이 살 겁니다. 나는 지구에서 활동하는 신참 마법사들을 감시하는 안보국의 감독관이자 최고 마구스이기도 합니다. 악마들과의 전쟁에서 우리가 얼마나 비싼 대가를 치러야 했는지 상기시켜야 하겠습니까? 그토록 고귀한 데미데루스도 지칠 대로 지친 나머지 얼마 후에 사망하지 않았습니까? 그런데 데미데루스는 사망하기 직전에 실수를 저질렀어요. 악마의 힘을 가진 사물들을 지구에 감춰놓았으니…… 그때부터 나는 누군가가 그걸 훔쳐서 우리 세계와 악마의 세계 사이에 가로놓인 지각단층을 다시 열까 봐 얼마나 노심초사하고 있는지 알기나 하십니까? 마지스터가 이미 두 번씩이나 시도했던 것처럼 아더월드에서 또다시 타라를 납치라도 했다가는 전 세계의 안전이 위태로워지는 겁니다. 그렇게 되면 오무아 제국의 안전과는 비교도 되지 않을 정도로 큰 문제라고 생각하는데요."

오, 맙소사, 이를 어쩌나! 이사벨라가 급기야 오무아 제국의 여제와 황제를 모욕해 버렸으니!

황제의 분개한 딸꾹질소리에 타라는 가슴이 철렁 내려앉았다. 타라는 할머니가 혼자서 싸우기로 작정한 거라고 생각하면서 자존심을 내세우는 할머니를 힐끔 쳐다봤다. 타라는 정말이지 할머니가 그 정도로 큰 도움이 되리라고는 확신하지 않았었다.

황제가 이사벨라에게 달려들어서 목이라도 조를 기세인 반면에 여제는 기품이 넘치게 침착했다.

"현재 이곳은 어느 나라의 소유지입니까? 지구 안보국의 책임자는 누구입니까?"

화제를 바꾸는 돌연한 질문에 이사벨라는 잠시 어리둥절했다.

"잘 알고 계신 대로 50년마다 아더월드의 나라들이 차례로 돌아가면서 지구 안보국을 관리하고 경비를 담당하고 있지요. 이곳은 20년 전부터 랑코비트의 소유지니까 30년 후에는 메우스의 소유지가 될 겁니다. 메우스가 다음 차례인 관계로. 그런데 그건 왜 물으십니까?"

여제는 아무 대꾸도 하지 않은 채 깊은 생각에 잠겨 있었다.

"그렇다면 내 후계자가 랑코비트의 소유지에서 교육을 받는다 그 말이오?"

이사벨라는 리스베스의 말에 저의가 있다는 걸 느꼈다. 하지만 그 속을 어떻게 알 수 있단 말인가. 이사벨라는 완곡한 방법을 썼다.

"타라는 자기 가족의 교육을 받는 거지요. 셀레나가 에드라킨 종족이라면……."

"하지만 셀레나는 에드라킨 종족이 아니지요."

여제는 그 말을 끊고 들어갔다.

"셀레나는 랑코비트인이니까. 이제는 내가 뭘 해야 하는지 알겠군요."

모두들 의아한 얼굴로 여제를 쳐다봤다.

리스베스틸람넴은 아주 명쾌한 여인이었다.

"내가 나라는 사람에 대해 제대로 이해시키지 못한 것 같군요."

여제가 일어나서 얼음같이 차가운 목소리로 선언했다.

"만약 내 후계자가 미래의 여제에게 걸맞은 교육을 받으러 팅가푸르에 오지 않는다면 나의 국민은 선택의 여지가 없을 것이오."

이사벨라는 초록빛 눈을 찡그렸다.

"선택의 여지가 없다는 건 무슨 뜻입니까?"

이사벨라가 불안한 얼굴로 물었다.

"당신이 우리의 후계자를 랑코비트에 인질로 붙잡아두고 있는 것으로 간주할 겁니다."

"인질이라니, 하지만 그건……."

이사벨라가 소리쳤다.

"그럴 경우……."

여제는 너무 조용해서 오히려 섬뜩하게 느껴지는 음성으로 이사벨라의 말을 끊었다.

"우리는 선전포고를 하게 되지요!"

아더월드의 용어 해설

아더월드_ 아더월드는 지구 표면적의 1.5배에 이르는 마법 행성으로 태양 주위를 자전하며, 하루 26시간, 1년 454일, 14개월로 이루어졌다. 위성으로는 두 개의 달 마딕스와 타딕스가 아더월드의 주위를 돌고 있으며, 춘·추분에 조수간만의 차가 몹시 크다.

아더월드의 산들은 지구의 산보다 훨씬 더 높으며, 채굴되는 광물은 대체로 마법의 폭발성이 있어서 추출하는 것이 상당히 위험하다. 지구(육지 29%, 바다 71%)보다 바다가 차지하는 비율은 적으며(아더월드:육지 45%, 바다 55%의 비율), 그 중 두 개의 바다는 민물이다.

아더월드를 지배하는 마법은 동물상과 식물상과 마찬가지로 기후에도 영향을 미친다. 그로 인해 계절은 예측하기가 아주 힘들다(아더월드에서는 한여름에도 폭설이 내려 1미터나 되는 눈에 덮일 수도 있다!). 정상적인 경우에 1년은 7계절이 될 수 있다.

아더월드에는 인간, 난쟁이, 거인, 트롤, 뱀파이어, 땅 신령, 꼬마도깨비, 엘프, 유니콘, 키마이라, 타트리스, 용 등 수많은 종족들이 살고 있다.

✸ 아더월드의 나라들과 종족

✿랑코비트_ 인간이 지배하는 가장 큰 왕국으로 수도는 트라비아. 왕 베어와 왕비 티타니아가 통치하고 있다. 왕국의 문장은 은빛 초승달에 올라탄 금빛 뿔의 하얀 유니콘.

✿오무아_ 인간이 지배하는 가장 큰 제국으로 수도는 팅가푸르. 여제 리스베스틸랑넴 탈 바르미 압 산타 압 마루와 여제의 이복동생인 황제 산도르 탈 바르미 압 마르치 압 브레비스가 통치하고 있다. 제국의 문장은 100개의 금빛 눈을 가진 주홍빛 공작.

✿히믈리아_ 난쟁이들의 나라로 수도는 미나트. 대장장이 씨족이 통치하고 있다. 나라의 문장은 광산 지하의 전쟁용 모루와 쇠망치. 키와 몸통 폭의 길이가 똑같은 단단한 체구가 난쟁이들의 신체적 특징이다. 아더월드의 광부, 대장장이로 활동하고 있으며, 뛰어난 금속 가공업자, 보석 세공인도 거의 난쟁이들이다. 또한 성격이 몹시 까다로운 것으로 알려져 있으며, 마법을 싫어하며 아주 길고 복잡한 노래를 즐겨 부른다.

✿간디스_ 거인들의 나라로 수도는 제오폴. 세력 있는 그로아르 가문이 통치하며 흑장미 섬과 황무지 늪이 있다. 나라의 문장은 '주문방지' 돌로 쌓은 벽에 아더월드의 태양이 올라앉은 형상이다.

크랑카르_ 트롤들의 나라로 수도는 크리아. 나라의 문장은 나무 꼭대기에 몽둥이가 걸려 있는 형상이다. 트롤은 거대한 몸집에 납작한 이빨이 있는 초록빛 털북숭이로 채식주의자다. 먹고살기 위해 나무를 마구 죽이며(이것이 엘프들의 울화를 치밀게 한다), 쉽게 자제력을 잃어버리는 성향이 있어서 한 번 성질이 나면 닥치는 대로 짓뭉개버리기 때문에 평판이 나쁘다.

크라살비_ 뱀파이어들의 나라로 수도는 우를라. 나라의 문장은 천문관측의 위에 무한을 상징하는 누운 8자와 별이 올라앉은 형상이다.

뱀파이어는 총명하고, 인내심이 많으며 학식이 깊다. 수명이 아주 길고, 수학과 천문학에 몰두하며, 대부분의 시간을 명상하는 데 보내면서 삶의 의미를 추구한다. 그리고 오로지 피만 먹고살기 때문에 브르르르 아이아, 모오오오우우우, 지구에서 수입한 말, 염소, 양 등의 가축을 키운다. 하지만 몇몇 피는 금지되어 있다. 유니콘이나 인간의 피를 먹으면 미치게 되며, 수명이 절반으로 줄기 때문이다. 반면에 뱀파이어에게 물리면 독이 퍼지게 되며, 뱀파이어에게 물린 인간은 그들의 노예가 된다. 게다가 독성 피가 전이되면 뱀파이어가 되는데 이 경우의 뱀파이어는 파괴적이고 악독하기 때문에, 저주에 희생된 뱀파이어는 동족은 물론 아더월드의 모든 종족으로부터 쫓겨다닌다.

스몰컨트리_ 땅 신령, 꼬마도깨비, 요정, 고블린들의 나라. 땅 신령들은 작달막하고 단단한 체구며 털가죽은 오렌지색이다. 돌을 먹고 살며, 난쟁이들과 마찬가지로 광부들이다. 그들의 털가죽은 고성능 가스 탐지기이다. 털이 곤두서면 별 탈이 없지만, 털이 내려앉는 순간부터 땅 신령은 광산에 가스가 있다는 걸 알아채고 도망치기 때문이다. 또한 알 수 없는 이유로 인해 땅 신령들만 '진실의 입'들과 교감할 수 있다.

스몰컨트리의 익살꾼들인 꼬마도깨비 파보들은 키디코이라는 막대 사탕을 만들어내며, 착시 현상을 일으키거나 일시적으로 보이지 않게 할 수도 있으며 금을 좋아해 비밀주머니에 숨겨둔다. 그 주머니를 찾아낸 자는 두 가지 소원을 빌 수 있고, 귀한 금을 회수하려면 반드시 그 소원을 들어줘야 한다. 하지만 꼬마도깨비들은 반대로 해석하는 데 선수여서 예측불허의 결과가 일어날 수 있으므로 소원을 비는 것에는 항상 위험이 따른다.

셀렌다_엘프들의 나라로 수도는 세보른. 엘프들은 마법사들과 마찬가지로 마법에 재능이 있다. 겉모습은 인간이지만 뾰족한 귀와 고양이의 눈처럼 동공이 수직으로 움직이는 맑은 눈을 가졌다. 아더월드의 숲과 평원에서 살며 가공할 만한 사냥꾼인 엘프들은 전투와 싸움, 상대를 유인하는 온갖 종류의 게임을 좋아하기 때문에 그들의 에너지를 적절히 이용하기 위해 경찰국이나 국가정보국에 고용된다. 하지만 엘프들이 옥수수나 마법의 귀리를 경작하기 시작하면 아더월드의 종족들은 불안해한다. 그건 엘프들이 전쟁을 시작할 거란 뜻이기 때문이다. 실제로 전시에는 사냥할 겨를이 없기 때문에 엘프들은 곡식을 재배하고 가축을 기르며, 전쟁이 끝나면 예전의 생활로 돌아간다.

또 다른 특성으로 아이들이 걸어다닐 수 있을 때까지 남성 엘프들은 배에 달린 육아낭 같은 작은 주머니에 아기를 넣고 다닌다. 여성 엘프는 남편을 다섯 명 이상 가질 수 없다.

멘탈리르_ 동쪽의 광활한 평원이며 유니콘들과 켄타우로스들의 나라. 유니콘은 생김새와 크기가 말과 같고, 이마에 나선형 뿔이 하나 있으며 발굽은 갈라져 있고 털은 흰빛이다. 지능이 떨어지는 유니콘도 간혹 있지만, 대부분은 영리하며 그 지능은 용들의 지능에 견줄 수 있다. 유니콘의 이 특성을 어떤 종족의 지능이나 동물의 지능으로 분류하기는 힘들다.

켄타우로스는 반은 남자나 여자의 형상, 반은 말의 형상을 하고 있는데 두 종류가 있다. 상반신은 인간, 하반신은 말의 형상을 한 켄타우로스와 상반신은 말, 하반신은 인간의 형상을 켄타우로스. 켄타우로스가 어떤 마법에 걸려 있는 것인지는 알 수 없으나 소금이나 향유 같은 생필품을 얻기 위해서가 아니면 다른 종족들과 섞이기를 싫어하는 까다로운 종족이다.

사납고 거칠어서 영역을 침범하는 이방인들을 발견하면 가차없이 화살을 쏘아댄다. 켄타우로스의 샤먼 부족은 평원에서 하얗고 파란 맹독성 개구리 플로프들을 잡아 그 등을 핥는 것으로 미래를 점친다고 전해진다. 하지만 '찌르레기 대전'이 벌어지는 동안 켄타우로스들이 엘프들에게 몰살되었다는 걸 감안한다면 이 방법이 100퍼센트 믿을 만한 것은 아닌 듯하다.

림보_ 악마의 세계로 악마들의 영역. 림보는 동심원이라고 불리는 여러 세계로 나뉘어져 있으며, 동심원에 따라 악마들의 능력과 학식이 차이 난다. 제1, 2, 3 동심원의 악마들은 거칠고 아주 위험하다. 제4, 5, 6 동심원의 악마들은 마법사들이 도움을 교환하는 범위 내에서 자주 구원을 빌고 있다(마법사들은 필요한 것을 악마에게서 얻을 수 있으며 악마들의 경우도 마찬가지다). 제7 동심원은 마왕이 군림하는 동심원이다. 림보에 사는 악마들은 저주받은 태양이 제공하는 악마의 에너지를 먹고 산다. 다른 세계로 가기 위해 림보를 나갈 경우엔 생명력이 강한 존재의 살과 정신을 먹어야 한다.

전 세계를 침략하던 중 갑자기 나타난 용들과의 전쟁에서 패배한 뒤로 악마들은 림보에 갇히게 되었고, 마법사나 마법 능력이 있는 존재의 긴급 요청이 있어야만 다른 행성으로 갈 수 있게 됐다. 악마들은 이런 활동범위 제한을 견디기 힘들어서 끊임없이 해방될 방법을 모색한다.

타트란_ 타트리스들의 나라로 수도는 시티빌. 타트리스는 머리가 둘인 특성을 가지고 있다. 관리 능력이 뛰어난 데다 신체적 특성 덕분에 행정관이나 정부 상층부에서 일하고 있다. 타트리스들은 오로지 일을 중요하게 여기면서 헛된 꿈을 꾸지 않는 현실주의자들이다. 타트리스들은 꼬마도깨비 파보들이 즐겨 놀리는 대상 중 하나며, 이 장난꾸러기들은 유머가 결핍된 종족이라는 소리를 듣지 않기 위해 수세기 동안 끈질기게 타트리스 종족을 웃기려고 애쓰고 있다. 게다가 파보들은 웃기는 데 성공한 자들 중에서 1등에게는 상까지 수여하고 있다.

🐉 **드란보우글리스펜쉬르_** 지능이 높은 거대한 파충류인 용은 마법 능력을 타고나서 어떤 형상으로든 변신할 수 있으며, 대체로 인간으로 변신해 있다. 세계의 영토를 점령하기 위해 악마들과 대립하면서 용들은 지구의 마법사들과 충돌하는 순간까지는 알려져 있는 모든 세계를 정복했었다. 끊임없이 악마들과 싸워야 하는 용들은 지구인 마법사들과 전쟁을 벌인 뒤에 지구인들과 동맹을 맺는 것이 유리하다는 결론을 내렸다. 지구를 지배하겠다는 계획은 포기했지만, 마법사들이 지구를 지배하는 것도 인정할 수 없는 용들은 지구의 마법사들에게 아더월드에서 더 많은 마법사들을 양성하고 훈련시키자고 제안했다. 수년 동안 용들을 경계하면서 고심한 끝에 지구의 마법사들은 결국 그 제안을 받아들이고 아더월드에 정착하였다.

✹ 아더월드의 동물상과 식물상

🐾 **스파** _ 금빛의 자이언트 칠면조인데 시종일관 울음소리를 내면서 거드럭거리고 다니는 통에 사냥하기가 아주 수월하다. 흔히 '스파처럼 어리석다' 또는 '스파   처럼 거드름피운다' 고 표현한다.

🐾 **크라크덴트**_ 트롤의 나라 크랑카르 원산의 장밋빛 털북숭이 동물. 앞뒤가 분간되지 않지만, 세 배 크기로 늘어나는 입을 갖고 있어 무엇이든 거의 한입에 덥석 집어삼키므로 상당히 위험하다.

🐾 **모ㅇㅇㅇㅇ우우우**_ 뿔은 없고 머리가 둘 달린 고라니. 머리 하나가 먹을 때 다른 하나는 약탈자들을 감시한다. 이동할 때는 게처럼 옆으로 걷는다.

🐾 **브르르르아아아** 어마어마하게 큰 소. 털은 숱이 아주 많아서 거인들이 그 털가죽으로 옷을 지어 입는다. 몹시 공격적이고 움직이는 것이 있으면 뭐든 덤벼든다. 제 그림자를 쫓다가 녹초가 된 브르르르아아아를 보게 되는 것은 그 때문이다. 흔히 고집불통인 사람을 '브르르르아아아 같다' 고 표현한다.

🐾 **크라켄**_ 시커먼 발들이 위협적인 자이언트 문어. 엄청난 크기 때

문에 대부분 아더월드의 바다에서 발견되지만, 민물에서도 살 수 있다. 크라켄은 뱃사람들에게는 위험한 존재로 널리 알려져 있다.

플로프_ 맹독성의 하얗고 파란 개구리로 멘탈리르의 평원에서 볼 수 있다.

페가수스_ 날개 돋친 말. 지능은 개의 지능에 가깝다. 발굽은 없지만 갈퀴발톱이 있어서 어디든 쉽게 올라앉을 수 있다. 야생 페가수스는 키가 무려 200미터에 이르고 몸통의 원주가 50미터에 이르는 자이언트 강철나무 꼭대기에 둥지를 친다.

브르리르_ 흰빛과 금빛이 어우러진 고양이과 동물로 다리가 여섯 개. 특히 브르리르를 사랑하는 오무아 제국의 여제는 이 동물들이 궁전에 갇혀 있다는 생각을 하지 않도록 주문을 걸어놨다. 그래서 브르리르들에게는 가구와 침대의자가 나무와 편안한 바위로 보인다. 브르리르에게는 궁인들이 안 보이며, 궁인들이 쓰다듬어주면 바람에 털이 살랑살랑 흩날리는 것이라고 생각한다.

스팔렌디탈_ 일종의 전갈이며 스몰컨트리가 원산지다. 땅 신령들은 스팔렌디탈을 길들여서 말처럼 타고 다니며, 가죽이 아주 질기기 때문에 유용하게 사용한다. 새를 좋아하는(미각적인 의미에서) 땅 신령들은 스몰컨트리의 서식동물을 전멸시킴으로써 곤충과 다른 동물에게 생태적 지위를 열어주었다. 천적들에게서 해방된 스팔렌디탈들은 위험 없이 자라면서 그 개체 수가 점점 더 늘어났다. 땅 신령들 때문에 스몰컨트리는 결과적으로 자이언트 전갈, 자이언트 거미, 자이언트 다족류에게 점령되었다.

자이언트 거미_ 스팔렌디탈과 마찬가지로 스몰컨트리가 원산지이다. 땅 신령들이 말처럼 타고 다니며, 그 거미줄은 아주 질긴 것으로 유명하다. 여덟 개의 발과 여덟 개의 눈, 전갈처럼 독침이 있는 꼬리가 달려 있는 것이 특징이다. 아주 영리하며, 잡아먹기 전에 먹이에게 수수께끼를 내는 것이 취미이다.

글루릅스_ 머리가 아주 갸름한 초록색과 갈색의 도마뱀으로 호수와 늪에서 서식한다. 식욕이 왕성하며, 물 속에서 숨을 쉬지 않고 몇 시간을 견딜 수 있어서 목을 축이러 오는 순진한 동물을 잡아먹는다. 물가의 은신처에 굴을 파 놓고 살며, 호수 바닥의 구멍 속에 먹이를 숨겨 놓는다.

흡혈파리_ 물리면 통증이 몹시 심하다.

트라둑_ 살코기와 털가죽을 얻기 위해 켄타우로스들이 키우는 동물. 악취를 풍기는 특성이 있어서 포식동물들로부터 자신을 보호한다. 그러나 트라둑의 냄새를 맡지 않기 위해 콧구멍을 막을 수 있는 늑대 크르르렉은 예외다. 아더월드에서 '병든 트라둑 같은 악취가 난다' 라는 표현은 모욕으로 받아들여진다.

🐛 **사카트_** 맹독성의 공격적인 빨갛고 노란 곤충으로 아더월드에서 특히 좋아하는 꿀을 생산한다. 미식가들인 난쟁이들만 사카트의 애벌레를 먹을 수 있다. 다른 종족이 먹었을 경우에는 애벌레의 딱지가 인간이나 엘프의 소화액에 용해되지 않기 때문에 뱃속에서 벌떼를 분봉할 위험이 있다.

🐛 **칼로르나_** 숲에 피는 매혹적인 꽃. 달콤한 장밋빛과 흰빛 꽃잎으로 아더월드의 초식동물과 모든 동물에게 특선요리를 만들어 준다. 멸종을 피하기 위해서 칼로르나는 세 개의 꽃잎을 포식동물의 접근을 감지할 수 있는 탐지기로 만들었다. 커다란 눈 모양의 이 꽃잎들 덕분에 칼로르나는 재빨리 모습을 감출 수 있다. 그런데 불행히도 호기심이 많은 칼로르나는 그 꽃잎들을 세우고 있다가 포식동물을 제때에 피하지 못하는 경우가 종종 있다. 호기심이 많은 사람을 보고 '칼로르나 같다' 고 말하는 것은 바로 그 때문이다.

소피 오두인 마미코니안 인터뷰

렉스프레스와 르 주르날 뒤 메드생 문학 담당 기자와의 인터뷰에 응한 작가 소피 오두인

마미코니안의 진솔한 답변을 통해서 작가와 타라 덩컨 시리즈의 모든 것을 알아본다.

타라 덩컨의 성격은 어떤가요?

타라는 고집스럽지만 조숙함을 보이는 소녀입니다. 어른들을 믿지 않죠. 타라는 늘 진실과 거짓을 가려내야 한다는 걸 깨닫습니다. 역설적으로 나의 주인공은 마법을 아주 싫어해요. 그 반감이 스토리를 이끌고 있지요. 알지 못할 미스터리와 싸워야 하는 타라는 뭔가가 자신을 노리고 있는 걸 알지만 가능한 한 평범한 소녀의 삶을 살고 싶어하지요.

이 자리에서 밝히자면 타라는 사실 나의 사랑스런 두 딸(15세 디안과 12세 마린)의 성격을 합해서 만들어낸 캐릭터입니다. 내 아이들이 다른 세상을 발견했을 때 일어날 법한 일에 대해 쓴 것이니까요.

☙주인공의 이름인 '타라 덩컨'은 무용가 '이사도라 덩컨'과 관계가 있습니까?

네, 그 훌륭한 무용가에게 경의를 표하는 겁니다. 그 이름을 선택한 것은 중산모자에 가죽신을 신은 그 당당한 스타 이사도라 덩컨을 아주 좋아하기 때문입니다.

☙부모 없이 자란 고아, 아주 강력한 능력을 가진 마법사, 어린 나이 등 『타라 덩컨』이 『해리 포터』와 너무 흡사하다고 생각하지 않으십니까?

우선 나는 내 작품이 『해리 포터』에 비교되는 것이 기쁩니다. 부모 없이 자란 마법사 어린이가 주인공이라는 기본 요소는 같아요. 문학은 모든 걸 다 지어내지는 않습니다. 나는 롤링과 직업이 같고, 우리는 음유시인의 후손들이며 이야기꾼이니까요.

『타라 덩컨』의 세계는 『해리 포터』의 세계보다 훨씬 방대하고 복잡하고 흥미로운 세계입니다. 더구나 나는 조앤 롤링의 주인공을 모방하려고 하지 않았습니다. 이 작품을 1987년에 썼으니까요.

당시 한 출판사가 전 3권으로 출간하고 싶어했기 때문에 나는 거절했습니다. 그러다 『해리 포터』가 세상에 나오면서 나는 많은 요소를 변경해야 했지요. 『해리 포터』때문에 줄거리 확장을 비롯해 틀도 완전히 변경했고, 무엇보다도 이미 설정했던 마법 학교를 삭제했습니다.

나는 이 작품의 모든 장면을 수정하는 데 15년이 걸렸습니다. 물론 그만큼 공들여 손질할 시간이 있었다는 뜻도 되지요.

내 머릿속에는 이미 모든 것이 들어 있고, 출판사와는 이미 제5권까지 계약을 끝낸 상태입니다.

일단 글을 쓰기 시작하면 나는 하루에 10페이지씩 기관총을 쏘듯 키보드를 두들겨대지요. 2013년 5월에 제10권을 위한 최후의 마침표를 찍기 위해서.

🐎 '셈나샤오비로다인트라쉬부' 처럼 발음하기 힘든 독특한 이름들을 많이 사용하고 있는데 독자들이 곤혹스러워하지 않을까요?

등장인물의 이름과 지명을 창조하는 일은 사실 아주 즐거운 작업이었습니다. 셈나샤오비로다인트라쉬부는 마다가스카르를 여행할 때 원주민들의 이름이 아주 길다는 데서 착안했습니다.

팅가푸르의 경우는 아시아를 여행하면서 오색찬란하게 빛나는 뾰족뾰족한 지붕의 건물들을 보고 영감을 얻었고요. 랑코비트는 프랑스의 인상적인 성들과 벽을 멋지게 장식한 마을들을 섞어놓은 겁니다.

동식물과 종족의 이름들은 신화에서 영감을 얻었고, 컴퓨터 키보드에 내 손가락이 흘러가는 대로 만들어낸 것들입니다.

내가 만들면서 즐거워했던 것만큼 독자들도 생소하지만 우스꽝스러운 이름들을 읽으면서 즐겁기를 바랍니다.

나는 독자들에게 갇혀 있지 않은, 틀에 박히지 않은, 다시 말해서 '국적불명'의 풍부한 어휘를 주고 싶은 겁니다. 그래서 출판사에서 해괴한 낱말들을 바꾸자고 제안했을 때, 나는 단호하게 거절했습니다.

편안하고 쉬운 이름을 주지 않는 점에서 나는 내 독자들에게 너그럽지 못한 작가라고 해야겠지요.

🦌️ 아르메니아의 공주라는 당신의 혈통이 이 작품에 어떤 영향을 주었나요?

이 소설 속의 동양적인 것은 모두 나의 아르메니아와 페르시아 혈통과 관련이 있습니다.

나는 아르메니아와 페르시아의 설화와 전설에 항상 매료되었지요. 대부분의 설화나 전설에는 위기에 빠진 공주의 목숨을 구해주기 위해 왕자 또는 흑기사가 나타나기 마련이지요. 하지만 사우디아라비아의 설화는 아주 가혹해요. 반드시 구해주지는 않으니까요. 그런 신화의 세계가 내게 영향을 주었지요.

내가 태어나게 한 등장인물들 중 누군가를 죽여야 할 상황이면 나는 죽이기도 합니다. 그 점이 이따금 독자들을 놀라게 할겁니다.

🦌️ 마지막으로 공식의례나 궁전의 묘사가 사실적인데 대해 작가 자신의 개인적인 신분과 관계가 있습니까?

소설에서 등장하는 공식의례에 대한 묘사는 몇몇 궁정의 예의범절에서 착상을 얻었습니다. 내 경우 『타라 덩컨』은 가문의 조상들로부터 받은 유산이라고 생각해요. 우리 집안에는 15명이나 되는 작가가 있기 때문이죠. 1933년부터 프랑스에서 살고 있는 영화감독이자 작가인 프랑시스 베베르(『바보들의 식사』)는 삼촌이고, 피에르 질 베베르(『튤립 팡팡』)는 할아버지, 트리스탕 베르나르(『막다른 골목』)가 증조할아버지이십니다.

나의 혈통이 내 마음을 움직였다는 걸 고백하지 않을 수가 없군요.